이웃집 슈퍼히어로

진부한 문답으로 우리의 이야기는 시작되었다.

"여기가 정말 그, 그걸로 만들어주는 곳 맞나요?"

"물론입니다, 고객님."

나는 상냥하게 덧붙였다.

"적절한 비용만 지불하시면요."

그의 불신을 털어내려면 상냥함 이상이 필요할 것 같았다.

"고객님께서 여기 오실 수 있었던 건 엄청난 행운의 결과죠. 여기는 수많은 차원들의 터미널과 같은 곳이고, 여길 방문하시려면 대단한 의지와 그보다 훨씬 더 대단한 우연이 필요합니다. 여기 방문하신 분들은 다들 초월적인 능력을 손에 넣고 자신의 세계로 돌아가서 초인으로 활동하시게 됩니다. 쉽게 말씀드리자면 이곳이 바로 초인등록소랍니다."

설명을 듣는 동안 그의 시선은 불안하게 방안을 훑다가, 내 머리 뒤에 걸린 액자에 머물렀다.

> **다시 천고의 뒤에**
> **백마 타고 오는 초인이 있어**
> **이 광야에서 목 놓아 부르게 하리라**

아마도 속으로 '정말 다른 차원이라면 어째서 내가 아는 시가 걸려 있는 거야' 같은 의문을 떠올리고 있을 것이다.

물론 내게는 준비된 대답이 있었다. 이 장소는 방문자가 들어서는 순간 형성된다. 그의 인식이 받아들이기 가장 좋은 형태로. 방안의 가구, 소품들, 심지어 설계자인 나까지도 실은 저 빈약한 골격에 남성적 매력이라고는 전혀 없는 희멀건 남자의 창조물이다. 정작 창조주 자신이 모르는 창조물, 그러니까 인지되지 못한 사생아와 같은 것이다.

나는 그 점을 물어봐주길 기대했지만, 매가리 없어 보이는 우리 아버지는 곧장 본론으로 들어가 버렸다. 흐음, 아무래도 이번 방문객은 '왜?'라는 질문을 던지기엔 너무 숫기가 없는 것 같다.

"그럼 여기서 정말로 그, 슈퍼맨 같은 게 될 수 있다는 거죠?"

사실 초인의 분류는 대단히 다양하다. 언급한 초인명을 볼 때 이번 방문자가 기대하는 바는 파괴적인 패션 감각의 코스튬을 입고 도심을 파괴하는 거대한 적에 맞서 사이좋게 빌딩을 부수며 싸울 수 있는 그런 능력자인 모양이다. 좀 식상하긴 했지만 나는 방문자의 이해와 요구에 성심껏 응하는 설계자다.

"물론입니다. 적절한 비용만 지불하시면요."

그의 얼굴이 환해졌다. 환해졌대 봤자 맥없어 보이는 인상이 크게 달라지진 않았지만.

"되고 싶습니다. 꼭 되고 싶어요. 만들어주세요. 주사라도 맞으면 되나요? 어, 아니면 수술을 해야 한다든가."

"아뇨. 그런 번거로운 절차는 필요 없습니다. 이곳에서 이뤄지는 모든 일은 개념 행사입니다."

"개념 행사?"

"예, 생각하면 즉시 실행된다는 뜻이지요. 쉽게 말하자면 빛이 있으라 하면 있게 됩니다."

미소를 지으며 나는 세 번째로 반복하는 말을 덧붙였다.

"단, 적절한 비용을 지불하실 수 있다면요."

그제야 방문자는 움찔했다. 초인이 될 수 있다는 것에 희희낙락하다가 자기 발목에 걸린 현실의 족쇄를 알아차린 표정이었다. 그가 목을 움츠리고 물었다.

"비용…… 요?"

"네. 범인인 고객님을 초인으로 존재하게끔 하는데 필요한 비용이지요."

그는 내 말을 완전히 이해하지는 못한 것 같았지만, 막연하게나마 그게 뭐가 됐든 지불할 수밖에 없다는 사실은 본능처럼 아는 듯했다. 잠시 주저하다가 눈치를 보며 물었다.

"현금만 받나요? 카드도 되나요?"

"그런 화폐는 취급하지 않습니다. 이건 존재의 비용이니까요."

그가 인상을 찌푸렸다.

"무슨 소린지 잘 모르겠는데요."

"질량보존의 법칙과 같은 겁니다. 초인의 능력이란 과도한 힘이죠. 여기서 초인 등록을 하시면 그 과도한 힘을 가지고 원래 세계로 돌아가시게 됩니다. 과도한 힘은 한 개체에게도 큰 문제지만 그 개체가 존재하는 세계에도 부담을 줍니다. 따라서 상응하는 비용이 필요하지요. 고객님이 지불할 수 있는 비용에 따라 누릴 수 있는 초인의 능력이 달라집니다."

"아하."

그는 좀 실망한 것 같았다.

"그러면 시답지 않은 능력밖에 못 가지겠는데요."

애써 웃으며 덧붙이는 모습이 꽤 애잔했다.

"정말 뭐 가진 게 없거든요."

뭐 그럴 수도 있다. 초인의 활동력은 그가 지불한 비용에 비례한다. 하지만 꼭 그런 것만은 아닌 게, 내가 아는 바 가장 적은 비용을 지불한 방문객이 얻은 능력은 작업장에 굴러다니는 천을 휘둘러 파리 일곱 마리를 잡는 재주였다. 하지만 그 재주 하나로 녀석은 꽤 출세를 했다고 들었다. 요컨대 운용 능력이라는 것도 무시할 수는 없단 거다.

"염려 마십시오. 존재의 비용이란 고객님이 평소 생각하실 수 있는 가치와는 무관합니다. 그런 건 범인들의 세계에서나 통용되는 거지요. 이건 초인들의 규칙이니까요."

"그럼 대체 뭘……?"

"고객님의 이야기를 들어보면 알 수 있습니다. 초인이 될 만한 요소는 바로 당신의 인생에 녹아 있을 테니까요."

그의 표정이 점점 더 찡그려졌다. 분명 이게 무슨 개소리인가 하고 있을 터였다. 하아, 물론 삼라만상을 움직이는 비의와 규칙에 대해 일일이 설명해 준다면 아무리 멍청한 머리라도 납득할 수는 있겠지만, 그러려면 삼생의 교육 기간이 필요한 법. 나에게는 시간이 무한한 자원일지라도 정작 그에겐 그렇지 않다는 것이 문제다.

나는 설계자. 규칙에 의거해 세계를 만들고 하부 규칙을 조성한다. 그런 의미에서 나나, 내 동업자들은 신과 같은 존재로 여겨질지도 모른다. 하지만 그보다는 신의 수레바퀴를 돌리는 아무 생각 없는 노새라는 쪽이 좀 더 정확하다고 나는 생각한다. 우리는 수레를 움직이긴 하지만 딱히 어디로 몰고 가고 싶다는 의지는 없으니까.

따라서 나는 상냥한 자비심에 의해서가 아니라 일을 좀 더 효율적으로 하기 위해서 그를 달래는 쪽을 선택했다.

"부디 편하게 생각하시고 고객님의 인생 역정, 왜 초인이 되고 싶어 했는지를 쭉 말씀해 주세요. 그걸 듣다 보면 제가 좀 더 쉽게 설계해 드릴 수 있을 겁니다."

아직도 불신이 더 짙은 눈이긴 했지만, 그는 서서히 자신에 대해 토로하기 시작했다. 나는 신뢰감을 주는 표정으로 찬찬히 이야기를 들었다.

표정은 바꾸지 않았지만, 그의 과거사에 대한 감상은 참으로 답이 없다는 거였다. 그는 의외로 자신에 대해서 잘 아는 사람일지도 모른다. 정말로 별로 가진 게 없는 사람이었다. 초인의 가치라는 기준에서 봐도 말이다.

그의 출생은 어디 하나 특이한 데가 없었다. 고귀하지도 않았고 비극적이지도 않았다. 고향 행성이 멸망하지도 않았고, 부모가 노상강도에게 살해되지도 않았으며, 하다못해 방사능에 노출된 적도 없었다.

이야기를 들으면 들을수록 나는 초조해졌다. 그는 평범한 집에서 태어나 평범한 유년기를 보냈고 어느 모로 보나 튀지 않는 평범한 청년으로 자랐다. 윤리의식이 특출하지도 않았고 군인 신분과 학생 신분을 벗어난 뒤에는 눈칫밥을 먹으며 취업 활동을 하는 백수로 지내는 중이었다. 연애조차도 너무 범속해서 운명적만남도 애달픈 이별도 없었다. 차라리 한 번도 안 해봤다면, 그래서 동정남의 에너지라도 축적했다면 뭔가 짜볼 수 있을 텐데 그조차도 아니다. 한 마디로 그는 초인의 존재 비용을 지불할 만한 삶을 살아오지 않았다.

그렇다고 쉽게 포기할 순 없다. 과거가 가망 없다면 현재를 보라. 초인 설계자의 규칙이다.

"좋습니다. 그럼 이제 고객님이 왜 초인이 되고 싶은지를 들어볼까요?"

과거가 특별하지 않은 자도 현재의 강렬한 욕망에 의해서 초인이 되고자 할 수 있다. 그런 경우 비용의 근거는 현재의 욕망에서 찾아야 한다. 나는 초조한 빛을 들키지 않으려고 미소를 지으며 그의 다음 이야기를 들었다.

그러나 사무적인 미소조차도 이야기가 이어지자 점점 유지하기 힘들어졌다. 그가 현재에 대해 느끼는 욕망이란 과거에 못지 않게 평범하기 그지없는 것들이다.

아무리 생각해도 삶이 이토록 팍팍한 것은 자신의 잘못이 아니라 세상이 잘못된 게 틀림없다. 이 부조리를 어떻게든 해야 한다. 그러나 보통 사람의 능력으로는 어떻게도 할 수 없다. 그래서 요사이는 자기소개서를 쓰다가도 백일몽을 종종 꾼다. 나에게 텔레포트의 능력이 있다면, 나에게 시간을 멈출 수 있는 능력이 있다면. 여기 처음 도착했을 때도 그런 백일몽인 줄 알았다 운운.

하아. 결국 이야기가 끝났을 때 나는 한숨을 쉬고야 말았다. 부조리에 대한 이야기를 할 때는 조금쯤 결기 비슷한 거라도 보이던 그가 내 한숨 소리에 어깨를 움츠렸다.

"어, 제 생각이 이상한가요?"

"아뇨, 아뇨."

이상하지 않지. 전혀 이상하지 않아. 그런 것들에 부조리함을 느끼는 것도, 비범한 능력을 얻어 악의 축들을 때려잡으면 이 모든 부조리가 해결될 거라는 백일몽을 꾸는 것도 전혀 이상하지 않아.

그런데 그게 문제야, 이 사람아. 아무것도 이상하지 않다는 거. 당연하다는 거.

그게 당신의 인생을 평범 속에 가두고, 그러므로 당신의 존재는 평범을 넘어설 수 없는 거야. 초인이 되기 위해 지불할 수 있는 비범한 무엇이 없다고.

물론 이 규칙이 마음에 안 들 수는 있어. 부당하다고 생각할 수 있지. 하지만 부당하다고 해도 규칙은 규칙이야. 비용은 그렇게 지불할 수밖에 없어.

왜, 당신 세계에 그런 말이 있지? 문: XX를 어떻게 하나요? 답: 잘 하면 됩니다. 그거랑 똑같아. 잘 해야 잘 해져. 지불할 게 있어야 지불이 돼. 평범에서 비범으로 넘어오려면 비범해야 해. 평범해서는 안 돼. 그래서 비범인 거야.

하지만 난 그런 이야기를 입 밖으로 내진 않았다. 이런 대답은 그를 더욱 좌절하게 할 것이다. 그에게 필요한 것은 훈계가 아니고, 나 역시 훈계하기 위해 여기 있는 건 아니니까.

단지 내 고민은 이걸 어떻게 그에게 이해시키는가 하는 거였다. 하지만 그건 고민할 필요가 없었다. 아무 말도 하지 않았지만 그는 내 표정을 보고 이미 눈치 챈 것 같았다. 다시 어깨를 움츠리며, 평범이라는 이름의 젤라틴 갑옷 속으로 숨어들어갔다.

"역시 안 되겠죠? 전 너무…….."

나는 정신을 차렸다. 이래선 안 된다. 이렇게 방문자를 스스로 포기하게 만들어선 안 된다.

그는 평범할지 몰라도 나는 그렇지 않다. 내 문제는 그를 이해시키는 것이 아니다. 어떤 이유인지 몰라도 그는 이곳에 왔다. 그렇다면 세계는 그가 초인이 될 수 있다고 판정했다는 소리다. 내가 삼라만상의 비의와 규칙을 믿는다면 이 사실 역시 믿어야 한다.

좋아. 무슨 수가 있어도 당신을 초인으로 만들고 말겠어. 그게 내 일이니까.

"아뇨. 아직 희망은 있습니다."

나는 허리를 세우며 말했다. 과거에서도, 현재에서도 찾을 수 없다면 남은 것은 단 하나. 보통 설계자라면 손대지 않을 그 전인 미답의 서류철을 열어젖히기로 결정하고서.

"분명 있을 겁니다. 고객님이 이곳에 오신 이상, 존재의 비용을 지불할 가능성이."

이제야 그의 눈에 기대와 희망의 빛이 어른거리기 시작했다. 나는 희열을 느꼈다. 설계는 지금부터다.

공허는 그렇게 태어났다.

그 후, 나에게는 별 의미가 없지만 진짜 세계들에서는 세월이라는 게 흘렀다. 방문자가 없을 때 나는 지난 일들의 경과를 조사하곤 한다.

경과 조사는 통상 보고서를 읽는 것이다. 등록된 각 초인들의 그간 활동과 현재 세계의 변화에 대한 보고서가 보이지 않는 손으로 작성되어 내 앞에 쌓인다. 대체로 큰 탈은 없다. 정당한 비용을 지불한 초인들은 각자의 세계에서 악한과 싸우거나 위기에 빠지거나 한다. 세상도 마찬가지다. 위기에 빠지거나, 구원되거나, 반복을 반복하고, 진화를 진화하고, 파괴를 파괴한다. 그런 평범한 보고서들 속에서 나는 그 이름을 발견했다.

초인 보이드. 바로 그때의 방문자가 등록한 초인명이다. 그를 등록시킬 때 느꼈던 의욕 때문에 나는 좀 더 각별한 호기심을 가지고 그걸 들춰보았다.

이럴 수가.

호기심은 경악이 되고, 덩치도 점점 커졌다. 보이드는 자신의 세계에서 이러저러한 업적을 이루고 있었다. 수백 명의 아이들을 싣고 있던 침몰하는 배를 건져 올렸고, 법으로는 처벌 불가능한 위정자를 흠씬 두들겨 패서 위염을 앓던 많은 시민들을 구했다. 인질을 참수하던 테러리스트들의 수뇌부를 붙잡아 거꾸로 매단 동영상을 인터넷에 유포했고 국가 자체가 테러리스트의 본부나 다름없어 세계의 검은 양으로 불린 한 독재정권 통치자의 침실을 한밤중에 방문해 사신의 경고를 남기기도 했다.

이런 것들은 그가 한 일 중에서 가장 대서특필된 업적들이고, 그 외에도 각종 엽기 범죄의 희생양들을 돌이킬 수 없는 사태 전에 구출했으며, 사회의 철면피들을 징벌했고, 층간소음으로 인한 분쟁에도 끼어들었다. 어디서부터 손대야 할지 모를 구조적인 적폐도, 30년째 성업해 온 전통 있는 식당 주인에게 월세를 심하게 올려달라고 해서 내쫓고는 동일 업종의 가게를 연 파렴치한 건물주도, 얼마 안 되는 돈을 위해 여론을 호도하는 기사를 쓰고 나 몰라라 하는 언론인도 그의 철퇴를 피해가지 못했다. 한 마디로 손 안 대는 영역이 없었다.

이럴 수가. 이건 좋지 않다.

초인의 위업이란 모름지기 신화적이어야 한다. 그런데 그가 해낸 일이라는 것들은 하나같이 현실적이고 사회적인 활동이었다. 그에 대적하는 악당은 신화적 초인들의 맞수가 마땅히 그러해야 하는 압도적인 절대 악의 표상이 아니었다. 그의 활동은 실용적이었고, 어떤 면에서는 정치적이었다.

그게 문제다. 그로 인해 사회와 세계가 달라지고 있다는 것. 불길하다. 초인의 존재는 이렇게까지 실용적이어서는 곤란하다. 세계가 초인에 의해서 실질적으로 변해서는 안 되는 거다. 그의 활동은 지나치게 세속적이다. 이 정도로 세계에 영향을 미치는 힘이라면 엄청난 비용을 요구하기 마련이다.

하지만 그가 지불한 비용이라는 건 이 정도로 클 수가 없다. 당연한 일이지. 원래 비용을 지불할 만한 비범한 인물이 아니었으니까. 그가 초인으로 등록될 수 있었던 건 전적으로 설계자인 나의 유능함에 기인한 것이다. 의욕에 불탔던 나는 보통 설계자들이 손대는 영역을 넘어 그에게서 비용을 최대한 짜냈으니까.

지금 생각해도 그 발상은 비범했고, 설계자로서 내 탁월함을 입증할 만한 위업이라고 은근히 자랑스러워했다.

한데 그게 문제인지도 모른다는 걱정이 지금에서야 들었다. 어쩌면 나는 지나친 편법을 썼던 게 아닐까? 그로 인해 비록 한참 후지만 지금 그가 속한 세상에 이변이 일어나고 있는 건 아닐까.

그 왜, 하늘의 맷돌은 더디게 돌아도 곱게 갈린다는 말도 있지 않은가. 보통 사람들은 그게 정의가 실현된다는 뜻이라고 이해하지만, 나 같은 설계자들은 알고 있다. 규칙을 넘어서는 편법은 없다는 뜻임을.

보고서를 내려놓고, 나는 당장 준비를 시작했다. 이대로 놔둬서는 안 된다. 아직은 이상의 초기 단계일 수도 있다. 그게 심해지면 결국 모든 규칙의 수호자들도 알게 될 거고, 그럼 나는 설계자로서 책임을 져야 할 것이다.

그런 사태를 막기 위해서는 자동 보고를 넘어서는 수준으로 현상을 정확히 파악해야 했다. 그리고 뭔가 잘못 됐다면 더 늦기 전에 모든 걸 바로 잡으리라.

그래서 나는 공허의 세계로 갔다.

세계는 무수히 많고 하나하나가 또 무한히 넓다. 그 넓은 세계에서 보나마나 신분을 감춘 채 활동하고 있을 그를 찾는 일은 쉬운 일이 아니다. 물론 초월적인 힘을 사용한다면 쉬울 수도 있으나, 이번 행보는 비공식적인 조사니 만큼 힘도 적게 써야 했다. 한 번에 일곱 마리를 때려잡는 재단사 같은 운용 능력이 필요한 것이다.

다행스럽게도, 초인을 찾는 방법이란 알고 보면 단순하다. 위기를 만들면 되는 것이다. 특히나 여성의 위기는 초인을 소환하는 데 즉효다.

나는 그의 세계에서 어두운 밤거리, 우범지대를 배회하기 시작했다. 단번에 성공한 것은 아니다. 몇 번의 시행착오가 있었고, 그때마다 내 계획의 비자발적인 조력자들을 뒤처리해야 했다. 악당이 악당의 목적을 달성하게 내버려둘 수야 없지 않은가.

그날의 비자발적 조력자는 좀 특이한 녀석이긴 했다. 단지 넘치는 성욕을 주체하지 못하는 강간범 정도가 아니었다. 그는 인간이라기보다 짐승에 가까웠는데, 보통 인간 악당들이 피해자로부터 이득을 취한 뒤 살해하는 순서를 밟는 것에 비해 그는 먼저 살해하고 이득을 취하는 타입이었다. 즉, 먹고 죽이는 것이 아니라 죽이고 먹는 유형.

　　초인의 신화적 맞수가 되기에는 부족하지만 최소한 인상적인 엽기 범죄를 저지르고 영웅의 첫 등장을 더욱 찬란하게 만들 깜냥은 되는 정도의 나쁜 놈이다. 딱 좋다.

　　놈이 술집에서 나를 힐끔거릴 때 가게 안의 다른 사람들이 불안한 경고가 담긴 시선을 내게 던질 정도였다. *조심하세요. 나쁜 놈이 당신을 노리고 있어요.*

　　나는 많은 희생자들이 그러듯이 불안한 표정으로 뒤를 힐끔거리며 서둘러 가게를 나와 어둑한 뒷골목으로 들어갔다. 스산한 바람이 쓰레기더미와 함께 머리칼을 휘날렸고, 악당은 운명처럼 내 앞을 가로막았다.

　　놈이 녹슨 잭나이프를 꺼내 으스스한 웃음과 함께 날을 펼쳤다. 거기 찔리면 출혈이 아니라 감염으로 죽을 정도로 지저분해 보였다.

　　놈은 나를 구석으로 밀어붙이고 그 가공할 생화학 병기를 마구잡이로 휘둘러댔다. 나는 찢어지는 비명을 지르며 그 궤적으로부터 아슬아슬할 정도로만 피했다. 자, 어서 누군가의 위기를 감지하라고. 그건 초인의 기본 기능이잖아, 응?

원한다면 밤새도록이라도 이 하찮은 시체애호가와 짝짓기 춤을 춰줄 수도 있다. 그러나 그럴 필요는 없을 것이다. 초인의 등장은 위기 발생 후 5분 이내로 한정되어 있다. 골든타임을 넘긴다면 그건 초인이 여타의 임무를 수행 중이거나 물리적 한계로 인해 등장할 수 없다는 뜻이니 나도 이 조무래기 악당과 더 놀아줄 이유가 없다.

골든타임이 지났다. 조무래기 악당이 슬슬 이상하다고 느끼기 시작했다. 구석에 몰아넣은 쥐새끼에게 쉴 새 없이 칼질을 해댔는데, 쥐새끼가 비명을 짜릿하게 질러대지만 한 군데도 제대로 찔리지 않았으니 그럴 만도 하다.

놈은 머리를 쓰는 타입은 아니었다. 뜻대로 상황을 장악하지 못하자 괴성을 지르며 더욱 거세게 덤벼들었다. 겨냥이 엉망이다. 분기점이다. 이제 그만 놀아주고 놈의 뒤처리에 돌입하거나 혹은.

나는 피하지 않았다. 녹슨 칼이 팔뚝에 박혔다. 이번에는 연기가 아닌 진짜 비명을 마음껏 질렀다. 놈은 이빨을 드러내며 칼날을 비틀었다.

그때 그가 나타났다. 우중충한 뒷골목 담장 위에 웅크린 거대한 맹수 같은 모습으로. 어깨 너머로 달이 구름자락에 휘감겨 사라졌고, 뜬금없이 어디 먼 데서 번개가 명멸하더니 뒤늦게 도착한 천둥소리가 입체적으로 으르렁거렸다.

감격해서 비명을 지를 뻔했다. 비실대던 방문자는 우려했던 것이 무색할 정도로 훌륭한 초인이 되어 있었다. 그는 머리끝부터 발끝까지 모든 것을 빨아들이는 암흑의 구멍마냥 새카맸다. 담장

에서 뛰어내릴 때는 계절과 무관하게 낙엽이 바스러지는 소리가
났고, 주먹을 휘두를 때는 공허한 바람이 일어났다.

조무래기 악당은 순식간에 박살이 났다. 쓰러진 놈의 신음 소리
를 침묵이 집어삼켰다. 녹슨 칼이 꽂힌 어깨를 부여잡은 채 담벼
락에 등을 기대고 앉아 잠시나마 이 인상적인 광경을 감상했다.
서 있는 것은 오직 그뿐이었다.

보이드.

모든 것이 검은 그림자로 된 공허한 영웅. 그가 자신이 쓰러뜨
린 자를 굽어보는 광경은 마치 그림자가 주인을 퇴치하고 삼차원
의 존재로 직립한 것처럼 기괴했다.

다음 순간 그가 훌쩍 날아올랐다. 세상에! 자기가 구한 여자에
게 느글느글한 대사 한 마디 안 던지고 사라지다니. 저 녀석은 로
맨틱 계열이 아닌 게 틀림없다.

하지만 기껏 꼬리를 잡았는데 놓칠 수는 없었다. 시행착오를
교훈 삼아 일부러 칼에 맞아 진짜 위기를 만들기까지 했는데 말
이지.

담장을 뛰어넘은 그의 뒷모습이 토악질을 시작한 새벽의 유흥
가로 삼켜졌다. 검은 그림자의 꼬리를 좇아 골목을 돌았을 때, 갑
자기 누군가 튀어나와 부딪칠 뻔했다.

"죄송합니다!"

반사 신경의 출력을 최대한 높여두지 않았다면 거기서 내 추적
은 끝나고 말았을 터였다. 장애물의 머리를 뛰어넘어 계속 추적
을 이어나갔다.

"안 돼!"

그 장애물, 내 외형과 비슷한 또래의 젊은 여자는 길을 가다 누군가와 부딪쳤을 때 흔히 보일 법한 것과는 궤가 다른 반응을 보이며 내 옷깃을 붙잡으려 했다. 하지만 난 이미 그녀의 영역에서 빠져나온 뒤였다.

두 번째 훼방꾼은 그가 숨어들어간 고층건물의 엘리베이터 앞에서 만났다. 보이드는 분명 이 건물 옥상에서 초인이 아닌 범인의 가면을 쓸 예정일 것이다. 추적이 거기서 끝날 거라고는 기대할 수 없었으므로 힘을 아끼기 위해 숨을 몰아쉬며 엘리베이터를 기다렸다가 올라탔다. 망할, 반사 신경 출력에 너무 쏟아 부었어. 지구력도 좀 신경 썼어야 하는데.

헐떡이는 나와 함께 엘리베이터에 올라탄 것은 어떤 노신사였다. 노신사가 천연덕스러운 얼굴로 2층부터 최고층까지 모든 층의 버튼을 하나하나 누르는 걸 보고 한 마디 안 할 수가 없었다.

"왜 그러세요?"

점잖은 차림새의 노인이 헤벌쭉 웃더니 대답했다.

"재밌잖아?"

이 세계의 이상 현상은 이미 표준치를 넘어섰을 거라는 잠정적 결론을 내릴 수 있었다. 세상의 비정상은 거기 포함된 개별 인자의 비정상이라는 징후로 가장 확실하게 드러나는 법이니까. 나는 대화를 포기하고 2층에서 내린 뒤 계단으로 올라갔다.

다음에 다시 조사를 나오게 되면 반드시 반사 신경뿐 아니라 지구력, 그리고 어처구니없는 방해자들을 징벌하고자 하는 강고

한 의지까지 최고 출력으로 맞추고야 말겠다는 생각을 하면서 십여 층을 올라갔을 때, 세 번째 훼방꾼을 만났다.

제 몸보다 큰 개의 목줄을 붙잡고 있는 꼬마 녀석이었다. 이 세계에서 그런 개의 품종을 뭐라 하는진 모르지만 저것과 비슷한 놈이라면 타락한 천사 군주의 영토 입구에서 본 적이 있다. 그때 본 놈은 대가리가 셋이었고 지금 눈앞의 놈은 하나뿐일망정 세 마리 몫의 흉포함을 자랑하고 있었다.

꼬맹이는 씩씩거리며 뛰어 올라오는 나를 보고 개를 산책 시키러 나왔다가 이상한 누나랑 마주친 어린애답게 깜짝 놀란 표정을 지어보였다. 그러나 그건 내겐 통하지 않았다. 같은 일이 세 번 반복되면 우연이 아니라는 것은 설계자들 사이에서는 일종의 공리다.

더 이상 일반인의 눈에 이상해 보이지 않게 조심하는 것을 관두고, 나는 꼬맹이를 치고 지나갈 기세로 달려들며 코트 주머니에 손을 넣었다.

꼬맹이도 여간내기가 아니었다. 어린아이의 잔혹함 때문인지, 혹은 이 세계 거주자로서 본인들은 인식하지 못해도 굉장한 강점으로 발휘되는 친숙성, 일명 똥개도 제 집 앞에서는 먹고 들어간다는 법칙에 기인한 것인지 몰라도 녀석의 판단은 내 그것만큼이나 빨랐다.

서툰 연기를 하는 대신 녀석은 개의 목줄을 놓아버렸고, 지옥의 수문장인 친척과도 맞장을 뜰 만한 개가 흉포한 이빨을 들이밀었다.

그 무시무시한 아가리를 향해 코트 주머니에서 꺼낸 물건을 힘껏 집어던졌다. 현실에는 존재할 수 없는 큼직한 뼈다귀에 두툼한 살점이 붙은 고기가 그 목구멍에 꽉 박혔다.

"헐, 말도 안 돼!"

만화에나 나올 것 같은 고기 때문인지, 그 크기의 고깃덩이가 내 코트 주머니에서 나왔다는 것 때문인지 꼬맹이가 그렇게 외쳤다.

응, 그래. 반칙이지. 나도 알아. 하지만 사과할 여유 같은 건 없었다. 뒤늦게 정신 차린 꼬맹이와 고깃덩이를 물고 좋아서 낑낑거리는 개의 소리를 도플러 방식으로 떨쳐버리고 나는 위쪽으로 질주했다.

드디어 최고층. 더 이상 쫓아오는 훼방꾼은 없다는 것을 확인한 뒤에 속도를 늦추고 숨을 고른 뒤 옥상으로 향하는 철문을 무겁게 열었다. 그곳에 그가 있었다.

그렇게 나는 공허를 다시 만났다.

그는 탈피하고 있었다. 초인에서 범인으로.

시커먼 그림자의 내부가 소용돌이치더니 양철 장난감처럼 우그러들었다가 색과 존재감을 되찾았다. 힘겹게 다시 일어선 그는 초인 보이드가 아니라 공허의 잔재처럼 초라한 보통 사람이었다. 내 사무실에 찾아왔던 그때와 다를 바 없었다.

비틀거리며 옥상 구석으로 간 그가 상의의 주머니를 뒤적거려 담배를 한 대 꺼냈다. 성교 뒤에 찾아오는 깨달음의 시간을 연소시키듯이 거기 불을 붙이고, 흡연이 단순한 기호가 아니라 혐오스러운 낙오자들의 취향이 된 이 시대에 도태의 징표인 회색 연기를 제 이마 위로 뿜어 올렸다.

가까이 다가갈 때까지 그는 내 존재를 알아차리지 못했다. 탈피와 함께 초인의 감각 역시 벗어던진 모양이다. 내가 헛기침을 하자 그는 움찔 놀라며 일어섰다. 내 얼굴을 본 그의 표정이 천변만화했다. 놀람, 불신, 망설임의 무지갯빛 난반사.

"전에 봤던 것 같은데……?"

그의 말투는 여전히 매가리가 없었다. 눈을 마주치는 순간 순조로운 조사를 위한 최면을 시작하지 않았다면 마음속에 든 말을 뱉는 데 일 년은 걸렸을 기세다.

"어디서요?"

"꿈에요."

그는 잠시 머뭇거리다가 실없는 웃음을 뱉으며 말했다.

"꿈에서 당신이 나를 초인으로 만들어줬어요."

"오, 그래서 어떻게 되었나요?"

살금살금 그의 의식과 무의식의 경계를 어루만지는 질문을 던졌다. 갑작스럽게 뛰어들어도 곤란하고, 너무 에두르는 것도 곤란하다.

"어, 하지만, 하지만 그냥 꿈이었어요."

부끄러워하는 것 같았다.

"정말요. 그냥 꿈이었어요. 내 인생은 그 뒤로도 달라진 게 없어요."

머리카락을 움켜쥐었다.

"난 아직도 그냥 낙오자예요. 아무 가치도 없어요. 하루하루 밥만 축내요."

"세상도 여전히 그대론가요?"

"모르겠어요. 좀 나아진 것 같기도 하고, 아닌 것 같기도 하고……."

공허하게 중얼거렸다.

"하지만 난 그대로예요. 하나도 달라진 게 없어요."

그는 초라해 보였다. 처음 나를 찾아왔던 그때와 다를 바 없이. 아까 달 아래 보았던 보이드의 존재감은 찾아볼 길이 없었다.

이것은 당연한 일이다. 그게 바로 그가 지불한 비용이었으니까. 과거에도 현재에도 쌓아둔 존재의 자산이 없던 그는 초인이 될 수가 없었다. 그래서 유능한 설계자인 내가 찾아낸 것은 그의 미래였다. 초인이 된 후의 미래에서 비용을 지불하는 방식. 말하자면 그는 존재의 비용을 외상으로 지불한 것이다.

하지만 거기에도 선택지가 있었다. 나정도 유능한 설계자라면 오직 하나뿐인 선택지를 고객에게 강요하지 않는다. 그래야 뒤탈이 없으니까.

이 세계의 기준으로 십 년 전, 나는 그에게 두 가지 길을 제시했다. 하나는 그가 초인이 될 수는 있으되, 그의 활동에 대한 세계의 기억을 비용으로 지불하는 것, 다른 하나는 그의 활동을 세계는 기억하되 그 자신은 비용으로 지불하고 남기지 않는 것.

간단히 말하자면 이렇다. 구원받은 사람에게 기억되지 못하는 초인이 될 것인가. 사람을 구하고도 자기가 그랬다는 걸 기억 못하는 초인이 될 것인가.

한참을 고민한 끝에 그는 후자를 택했다. 그 선택이 좀 의외이긴 했다. 자기가 기억 못한다면 초인이 되는 것이 무슨 소용이 있을까. 하지만 만약 반대의 선택을 했더라도 비슷한 딜레마는 있을 것이라 여겨졌기에 나는 그의 선택을 존중했고 그 비용을 지불하는 대가로 그를 초인으로 등록시켰다.

그 결과가 이것이다. 그의 비용은 제대로 지불되고 있었다. 이상이 있다 해도 그에게서 비롯되는 것은 아니다.

"그렇군요."

더 이상 그에게 조사할 것이 없다는 것을 깨닫고 말했다.

"잘 있어요."

나는 돌아섰다. 아직 최면 상태인 그는 나의 퇴장을 멍하니 지켜보기만 했다.

보이드가 지불한 비용은 그의 능력에 맞는 가치를 가진 셈이다. 그는 기억하지 못했다. 자신이 초인임을. 하늘을 날고 심해를 거닐며 테러리스트들과 싸우고 부패한 정치인들을 토벌하는 그의 능력은 자신에게 기억되지 못하므로 공허했다.

세계의 인지. 자기 존엄. 그건 그가 초인으로서 가질 수 있는 거의 모든 것이었으리라. 한데 그것이 대가로 지불되었다. 때문에 그는 아무것도 누릴 수 없다. 수백억의 자산을 예금해 두었지만 어떤 부도 누릴 수 없는 자는 부자일까, 거지일까.

그렇게 나는 공허와 작별했다.

규칙이 제대로 지켜지고 있다는 걸 확인했으니 이젠 그만 돌아
갈 때다. 마지막으로 마음에 걸리는 것 하나만 확인하고.

철문을 지나 두어 층 내려가자 층계참에서 그들이 기다리고 있
었다. 처음 부딪칠 뻔했던 여자, 엘리베이터의 노신사, 그리고 개
의 목줄을 잡고 있는 꼬맹이. 효율적으로 남녀노소를 대표하는
그들이 일당이라는 건 진작 알아차렸지만, 막상 아래로 내려가는
통로를 나란히 막아선 모습을 보니 조금 겁이 날 지경이었다.

"그 분을 만났나?"

노인이 물었다. 고개를 끄덕였다.

"얘기했어요?"

여자가 성마르게 물었다.

"뭘?"

"그……, 그 분이 보이드라는 사실을요."

아하, 그걸 걱정하는 거로군. 나는 역공을 취했다.

"당신들은 그걸 알고 있는 모양이로군요?"

노인과 여자는 내 역공에 반응을 할지 말지 잠시 망설이는 눈
치였고, 꼬맹이가 대뜸 입을 열었다.

"안 했죠? 절대 하면 안 돼요. 저 아저씨는 자기가 그거라는 걸
알면 안 돼요!"

오호, 신기해라. 이들은 분명 초인도 악당도 아니었다. 그냥 보
통 사람들이다. 그런데 어떻게 그러면 '안 된다'는 걸 알았을까?

"왜 그렇게 생각하지?"

"당연하잖아요. 자기가 보이드라는 걸 알게 되면 그 초능력들을 잃게 될 거예요."

놀랍다. 정말 핵심을 꿰뚫고 있는데?

"왜 그렇게 생각하니?"

꽤 성질을 죽이고 상냥하게 물었더니 꼬마는 오히려 대꾸를 못하고 입만 뻐끔거렸다. 노인과 여자는 그 사이에 서로 눈빛으로 의논하고 결론을 내린 모양이다. 노인이 대답했다.

"우리는 보이드의 수호자들이네."

좀 민망한 이름이긴 하지만, 노인의 덤덤한 말투로 들으니 꽤 현실감이 있었다. 그들의 정체와 사연도 짐작이 갔다. 보이드의 활동이 시작된 이래 이 세계의 많은 사람들이 그의 구원을 받았을 것이다. 물론 대부분 구원받은 자들은 구원자의 진짜 정체를 알지 못한다. 그러나 드물게도 눈치 채는 자들이 생길 수 있다.

어떤 자들은 그냥 눈치 채는 데서 끝나지 않고 그의 정체를 집요하게 추적했을 것이다. 그리고 그들은 알게 되었겠지. 그들의 영웅이 자신의 행위를 기억하지 못한다는 것을.

처음에는 추궁하는 자도 있었을 테고, 그러다가 아연해 했을 터이다. 무슨 수를 써도 그에게서 보이드라는 실토를 받아낼 수가 없었을 테니. 오히려 그는 자기가 정말 그거였으면 좋겠다고 했고, 좌절한 패배자의 주접스러운 모습만 보였을 것이 틀림없다.

자신들의 구원자가 그런 모습일 때, 추종자들은 어떻게 했을까? 상당수는 추종자이기를 관뒀을 것이다. 어떤 자들은 그를 이용하려고 했을지도 모른다. 그리고 어떤 자들은, 노인이 방금 고백했듯이 그를 수호하기로 결정했을 수도 있다. 물론 수호자라는 이름을 내걸고 그를 이용하고 있는 것일 수도 있지만.

"아가씨도 사실을 눈치를 챈 모양인데, 둘 중 하나를 골라야겠어."

선택지를 둘이나 주는 걸 보니 이들도 유능한 설계자가 될 가능성이 있다.

"둘?"

"우리처럼 수호자가 되든가, 아니면 우리가 요구하는 조치를 받든가."

"조치?"

"아가씨가 계속 저분에게 말하려고 하면 곤란하니까 말이지."

아하. 입을 막겠다는거군. 과연 무슨 수로?

"너무 겁내지 마세요. 우린 보이드 님의 수호자예요. 악당 같은 수법은 쓰지 않아요. 해치지 않을 테니 염려 말고 따라오세요."

여자가 덧붙였다. 꽤 상냥한 표정이다. 해치지 않는다면, 뭐 기억조작 약물을 쓴다던가 아니면 먼 나라로 보내버리는 식일까? 진위를 확인하려면 일단 따라가야겠지만 안타깝게도 나는 그들의 초청에 응할 생각이 없었다. 여기서 나의 일은 끝났고, 이 세계 사람들에게 설계자인 나의 존재를 드러내는 건 곤란하니까.

표정을 보고 그들은 거절을 눈치 챈 모양이다. 여자는 인상을 찌푸렸고, 노인이 꼬맹이에게 슬쩍 눈짓했다. 꼬맹이는 망설임 없이 다시 한 번 개의 목줄을 놓았다.

이번에는 아까처럼 고기로 개를 따돌리는 것은 불가능해 보였다. 내려가는 방향은 모두 그들에게 막혀 있었다. 나는 절대 깨질 것 같지 않은 두텁고 커다란 유리창을 향해 몸을 날렸다.

나의 초인적 도약은 그들에게 보이드의 그것과 닮아 보였을지도 모른다. 하지만 그래도 내 발목을 씹어 삼키려는 짐승의 날카로운 아가리를 피하기에는 충분하지 않았다. 우직, 혹은 빠그작하는 소리가 났을 법하다. 야수의 이빨 사이에서 가녀린 여인의 발목이 부서질 때는 그런 소리가 적절한 것이다.

그러나 지옥의 개한테는 안타깝게도 나는 설계자였다. 규칙의 테두리에 선 존재, 초인을 만드는 초인.

내 온몸은 필요하다면 무한의 세계로 향할 수 있다. 흔한 경우는 아니지만 몸의 각 부분이 저마다 다른 목적으로 다른 세상을 거닐 수도 있다.

나는 개의 아가리에 들어간 왼쪽 발목을 우선 다른 세계로 보냈다. 비행기에서 떨어지는 연인을 받아 안던 초인이 동동 뜬 내 발목을 얼핏 쳐다봤지만 그쪽도 나름대로 바빠서 이상하게 여길 틈은 없었다.

개의 이빨이 공허를 깨무는 사이, 내 발목은 멈추지 않고 온갖 악으로 들끓는 거대한 썩은 사과의 도시를 회전축으로 삼아 빙글 돌았다가 서리거인들의 땅에 내려서고 혁명의 도시에서 탈출한 귀족들이 안도의 한숨을 내쉬는 유쾌한 주점 겸 술집 지붕을 딛고 뛰어올라 세 인간과 개를 뛰어넘었다. 나는 되돌아온 발로 깨지지 않을 것 같은 유리창을 걷어찼다.

쏟아지는 파편과 함께 나는 추락했다. 비명을 지르며 내려다보는 세 사람의 표정을 보니, 그들도 나름대로 선량함을 간직한 평범한 사람이라는 걸 확인할 수 있었다.

그러나 염려 마시라, 평범한 사람들이여. 이곳에서의 일은 끝났으므로 나는 바닥에 도착하기 전에 사라질 것이다.

그래도 추락하는 마음은 그리 가볍지 않았다. 문제는 없다. 보이드는 존재의 비용을 착실히 치르고 있다. 이 세계의 또 다른 구성원들은 그의 망각을 수호하는 길을 택했다. 따라서 이 결탁은 공고할 것이며 무너지지 않을 것이다.

다만 나는 도무지 확신할 수가 없었다. 그는 과연 자신의 소망을 이룬 것일까. 지불할 수 있는 모든 비용을 지불하고 그럼으로 인해 결국 스스로는 초인이 되지 않은 것이나 마찬가지인 그가?

나는 그의 소망을 제대로 설계한 걸까, 아니면 비열한 사기를 치고 만 걸까.

추락하는 공허의 세계, 그 고층건물의 어느 층인가에 걸린 액자의 문구가 마지막으로 눈에 들어왔다.

다시 천고의 뒤에
백마 타고 오는 초인이 있어
이 광야에서 목 놓아 부르게 하리라

"생리해요?"

"아니. 슈퍼 생리해."

"하하. 뭐예요, 그게."

정말이지. 그때 그 말을 잘 들었어야 했는데 말이에요.

* * *

기절할 것 같은 격통 속에서. 아니 격통 때문에 기절에서 깨어
나는데 그냥 그날의 기억이 떠오르더라고요. 원래 기절했다 깨어
나면 다 이러나요?

"여자들은 이기적이야."

목소리가 들리더군요. 곰인형의 탈을 쓴 남자의 비장한 한마디.

제가 눈을 뜬 것을 보고는 말을 꺼낸 것 같아요. 아마 아까부터 멘트 준비하고 있었나 본데.

"남자들은 그걸 알아야 해."

아픔이 가시니까 주변이 눈에 들어오더군요. 곰인형의 탈을 쓴 테러리스트. 쇠사슬에 묶인 저. 어제 산 선물상자는 제 발밑에 놓여 있고. 불 어두운 공장. 그리고 곳곳에 나뒹굴고 있는 장난감들. 아니다. 나뒹굴고 있다는 표현은 너무 박하죠.

방을 빙 둘러 일주하는 기차모형과 그 레일 주변에 도시를 이루고 있는 블럭 장난감들. 적재적소에 배치된 양철로봇과 공룡인형. 이들의 싸움을 지원하기 위해 달려오고 있는 탱크와 비행기 모형. 그리고 그 외곽 지역을 지키고 있는 소방차와 경찰차.

꽤 멋졌거든요. 그 사이에 쇠사슬로 묶인 나란 사람은 이 장난감 왕국에 좀 과다한 신화적 조미료가 될 것 같기는 하지만요.

"네 인생도 여자 잘못 만나서 끝나는 거고."

저는 신음을 흘리고는 고개를 끄덕이고 말았어요. 아. 동의했다는 이야기는 아니에요. 고개를 저으려고 얼굴을 들었는데 목에 힘이 빠져서. 사실 저라고 상황파악이 된 건 아니거든요.

아마도 어젯밤쯤 선물 상자를 들고 집에 쓸쓸히 돌아오는 길에 누구한테 무척 리듬감 있게 맞았고 눈을 떠보니 쇠사슬에 묶여 곰인형 탈을 쓴 테러리스트에게 위협을 받고 있다는 정도만 아는 거라.

"동의하지?"

"……아저씨 장난감 취향에는요."

이번에는 테러리스트가 고개를 끄덕였죠. 커다란 곰인형 탈을 쓴 덕분에 조금 귀여웠는데. 악당들은 어쨌든 인정욕구가 쎈 사람들일 게야. 뭐 이런 생각마저 들더군요.

"학생이 눈이 좀 있네."

테러리스트는 뒤뚱뒤뚱 그 곰인형 탈로도 미처 다 감싸지 못한 엉덩이를 흔들면서 제 앞으로 다가왔어요. 그러고는 털썩, 주저앉아 제 어깨를 토닥였죠.

"말해봐. 너. 홍양이랑 아는 사이지? 그 여자랑 무슨 사이인데? 여자 때문에 네 인생이 끝나게 되었는데. 그 여자에 대한 한풀이 정도는 해야 할 거 아냐?"

"홍양……?"

"그래. 홍양."

아아. 역시. 나를 납치한 이유가 그거구나. 그제야 납득이 가더라고요. 홍양 때문이었어. 그런 이유라면. 이해할 만하죠. 배울 만큼 배운 성인이라면야 그 정도야. 고백하자면 저도 홍양 때문이라면 뭐든지 할 거라서요. 사람도 때릴지도 몰라.

어쨌든. 그래서 이 홍양이라는 아가씨가 누구시냐. 도대체 얼마나 핫한 아가씨이시기에 이렇게 곰인형의 탈을 쓴 테러리스트가 저를 납치해 가면서까지 그 뒤를 쫓고 있느냐.

남들이 다 아는 식으로 말하자면 21세기 최초로 대한민국 일산에 나타난 슈퍼히어로시죠. 아니. 여자니까 슈퍼히로인인가. 언제나 헷갈리는 단어인데요.

어쨌든 유명하잖아요. 널따란 붉은 천으로 몸 전체를 가리고 일산 전역을 종횡무진 휩쓸면서 불도 끄고 열차충돌도 막고 사람도 구하는 그 아가씨.

연령 불명에 거주지 불명. 그나마 성별만은 목소리 덕분에 여자라고 판명이 나기는 했지만. 이름도 몰라 성도 몰라. 트레이드마크인 붉은 망토 덕에 홍양이라는 별명이 붙은.

쏟아지는 돌무더기를 맞고도 멀쩡하고 빌딩을 길에서 옥상까지 점프로 올라가고 슈퍼파워로 모든 문제를 해결하는 정체불명의 적수공권 그 아가씨.

홍양.

"말해봐. 둘이 그날 같이 있었잖아. 어떻게 아는 사이인데?"

"그거 이야기가…… 꽤 구질구질한데요."

뭐. 테러리스트 말마따나 홍양을 만나고 제 인생이 끝이 날지야 두고볼 일이지만요. 그래도요. 정말 많은 것들이 시작되기도 했거든요. 예를 들자면 글쎄다. 연애라든가요.

* * *

이야기는 삼 개월 전. 영자 씨한테 투덜거린 날부터 시작할게요. 아. 영자 씨는 제가 사귄 첫 여자친구예요. 신영자. 저보다 나이는 두 살 많은데 누나라는 호칭이 어색하다고 그냥 이름에 씨를 붙여서 부르기로 합의를 봤죠.

"영자 씨. 어제는 많이 피곤했어요? 답장도 오늘 약속시간 직전에야 겨우 주시고."

그날은 모처럼 봄이랍시고 산보를 나온 날이었어요. 조금 걷다가 카페 안에 들어가서 다퉜죠. 네? 아뇨. 이거 나름 까칠하게 한 건데요. 완전 배에서부터 힘을 준 목소리였는데요.

영자 씨는 그러고 보니 그랬네 ― 하는 투로 어깨를 으쓱였어요. 얇은 팔이 살짝 올라갔다 내려갔죠. 그날 아마 회색빛의 후드 달린 티를 걸치고 왔던가.

영자 씨는 조금 작은 키지만 많이 말라서 낭창낭창한데다 제법 미인인데요. 아니. 예쁘다기보다는 귀엽다는 표현이 더 어울릴 것 같은데. 알았어요. 본론에 들어갈게요.

"그냥 좀 몸이 안 좋았어."

영자 씨는 뭐랄까. 좀 쿨해요. 자기 할일만 다 하면 다 된 거 아니냐는 투죠. 저는 항상 거기에 끌려다니고요. 그게. 제가 워낙에 연애 초보라서.

"몸이 안 좋으시면 약속 미뤄도 되는데. 저번 달에도 말씀 없이 약속 당일에 잠수를 타서 저 속상했었잖아요. 그냥 꿈자리가 사나워서 나오기 싫다고 해도 이해하니까요. 다만 미리 연락만 해 주세요."

"그래. 경각 씨 말이 맞아."

네. 경각은 제 이름이에요. 무슨 닉네임 같죠? 하기야. 영자 씨도 그렇게 말했어요. 영자 씨랑은 트위터로 만났거든요. 영자 씨는 디자이너인데 제가 영자 씨 트위터 개인계정에 올라온 그림의 팬이 되어서 SNS로 연락했었죠.

어쩌다 그렇게 안면을 트게 되고 영화도 보고 그러다 사귀게 되었는데. 사귀는 날까지도 제가 본명을 ID로 쓰고 있다는 걸 모르더라고요. 아. 네. 본론.

어쨌든. 저는 투정을 부린 것이 미안해서 조용히 영자 씨의 손을 잡았어요. 그러자 영자 씨 몸에서 나는 그 체취. 아마 향수에 땀 냄새가 조금 섞였는지 살짝 비릿해서 더 생생한 냄새였는데. 딸기향이었어요. 그게 제 손으로 전해졌지요. 어. 이거 의외로 본론이에요.

"많이 아프지는 않으시고요? 그럴 때는 저한테 꼭 말해주세요. 우리 이렇게 서로 만나고 있으니까. 이런 문제에서 서로 기댈 정도의 관계는 되었다고 생각해요. 그렇지 않나요?"

영자 씨는 살짝 웃고는 저를 다독였죠. 그러고는 약간 부끄럽다는 듯이. 말을 이었어요.

"맞아. 내가 잘못했지. 그런데 경각 씨가 이해를 해줬으면 해."

"이해요?"

"응. 저번 달도 그렇고 이번에도 그렇고…… 그날이었거든. 내가 그날 즈음에는 예민해져서 전화를 받을 수 없는 상태일 때가 있어."

그래요. 그날. 그 생각을 못했던 거예요. 가끔가다 대학 친구나 알바 동료가 생리 때 쉬는 모습을 보기는 했지만요. 이렇게 연인 사이가 된 것도 처음이었고 연인이 생리 때문에 힘들어 하는 것도 처음이어서.

"생리해요?"

"아니. 슈퍼 생리해."

"하하. 뭐예요, 그게."

정말이지. 그때 그 말을 잘 들었어야 했는데 말이에요.

영자 씨는 무척이나 새초롬한 표정을 지었었죠.

변명을 하자면요. 제가 생리에 대해 알고 있는 것이라고는 깨끗하게 맑게 자신 있게 뿐이었거든요. 그냥 그날에는 힘들다. 그냥 그런 줄 알아라. 이게 제가 아는 전부였거든요. 그러니 슈퍼 생리라는 말을 들었을 때 그냥 슈퍼하게 아픈 생리인 줄 알았죠.

"경각 씨가 이 참에 알면 좋겠어. 나는 대충 한 달에 한 번 마법에 걸려. 근데 그게…… 이래저래 힘들거든. 당일 전후로 이틀씩은 경각 씨한테 살짝 소홀해도 양해를 해 주세요. 괜찮지?"

"어, 네. 물론이죠. 저도 달력 어플에다가 체크를 해놓을게요."

영자 씨는 그때 피곤함이 약간 가셨다는 표정으로 웃었어요. 전 많이 미안했죠. 면목 없기도 하고. 첫 연애니까 더 긴장하고 더 먼저 알아서 생각했어야 하는 문제인데.

"심하게 앓는 편이신가 봐요. 그. 뭐더라, PTSD?"

"PMS야, 멍청아."

"둘이 다른 거예요?"

"크게 다르진 않아."

어…… 이젠 둘이 뭐가 다른지 잘 알아요. PMS가 PTSD의 하위 개념이죠. 어쨌든 영자 씨는 다시 좀 피곤한 표정을 짓기는 했는데요. 그래도 다시 기운을 차리고는 이야기를 이어나갔죠.

"실은 내가 프리랜서를 택한 이유이기도 해. 슈퍼 생리 때문에 한 달에 일주일은 공으로 비워놓아야 하니까."

"아이고. 영자 씨. 고생 많으셨네요."

"매달 겪는 일인데 뭘. 태어날 때부터 가진 숙명이기도 하고. 원래 누군가는 피를 흘려야 하잖아."

"제가 어떻게 도와드릴 게 있다면 꼭 말씀 주세요."

"뭐…… 그냥 경각 씨가 남들한테 말하고 다니지만 마. 일일이 광고할 일도 아니잖아."

저는 그랬구나. 또 그렇구나. 하고는 고개만 끄덕였어요. 뭐 영자 씨 말마따나 일일이 광고할 일도 아니겠지만 굳이 비밀로 할 일인가 싶기도 했는데. 그냥 그런가보다 했죠. 숙명이라니 좀 거창하지 싶기도 했고. 정말 잘 몰라서. 또 물어보면 안 될 것 같아서.

* * *

"여자가 잘못했군."

"네?"

"너 여자친구. 아주 제멋대로잖아."

테러리스트의 얼굴이 곰인형 탈 안에 있어 그 표정은 알 수 없지만 목소리로 들어서는 조금 비아냥거리는 투였어요.

"학생이 너무 여자를 못 잡고 사는 거 아냐? 그래서 남자 구실 하겠나."

테러리스트는 곰인형 탈의 팔을 붕붕 돌릴 정도로 열의에 차서는 저를 질타했죠. 거 참. 진상 택시기사처럼 잔소리를 하는 주제에 귀엽기는.

"생리가 뭐 대수인가? 여자만 아프냐고. 남자들도 아파. 남들도 다 참고 일하는데. 직장에 취직을 못 할 정도가 어디 있어. 거기다가 연락을 못 할 정도는 또 뭐냐고."

"영자 씨가 좀 심하게 아픈 편이라고 그랬잖아요."

테러리스트는 이제 한숨을 푹 쉬더군요. 입은 보이지 않지만 소리는 들리니까. 어깨가 축 늘어지기도 했고.

"학생. 학생이 그렇게 여자한테 휘둘리면 안 되는 거야. 여자들이 제멋대로 구는 이유는 하나야. 혼내주기를 바라는 거라고. 잘못을 꾸짖고 통제해 주기를 원하는 게 여자라는 말씀이야. 그런데 너는 그걸 일일이 들어주고 앉았으니. 어휴, 이 답답이가."

저 지금 당위성 없는 무차별 테러와 인질극을 저지른 범죄자에게 인생에 대한 훈계를 들어서 무척 자존심이 상했는데요. 아니 이 아저씨는 자기가 연애를 얼마나 잘했다고 인생은 얼마나 잘살았다고 지금 테러리스트가 된 건가.

"학생. 여자친구가 자네한테 그렇게 말해놓고 어디 가서 무슨 짓을 하고 있을지 누가 알아?"

"아저씨. 알아요. 저 아니까. 본론. 저 본론 들어갈게요."

"어휴…… 그러든가."

* * *

우선 아저씨 말이 아주 틀린 것은 아니에요. 전 그때 영자 씨가 어디 가서 무슨 일을 하고 있는지는 전혀 몰랐으니까. 하지만 진짜 일어난 일은 좀 뭐랄까. 좀 달랐어요.

또 다음 달이 되니까. 아니나 다를까. 영자 씨는 또 연락을 받지 않았죠. 아녜요. 휘둘리는 거 아니라니까. 대신 이번에는 마음이 불편하지는 않았어요. 그 며칠 전에 곧 슈퍼 생리 기간이니까 밖에서 만나기 그렇다고 했거든요.

저는 저대로 하루 빈 시간이 났다고 생각하고 저 할 일을 하기로 했죠. 첫 연애에 이것저것 투자를 하다 보니 예전만큼 다른 일에 집중하지는 못했으니까. 밀린 빨래도 하고. 설거지도 하고. 평화로운 하루였어요. 괜찮은 저녁이었죠. 그러니까. 친구가 저한테 보낸 문자를 보기 전까지요.

야. 너랑 사귄다는 그 누님 말이야. xx동에서 지나가시는 거 뵈었다. 원래 이 동네 살고 계시던가? 여전히 예쁘시던데?

그릇들 다 씻어놓고 폰을 확인하는데 것 참. 이렇게 일일이 보고하는 그 친구도 참 그렇지 않나요?

누나는 xx동이 아니라 yy동 살아. 그렇잖아도 오늘 일이 있다고 했는데 그것 때문에 나간 거 네가 만났나 보다.

뭐. 대충 그렇게 문자를 보냈었을 거예요. 응? 맞아요. 일이 있다고 한 적 없었어요. 그냥 전날에 문자로 밖에서 만나기가 그렇다고 했었는데. 당일에는 연락도 없었고요. 그런데 밖에 나가서 돌아다녔다고 하니까. 조금 배신감을 느끼기는 했지요.

　어, 그렇더라. 바쁘신지 나 못 알아 보고 막 가시더라.

　의심했냐고요? 의심은 무슨. 아니라니까요. 그럴 사람도 아니고. 그냥 내가 약간 서운은 했죠. 적어도 몸 상태 나쁘지 않다고 문자라도 하나 주면 좋았을 텐데.

　주말에 저녁 타임이 통으로 비었겠다. 그래서 기분이나 풀려고 TV를 틀었는데. 아이고. 그때. 아주 미치는 속보가 하나 나오고 있었죠.

* * *

　"아하. xx동 LPG 가스통 연쇄폭파사건이 있던 날이구나. 그날 토요일 6시였지."

　"네. 잘 아시네요?"

　"그야 내가 저지른 사건이니까."

　어련하시겠어요.

　테러리스트는 자랑스럽다는 듯이 어깨를 펴요. 그렇잖아도 커다란 곰인형 탈이 들썩거리니까 것 참. 다행히 사상자는 나오지 않은 사건이었지만 한 동네를 통째로 날려먹고서도 저렇게 자랑스러워하면 좀 그렇지 않나요?

　그러고는 뒤뚱거리면서 방 안에 설치된 블럭 장난감 마을 한편에 다가가더군요. 그러고 보니 이 열차 레일이 깔린 노선이나 블록 장난감 마을 이거 일산의 축소판이네요.

"아마 이쯤이었지. 그래. xx동. 정부에서는 대외비로 하고 있지만 여기에 슈퍼컴퓨터를 숨겨놓은 시설이 있었거든. 지금은 내가 훔쳐 와서 없지만. 그거 빼돌리려고 그랬던 거였어."

"그랬어요?"

"응. 건물에 숨어들어가려고 했는데 감시 시스템이 삼엄하더라고. 그래서 LPG 가스통 연쇄폭파사건을 일으켜서 근방 전원을 다 날려버리고 경찰이랑 소방관들이 근처에 오지 못하게 했지. 지금 생각해 봐도 정말 스바라시한 작전이었단 말씀이야."

"네, 네. 어쨌든 그거. 본론 들어가야죠. 아저씨."

* * *

말씀하신 대로의 일이었겠지만 당시에는 그냥 연쇄폭파사건으로만 속보가 터졌죠. 뉴스가 그 이야기로 도배되었으니까. 동네가 연기로 자욱하고. 사람들은 비명을 지르면서 뛰어다니고. 아비규환이었어요, 아비규환. 일산에 지옥도가 펼쳐졌다고요. 아저씨 반성 좀 해요.

아무튼 그때 막 눈물이 나더라고요. 방금까지는 그렇게 아쉬웠는데. 좀 세게 말하자면. 화까지 났었는데. 영자 씨가 다쳤을지도 모른다는 상상을 하니까. 어쩌면 영자 씨가. 영자 씨를. 다시는 만나지 못하게 될 수도 있다고 생각하니까. 서운함에서 무서움으로 떨어지는 감정의 낙차가 엄청나서.

그때 기억이 가물가물하기는 해요. 무작정 아무 옷이나 잡히는 대로 걸쳐서 나갔고. 택시를 잡아서 xx동 가까이 세워달라고 부탁했고. 마구잡이로 그 동네를 뛰어다니면서. 연기로 자욱한 동네를 누비면서 영자 씨의 이름을 외쳤죠. 아저씨 반성 진짜 하세요.

무슨 일이 있으면 어쩌지. 진짜로 이 사람에게 큰일이 일어나면 어쩌지. 무서운 상상은 점점 에스컬레이터처럼 올라갔죠. 5층에서 6층으로. 6층에서 7층으로. 8층에서 1295층으로.

만약에 무슨 일이 있었다면요. 영자 씨가 그만 목숨을 잃거나 했다면요. 다 필요 없었을 거예요. 다 죽여버렸겠죠. 누구든 다. 그냥 내 눈앞에 보이는 사람 모두. 보이는 대로 다 죽여버리고 더 죽일 사람도 없게 되면. 나도 영자 씨 따라서 죽어버렸을 거야.

네? 무서운 소리를 한다고요? 저기요. 아저씨는 다 죽든 말든 될 대로 되라는 듯이 굴다가 운 좋게 못 죽인 사람이잖아. 제가 무슨 말을 하든지 실제로 도심에서 가스연쇄폭파 사건을 일으킨 사람만큼 무섭기야 하겠어요?

어쨌든 그렇게 폐허가 된 거리를 돌아다니는 사이에. 공포로 가득 차서 벌벌 떨리는 손을 어떻게든 부여잡고 폭연 속을 헤매는 그 사이에. 저는 향기를 맡았어요. 탄내도 가스내도 아닌 그런 향기를요. 네. 딸기향.

언제나 그녀의 손에서 내 손으로 전해지던. 그녀와 헤어지고 집에 와서도 몇 시간이 지나도록 남은 잔향이 사라져가는 것을 아쉬워하던 그 딸기향. 아이씨. 아저씨. 좀 이해해요. 제가 워낙에 연애 초보라서 이러는 거니까.

　전 그 먼지바람을 사이를 헤집으며 그 딸기향의 근원을 찾았어요. 그리고 어느 골목에서. 네. xx동의 a빌라 옆 뒷골목에서. 달빛 아래에서. 그녀를 발견했죠.

　커다란 천으로. 그것도 딸기처럼 붉은 색의 천으로 온몸을 감싸고는 사제폭탄을 해체하고 있던. 뭐 다른 사람들도 아는 이름으로 말하자면. 21세기 일산신도시특산슈퍼히어로. 홍양을.

　"영…… 자 씨? 여…… 여기서 뭐해요?"

　그리고 그 홍양은. 아시다시피 영자 씨였고요. 영자 씨는 황당하다는 눈빛으로. 또 어처구니없다는 말투로 대꾸했죠.

　"오늘 그날이라고 했잖아."

　"그날…… 이요?"

　"응. 슈퍼 생리하는 날."

　"슈퍼……?"

　"생리."

　어안이 벙벙하다는 듯 입을 다물지 못한 저를. 그러니까 안심을 해야 하는지 황당을 해야 하는지 여간 감을 잡지 못하던 저를 보고 홍양은. 아니. 영자 씨는.

　우선 폭탄을 손으로 감싸고는 펑, 하고 터뜨렸어요. 폭발은 영자 씨의 작은 손 너머로는 어떤 피해도 주지 못한 채, 약간의 소음만 남기고는 사라졌죠.

　그러고는 몸을 둘러싼 천을 벗어다 고이접어 가방에 넣더군요. 하긴. 도심에서 이십대 후반의 여성이 노상에서 옷을 갈아입기란 쉽지 않으니까. 저렇게 커다란 천으로 몸을 둘둘 말아 정체를 숨기는 편이 편리할 거야. 뭐 이런 생각이나 하고 있었는데.

영자 씨가 놓친 정신을 그대로 고이 보내고 있던 저의 어깨를 툭, 하고. 딸기향과 폭약 냄새가 어렴풋이 섞인 손으로 제 어깨를 친 뒤 말을 꺼냈어요.

"경각 씨. 우선 뭐 먹으러 가자. 선짓국 먹을 줄 알지?"

* * *

"여기요, 선짓국 두 그릇이랑요. 경각 씨?"

"어…… 저는 안 먹을 건데."

"그래? 그럼 선짓국 두 그릇이랑 수저는 한 벌만 주세요."

첫 연애이기는 했지만 선짓국 집을 데이트 코스로 기대했던 적은 없었는데 말이죠. 저나 영자 씨나 술을 즐겨 마시는 편은 아니었거든요. 가끔 진짜 입만 축일 정도로 마셨으니까.

하지만 영자 씨는 너무나도 자연스럽게 선짓국 집으로 들어와서. 그것도 두 그릇이나 혼자 시켜놓고는 불편한 표정으로 앉아 있었죠.

"어…… 술도 시킬까요?"

"응? 아냐, 아냐. 술은 안 마실 거야. 슈퍼 생리 기간에 알코올 들어가면 더 훅 가더라."

머리가 지끈지끈하다는 듯이 관자놀이를 주무르던 영자 씨. 저는 그날 덤덤하다가 아쉬웠다가 놀랐다가 무서웠다가 안심이랑 황당했다가 감정의 파도가 놀이공원 자이로드롭마냥 치솟고 내려앉길 반복해서 뭘 어쩔지를 모르겠더라고요.

"그런데 또 철분은 모자라서. 꼭 선짓국을 먹어줘야 해. 경각 씨는 이런 거 입맛에 안 맞아서 안 먹는 거 아니야? 만약 배고프면 여기서 먹고 다른 곳으로 가자."

"아뇨, 괜찮아요. 진짜 배 안 고파요. 그냥 놀라서……"

그때 그냥. 눈물이 나더라고요. 아이고. 나이도 적당히 먹었는데. 왜 또 갑자기 그냥 눈물이 주르륵 흐르던지.

"어머나. 경각 씨. 그렇게나 놀랐어? 자, 자. 괜찮아. 괜찮아. 나 여기 잘 있어. 살아있어. 걱정하지 않아도 돼."

피곤하다는 듯이 찡그렸던 이마를 피고 귀엽다는 듯이 웃던 영자 씨. 테이블에 있던 휴지를 뽑아서 제 눈물을 닦아주더라고요. 아니, 아저씨. 고추 떼라가 뭐예요. 고추 떼라가. 다 큰 남자한테. 다 큰 남자가 뭐 울면 어때서.

"생리라면서요……"

"아니. 생리가 아니라 슈퍼 생리라고 했잖아. 한 달에 한 번 마법에 걸린다고."

"슈퍼 생리가 뭔데요……?"

정말이지. 처음에 말했을 때 잘 들었어야 했다니까요.

영자 씨는 곤혹스러운 표정으로 그냥 웃더군요. 자기도 뭐라고 말을 꺼내야할지 모르겠다는 듯이. 이런 이야기를 꺼내도 되는 걸지 모르겠다는 듯이.

"그러니까…… 내가 좀 특이체질인데. 다른 사람들처럼 생리를 하긴 하는데 그걸 좀 특별하게 해서. 대략 한 달에 한 번 주기로 호르몬 분비로 인한 생리 때문에 스트레스가 쌓이면 그 스트레스에 비례하는 슈퍼파워가 생겨. 초능력이라고 해야 할까. 응. 경각 씨가 예전에 무슨 영화 보자고 했었지?"

"「맨 오브 스틸」……슈퍼맨?"

"응, 그거. 그거랑 비슷해. 힘이 무척 세지고 오감이 예민해져. 다쳐도 빨리 낫고."

것 참. 놀랍죠.

"근데 그냥 힘만 세지는 거면 상관없는데…… 내 몸만이 아니라 내 감정도 많이 흔들리거든. 그래서 막……"

"막……?"

"막…… 정의를 지키고 싶어지거든."

기나긴 정적 사이에 식당 종업원이 선짓국 두 그릇을 영자 씨 앞에다 대령하더군요. 아마 단골이었나 봐요. 그 집 맛있기는 했어. 영자 씨는 우선 선지 덩어리를 큼지막하게 잘라다가 한입에 먹어치웠죠.

"생리할 때 되면 호르몬 때문에 평소와는 다르게 행동하는 사람들이 있잖아. 날카로워지기도 하고. 그것만이 아니라 성욕이 세지거나 도벽이 생기거나 하기도 하거든. 나도 그 비슷한 거야. 그냥 정의를 지켜야 해. 어려운 사람들을 돕고 나쁜 사람을 막아야 해. 그러지 않고는 못 견디는 거야."

정말이지 뭐랄까. 여자의 몸은 신비로 가득 차 있다니까요.

말을 많이 해서 배고팠는지 대충 설명이 다 되었다고 생각했는지 영자 씨는 그제야 눈앞의 선짓국에 열심히 수저를 뜨기 시작하더군요. 저는 머릿속에서 이제껏 영자 씨가 생리 아닌 슈퍼 생리에 대해서 했던 말들을 반추하며 아귀를 맞춰봤고요.

"그래서 전에 태어날 때부터 가진 숙명이라는 말은……"

"슈퍼히어로로서의 숙명."

"누군가는 피를 흘려야 한다는 말은……"

"원래 히어로로 활동하다 보면 피 자주 봐. 아. 그리고 일단은 나도 여자니까 슈퍼 생리 기간에 생리를 안 하는 것도 아니고. 애초에 거기서 받는 스트레스가 슈퍼파워가 되니까."

"일일이 광고를 할 일도 아니라는 말은……"

"그야 일단은 비밀 신분이고 초능력에 기간한정이라는 약점도 있으니까. 신분은 몰라도 능력의 한계는 이미 알고 있는 악당들도 있긴 해. 장 회장이라고 곰인형 탈을 쓰고 다니는 애가 있는데 걔는 좀 나 알 걸? 내 네메시스거든."

아저씨가 장 회장 맞죠? 곰인형 탈도 쓰고 다니고. 응. 그럴 줄 알았어요. 이미 알고 있다니까 이렇게 구구절절 다 말했죠. 나도 지조가 있는데.

어쨌든 그날 이런저런 이야기 많이 했어요. 왜 영화처럼 옷 안에 바짝 달라붙는 타이즈를 입지 않느냐고 물어보니까 타이즈는 배를 압박해서 힘들다던가. 어쨌든 생리는 생리라서 어지간해서는 뛰지 않는 현장에 가려고 노력한다던가. 언제나 쓰는 딸기향 향수는 생리 때 피 냄새가 나는 것 같아서 뿌린 것이 버릇이 되어서라던가.

* * *

"역시 그런 거였군. 어쩐지 홍양 고것이 언제나 한 달 주기로만 나타난다 했어. 그것도 정확히 한 달은 아니어서 작전을 짜기가 힘들었지."

"어. 공감. 나도 데이트 약속 잡을 때 꼭 고려를 해야 하는데 그게 쉽지가 않더라고요. 몸 컨디션이나 환경에 따라 주기가 바뀐다고 하니까."

테러리스트는 곰인형 탈 안에 손을 집어넣고는 머리를 쓰다듬었어요. 아무래도 계면쩍겠죠. 자신이 납치해 온 남자의 여자친구의 생리, 아니 슈퍼 생리 이야기를. 그것도 그 여자친구는 일생의 숙적이라고 할 만한 그런 훼방꾼인데. 그런 사람의 생리적, 아니 슈퍼 생리적 현상에 대해서 하나하나 듣는 거니까.

"자네도 고생이 많아."

"뭐. 연인 사이인데 당연히 서로 배려하고 살아야죠."

아니. 그보다 이 테러리스트가 테러만 일으키지 않아도 영자 씨 고생이 좀 줄어들 텐데요. 그러면 저도 영자 씨랑 다니기 편할 테고요. 저는 원망하는 눈초리로 곰인형 탈을 흘겨보았지만 테러리스트는 별로 반응도 보이지 않더군요. 탈 안의 표정이 보여야 뭐 감이 오는데.

"영자 씨의 비밀을 알게 되니까 그 이후로는 세상이 달라지더라고요. 무슨 사건이라도 터지면 언제나 영자 씨와 관련된 것은 아닐까 걱정되어서 기사를 찾아보고. 안부도 더 자주 묻게 되고.

어쩌다 홍양으로 활동하는 모습이 뉴스에 나오면 막. 가슴이 아파요. 차라리 내가 나가서 내가 대신 아팠으면 좋겠는데."

"학생. 정신을 차려. 그런 식으로 따라다니기만 해봤자야. 여자들은 언제나 배신한다고. 백날 천 날 그렇게 잘 지낼 것 같아?"

역시 표정은 몰라도 목소리로는 안다니까요. 진짜 한심하다는 듯이 말하더라고요. 짜증도 꽤나 섞어서. 하지만 어쩌겠어요. 이렇게나 좋아하는데.

"물론 아니죠. 우리 사이가 언제나 잘 굴러가기만 한 것도 아니었어요. 생리가 슈퍼 생리라는 점만 제외하면 다른 사람들이랑 다를 바도 없으니까요."

* * *

"경각 씨. 진짜로 이럴 거야?"

"영자 씨. 이게 그렇게나 화낼 일이었어요?"

영자 씨가 홍양이라는 것을 알고 두 달인가 지나서였는데요. 그날 뭐 때문에 싸웠더라. 아. 그거. 근데 싸웠다고 하기도 좀 민망해. 실랑이에 더 가까웠죠.

여기서 말씀드리기는 좀 그렇지만 제가 배려를 못했고 영자 씨는 저처럼 둔하지 않으니까. 섬세하니까 좀 더 다른 걸 느꼈을 거예요. 아뇨. 까칠한 게 아니라 섬세한 거라니까요.

yy동 은행 삼거리 앞이었거든요. 저는 가게에서도 아니고 길 위에서 이렇게 투닥거리니까 더 정신이 없었던 것 같아요. 다른 사람들이 보는데 이 문제를 해결은 해야겠는데 영자 씨가 왜 이렇게나 화가 났는지 이해는 못 하겠고 어떻게 말을 해야 화가 풀릴지도 모르겠고.

그래서 그만.

음.

지뢰를 밟았죠.

아니다. 지뢰를 밟았다는 표현은 좀 부적절했네요. 아마 영자 씨라면 '경각 씨가 나한테 똥을 던졌지.'라고 할 것 같은데요.

"오늘 슈퍼 생리예요?"

알아요. 안다고요. 내가요. 내가 못됐어요. 말 꺼내면서도 내가 못됐다고 생각했어요. 그리고 그 말을 들은 영자 씨의 얼굴이 홍양 때 두르고 다니는 붉은 천보다도 붉어지는 것을 보고서야 내 생각이 틀렸다는 걸 알았죠.

내가 엄청 진짜 무진장 되게 이루 말할 것 없이 못됐다고요.

"야!"

"어, 네?"

"야! 노경각!"

은행 삼거리를 지나는 모든 행인들의 시선이 한순간에 우리 둘에게 쏠렸지요. 아니다. 건물 안에 있는 사람들도 몇몇 정도는 창밖으로 우리를 봤을 거라 생각해요. 아저씨가 폭탄 테러를 저질렀을 때도 그날의 영자 씨와 비교하면 한가한 봄날 영국 정원의 티타임과 같았을 걸요.

"내가 슈퍼 생리 때 날을 세우는 것은 맞지만 내가 날을 세우는 때가 전부 슈퍼 생리인 것은 아니거든?"

"어……"

"가! 가라고!"

"저……"

"안 가? 네가 안 가면 내가 가!"

영자 씨는요. 바로 자해공갈이라도 할 작정인가 싶을 정도로 거칠게 도로에 뛰어 들어가 택시를 잡고는 그 길로 가버렸죠. 영자 씨가 참. 언행일치는 확실해요.

* * *

"넌 진짜 글렀다."

"아저씨……"

"학생은 진짜 글렀어."

것 참. 이제야 테러리스트의 주장에 동의할 만한 내용이 나왔네요. 저도 제가 참 글렀지 싶거든요. 테러리스트는 곰인형의 탈 안에서 바둥거리다가 아예 그 털 달린 팔을 들어 가슴을 치기까지 하더군요.

"아이고. 아이고. 이 답답아. 사내 망신은 네가 다 시킨다. 어디 대한민국에 남성인권이 이렇게 떨어지는 게 괜한 게 아니야. 다 너 같은 녀석이 사나이 평균 체면을 다 깎아먹는다는 말이다."

"그래요. 제가 잘못했죠. 영자 씨한테 그렇게 말해서는 안 되는 거였는데."

"아니야! 그게 아니야!"

어디서 무슨 곰 같은 함성이 솟아나서 원. 제 고막을 강타하더군요. 테러리스트는 이제 제 어깨를 양손으로 쥐고 마구잡이로 흔들었어요. 와. 이 아저씨 진짜 답답한가 봐. 곰인형 탈 안에는 얼마나 침이 튀었을까 막 그런 걱정도 되고.

"여자가 그렇게 까불기만 하면. 어? 남자가. 어? 혼쭐을 내줘야지. 주도권이 너한테 있다는 것을 교육시키라고. 화를 내. 네가 떠나서 아주 그 계집애를 비참하게 버릴 수도 있다는 것을 증명하라고."

"그렇게까지 매력적인 제안은 아닌데요…… 그런 식으로 쉽게 헤어진다는 말을 꺼내는 상대방을 어떻게 신뢰할 수 있겠어요."

"화도 못 내는 호구는 뭐 신뢰 받을 줄 아나?"

"화는 내요. 화를 낼만한 상황일 때는요. 필요할 때가 오면요."

"있었어?"

"없었어."

* * *

어쨌든요. 그날 저녁에 전화를 했는데 받질 않더라고요. 다음날도 문자도 안 주고요. 실은 전날 만났던 게 우리 기념일에 뭐 할까 이야기하려고 했던 거였는데. 토요일에. 네. 그러니까 어제. 아저씨랑 처음 만난 그날이요.

말실수나 하고. 기념일에는 혼자고. 쓸쓸하잖아요. 이거 이대로

다 망하는 거 아닌가. 이렇게 좋아하는데. 이제 다 끝인 거 아닌
가. 그런 걱정에. zz동에 아는 칵테일 바가 있어서 거기 가서 혼자
술이나 마셨죠. 그 칵테일바 꽤 괜찮거든. 옆에 방송국이 있는 거
알죠? 그래서 연예인들도 가끔 오고 막.

제가 워낙에 연애 초보라서. 또 술집도 초보라서. 살짝 취했죠.
학생 때에도 술은 잘 안 마셨거든요. 직장에서도 술 안 마신다고
오히려 좋아해 줬고. 영자 씨랑 분위기 잡겠다고 가끔 바에 가거
나 했을 때에만 한두 잔 마셨나?

"이백……"

"돈 떼였어요?"

"기념일이요."

결국 뭐 어쩌겠어요. 바텐더랑 노가리나 까야 했지요. 아무리
생각해도 바텐더는 술 팔아 돈을 버는 게 아니라 이야기 들어주
는 걸로 돈을 버는 것 같아.

연애 상담 같은 거 원래 돈 주고 해야 하는 거거든요. 한탄하는
소리 듣고 어차피 뭐라고 해도 쥐뿔도 안 들을 조언도 하고 그거
친구라고 공짜로 해주면 그건 좀 아니야. 아저씨도 듣고 있잖냐
고요? 에이. 아저씨가 해달라고 했잖아요.

"그래서. 올 것 같습니까?"

"에이. 에이이……"

기념일이니까. 원래 zz동 그 술집도 데이트 동선에 집어넣고 있
었거든요. 그런데 혼자 술 마시니까. 와. 적적해서. 옆자리에는 아
무도 없고 꽃다발만 있었어요. 언제 어느 때라도 영자 씨가 연락

하면 꽃다발 들고 가려고. 사놨었거든.

"zz동 그 칵테일 바에서 기다린다고 문자했는데요. 답장이 오기는 했네요. 그 술집 가지 마. 이렇게 그냥 한 줄 왔네."

"저런."

"언제나 나만 더 좋아한다니까요. 나만 짝사랑이야. 언제나 나는 일보다 뒷전이라고요."

"화가 단단히 났나 봅니다."

바텐더도 곧 다른 자리로 가더라고요. 손님도 없는데. 괜히 막 치우기나 하면서. 하기야. 내 이야기 들어봤자죠. 나도 해봤자고요. 진짜 중요한 비밀. 슈퍼 생리 같은 이야기는 어차피 남들한테 하지도 못하는데. 속이 풀리나.

영자 씨가 의외로 꽃을 좋아해요. 예전에. 처음에 데이트할 때. 뭘 줘야 할지 몰라서. 그냥 아무 가게나 발 닿는 대로 들어간 곳이 꽃집이어서. 꽃을 선물했는데 막상 받을 때는 별말 없었는데. 그날 저한테 되게 잘해주더라고요.

이 사람이 말만 안 했지. 나한테 무척 고마워했던 거예요. 그래서 나도. 기회가 있으면 있을 때마다 꽃 선물을 해 주자고 다짐했는데. 어쩌면 이런 선물도 이게 마지막일지 몰라. 아니. 이 선물도 주지 못할지도 몰라. 이런 생각이 드니까. 술이 들어간다 쭉쭉쭉 쭉쭉이었어요.

그런데. 비싼 돈 주고 마신 술이었는데. 술 확 깨는 일이 일어났지요. 네. 그거요.

쾅! 하고 무언가가 터지는 커다란 폭발음이 들리더니 술집 벽이 무너지고. 그 무너진 벽의 잔해 사이에는. 그때 그날처럼 달빛이 비추고.

또 그때 그날처럼. 그 달빛 속에는 아주 익숙한 붉은색의 커다란 천과 그 천에 김말이처럼 돌돌 말린 아가씨 한 명이 있었지요.

"홍양……?"

"어이고. 죽겠다……"

"홍양?"

아닌 게 아니라. 홍양이었죠. 영자 씨. 연락은 받지 않았으면서. 기다린다는 문자에는 가지 말라는 답장만 쥐놓고서. 연인인데. 기다렸는데. 200일이었는데. 그러든 말든 여전히 슈퍼히어로로서 열심히 활동 중이었던 거예요.

가게는 쑥대밭이 되었어요. 바텐더는 벽이 무너지면서 같이 넘어졌는지 기절했나 보더군요. 하지만 피를 흘리지는 않았고요. 게다가 그때 저나 영자 씨나 남 일에 신경을 쓸 정도로 그릇이 크지는 않더라고요.

"야! 너! 오지 말라고 했는데 왜 와!"

"이미 왔었는데 그럼 그냥 가요?"

"위험하니까 오지 말라고 했던 건데! 뭘 또 미리 오는데!"

"꽃도 사고 그러느라, 또 일찍부터 영자 씨 기다리는 게 좋아서 일찍 왔죠!"

붉은 천으로 얼굴을 가렸는데도 표정은 생생하게 읽히더라고요. 음. 그때 영자 씨 얼굴 새빨개서 진짜 화가 잔뜩 나 보였는데. 저는 저대로 심술이 나서 한마디 쏘아버리고 말았죠.

"영자 씨 슈퍼 생리 아니라면서요?"

"그날 날이 선 이유가 슈퍼 생리 때문이 아니라는 얘기지!"

그때, 나만 그럴 줄 알았는데, 영자 씨 눈에도 살짝 물기가. 맺혔더라고요.

"슈퍼 생리였지만 슈퍼 생리 때문에 화난 것은 아니었는데 슈퍼 생리랑은 상관없이 화난 이유는 묻지 않고 슈퍼 생리 때문에 화난 거냐고 물으니까 슈퍼 생리랑은 상관없이 더 화난 거라고!"

그렇죠. 정론이에요. 제가 잘못한 게 맞았다니까. 그래도 그때까지는 어떻게 수습할 수 있었을 것 같은데.

영자 씨는 급히 배를 감싸며 그 자리에서 주저앉고 말았어요. 슈퍼 생리라고 생리가 아닌 것은 아니니까. 언제나 아픔과 피로 속에서 정의를 위해 싸우고 마니까.

"어구구…… 굴이…… 데운 굴이……"

"영자 씨……"

언제나 철벽무적의 홍양인데도 그 순간만큼은 주춤하더라고요. 원래도 슈퍼히어로로 활동하면서 어지간해서는 잘 뛰지도 않는 사람인데. 그날 아저씨 때문에 빌딩 위로 허들 경주를 했다면서요.

힘들어하는 영자 씨의 모습을 보니까. 영자 씨가 슈퍼 생리 때 얼마나 힘이 드는지에 대해서 묘사한 게 떠오르더라고요.

'G. I. JOE 장난감 알지? 그러니까 그거. 아이들이 갖고 노는 군인 인형. 걔네 허리가 하반신이랑 고무줄로 이어져 있잖아. 슈퍼 생리 때는 그 허리를 잡아당겨서 고무줄이 꼬이도록 빙글빙글 돌리는 그런 느낌이야. 물론 산채로. 내장을 꽈.'

그런 이야기가 떠오르니까. 또 그런 모습을 보니까. 방금까지 한껏 삐쳐 있던 제가 참 못나 보이기도 하고. 미안하기도 하고. 그 래서 그만. 저는 또다시 실수를 저질렀죠.

"영자 씨. 그냥 슈퍼히어로 하지 않으면 안 되나요? 슈퍼 생리 그거. 참으면 안 돼?"

망했죠.

"내가 이렇게 생겨먹었는데 나더러 어쩌라고?!"

한 번도 그런 모습 보인 적 없었는데. 영자 씨의 그 앙칼진 목소 리라니.

화를 참지 못해서 파르르 떨리는 어깨라니.

"아파. 아파 죽겠어. 피가 모자라는 느낌 알아? 생리가 피가 다 빠져나가는 거잖아. 아니. 다 빠져나가는 것도 아닌데도 엄청 힘 든 거잖아. 현기증이 계속 나거든. 상시 빈혈이야. 보이지 않는 누 군가가 계속해서 내 배를 때리는 기분이야. 내 내장을 스크루 바 처럼 비비 꼬는 기분이라고."

영자 씨는 배를 양손으로 감싸고는 속사포처럼 말을 쏟아냈어 요. 그 표정은 배신감 때문인지 아니면 복통 때문인지 일그러져 서. 아마 둘 다였겠지 싶은데. 그 아픔을 다 게워내려는 듯이 안간 힘을 쓰며 말하는 모습이. 안쓰러워서.

"생리 일주일 전에는 생리가 오는 거 기다리느라 멘탈이 무너 져. 너도 언제 곧 누가 네 배를 때리면서 내장을 비비 꼬려고 올 거라 생각하면 멘탈 무너지잖아. 그렇다고 생리 터지면 좀 나아 지냐고? 아니야. 일주일 동안은 일단 터졌으니 안심은 되는데 너도 누가 네 배를 때리면서 내장을 비비 꼬고 있으면 아프잖아. 나도 그래. 그래서 피지컬이 무너져."

변명을 하자면 말이 잘못 나왔어요. 슈퍼 생리 때문에 호르몬 분비 이상으로 정의감이 생겨나는 건 알겠다. 하지만 정의감 때문에 이렇게 아파하면서도 계속 싸워서야 되겠느냐. 이렇게 말했어야 했는데.

"한 달에 2주는 이러고 살아. 이렇게 살아왔고 이렇게 살 거야. 한 번이나 두 번이 아니라 앞으로 몇 십 년 쭉 이럴 거야. 있지, 경각 씨. 나도 이런 거 하기 싫어. 그런데 해야 해. 왜냐고? 해야 하거든. 이게 나거든. 내가 구할 수 있는 사람들. 구할 수 있었던 사람들. 그 사람들을 일일이 외면해서 평생 도망칠 수가 없거든."

아니다. 그렇게 말했어도 아마 영자 씨의 자존심을 상하게 했겠죠.

이 모든 것은 어디까지나 영자 씨의 아픔이고. 영자 씨의 선택이었으니까요.

"으하하하! 홍양! 여기에 있었군…… 자! 승부를 계속할까?"

나이스 타이밍이라면 나이스 타이밍이라고나 할지. 그 순간에 등에 달린 로켓 분사기로 하늘을 나는 커다란 곰인형을 타고 있는 곰인형의 탈을 쓴 테러리스트가 칵테일 바의 뚫린 벽 너머로 나타났죠. 네. 아저씨요. 어쩌면 멘트가 그렇게 저렴해요?

그 이후야 아저씨가 더 잘 아시겠지만. 영자 씨는. 그러니까 홍양은. 아픈 배를 안고서는 어떻게든 일어나서 싸울 준비를 갖추었지요. 그야. 정의의 영웅 홍양이니까. 슈퍼 생리니까. 아니면 그냥. 그냥 그렇게 생겨먹었으니까.

"너 이따 보자."

홍양은 작은 목소리로 그렇게 읊조리고는. 진절머리가 난다는 듯이 고개를 젓고는 건물 밖으로 뛰쳐나갔죠.

* * *

"음. 그때 그렇게 된 거군."

"네. 아저씨는 진짜 반성 좀 해요. 아저씨가 싸우고 있는 사람이 얼마나 힘겹게 인류를 지키는지 좀 아시겠어요?"

"나야말로 인류를 지키는 사람이지. 너는 뭐 신뢰니 뭐니 말만 번드르르하면서 술이나 마시고. 어?"

"원래 믿음에는 알코올이 필요불가결한 거라."

이 변명에는 테러리스트도 웃더군요. 하지만 진심이에요. 알코올 없는 믿음이 어디 있겠어요. 둘 다 일종의 도취라고요.

어느덧 장난감 공장의 창 너머로 달이 보이더군요. 아까까지는 보이지 않았는데. 시간이 지나고 달이 기울어서 그랬겠죠. 아. 기나긴 밤이었어요.

이야기는 이제 그쳤어요. 뭐. 그 이후는 저보다 테러리스트가 더 잘 알걸요. 영자 씨. 그러니까 홍양이 테러리스트 장 회장과 싸우기 위해 건물 밖으로 나갔고. 저는 바텐더를 병원으로 보냈고. 테이블에 그날 마신 술값을 올려놨고. 술은 다 깨가지고 밖으로 나왔죠.

그 다음에는 그냥 여기저기 들러서 뭐 좀 사다가. 저기 땅바닥에 떨어진 저 상자. 저거 사다가 집에 오는데 테러리스트 곰인형이 저를 두들겨 패고 차에다 실은 뒤 이 장난감 공장으로 포장배달을 해 이렇게 쇠사슬에 묶어놓았으니까.

테러리스트가 저에게 던질 질문은 하나도 남지 않은 셈이에요.

"아저씨. 마지막으로 뭐 하나 물어볼게요. 도대체 무슨 음모를 꾸민 거예요? 아무리 그래도 우리 어제가 200일이었다고요. 영자 씨가 그렇게까지 해야 했어요?"

"글쎄다. 내가 왜 장 회장이라고 불리는 줄은 알아?"

"장 씨니까."

"아니야. 장난감협회 회장이거든."

테러리스트는 고개를 돌려 주변을 죽 훑어보았어요. 흠. 하기사. 이렇게 많은 장난감들을 보면. 또 이 장난감 공장을 보면. 거기다 곰인형 탈을 쓰고 다니는 투철한 영업정신을 보면. 이 아저씨가 장난감협회 회장이라는 게 그렇게 이상한 일이긴 하네요. 도대체 이 협회 회원들은 이런 사람을 회장으로 추대한 이유가 뭐야? 아니 회장 말고 다른 회원이 있기는 할까요?

장난감협회 회장님은 거창한 직책에 어울리지 않게 촐싹 맞은 곰인형 탈 차림으로 거창한 연설을 시작했지요.

"요 근래 신생아 비율이 예전의 절반 이하로 떨어졌다는 것 알고 있나?"

"네. 뭐. 그렇죠."

"이게 다 젊은이들. 특히 젊은 여성들이 출산을 기피하는 이기

적인 삶을 선택했기 때문이야. 사회생활을 한다고 하면서 정작
사회의 가장 중요한 기능인 가정의 안정에는 전혀 관심도 주지
않고 있으니 어디 이 세상이 제대로 굴러가겠어? 아이들이 줄고
아이들이 갈 학교가 줄고. 이제 이 아이들이 커서 또 아이들을 적
게 낳으면? 이 사회는 큰 위기에 직면한 거야."

"장난감도 덜 팔리고요."

"바로 그거야."

흠. 테러리스트의 논지 치고는 좀 조악하다 싶네요. 아니. 테러
리스트는 원래 다 이런가.

"그래서 내가 생각한 해결책이 무엇이냐. 바로 이 일산시에 있
는 정부의 슈퍼컴퓨터와 방송국의 기자재를 이용해 여성들이 더
이상 이기적으로 굴지 않고 얌전히 이 사회의 노동력을 재생산할
수 있도록 임신 전파를 쏘아내는 것이지."

"어…… 네? 뭐요?"

테러리스트는 자랑스레 양 어깨를 피고는 건너편 방을 가리켰
어요. 어두운 방에 무언가 점멸하는 불빛이 그제야 눈에 들어오
더군요. 커다란 책장 비슷한 무엇이 즐비하게 늘어선 것이 보였
어요.

"저건 바로 내가 정부가 xx동에 숨겨놓은 비밀기지에서 훔친
슈퍼컴퓨터지. 그리고 그 옆방에는 zz동에 위치한 방송국에서 훔
쳐온 전파발신 장치가 있어. 나의 독자적인 연구로 인한 인간 유
전자 지도에 대한 해석과 슈퍼컴퓨터의 계산능력만 있으면 수도
권 근방의 모든 가임기의 여성들의 난자가 자가분열하여 배아로

성장할 수 있는 특별한 신호, 즉 임신 전파를 쏘아낼 수 있다는 이야기야!"

세상에나.

엄마야.

저는 그제야 영자 씨에게. 아니다. 홍양에게 마음 깊이 감사하게 되었어요. 이 매드 사이언티스트가 지금 수도권에 거주하는 시민의 절반을 동정녀 마리아로 만들려고 했다는 이야기잖아요. 그리고 그 수도권에 거주하는 국민의 절반에 가까운 수의 사생아를 만들려고 했다는 이야기이기도 하고요.

우리가 연인이 된 지 200일 기념보다는 중요한 일이 맞는 것 같네요.

"그리고 이 계획의 걸림돌은 그 여자. 홍양 정도밖에 없었지. 어제 싸움 때도 그렇고 그 여자의 강인한 신체능력은 정말이지 내과학기술을 총동원한 이 아이언베어 슈츠로도 간신히 상대할 수 있을 정도였거든. 거의 호각이라고 해도 좋아."

테러리스트가 손목을 채찍처럼 휘두르자 손끝에. 그러니까 곰 인형 탈의 앞발 끝에 날카로운 발톱이 튀어나왔어요. 도대체 장난감협회는 무슨 장난감을 만들고 다니는 건지.

"아저씨. 나 무섭게 왜 그러세요."

"하지만 학생의 이야기를 들어보니 크게 염려하지는 않아도 될 것 같군. 예전부터 짐작하기는 했지만. 생리 때만 힘을 쓸 수 있다고 했으니. 며칠만 기다렸다 작전을 실행하면 그만이니까 말이야."

한 걸음. 그리고 또 한 걸음. 테러리스트는 천천히 하지만 결코 멈추지 않는 느릿한 발걸음으로 그 큰 곰인형 탈 궁둥이를 씰룩 거리며 다가오더군요. 뭐. 이용가치가 떨어졌으니까. 테러리스트로선 당연한 결론이겠죠.

마지막이 다가오면 좀 더 극적인 생각이 날 것 같았는데 별로 그렇지는 않더라고요. 그냥 좀 미안하더라. 내가 영자 씨한테 더 좋은 사람이 될 수 있었을 텐데. 이렇게 화를 내고 싸우고 그런 이별을 하지 않을 수 있었을 텐데.

조금 더 믿어주었다면 우리 사이도 달라지지 않았을까요? 영 자 씨가 나를 비록 서운하게는 했을지라도. 나를 좋아하는 마음 이 있으니까. 그럴 수밖에 없는 이유와 상황이 있었다고 믿고. 그 냥 영자 씨는 그런 사람이니까. 생리이겠거니. 이런 식으로 제대 로 대화하지도 않고 문제에서 눈을 돌리지 않았다면요.

테러리스트는 이제 제 눈앞까지 와서 팔을 높이 치켜 올렸어요. 여기까지인가 보네요. 안녕. 내 잘못이었어요. 미안해요. 더 잘해 주지 못해서. 연애 초보라서.

하지만 그때.

달빛 아래.

딸기향이.

"이 맛탱이가 간 곰탱이가 감히?"

홍양이.

커다란 붉은 천을 온몸에 감싸고 있는 슈퍼히어로가. 번개처럼 빠르게 달려와 테러리스트를 발로 차서 날려버리더군요.

"내 남자친구를 이딴 똥통에 쨍 박아놓고서는 뭐하는 건데!"

"호…… 홍양?"

"그래! 홍양이다! 나 홍양이야! 이 곰또라이 새끼가 미쳐갖고 서는? 어, 내가 우습지? 내가 진짜 네 사지를 찢어버리지는 않을 것 같다 이거지? 다 됐고 다 꺼지라고 그러고 오늘 갈 때까지 갈까? 내가 어디까지 갈 수 있는지 한번 확인해 볼까?"

홍양은. 그러니까 영자 씨는. 이미 쓰러진 테러리스트를 무자비하게 발로 걷어차기 시작했어요. 음. 앞으로 영자 씨한테 진짜 잘해야겠다 싶어요. 그게. 원래도 그렇게 생각은 했는데요. 특히 더 그렇게 생각하게 되네요.

테러리스트는 무자비한 폭행에서 벗어나려고 바닥을 질질 기어갔지만요. 음. 그게 될 상대가 아니더라고요. 영자 씨는 테러리스트의 곰인형 탈의 머리 부분을 벗겨다가 테러리스트의 머리에다 던져 맞췄어요.

"마…… 말도 안 돼…… 데이터에 따르면 홍양, 너의 힘이 이렇게나 강할 리가 없는데? 어제까지만 해도 이 정도로 강하지 않았는데 어째서 지금은……?"

"이틀째다, 시발놈아!"

영자 씨의 외침에 테러리스트는 무슨 말인지 전혀 이해를 못한 것 같은데도 그 박력에 그만 그렇구나 넘어가더라고요. 저는 알거든요. 명복을 빌어주었죠. 이틀째라잖아요.

* * *

일방적 구타는 한 5분 정도 진행되었나. 뭐 이정도의 자력구제야 제 목숨이 왔다갔다한 상황이었음을 생각하면 정당방위라고 할 수 있겠지요. 테러리스트는 하도 처맞아서 이젠 곰인형 탈을 머리에 쓸 수 없을 정도로 얼굴이 부풀어 올랐더군요.

홍양은. 그러니까 영자 씨는. 피가 좀 묻기는 했지만. 아. 테러리스트의 피가 좀 묻기는 했지만. 화가 머리끝까지 난 나머지 얼굴도 좀 붉기는 했지만. 어디 다친 곳 없이 무사한 듯이 보였어요.

그리고. 영자 씨는 쇠사슬에 묶여 있던 저를 향해 천천히 걸어 왔어요. 아주 짧은, 짧고 굵은 침묵이 있었는데, 그 표정은 어느 때보다도 더 딱딱하고 화가 난 듯이 보였어요.

"이건 뭐냐."

영자 씨는 제 발치에 놓여 있던 선물상자를 발로 툭 건드리고는 묻더군요.

"초콜릿 케이크……"

"웬 초콜릿 케이크?"

"초콜릿에 들어 있는 마그네슘이 생리에 좋다길래요……"

"이런 거 먹으면 피부에 트러블 생겨."

영자 씨는 조심스레 제 손목에 묶인 쇠사슬을 끊어주었어요. 풀어준 것이 아니라 끊어준 것이 참 영자 씨답다고나 할까요. 그제야 저는 안도의 한숨을 내쉬고는 저릿한 손목을 주무르며 쉴 수 있었지요.

하지만 영자 씨의 얼굴은 언제나처럼 그저 굳은 표정일 뿐이었는데요.

"할 말 없냐."

"잘못했어요."

"뭘 잘못했는데."

"제가 잘못한 일을 영자 씨가 슈퍼 생리라서 과민하게 받아들였다고 말한 거랑. 또 영자 씨는 슈퍼 생리일 때도 힘든 몸을 이끌고 정의를 위해 지내기로 선택했는데 걱정된다면서 영자 씨의 선택을 존중하지 않은 거요. 그 외에도 또 많은데……"

"됐고."

"네."

"앞으로 다시는 그러지 마라."

저는요. 진짜 바보였더라고요. 영자 씨의 굳은 표정은요. 언제나 떨리는 어깨를 붙잡기 위해. 울먹거리는 목소리를 지우기 위해 억지로 지은 표정이었다는 걸. 그제야 깨달았으니까요.

"경각 씨한테 무슨 일이라도 생기면 다 죽여 버릴 테니까. 진짜로 누가 됐든 뭐가 됐든 눈앞에 보이는 사람들 모두 다 죽여 버리고 죽이고 또 죽인 뒤에 더 죽일 사람이 없으면 나도 따라 죽어버릴 테니까."

"무서운 말씀하시긴."

"앞으로는 문자에 답장 잘 할 테니까."

"네."

"다시는 그러지 마라."

"네."

조금만 더 멋있는 대답을 해 줬다면 좋았을 텐데. 막상 떠오르는 것도 없고 해드릴 것도 뭐 없더라고요. 이래서 연애 초보는.

뭐 이렇게 어찌저찌 되어서 저는. 이 여자와. 아무리 힘들더라도 다른 사람들을 위해 싸우는 이 아가씨와. 겉으로는 총을 맞아도 끄떡없는 무적의 초인이지만 속으로는 그저 아픔만을 안고 있는 이 슈퍼히어로와. 한 달에 한번은 특히 더 예뻐지는 나의 영웅과. 영자 씨와.

조금씩 떨림이 잦아드는 숨소리를 들으면서. 터질 것 같던 심장 소리가 작아지는 것을 느끼면서. 이 세상이 전부 다 끝이 나더라도 티끌만큼도 신경이 쓰이지 않을 그런. 입맞춤보다도 따스한 포옹을 했답니다.

진리는 기성품으로 만들어져 지갑에 넣기만 하면 되는 동전과
같은 것이 아니다.

　　―프리드리히 헤겔,『정신현상학』

1

　지난밤부터 고담성(古潭城)을 덮기 시작한 안개는 새벽을 지나
아침이 되어도 걷힐 줄을 모르더니 한낮이 되어서야 겨우 앞을
분간할 수 있을 정도로 옅어져 사람이 다닐 수 있게 되었다. 고
담, 오래된 연못이라는 이름에 걸맞게 도처에 널린 연못과 호수,
그 물웅덩이를 중심으로 고성의 구석구석을 거미줄처럼 연결한
운하와 수로 위로 안개는 굼뜬 생물처럼 천천히 떠돌다가 사람이

다가가면 조금 물러가고, 지나가면 또다시 그 자리로 돌아오곤 했다. 진한 물비린내와, 그보다 진한 부패의 악취를 가득 담고서. 무엇보다도 간밤에 저질러진 살육의 피비린내를 그 안에 담고서.

죽은 자는 열여섯 명으로 추정되었다. 당연히 시신도 열여섯 구여야 했지만 잔해는 열여섯보다 훨씬 많았다. 흉수는 사람을 그냥 죽이는 것으로 만족하지 않고 조각조각 잘라서 사방에 흩뿌려놓았다. 가죽과 살과 뼛조각은 안에서부터 폭발한 것처럼 산산조각이 나 사방의 벽과, 바닥과, 천장에 붙어 있었다. 물론 죽은 자가 운 좋게 벽과 천장으로 막힌 공간에 있었을 경우에. 안 그런 경우 시신은 마당과, 그 마당에 잔뜩 널린 천과, 웅덩이와, 물을 끌어오는 수로에 흩어져 있었다.

그리고 피. 열여섯 구의 시신은 열여섯 마리의 고래를 도살한 것처럼 많은 피를 흘려보낸 듯했다. 집은, 마당은, 마당에 널린 천과 그 마당에 흐르는 수로는 온통 붉은 핏빛으로 물들었다. 피는 넘치고 또 흘러서 대문을 나서서 거리를 넘봤으며, 수로를 따라 사방으로 흘러갔다. 코를 틀어쥐게 하는 짙은 피비린내와 함께.

"지독하군!"

보고를 받고 뒤늦게 달려온 즙포사신(緝捕使臣), 즉 고담의 치안을 책임지는 포청의 총책임자인 고둔(高鈍)의 첫마디였다. 현장을 확보하고 조사를 진행해온 고참 포두가 그 말에 동의했다.

"예, 지독한 수법입니다."

"아니, 냄새가."

고둔은 한 손으로 코를 움켜쥐고, 다른 한 손으로는 코앞에서 부채질을 했다. 그러면 냄새가 사라지기라도 한다는 듯이.

"고담의 공기는 원래 좋은 편이 아니었지만 요즘 들어서 더욱 독해지고 있지. 특히 이곳에서는 코가 썩어 문드러질 것 같군."

'날씨 이야기를 하자는 건가? 살인현장에서?'

고참 포두는 잠깐 어리둥절해했지만 재빨리 적응하고 고둔의 말에 장단을 맞췄다.

"특히 이 동네가 그렇지요. 염방(染幇) 거리 아닙니까."

"그래, 염방. 그놈들을 잡아들이게."

염방, 그것은 염색을 업으로 하는 자들의 통칭이기도 하고, 그들이 만든, 혹은 그들을 지배하는 세력이기도 하다. 포두는 전자의 의미로 염방을 입에 올렸지만 고둔은 후자의 의미로 말했다. 그게 포두를 놀라게 했다. 그는 아들을 잡아 제단에 올리라는 명을 받은 사람처럼 놀라 되물었다.

"염방 사람들을 검거하라고 하셨습니까?"

"원칙 첫째, 모든 범죄에는 그로 인해 이득을 얻는 자가 있다!"

고둔은 엉뚱하게 들릴 이야기를 했다.

"원칙 둘째, 범인은 현장 가까운 곳에 있다!"

"염방을 건드리는 건 현명한 일이 아닙니다."

고둔이 자기 할 말만 하겠다면 포두라고 그러지 못할 이유가 없다.

"거센 저항을 불러올 것입니다."

세상은 명과 암, 밝은 낮과 어두운 밤으로 나누어져 있다. 그들이 앞을 상징하는 힘이라면 염방은 어둠을 지배하는 세 개의 힘

중 하나다. 고담에선 특히 어둠의 힘이 강하다는 것은 말할 필요
도 없다.

"이번이 세 번째일세. 대량살인이, 그것도 엽기적인 방법으로
연속해서, 거기 더해 희생자는 모두 염색공이야. 거기에서 도출되
는 결론이 뭔가?"

고둔은 대답을 기다리지 않았다. 그에게 있어서 답은 자명했다.

"이것은 경고고 보복일세. 무엇에 대한? 당연히 이해관계가 걸
려 있는 어떤 일에 대해서겠지. 염색공과 이해관계가 걸려 있는
자들이 누가 있나?"

어쩔 수 없이 포두는 고둔의 논리에 끌려 들어갔다.

"그게 염방에 속한 자일 수는 있지만 염방 자체를 건드리시는
건……."

"시간이 없네. 내일은 성주님의 탄신일일세. 성주님은 그날만은
미제사건 없는 순결한 아침을 맞이하고 싶어 하신다네. 날 불러
특별히 명령하셨단 말일세. 내일 아침까지 해결하지 못하면 목이
잘릴 각오를 하라는 경고와 함께. 그러니 그때까지 이 일을 해결
못하면 성문 위에 내 잘린 머리가 걸릴 테고, 그 옆에는 자네 머
리가 함께 걸리겠지. 그러고 싶나?"

"물론 아닙니다."

"그럼 염방 놈들을 잡아들이게. 졸개든 두목이든 상관없으니
걸리는 대로 잡아들여. 그러다 보면 누군가가 털어놓을 걸세. 이
일을 저지른 자는 자기가 아니라 아무개라고 말이야. 놈들은 자
기만 살 수 있으면 부모까지 팔아먹는 놈들이니까 반드시 그럴

걸세. 그럼 그놈을 잡으면 되는 거지. 이의 있나?"

억지였지만 분하게도 이 논리는 고담에서는 잘 먹히는 이야기라는 걸 포두는 알고 있었다. 범인을 잡고 싶으면 있을 것으로 짐작되는 주변을 두들기면 된다. 그럼 그 중 누군가는 범인을 털어놓는다. 혹시 그러고도 범인을 못 찾으면? 그땐 혐의가 짙은 놈들을 모두 두들겨 패서 범인으로 만들면 된다. 분명 그 중 누군가는 범인일 테니까. 혹시 아니라도 상관은 없다. 놈들은 드러나지만 않았지 언젠가는 죽어 마땅한 죄를 지었을 테니까. 혹은 곧 저지르게 되거나.

그런 식으로 그는, 그리고 고둔은 출세를 거듭해 왔고, 고담의 평화는 지켜졌다. 이번이라고 예외일 이유는 무언가?

많다. 아주 많다.

"그래도 염방은 너무 강합니다. 엄청난 저항이……!"

포두는 말을 잇지 못했다. 목에 차가운 금속의 감촉이 느껴져서였다. 고둔이 법집행자의 상징이자 무기인 금차(金叉)를 뽑아 그의 목에 댄 것이다. 삼지창의 끝부분을 닮은 금차는 날이 서 있지 않았음에도 불구하고 충분히 차갑고, 위협적이었다.

"명심하게. 이번 일에는 자네와 내 목이 걸려 있어. 저항이 있겠지. 그러면 밟아주면 돼."

고둔은 희미하게 웃으며 금차를 거둬들였다. 그 웃음 뒤로 강철 같은 의지가 엿보였다.

"이번 기회에 염방 놈들을 일소하는 것도 괜찮겠지. 그럼 고담의 공기가 조금은 더 맑아질 거야."

그는 포두를 내버려두고 돌아서며 중얼거렸다.

"오늘밤은 성주님의 탄신을 축하하는 전야의 연회가 완안세가(完顔世家)의 장원에서 열린다네. 물론 나도 초대받았지. 그 전까지 사건 해결에 진척이 있었으면 좋겠군."

완안세가는 고담 최고의 명문가다. 고담의 경제를 지탱하는 두 개의 축인 도자기와 비단사업에 있어서 강자의 지위를 오랫동안 유지하고 있다는 점에서 고담 경제의 지배자라고 해도 과언이 아니다. 염방이 밤의 힘이라면 완안세가는 낮의 힘이고 고담을 떠받치는 기둥의 하나였다.

문득 포두는 완안세가도 이 혈안과 아주 관계가 없지는 않다는 사실을 떠올렸다. 비단은 염색을 필요로 하는 물건이 아니던가. 물론 완안세가가 직접 염색과 같은 더러운 일에 손을 대고 있지는 않겠지만 어떤 식으로건 관련을 맺고는 있을 것이다. 하지만 물론, 이런 피비린내 나는 사건과 완안세가를 연결시킬 수는 없다. 그러기엔 그들은 너무 존귀하고, 너무나 돈이 많다. 누구나 알듯이 돈으로 사람을 죽이는 방법은 얼마든지 있으니 굳이 피를 흘릴 이유가 없다.

포두는 곧 오늘 밤 열린다는 완안세가의 연회에 나올 산해진미를 생각하며 군침을 흘렸다. 하지만 일개 포두인 그가 거기 초대받는 것은 상상도 할 수 없다. 그러니 내일 목이 잘리지 않기 위해 시킨 일에나 충실하는 수밖에 없으리라. 그 전에 먼저 염방에 통보부터 하고.

그의 봉록은 포청에서 나오지만 그보다 몇 배나 더 많은 돈을 염방을 비롯한 고담의 흑사회에서 챙기고 있는 그로서는 당연한 일이었다. 무엇보다도 뻔히 예상되는 염방의 저항으로부터 그만은 예외로 비켜서기 위해서도 시급하고 필수적인 일이었다.

수하 포졸들에게 바쁘게 지시를 하며 한편으로는 염방에 이 일을 알릴 방법을 생각하며 걸어가는 포두를 저 높은 곳에서 한 사람이 내려다보고 있었다. 한 사람, 아니, 한 마리 박쥐였다.

고담의 지독한 습기와 곰팡이에도 불구하고 썩지 않고 천 년을 유지하는 고루거각의 뼈대와 살결은 모두 돌로 이루어져 있었다. 거대한 바위를 네모나게 깎고 잘라 쌓은 탑과 건물들, 그 한 곳의 튀어나온 처마에 그는 거꾸로 매달려 있었다. 검은 복면과 검은 야행의로 온몸을 가린 자였다. 복면에는 박쥐처럼 세모꼴의 귀가 튀어나와 있고, 야행의에는 갑옷처럼 단단하고 윤이 나는 도편(陶片)이 근육의 모양을 따라 거북이 등껍질처럼 붙어 있다. 목을 감싸고 어깨를 두른 피풍의(披風衣)는 아래로 활짝 펼쳐져 마치 박쥐의 날개처럼 조용히 흔들리고 있었다. 이렇게 그의 모습은 전체적으로 나무에 거꾸로 매달린 박쥐를 닮았다.

그의 외양만 박쥐와 유사한 것은 아니었다. 그의 청력 또한 박쥐처럼 민감해서 그는 저 멀리 수십 장 아래에서 고둔과 포두 사이에 오간 대화를 모두 듣고 있었다. 그래서 그는 절반쯤 감탄하고, 절반쯤 비웃는 중이었다. 고둔의 식견과 판단에 대해서였다.

"경고고 보복이라는 말은 맞다. 하지만 그게 염방이 벌인 일이라는 건 틀렸지. 이건 오히려 염방에 보내는 경고고, 보복이니까. 고둔의 눈에는 저 핏물이 아무런 장애 없이 수로로 흘러들어 가는 게 안 보이나 보군."

통상 염색공의 작업장에서 나온 물은 바로 수로로 흘러들어 가지 않는다. 염색을 위해서는 온갖 염료를 사용하는데, 그중에는 물을 오염시키고 사람을 해치는 것이 적지 않아서 몇 겹의 흙과 탄으로 거른 후에야 내보내도록 되어 있다. 물론 영세한 염색공이 이 모든 조치를 해두는 경우는 드물지만 그렇다고 아무런 대책 없이, 하다못해 막힌 웅덩이에서 자연적으로 걸러지도록 하는 조치도 취하지 않은 경우도 많지 않다. 그런데 지금 저 아래 혈사가 벌어진 현장은, 그리고 어제와 그제 연이어 사건이 일어난 곳은 모두 염색한 후의 폐수를 그냥 수로로 흘려보내는 곳이었다. 고담의 백성들이 식수로 삼는 그 생명의 수로에.

어쩌면 이 혈사는 바로 그것에 대한 경고일지도 모른다. 사람을 해치는 일에 대한 경고가 살인이라는 것은 큰 모순 같지만 세상에는 이보다 더 우스꽝스러운 일도 얼마든지 일어나지 않는가.

"하지만 누가?"

그건 지금부터 알아볼 일이었다.

박쥐인간은 눈을 가늘게 뜨고 밝아오는 하늘을 바라보았다. 안개는 더욱 옅어져 지금까지 그를 가려주던 장막의 역할을 더 이상은 하기 어려울 정도가 되었다. 박쥐가 대낮에 나오는 일이 아주 없는 건 아니지만 역시 남의 눈에 띄는 것은 재미없다. 어서 그늘을 찾아 숨어들어야 할 것이다.

박쥐인간은 그의 무게를 지탱하던 발끝에서 힘을 풀었다. 곧 그는 처마에서부터 몇 십 장 아래로 돌멩이처럼 추락하기 시작했다. 중간쯤의 허공에서 그는 두 손으로 피풍의의 양쪽 자락을 잡고 날개처럼 활짝 펼쳤다. 공기의 저항이 그의 속도를 늦추고, 잠깐이지만 그를 진짜 박쥐처럼 바람을 타게 했다. 거기에 어기충소(御氣衝霄)의 경공으로 몸을 위로 솟구치게 한 후, 금리도천파(金鯉渡穿波)의 신법을 사용해 눈앞에 펼쳐진 지붕들을 살짝살짝 발끝으로 밟으며 순식간에 몇 리 거리를 주파했다. 그의 입에서 용의 울부짖음 같은 휘파람 소리가 터져나왔다. 그에 대답하듯 돌바닥을 부술 듯이 두드리는 말발굽 소리가 들려왔다.

박쥐인간은 마지막으로 힘껏 지붕을 차고 허공으로 날아올라 일곱 번이나 회전하며 속도를 줄인 후에 아래로 깃털처럼 내려앉았다. 휘파람소리에 반응하여 달려온 흑마의 안장 위에.

"돌아가자!"

흑마는 말을 알아듣는 것처럼 고개를 끄덕이며 투레질을 하더니 네 발굽을 번갈아 움직여 땅을 박차며 달리기 시작했다. 눈에서는 푸른 섬광을 내뿜는 듯하고, 잘 빗은 검은 털은 융단처럼 부드럽게 그 아래의 거죽을 뚫고 나올 듯한 근육 움직임을 따라 위아래로 움직였다. 비단실처럼 부드러우면서도 긴 꼬리털과 갈기는 불길처럼 바람에 흩날리고, 발굽은 검은 옥을 깎아 만든 듯 정교하면서도 돌바닥을 찰 때마다 불꽃을 튀기도록 단단했다. 사람을 태우기 위한 안장과 등자만 매달고 있을 뿐, 재갈도, 고삐도 채워져 있지 않고 등에 탄 박쥐인간이 채찍을 휘두르지도 않았지만 이 한 마리 흑마는 마치 바람처럼 안개를 가르며 대지를 달려갔다.

곧 박쥐인간과 그가 탄 흑마는 고담을 둘러싼 성벽의 무너진 틈을 빠져나와 황량한 산곡으로 접어들었다. 계절의 추이를 알기 어려운 바위와 고목으로 이루어진 산이었다. 그 산곡의 한 곳에 기암괴석과 쓰러진 고목, 수염처럼 늘어진 이끼들로 교묘히 감추어진 동굴이 있었다. 흑마는 그 앞에서 조금도 속도를 늦추지 않고 쏘아 보낸 화살처럼 동굴 안으로 뛰어들어갔다. 그리고 한참을 더 달려서 사방이 벼랑으로 막혀 있는 광장과도 같은 곳에 도착해서야 멈추었다.

그곳에는 넓지는 않지만 푸른 초원이 있고, 시내가 흐르고 있었으며, 비바람을 피할 목옥도 있었다. 물론 말을 위한 곳이었다.

박쥐인간은 가볍게 말에서 뛰어내린 후, 애정 어린 손길로 말의 털을 손질해준 후에야 들어온 반대 방향에 있는 벼랑 아래로 다가갔다. 그의 앞에서 벼랑이 갈라지며 문이 열렸다. 거기에는 한 노인이 기다리고 있었다.

"늦으셨군요."

"고담의 바보들은 이 일을 어떻게 생각하고 있는지 듣고 오느라."

박쥐인간은 피풍의를 벗어 노인에게 건네주었다. 그리고 복면을 벗어 그 위에 올리고, 조금 더 걸어가서는 도편이 붙은 야행의와 속옷까지 벗었다. 그렇게 알몸이 된 후에는 앞에 나타난 연못으로 뛰어들어가 머리까지 잠겨들었다. 한참 후에야 수면 위로 고개를 내민 박쥐인간을 노인은 끈기 있게 기다렸다. 박쥐인간이 벗어던진 옷가지들은 이미 옆의 선반에 가지런히 정리하고서.

노인은 두터운 목면으로 된 수건을 내밀며 물었다.

"어떻게 생각하던가요?"

아까 하던 대화의 연속이었다.

"딱 예상한 대로였어. 염방을 두들겨 범인이 튀어나오길 기다리겠다고 하더군."

"예상 이상으로 바보군요. 그 정도로 할 줄은 몰랐는데."

박쥐인간은, 아니 이젠 멀쩡하게 생긴 청년의 모습이 된 그는 노인에게 이채로운 눈길을 보냈다.

"알파도(斡巴途)도 염방이 건드리면 안 될 정도로 대단한 세력이라고 생각하고 있나? 의외로군."

노인의 성은 보기 드문 것으로 알이었다. 이름은 파도. 그 기묘한 이름보다는 직책인 총관이라고 부르는 편이 듣기 나을 테지만 청년은 어릴 때부터 그 이름을 재미있어하며 불러오던 습관이 있어 지금까지 늘 총관이라는 공식직함보다는 이름을 불러왔다. 특이하다면 이름을 불수(不隨), 성을 완안이라 하는 그 역시 만만치 않지만. 고둔과 포두가 입에 올렸던 완안세가의 당대가주, 그리고 유일한 혈족이 바로 완안불수라는 이름으로 불리는 이 청년이었다. 한편으로는 박쥐인간, 즉 편복협(蝙蝠俠)이라는 이름으로 고담의 밤을 수호하는 자이기도 했다. 평범한 백성에게는 무해한 괴인에 불과하지만 염방을 비롯한 흑사회의 무리들에게는 성가시기 짝이 없는 등에와도 같고, 때로는 저승사자와도 같은 두려움의 대상이 바로 그였다.

"저는 염방을 두려워하지는 않습니다. 그들을 건드림으로 해서 분노할 사람들이 두렵지요."

"사람들이라면?"

"빈민들입니다."

완안불수는 믿을 수 없다는 듯 휘파람을 불었다.

"염방은 빈민들을 괴롭히고 착취하는 자들 아닌가. 쥐벼룩을 잡는다고 쥐가 화를 낼까?"

알파도는 수건을 받아 팔에 걸치고 허리를 바로세웠다. 이제 그만 쉴 시간이라고 알리는 의례적인 자세였다.

"쥐와 쥐벼룩은 때로 공생관계처럼 행동하기도 합니다. 고양이나 개를 앞세우고 사람이 다가가면 그게 벼룩을 잡으려는 것인지 자기를 잡아먹으려는 것인지 분간하기 어려우니까요."

"하지만……."

더 말하려는 완안불수를 알파도는 부드럽게 떠밀어 침실로 향하게 했다.

"늦었습니다. 저녁 연회시간에 맞추어 일어나시려면 지금 잠자리에 드셔야 합니다. 연회준비는 제가 알아서 할 것이니 안심하시고……."

"하지만 할 말이 더……."

"문제의 건에 대한 조사도 제가 나름대로 해놓겠습니다. 세가의 비단취급점을 통하면 포청에서 하는 것보다 훨씬 쉽고 정확하게 조사를 할 수 있을 겁니다."

"하지만 정확히 무얼 조사해야 하는지……."

"혈겁이 일어난 세 염색공 주변을 탐문하면 되는 것 아닙니까.

특히 그 염색한 후의 물처리에 대해 최근 무슨 말이라도 있었는지, 그것 때문에 피해를 본 사람이 있었는지 등등에 집중해서 말입니다."

바로 그게 완안불수가 하려던 일이었다. 알파도가 거기까지 말하니 더 이상은 버틸 수가 없었다. 그가 '착한 아이는 일찍 잠자리에 들어야 한다'고 하기 전에 물러가는 수밖에.

부모님을 흑도의 무뢰배에게 잃은 그날 밤도 알파도는 그렇게 말했었다. 나 때문에 어머니 아버지가 돌아가셨다고, 그러니 나는 더 이상 착한 아이가 아니라고 울며 말하자 알파도는 엄하면서도 부드럽게 말했다. 그러니 이제는 더욱 착한 아이가 되어야 한다고, 그러기 위해서는 먼저 자야 한다고. 그리고 훌륭한 어른이 되어야 한다고.

그 생각을 할 때마다 그는 스스로에게 묻곤 했다.

지금도 그랬다.

'하지만 정말 나는 훌륭한 어른이 되었나?'

아마 아닌 것 같았다. 어쩌면 그는 죽을 때까지 그 문제로 고민해야 할지도 모른다.

2

어느새 그는 잠들었고, 네 시진을 죽은 듯이 자고 나서야 눈을 떴고, 늘 그렇듯이 알파도는 침상 옆에 새 옷을 가지런히 늘어놓은 채 기다리고 있었다.

짧은 속바지 위에 비단 바지를 입고 짧은 적삼을 걸친다. 아랫자락이 짧은 단포(短袍)를 그 위로 걸치되 반드시 옷섶이 벌어지도록 한다. 자홍색 한요(捍腰) 위로 혁대(革帶)를 졸라매고, 양팔에는 비구(臂鞴)를 단단히 묶어서 움직임이 편하도록 한다. 발이 너무 꽉 끼지도, 그렇다고 헐렁거리지도 않게 적당한 명주 버선을 신고, 목이 긴 통전화(筒靴)를 신되 윗부분을 끈으로 묶어 뛰고 굴러도 벗겨지지 않도록 한다. 삼단 같은 흑발(黑髮)은 잘 묶어 올린 뒤에 영웅건(英雄巾)으로 이마를 동인다.

"죄송합니다. 오늘은 그것 대신 이것을 써야 합니다. 제가 잘못 준비했군요."

그러면서 알파도가 내민 것은 검은 비단으로 만든 모자 아래쪽에 비스듬히 두 개의 날개가 달린 유건(儒巾)이었다. 약관을 지난 나이인 만큼 맨머리를 드러내서는 안 되고, 고담에서도 제일가는 부호에 명문가의 자손답게 보석으로 장식한 보관(寶冠)이나 태자관(太子冠)은 지나치게 노숙해 보여서 안 되니 유생이 아닌데도 유건을 쓰는 것이다. 그게 그의 나이와 용모에 가장 잘 어울리기 때문에. 뿐만 아니라 유건을 쓰는 이상 지금까지 입은 옷 위에 치렁치렁한 소매가 있는 유삼도 걸쳐야 한다.

그게 싫어 눈살을 찌푸리자 알파도가 나직이 말했다.

"어쩔 수 없이 하는 일을 잘해내는 것이 진정한 가주의 실력입니다. 그래야……."

"쉽고 빨리 끝난다는 말이지. 알았어. 입으면 되잖아."

어린애처럼 투정을 부리면서도 그는 유건에 유삼까지 걸쳤다.

그러고 나서야 침실을 나서서 아침에 들어온 곳, 즉 흑마를 풀어 둔 곳으로 가려고 하는데 알파도가 손을 내밀어 가로막았다.

"벌써 손님들이 모여들고 있습니다."

그가 잠든 사이 이미 저녁이 되어 연회시간이 되었다는 이야기 였다. 그러니 문으로 가서 손님을 영접하라는 의미이기도 했다. 오늘의 주인은 그였으니까.

"성주가 도착하기 전에는 내가 직접 나가볼 필요까지는 없잖 아."

"그 성주가 곧 도착한다는 보고입니다."

이번에야 말로 그는 인상을 썼다.

"빨리도 오는군. 고담이 이렇게 엉망으로 돌아가는 이유가 따로 있는 게 아니라니까. 시정을 살펴야 할 성주라는 작자가 이렇게 먹고 노는 데에만 정신이 팔려있으니……."

"무능한데 열심히 하는 관리가 제일 위험하다는 말도 있죠."

알파도의 말에 그는 웃음을 터뜨렸다.

"이 성주는 무능하고 게으르기까지 하니 다행이라는 말이군. 과연."

실없는 대화 덕분에 마음이 풀려서 그는 한결 편안한 표정으로 손님들을 맞으러 나갈 수 있었다. 원래 가려고 했던 곳과는 다른 방향, 길고 긴 복도와 수없이 많은 방, 그리고 몇 채의 전각과 그 사이의 정원을 지나 그는 완안세가의 정문이 멀리 바라보이는 정전의 앞에 섰다. 벌써 몇 대의 마차가 정문을 통과해 안으로 들어오고 있었다. 세가의 호원무사들이 예복을 갖추어 입고 허리에는 패검을, 손에는 장창을 움켜쥐고 도열해 있는 앞에 마차는 문을 열고 고담성의 부와 권력을 손에 쥔 자들을 토해내었다. 접객을 맡은 종복들이 빠르지만 어지럽지는 않게 손님들을 안내하는 것을 보며 완안불수는 단지 손님들의 이름을 부르며, 그것도 시립한 알파도가 작은 소리로 알려주는 이름을 따라 부르며, 가볍게 인사를 나누었다.

키와 허리둘레가 비슷해 보일 정도로 비대한 위인이 온몸을 비단으로 감고서는 그의 앞에 섰다. 그 옆에는 그와 거의 맞먹을 정도로 비대한 여인이 비단에 더해 귀금속을 친친 감고서 서 있었다.

"본관의 사소한 기념일을 연회까지 열어 축하해 주니 무어라 감사의 뜻을 표해야 좋을지 모르겠군."

성주 내외였다. 완안불수는 정중하게 고개를 숙이고 말했다.

"연회를 열 수 있도록 허락해 주신 것 자체가 백성의 영광입니다."

그 말에 이의를 달고 싶지 않은지 성주는 만족스럽게 고개를 끄덕이고는 안내를 받아 연회장 안으로 들어갔다. 그 뒤로 성주를 보좌하는 고위 관료들이 줄지어 지나가고, 고담의 돈줄을 손에 쥔 전장의 주인들이 뒤를 따랐다. 고담을 떠받치는 두 개의 산업인 비단과 도자기를 만들고, 유통하고, 판매하는 상인들이 지나간 자리를 농장과 산림, 탄광을 소유한 대지주들이 채웠다가 비웠다. 그 다음에는 고담이 유지되는 데 없어서는 안 되는 식재료와 생필품을 만들고, 유통하고, 판매하는 업자와 상인들의 순서였다. 이렇게 사람들은 끝도 없이 밀려오고 또 밀려갔다.

거의 반 시진 가량 후에야 완안불수가 개인적으로 관료보다도, 부호나 상인보다도 가치를 두는 사람들, 학자들과 장인들이 방문했다. 그리고 그 끝에 원래는 최선두에서 지나갔어야 했을 추관(推官)이 직속부하인 즙포사신 고둔과 대포두 몇 명을 거느리고 다가왔다. 추관은 성주의 아래에서 고담의 법질서를 수호하는 최고관리다. 지금 그 중차대한 직책을 맡고 있는 자는 단톤(端畽)이라는 이름을 가진 자인데, 안휘성 합비(合肥) 출신이라 통상 합비 단톤이라 불린다. 이 썩을 대로 썩어 부패하지 않은 곳을 찾기 어려운 고담에서 그나마 공정하고 청렴한 인물로 인정받고 있다. 그런 자가 이곳에서 무얼 하는지, 그런 자가 법을 관장함에도 불구하고 고담이 이 지경인 것은 어째서인지 궁금한 일이었지만.

합비 단톤과 고둔은 여기 오는 동안 하던 이야기를 완안불수의 앞에 와서까지 그치지 않았다.

"소요사태라고? 지금 민란이 일어났다고 말하는 건가? 겨우 흑도의 쥐새끼 몇 마리를 잡아들였다는 이유로?"

"염방 놈들이 머리를 썼습니다. 실질적인 수뇌진은 뒤로 숨으면서 빈민들의 신망이 높은 장로들을 우리에게 잡아가도록 넘긴 겁니다. 장로라지만 이름뿐이지 실질적인 권력은 없고, 염방의 내부사정 같은 것도 모르는 자들이죠. 하지만 빈민들은 그걸 쌓인 불만을 터뜨리는 계기로 삼아……."

"일이 생긴 모양이군요."

듣고 있다는 걸 알리기 위해 말을 걸어보았지만 합비 단톤은 손을 들어 말문을 막은 후 계속 고둔하고만 이야기했다.

"그래서 대처는?"

"포청의 모든 인원을 내보내 막고 있습니다. 주요 도로를 통제하고 군중을 해산시키고……. 여차하면 잡아들인 장로들을 풀어주는 것도 고려하고 있습니다."

"그건 안 돼! 애초에 잡아들이지 않았으면 모르지만 잡아들인 이상은 억류하고 있어야 하네. 지금 풀어주면 그들이 폭도들의 지휘부가 될 테니까."

"하지만 그들이 있으나 없으나 실질적인 지휘는 염방의 수뇌들이 하고 있을 텐데요."

"그러니까 그들도 잡아들여야지. 그것도 신속히! 생각해 보게. 빈민들의 소요는 어차피 이번 일이 아니었어도 일어나고야 말았을 걸세. 그들이 봉기한 것은 염방의 장로들을 잡아들여서도 아니고, 엽기적인 살인이 연달아 일어나서도 아니야. 문제는 가난이고, 무엇보다 물일세. 근래 점점 더 심해진 수질오염 때문에 수로의 물을 그냥 마실 수 없게 되었다는 게 진짜 원인이라는 걸세."

듣고 있던 완안불수는 표시나지 않게 눈썹을 치켜세웠다. 정직하고 청렴하지만 무능하다고 생각했던 합비 단톤이 의외로 명민하다는 것을 알게 되어서였다. 핵심을 짚고 있지 않은가.

"그러니 이번 봉기는 어차피 일어날 일이었네. 그건 그것대로 처리하고, 그 배후에서 부추긴 염방의 수뇌들은 그것대로 따로 또 처리해야지. 이번 기회에 놈들을 잡지 않으면 나중에는 정말로 그들을 건드렸다는 이유로 빈민들은 또 봉기를 일으키게 될 걸세. 그러니 가서 잡으라고! 연회 따위에 참가할 시간이 어디 있나! 가서 잡아! 필요하다면 포청에서 물심부름 하는 노비까지 동원해서라도 놈들을 잡아들이라고!"

"삼가 명령을 받들어 모시겠습니다!"

고둔이 부동자세로 외치고는 돌아서서 달려갔다. 단톤은 그 후에야 완안불수를 향해 고개를 끄덕여 아는 체를 했다.

"안 좋은 모습을 보였구려."

완안불수는 정중하게 포권하고 말했다.

"무슨 말씀을, 관아에 협조할 의무가 있는 평민으로서 무엇이건 요청하시면 도와드릴 의사가 있습니다. 가령 저희 세가의 무사들을 마음대로 쓰신다거나……."

단톤은 코웃음을 쳤다.

"잡인들이 끼면 사고가 나기 때문에 불가하오."

완안불수는 가벼운 미소를 흘렸다.

"사고는 이미 난 것 아닙니까."

"사고에도 정도라는 게 있으니까."

가볍게 제안한 것인데 단톤은 정색하고 으르렁거렸다.

"법은 위임받은 자만이 집행할 수 있는 것이고, 반드시 그래야 하오. 잡인들이 제멋대로 끼어들면 통제불능의 사태가 초래되는 건 금방이거든. 요즘 정의의 사도인 양 날뛰는 박쥐새끼만 해도……."

"박쥐라니요?"

완안불수가 모르는 척 묻자 단톤은 믿을 수 없다는 듯 그를 바라보았다.

"박쥐탈을 뒤집어쓰고 고담의 밤거리에 출몰하는 괴인을 모른 단 말이오? 위로는 성주님부터 아래로는 저잣거리의 어린애까지 모두 아는 이야기를?"

"아, 그 박쥐인간을 말씀하시는 거군요. 난 또 진짜 박쥐 이야기를 하시는 줄 알고⋯⋯."

"박쥐인간 이야기요. 사람들은 그놈에게 편복협이라는 이름까지 붙여줬더구려. 소위 약자를 도와 악을 물리치는 협객이라고⋯⋯, 흥, 가당치도 않은 이야기지요. 자고로 협객이란 폭력을 사용해 법을 어지럽히는 무리요. 마땅히 국법을 어지럽힌 죄를 물어 주살해야 할 것이오."

"하지만 협객은 일반 무뢰배와는 달리 정의를 위해 악과 싸우고 약자를 돕는 자들이 아닙니까. 아무리 법의 저울에는 옳음과 그름을 판별하는 눈은 있어도 좋음과 나쁨을 재는 눈은 없다지만 그들을 무뢰배와 같이 취급해 주살한다는 것은 지나친 처사가 아닐까요."

단톤의 태도는 단호했다.

"자의로 법을 어지럽히는 자의 뜻이 선의인지 아니면 악의인지는 누가 판단하겠소. 법에도 온정이 없는 것은 아니지만 법을 무시하는 자에게 줄 온정은 없소. 그건 존재의 근거를 부정하는 일이기에."

그는 더 할 말이 없다는 듯 좌우의 소매를 차례로 털어 소리를 내더니 완안불수를 지나쳐 안으로 들어갔다. 그 뒤에서 완안불수는 중얼거렸다.

"단호하시군. 본인이 법과 정의의 수호자라도 된 듯한 태도야."

내내 아무 말 없이 시립해서 듣고만 있던 알파도가 말했다.

"실제로 어떤지는 모르겠습니다만 적어도 그의 직위는 법과 정의의 수호자인 게 맞습니다. 그런 직위에 있는 사람이 다른 이야기를 하면 그것도 문제겠지요."

완안불수는 고개를 저었다.

"그가 법의 수호자인 건 인정할 수 있어. 하지만 정의의 수호자이기도 한 건가는 모르겠군. 법이 정의와 일치하는 건 법이 제대로 역할을 수행할 때만이니까. 불행히도 지금 법은 제 역할을 못하고 있고, 정의의 균형은 무너졌어."

"정의가 무엇인가 하는 것은 어려운 문제입니다. 그걸 모르면 균형의 문제를 논하기도 어렵죠."

알파도의 말에 완안불수는 코웃음을 쳤다.

"갑자기 대학사라도 된 것 같군. 대학사는 그 늙은 몸을 이끌고 아까 전에 이미 연회장으로 들어간 것 같은데 말야."

알파도가 희미하게 미소를 지었다.

"그리고 요리가 나오기만을 기다리고 있겠죠. 들어가세요. 들어가서 연회의 시작을 알리셔야죠. 오늘 밤은 고담의 전역에서 모인 팔십사 인의 숙수들이 상상할 수 있는 모든 요리와 상상을 넘어선 모든 요리를 준비해서 내올 겁니다."

"황제만이 맛볼 수 있는 스물두 가지 요리 말이지? 궁금한 건 내가 그 중 몇 번째 요리 사이에 사라질 수 있느냐는 것뿐이야."

"여덟 번째 요리 이후에는 자리를 뜨셔도 아무도 모를 겁니다. 하지만 저라면 저 스물두 가지 요리 중 하나도 빼먹고 싶지 않을 겁니다. 오늘이 아니면 맛볼 수 없는 것도 있으니까요."

"지금 나는 요리보다는 저 고담의 수로와 연못 사이를 돌아다니는 혈겁의 홍수에게 더 관심이 있네. 대체 누가, 어떤 방식으로 그런 일을 했을지 궁금해 죽겠어."

그러면서도 그는 알파도를 대동하고 안으로, 연회장으로 향했다. 하지만 그의 말대로 관심은 연회와 요리로 향하지 않았다.

"봉기라고? 왜 내가 일어나자마자 이야기하지 않았지?"

"안다고 해도 할 일이 없으니까요. 그건 단톤 추관의 말대로 어차피 일어나게 되어 있던 겁니다. 살겁이 있었건 없었건, 주인님의 활동이 있었건 없었건요."

"그러니 개입하지 말라는 말로 들리는군."

"개입해 봤자 뭘 어쩔 수 없을 테니까요."

"난 그 말이 너무 싫어. 뭘 해도 어쩔 수 없다는 그 말."

"그게 사실이니까요."

"아버지는 이곳 고담에서도 제일가는 부호셨지."

"지금은 주인님이 그렇습니다."

"아버지는 평생 빈민을 위해 무엇인가를 해야 한다고 하셨어. 어릴 때의 내 기억은 그랬어."

"확실히 그러셨습니다. 전주인님은 빈민구휼을 위해 많은 일을 하셨죠."

"내가 세가를 물려받은 이후에도 그런 활동에 지원을 아낀 일은 없는 것 같은데? 적어도 아버지가 해오던 일을 중단시킨 일은 없었어."

"새로운 일은 안 하셨지만, 중단시킨 일은 없었죠."

"그렇다면 이번 빈민봉기에 대해서도 무언가 할 일이 있지 않을까? 봉기의 근원이 된 물 부족 사태를 해결할 무언가를 해 줄 수는 없는 걸까?"

"우물을 새로 파도 맑은 물은 나오지 않을 정도로 고담의 물은 오염됐습니다."

"그 물을 다시 맑게 하는 방법은?"

"염색을 금지시키면 좀 나아지겠죠. 이번에 혈겁을 당한 자들은 그조차도 하지 않았지만 다른 염색업자들이 하는 침전수조 증류법만으로는 한계가 있습니다. 아예 염색을 금지하는 게 한 방법이겠죠."

"대신 돈을 벌지 못하게 되겠지. 그럼 음식을 사지 못할 테고, 결국 굶게 되겠지. 염색은 비단사업에 필수적인 공정이야. 금지시킨다는 건 말도 안 돼."

"분뇨를 수로에 흘려보내는 것도 금지시키고, 세탁하는 것도 금지시켜야 합니다. 당분간은 목욕도 금지시켜야 할 테고요."

"사람이 사는 걸 금지시키라는 말로 들리는군."

"어쩌면 그게 정답일지도 모르죠. 고담에 사람이 사는 걸 금지시키고 백 년, 아니 십 년쯤만 지나면 물이 다시 깨끗해질지도 모릅니다. 사람이 돌아오면 다시 더러워지겠지만요."

"빈민들은 그렇다 치고……, 오늘밤 여기 모인 관료나 부호들은 대체 깨끗한 물을 어떻게 해결하지? 아니, 우리는 어떻게 해결하고 있는 건가?"

"고담 바깥에서 길어오죠. 업자들이 수레와 물통을 이용해서 먼 곳으로부터 길어옵니다. 돈 있는 자들은 업자들로부터 물을 사서 쓰죠. 빈민은 그럴 수 없지만."

"세상에서 가장 공평한 게 호흡하는 공기와 마실 물이라던데, 고담에선 그것도 아니라는 것인가? 돈이 없으면 깨끗한 물도 마실 수 없다는 건가?"

"불행히도 그런 세상이 되었습니다."

"아버지는……, 부자와 가난한 자가 함께 행복하게 살 수 있는 세상을 만들고 싶어 하셨지."

"아버님의 뜻은 훌륭하셨지만, 그건 애초에 불가능하다고 말하는 사람도 있습니다. 뭐라더라……, '가난한 자들의 생활이 나아지기 위해서는 전체적인 부가 증대되어야 한다는 이야기는 알고 보면 이런 의미일 뿐이다. 고용되어 일하는 자들이 자신을 고용한 자들의 부를 더욱더 증대시키고, 증가시킬수록 그들은 자신들을 묶어 끌고 가는 황금사슬을 자신들 스스로 벼려내는 것에 만족하면서, 더 나아진 조건 아래에서 또다시 부호들의 부를 증가시키고, 그 힘을 강화시키기 위해 일하도록 허용받는다.'라고요."

완안불수는 정말로 이맛살을 찌푸렸다.

"뭔가? 그 복잡하게 꼬인 기묘한 말은!"

알파도도 그 길고 복잡한 말을 기억해내느라 찌푸린 이맛살을 미처 원래의 표정으로 되돌려 놓지 못하고 있었다.

"봉기를 일으킨 빈민들이 경전처럼 읊고 다니는 말이라고 합니다. 저 북쪽 어느 곳에 사는 마극사(馬克思)라는 학자가 한 말이라는데……."

완안불수는 알파도의 말을 잘랐다.

"그 말이 옳고 그른 건 둘째 치고 그 복잡한 논리를 빈민들이 이해하고 받아들일 수는 있는 건가?"

알파도가 다시 기억을 뒤지느라 이맛살을 찌푸렸다.

"그래서 그들은 더욱 간단하게 정리된 구호를 외운다지요. 그러니까……, '노비와 빈민이 잃을 것은 사슬이요, 얻을 것은 천하다. 천하의 노비, 빈민이여 단결하라!' 뭐 이런 겁니다."

완안불수는 손을 저었다.

"터무니없군. 그런 말을 하고 다니다간 진짜로 주살되고 말걸세. 밤거리를 돌아다니며 법을 어지럽히는 협객 나부랭이보다 백 배는 더 중한 벌을 받게 될 거야."

벌이 백 배 중하다는 건 어차피 그 벌이 사형인 이상은 그렇게 중요하지 않을 것이다. 깔끔하게 목이 잘려 죽는 거나 살점이 한 점 한 점 포 뜨듯이 뜨여서 죽거나 죽는 건 마찬가지니까. 하지만 알파도는 그 말을 하지 않았다. 뭐라고 말해도 이 어린 주인이 박쥐탈을 뒤집어쓰고 밤거리로 나가는 걸 막을 수는 없을 테니까. 그가 할 수 있는 것은 단지 모든 지혜와 능력을 다해 주인을 지원하는 것뿐이었다.

3

알파도가 조언한 대로 완안불수는 여덟 번째 요리가 나오는 것까지 보고 연회장을 빠져나와 세가의 뒤편에 만들어진 비밀공간으로 갔다. 오랫동안 강호를 방랑하다가 돌아온 후 만든 공간이었다. 여기에는 그가 박쥐인간, 편복협으로 활동하는 데 필요한 모든 것이 준비되어 있었다. 신분을 감추기 위한 복면과 복장, 그리고 활동에 도움이 되는 여러 장구들.

강호를 떠돌던 중 그는 이미 당대의 절정고수로 활동하기에 충분한 능력을 쌓았다. 하지만 좋은 장비는 있으면 좋은 법이다. 그는 기연과 수련을 통해 얻은 능력만을 믿고 맨몸으로 싸우는 어리석은 일은 하지 않을 정도로 지혜로웠다. 바깥세상의 모든 사람은 적이고, 그 적들에 대항해 싸우는 그는 혼자다. 헌신적으로 그를 돕는 알파도 한 사람을 제외하면 말이다.

그의 의복에 장착된 여러 장구들은 알파도의 도움으로 만들어진 것이기도 했다. 의복 자체가 그랬다. 완안세가의 오늘을 만든 부의 원천이 비단과 도자기 사업이라는 게 이럴 때도 도움이 되었다. 도검으로도 뚫을 수 없고, 물과 불도 상하게 하지 못하는 전설의 섬유인 천잠사(天蠶絲)로 짠 의복에 쇠도 녹여 증발시켜 버릴 정도로 고온의 불길로 소성(燒成)한 도편들을 붙여 만들었다. 이것만 입어도 일반인이 무림고수와 마주 겨룰 수 있을 정도의 보의(寶衣)였다. 이기진 못해도 지지는 않을 것이다. 무슨 수를 써도 이 옷을 입은 자를 다치게 할 수는 없을 것이므로.

거기에 어떤 보검보다도 날카롭고 단단한 도자기처럼 구워 만든 칼과 검, 비수와 암기, 거미줄처럼 가늘지만 그의 몸무게의 몇 배를 거뜬히 지탱해 주는 실이 도자기로 만든 실패에 감겨 있고, 간단한 조작법만으로도 날아가 적을 베고 다시 손으로 돌아오는 톱니바퀴까지. 이런 것이 없어도 그는 이미 절정고수였지만 이 모든 것을 장착하고 사용할 때의 그는 천하제일고수였다.

그리고 탈 것이 있었다. 그의 말은 어제의 흑마 한 필만이 아니었다. 그에게는 대완구(大宛駒)와 한혈마(汗血馬)를 비롯해 천하에 널리 알려진 여덟 명마가 있고, 특별히 만들어진 마차와 배가 있었다. 그중에서 오늘 타고 나갈 것은 배였다.

가벼우면서도 단단한 나무로 몸체를 짜고, 가늘어도 휘어지지 않는 돛대에 거미줄로 짠 듯이 얇지만 질긴 돛을 달았다. 크기는 두 사람이 겨우 탈 정도로 작지만 열 명분의 무게를 실어도 흘수선에 변화가 없을 정도로 부력이 뛰어나다. 오늘 고담의 거리와 무수히 많은 수로, 운하를 가로지르는 다리 위는 봉기한 빈민들과 그들을 제압하려는 관부의 인력들로 막혀 있을 가능성이 크다. 그걸 피해 신속히 움직이기 위해서는 말이나 마차보다는 선박이다. 이게 배를 타기로 결정한 이유였다.

그 생각은 정확히 맞아 들어서 그는 세가를 떠난 지 반 시진도 안 지나서 고담의 복잡하고 소란스러운 도심의 수로에 파고들 수 있었다. 밤이 깊었음에도 불구하고 고담은 낮처럼 밝았다. 물론 고담은 안개 때문에 낮에도 그리 밝지는 않지만, 그래서 오늘 밤 고담은 낮보다 오히려 더욱 밝았다. 사방에서 피어오르는 화광과 어디서 와서 어디로 가는지 알 수 없는 군중들의 소음, 땅의 혼란을 반영하듯 하늘조차도 찌푸리며 터뜨리는 뇌전(雷電)의 섬광까지 겹쳐 고담은 춘절(春節)에 불꽃놀이를 할 때보다도 밝고, 소란스러웠다.

그 밝음이 만들어내는 이면의 어둠, 그늘 속에 숨어서 완안불수는, 박쥐복면을 뒤집어 쓴 편복협은 신속하고도 조용하게 물길 위를 미끄러져 갔다. 그의 배가 향하는 곳은 소란의 진원지라고도 할 수 있는 빈민가였다. 하지만 그의 목표는 봉기의 현장이 아니었다. 거기에서 살짝 비켜난 곳에 있는 염색공의 거리였다.

그에게는 알파도가 미리 파악해 둔 몇 군데 염색공의 주소가 있었다. 침전수조로 오염된 물을 거르지 않는 염색공의 작업장들이었다. 그 중 셋은 이미 피로 씻겨졌다. 그리고 매일 밤 하나씩 혈겁을 벌인 흉수는 남은 몇 군데 중 한 곳에서 또 같은 일을 벌일 가능성이 컸다. 봉기는 이미 일어났고, 그가 어쩔 수 있는 일이 아니다. 무엇보다 이 봉기를 일으킨 자들은 그가 손을 써서 처단해야 할 악인들이 아니다. 그러므로 그는 알파도의 조언을 받아들여 봉기는 모른 체하고 혈겁의 흉수를 잡는 일에 집중하기로 했다.

운이 좋았다. 주소의 첫머리에 나와 있는 염색작업장에서는 이제 막 혈겁이 시작된 참이었다. 무기를 든 몇 명의 무뢰한들이 한 작업장을 둘러싸고 문을 부수고 담장을 무너뜨리고 있었다. 그들이 봉기를 일으킨 빈민의 무리가 아님은 한눈에 알 수 있었다. 빈민의 목표는 부호들이지 염색공이 아닐 것이므로. 그들이 고담의 시궁창 같은 밤거리를 무대로 암약하는 보통의 무뢰배들이 아님도 금세 알 수 있었다. 그러기에는 그들의 동작에 지나치게 절도가 있고, 무기를 쥔 자세가 범상치 않았다. 절정까지는 아니더라도 이들 또한 충분히 무술을 익힌 고수들이었다.

그런 확신을 갖고서도 완안불수는 어둠 속에 숨어 당장은 나서지 않았다. 이들이 다가 아니라는 것을 그는 직관적으로 알고 있었다. 더 대단한 것, 진짜 끔찍한 것은 이 뒤에 있다. 그게 살겁을 일으킨 흉수다. 그게 나올 때까지 기다릴 생각이었다. 물론 그 전에 무고한 사람들이 죽을 것 같다면 어쩔 수 없이 나서야겠지만.

다시 한 번 다행스럽게도 기다림은 길지 않았다. 이미 모습을 드러낸 무뢰배들의 역할은 문을 열고 그 안의 사람들이 도망가지 못하게 지키는 것뿐인 듯했다. 손에 피를 묻히는 건 그들이 아니라 이후에 등장할 자의 역할인 것이다. 바로 지금 나타난 괴물 말이다.

그는 괴물이었다. 완안불수가 알기로 키가 십 척이 넘는 사람은 없다. 그런데 이 괴물은 그랬다. 그는 태고의 괴물처럼 더러운 물에서 천천히 기어나와서 두 발로 땅을 딛고 구부정하게 섰다. 때마침 내려친 뇌전의 섬광으로 괴물의 모습이 또렷이 드러났다. 구부정하게 섰는데도 그 키는 족히 십 척이 넘었다. 아랫도리에는 가죽으로 만든 짧은 치마, 혹은 기저귀 같은 것을 둘렀고, 벌거벗은 상체에는 넓은 가죽띠를 열십자로 감았다. 그 가죽띠에는 어른의 엄지손가락 굵기는 되어 보이는 못이 거꾸로 박혀 있고, 머리에도 역시 못이, 아니 뿔이 난 투구, 아니 얼굴까지 가리고 있으니 머리 전체를 감싼 탈이라고 해야 할 것이다. 그런 것을 쓰고 손에는 등나무 덩굴에 가시가 튀어나온 것 같은 긴 채찍 여러 가닥을 들었다.

완안불수는 그 채찍에 주의를 집중했다. 저게 혈겁에 사용된 무기일까? 마치 크기를 불려놓은 곰 같은 체구로 채찍 같은 섬세한 무기를 어떻게 사용한다는 것일까? 저 굼뜬 발걸음은 섬세함이나 속도와는 어울리지 않는 조합 아닌가.

그런데 예상을 깨고 괴물은 일단 물에서 벗어나자 놀라운 속도를 보이기 시작했다. 무뢰배들이 미처 무너뜨리지 않은 담장으로 달려가더니 몸으로 부딪쳐 무너뜨렸다. 그리고 채찍을 휘둘러 작업장의 기둥 하나를 감아 그대로 뽑아올렸다. 채찍은 섬세하며, 유연하고, 강했다. 사람의 힘이라고는 믿을 수 없을 정도였다. 이른바 역발산기개세(力拔山氣蓋世)라는 옛 시구가 정확하게 들어맞는 힘이었다.

그리고 파괴적이었다. 기둥은 채찍에 감겨 뽑혀나온 후에는 감긴 부분부터 으스러지더니 이윽고 산산이 부서져 흩어지고 말았다. 엄청난 조임의 힘과 날카로운 가시의 파괴력이 아니면 불가능한 묘기였다. 기둥이 아니라 사람이 저 채찍에 감긴다면? 한 번이라도 스치기라도 한다면? 사흘 연속으로 본 혈겁의 현장은 그렇게 만들어졌을 것이다. 시신조차 온전히 남기지 않는 살인의 방식은 저 무기로 인한 것이리라.

확인은 끝났다. 편복협은 고요히 모습을 드러내고 그와 동시에 악마의 갈고리 같이 튀어나온 두 개의 톱니바퀴를 괴물에게 던졌다. 가서 박힌 후에도 멈추지 않고 회전하며 계속 파고드는 치명적인 무기였다. 경고도 없이 이런 것을 사용하는 건 무림의 상도에 반하는 반칙에 가까운 행위였지만 괴물을 상대로 도리를 따질 수는 없다. 무엇보다 저 암울한 녹색피부가 얼마나 단단하고 질긴지 알 수가 없지 않은가.

그의 공격은 그것만으로 끝나지 않았다. 괴물과의 싸움에 방해가 될 요소를 미리 정리해 두는 것도 중요했으므로 그는 절반의 주의력을 무뢰배들에게로 돌려 괴물에게 던져 보낸 톱니바퀴보다는 훨씬 작은, 그 효과도 그에 비례해서 약한 암기들을 던져보냈다. 절반 정도의 무뢰배들이 연신 비명을 토해내며 혹은 다리를 쥐고, 또 혹은 허리춤을 움켜쥐고 쓰러졌다. 운이 좋은 놈들이었다. 이렇게 쓰러짐으로써 그들은 더 치명적인 상처는 피할 수 있을 테니까.

그나마 여유가 있을 때에는 최소한의 상처로 제압한다는 원칙을 지킬 수 있지만 전투가 격화되면 불살(不殺)의 계율을 지킬 수 없어질 수도 있는 것이다. 살인의사를 담고 손을 쓴 적은 없고, 앞으로도 가능하면 없게 되기를 바라지만, 인간은 의외로 약한 생명체라 실수로 죽일 수도 있는 것이니까.

그래서 그는 일차로 암기들을 던지자마자 앞으로 달려나갔다. 예정된 이차 공격이었다. 이번엔 손발만 쓰겠지만 여기 당하면 톱니바퀴에 힘줄을 끊기는 것보다 더 치명적인 결과를 맞을 수도 있다. 미안하지만 어쩔 수 없는 일이었다.

하지만 그의 준비된 미안함은 현실이 되지 못했다. 어마어마한 파공성을 내며 날아온 채찍을 피하느라 다른 생각을 할 틈이 없었다. 그의 머릿속은 순간적으로 비어버렸고, 몸에 두른 보의에도 불구하고 여기 맞으면 갈기갈기 찢긴다는 공포감이 그 자리를 채웠다. 편복협은 팔을 들어 몸을 가리며 미종보법(迷蹤步法)으로 회피했다.

치익하고 귀에 거슬리는 소리가 들렸다. 채찍의 가시가 팔뚝까지 올라오는 그의 장갑을 스치고 지나가는 소리였다. 맞은 것도 아니고 단지 스친 것에 불과한데, 그의 장갑에는 의복보다 더 조밀하게 도편을 둘러 강화를 했는데, 그럼에도 불구하고 힐끗 살핀 장갑에는 불로 지진 듯한 자국이 몇 가닥이나 남아 있었다. 지글거리며 녹고 있었다.

"독이군!"

그냥 무기면 이렇게 될 리 없다. 그것도 극독이다. 도자기를 녹이는 극독이라는 건 도대체 어떤 것인지 짐작도 가지 않는다. 조심할 이유가 하나 더 생긴 것이다.

그건 그렇고 아까 날린 톱니바퀴는 어떻게 된 것일까? 무림에서 혈리표(血裡飄)라고 부르는 이 무기는 마병(魔兵)이라는 악명을 얻을 정도로 치명적이다. 그런데 그건 지금 괴물의 등판 양쪽에 박혀 있음에도 불구하고 별 타격을 주지 못한 듯 그저 장식품처럼 덜렁거리고 있을 뿐이었다. 보통 무기로는 제압이 안 된다는 방증이었다.

다시 채찍이 날아왔다. 그는 순간적으로 방침을 정하고 채찍의 아래로 파고들었다. 피하기만 하다가는 온밤을 지새우며 싸워도 끝이 나지 않을 것 같아서였다. 이럴 땐 그가 배운 대로 스스로를 사지로 밀어넣고, 그 속에서 활로를 찾는 것이 옳다. 즉 가장 위험한 곳에서 적을 제압할 방법을 찾는 것이다. 없으면 만들어내는 것이다.

등으로 뜨거운 느낌이 스쳤다. 피풍의가 찢어지는 소음이 들린 것 같았다. 그가 몸을 숙이고 채찍 아래로 들어간 이유가 그것이었다. 등쪽은 피풍의와 의복에 의해 이중으로 보호가 되고 있으니까. 스치기만 해도 다치거나 중독될 위험이 앞쪽보다는 덜하니까. 그리고 이럼으로써 적의 가슴팍은 그의 공격권에 들어오게 되니까.

하지만 문제의 가슴팍은 너무 넓었다. 눈앞에 철벽이 펼쳐진 것 같았다. 그는 그 중에서 애써 급소를 찾아 주먹을 질러 넣었다. 괴물이 아닌 보통사람이라면 명치라고 부를법한 위치였다. 가벼운 타격만 당해도 호흡이 곤란해지고 구토가 유발되는 급소였다. 거기에 전력으로 찔러넣은 일격을 맞고도 괴물은 끄덕하지 않았다. 그저 미세하게 몸을 웅크렸을 뿐이었다. 그게 명치를 맞은 충격 때문인지 아니면 품안에 들어온 그를 잡기 위해서인지는 알 수 없었다. 우선은 저 갈퀴 같은 손을 피하는 게 급했으니까.

편복협은 피했다. 하지만 완전히 피하지는 못했다. 박쥐의 날개 같은 피풍의가 괴물의 손에 잡혀 찢겨졌다. 그걸 목과 어깨에 감싸 두르고 있던 그의 몸까지 같이 끌려가 저 멀리 내동댕이 쳐졌다. 무공을 배우고 강호에 출도한 이후 처음 당해보는 굴욕이었다.

이 괴물은 인간을 초월한 자인가? 절대고수를 한 단계 더 뛰어넘는 천외천(天外天)의 존재인가? 말 그대로 지옥에서 걸어나온 괴물인 것인가?

"너는 누구냐?"

아니, 넌 대체 뭐냐고 묻는 게 옳은 질문의 방식인지도 모르겠다고 생각했다.

"그러는 넌 누구냐?"

질문한 것은 무뢰배들 중 하나였다. 그들은 괴물이 던져버린 그를 제압하는 것이 자신들의 할 일이라고 생각한 듯, 그리고 그게 가능하다고 여긴 듯이 손에 쥔 칼과 철퇴를 휘두르며 달려들었다. 편복협은 웃었다. 자신감을 끌어올리기 위해서, 힘들 때일수록 웃어야 한다는 아버지, 아니 알파도의 조언이었던가, 하여간 그 조언에 따라서. 그리고 단지 주먹과 발만으로 달려드는 무뢰배들을 때려눕혔다. 한 방에 한 놈씩, 쉽고 간단한 일이었다.

그 다음에 그는 내장이 입 밖으로 쏟아져나올 듯한 충격을 등으로 느끼며 앞으로 굴러갔다. 신경을 분산한 틈에 괴물이 날린 채찍을 고스란히 맞아버린 것이다. 등이 뜨거웠다. 중독된 것일까? 아니, 이건 현실적인 뜨거움이었다. 그는 손을 뒤로 돌려 피풍의를 벗어버렸다. 피풍의가 자글거리며 녹고 있었다. 그 가장자리에는 불길한 녹색의 불꽃까지 피어오르고 있었다.

"좋아."

좋은 일은 전혀 없지만 그는 그렇게 말했다. 심호흡을 하고 또 말했다.

"한 판 놀아보자."

그는 양 주먹을 들어 올리고 자세를 취했다. 무공을 처음 배울 때, 특히 권법이라는 것을 처음 배울 때 익힌 자세였다. 기수식(起手式)이라고 부르는, 몸의 무게중심을 앞에 삼 할, 뒤에 칠 할을 두어 전진보다는 회피에 더 중점을 둔 자세였다. 그동안 겪은 승리의 기억은 잊어버리고, 몸에 두른 고가의 장비들도 없다고 생각하고, 가장 기본적인 것으로 돌아가 원점에서 다시 시작해 보자고 마음먹은 것이다.

결국 무공이란 몸을 쓰는 방법이고, 크건 작건 인간의 몸은 정해진 몇 가지 방식으로밖에 움직이지 않는다. 그리고 그 방식들에는 각각의 경우에 맞는 대응법이 있다. 지금처럼 큰 상대는 아래가 비어 있다는 식의.

물론 채찍을 든 자의 경우에는 아래도 완전히 비어 있지는 않다. 채찍은 기본적으로 위에서 아래로 휘두르면 위력이 배가되니까. 그걸 편복협은 흙바닥을 뒹굴면서 생각했다. 하지만 채찍은 일정한 공간을 필요로 하는 무기이기도 하다. 거리를 좁히면 완전히 쓸모가 없어지는 무기. 그래서 그는 흙바닥에 뒹군 김에 아예 괴물의 발아래까지 굴러갔다. 거기에서 어약용문(魚躍龍門), 물고기가 몸을 뒤채어 뛰어오르는 신법으로 괴물의 턱 아래까지 날아오르며 주먹을 올렸다.

완전한 성공을 거두지는 못했다. 하지만 주먹 끝에 감촉이 있었다. 괴물은 크게 몸을 뒤틀며 짐승 같은 신음을 흘렸다. 그리고 뒤로 주춤 물러섰다.

그렇게까지 큰 타격을 주지는 못했을 텐데? 괴물의 반응이 지나치게 민감하다. 편복협은 다시 몸을 굴려 전권을 빠져나와서는 괴물의 상태를 살폈다. 피를 흘리고 있지는 않았다. 보통 사람이 맞았다면 그랬을 것처럼 턱이 박살나 너덜거리고 있지도 않았다. 하지만 얼굴에 뒤집어 쓴 탈이 비뚤어져 있었다. 거의 벗겨질 것처럼. 괴물은 그걸 제대로 고쳐 쓰기 위해 물러난 것이다.

그 순간 그는 깨달았다. 저 괴물이 쓴 탈은 그의 박쥐복면처럼 단지 얼굴을 가리기 위해서만 쓴 것은 아니다. 거기에는 그 이상의 쓸모와 필요성이 있었던 것이다. 그게 뭔지는 몰라도 이 순간 중요한 것은 괴물의 약점을 찾았다는 사실이었다. 그는 다시 한 번 놈의 품속으로 뛰어들었다. 괴물은 채찍을 버리고 맨손으로, 맨손이라지만 거목의 둥치 같은 팔뚝에 붙은 굵은 뿌리 같은 손으로 그를 잡으려 들었다. 거기 잡혔다가는 거죽은 멀쩡해도 내장이 터져 죽을 것이다.

하지만 포기하는 것이 없으면 얻는 것도 없다.

"주지!"

그가 준 것은 장화 한 짝이었다. 그는 마치 원앙각(鴛鴦脚)을 사용하는 것처럼 괴물의 손아귀를 발로 걷어차고, 거기 일부러 잡혀 주었다. 그리고 재빨리 발을 장화로부터 빼서 자유로워지는 것과 동시에 손을 뻗어 놈의 탈을 움켜쥐었다. 괴물은 그의 장화를 놓아버리고 머리에 붙은 그를 떨쳐버리려 했다. 하지만 고수의 체면도, 명문가의 귀공자다운 예의범절도, 고담의 떠오르는 협객 편복협의 명성에 걸맞은 멋진 자세도 다 버리고 진흙탕 싸움을 시작한 이상 승리를 거머쥐지 않고는 물러설 수 없는 형편이었다. 편복협은 과자 한 조각을 두고 이웃집 개구쟁이와 악다구니 드잡이질을 벌이는 아이처럼 버티고 당겨 마침내 괴물의 얼굴에 붙은 탈을 벗겨내었다.

갸아아아아악—!

인간의 것이라고는 믿어지지 않는 끔찍한 소음이 괴물의 입으로부터 터져나왔다. 하지만 비명은 오히려 편복협이 지르고 싶었다. 탈로 감추어진 그 아래에서 드러난 얼굴은 인간의 것이 아니었다. 거죽을 벗겨 내고, 그 맨살에 못을 박아 탈을 고정시켰던 것은 아니었을까 생각되는 모습이었다. 게다가 입과 코로 짐작되는 구멍에는 가죽으로 만든 관 같은 것이 박혀 있었고, 그 대롱은 지금 탈과 함께 뽑혀져 나와 있었다. 어쩌면 호흡이며 음식물의 공급도 저것을 통하지 않았을까 추측하게 하는 몰골이었다. 그게 뽑혀나간 지금은? 상상하고 싶지 않았다.

편복협은 잠시 망설이다가 손에 쥔 탈을 괴물의 얼굴에 다시 씌워주었다. 가능하면 살려두고 싶어서였다. 정체를 밝히기 위해서라도, 스스로 정한 불살의 계율을 어기지 않기 위해서라도. 하지만 그건 쉽지 않았다. 이미 뽑혀나온 관을 다시 삽입하는 일부터 해야 했으니까. 게다가 예기치 않은 일도 일어났다.

편복협은 지금까지와는 다른 빛이 땅을 비추는 것을 보고 고개를 들어 하늘을 보았다. 하늘 저편에서 폭죽이 터지고 있었다. 오색의 찬란한 빛이 하늘 한쪽을 밝히는 그 중심에 어둠이 모양을 만들었다. 날개를 활짝 편 박쥐의 모습이었다.

4

완안불수, 편복협은 하늘을 날고 있었다. 피풍의는 벗겨지고 없었지만 그에게는 날개가 있었다. 세가에서 타고 나온 선박을 해체해 골조만 몇 개 취하고, 거기에 거미줄 같은 돛을 덧씌우자 그건 훌륭한 연이 되었다. 그걸 끌고 인근에서 가장 높은 탑 위로 올라가 공중으로 뛰어오른다. 그 다음에는 바람을 타기만 하면 되는 것이다.

고담의 하늘 아래 이러한 것이 떠 있었던 적은 없었다. 완안불수조차도 자주 해보지 못하는 일이었다. 받아들이기에 따라서는 즐겁고 상쾌한 일일 수도 있었지만 지금 그의 머릿속은 그걸 즐길 여유가 없었다. 그는 비상시에만 터뜨리기로 되어 있는 저 신호탄을 왜 터뜨렸는지, 그걸 터뜨릴 방법을 아는 유일한 사람인 알파도의 신변에, 그리고 완안세가에 대체 무슨 일이 일어났는지 생각하고 걱정하느라 여념이 없었다.

연의 좋은 점은 지상의 복잡한 지형을 무시하고 거리를 일직선으로 만든다는 것이다. 하지만 연에는 오직 바람을 타야만 움직일 수 있다는 나쁜 점도 있고, 그 바람이 가고자 하는 것과 방향이 다르면 곤란해진다는 치명적인 단점이 있다. 지금이 그래서 편복협이 아무리 연을 조작해도 완안세가까지의 거리는 좀처럼 좁혀지지 않았다. 이러면 차라리 연을 버리고 뛰어가는 편이 빠를 수 있었다. 정말로 그렇게 할까 고민하는 중에 저 아래 지상에서 움직이는 한 줄기 바람이 보였다. 물론 진짜 바람은 아니었다.

하지만 그가 가장 좋아하는 바람이었다.

편복협은 입술을 오므려 길게 휘파람을 불고, 연의 날개를 좁혀 아래로 기울였다. 그리고 적당히 지상과 가까워지자 아예 연을 놓고 허공에 몸을 띄웠다. 급속도로 떨어지는 그의 아래쪽으로 바람이 달려왔다. 한 줄기 검은 바람, 그의 애마 흑선풍(黑旋風)이었다. 그 안장에 앉자 지시를 내리지 않았는데도 흑선풍은 방향을 바꾸어 달렸다. 완안세가를 향해서였다.

5

"이게 다 무슨 일이지?"

겉보기에는 별로 달라진 게 없었다. 완안불수는 머리에 유건을 쓰고, 몸에는 낭창낭창한 자락과 길게 늘어지는 소맷자락을 가진 유삼을 걸치고 있었다. 옷매무새가 약간 흐트러지긴 했지만 긴 밤 내내 술을 마시고 여흥에 취하다 보면 으레 그렇게 되는 것 아닌가. 달라진 것은 완안세가였고, 특히 연회장이었다. 거기 고개를 들고 있는 사람은 단둘밖에 없었다. 완안불수를 호출한 알파도, 그리고 한 여인이었다.

"대체 어디서 뭘 하고 있다가 이제야 와?"

질문처럼 꾸짖은 것은 여인이었다. 마치 잘 아는 사람처럼 막 대하는 말투. 완안불수는 그녀를 유심히 살펴보았다.

"날 아시오?"

그는 여인을 몰랐다. 혹시 만난 일이 있는지 몰라도 기억에 없었다.

알파도가 무어라 말하려는 듯 입을 달싹였다. 하지만 여인이 빨랐다.

"왜 모르겠어? 고담의 인기인, 모든 요조숙녀가 선망해 마지않는 상대, 젊은 데도 엄청난 재산을 물려받은데다가 재산을 노리는 일가친척도 없고 심지어는 귀찮게 할 부모도 없어. 이 어찌 좋은 조건이 아니겠어? 여자로서 당신을 모른다는 건 문제가 있는 거지."

완안불수는 쓴웃음을 지었다.

"뭔가 내 사람됨과 관련해서 좋은 건 없소?"

여인이 고개를 갸웃거리더니 한 마디 추가했다.

"얼굴도 그럭저럭 봐줄만 하지."

완안불수의 쓴웃음이 짙어졌다.

"고맙구려. 그나저나 나에 대해서는 그만큼 잘 알게 되었으니 이제 소저에 대해서도 알고 싶구려. 대체 누구시오? 왜 여기 이러고 있소? 오늘 초대받으신 분인가?"

마지막 질문은 알파도를 향해 던진 것이었다. 비로소 기회를 얻은 알파도가 말했다.

"이분 소저께서는 고담 서쪽 성문 근처 유화하(柳花河)에서 태어나고 자란 분으로 십여 년 전 강호기인의 눈에 띄어 제자로 발탁되어 고향을 떠난 후 옥나찰(玉羅刹)이라는 별호를 얻으셨으며, 고향인 이곳에는 한 달 전쯤 돌아왔습니다. 죄송스럽게도 오늘의 연회에 초대받지는 못하셨지요."

여인이 말했다.

"강호에서는 제법 이름을 알아주지만 이곳에서 나는 그저 가난한 농부의 딸일 뿐이거든. 아마 그래서 당신도 내 서찰을 무시했을 테지만."

"서찰?"

완안불수의 의아한 눈길에 알파도가 대답했다.

"이달 들어 매일 서찰이 왔습니다. 물은 생명의 근원인데 고담의 물은 죽어가고 있다. 거기 기반해 생을 영위하는 초목도, 동물도, 사람도 결국은 물과 함께 죽을 거다. 그 전에 고담을 구해야 한다. 물을 살려야 한다. 그러려면 염색업을 중단시켜야 한다. 필요하다면 비단과 관련된 일도, 도자기를 만드는 일도 중단해야 한다. 도자기를 굽는 가마에서 나오는 연기가 물보다 더 중요한 공기를 더럽히니까."

절반도 듣기 전에 완안불수는 그 서찰을 기억했다. 그래서 어쩌라고 하는 말밖에 안 나오는 서찰이었다. 아까 알파도하고도 이야기한 바 있지만 물이 죽는 것은 나중 일이지만 가난해서 밥을 굶게 되는 것은 목전의 일이다. 물을 살리기 위해 산업을 멈출 수는 없다. 고담을 비우는 것은 더욱 가능하지 않은 일이고.

알파도가 계속 말했다.

"주인님께 보고할 것도 없는 일이라 사료되어 제 선에서 답변했습니다. 이렇게 직접 찾아오실 줄은 몰랐지요."

거짓말을 하고 있다. 서찰의 전부는 아닐지라도 초기의 십여 통은 분명히 그에게 전달되었고, 직접 답장을 한 일도 있었다. 아마 그 문제에 대해 심각하게 고려할 것이며, 대책도 생각해 볼 것이다. 당장 해결할 수는 없지만……. 뭐 이런 내용이었을 것이다. 그런데 알파도는 그를 감싸주기 위해 그가 애초에 서찰을 읽은 일이 없는 것처럼, 그 무성의한 답변에도 책임질 일이 없는 것처럼 거짓말을 하고 있는 것이다.

그런데 무슨 책임을? 완안불수는 다시 한 번 연회장을 둘러보았다. 모두가 잠들어 있었다. 연회에 참석한 자들은 접시에 코를 박고, 또 의자에서 미끄러져 음식찌꺼기가 너저분하게 흐트러져 있는 바닥에 뺨을 대고 깊이 잠들어 있다. 심지어는 시중을 들어야 할 시종들과 장식용으로 세워두긴 했지만 출입문 좌우에 서 있어야 할 호원무사들까지 모두 몸을 웅크리고, 또 혹은 팔자 좋게 네 활개를 편 채로 잠들어 있었다. 하지만 혹시…….

"죽은 건가?"

"아직은 아냐."

이번에도 여자가 대답했다. 옥나찰이라는 별호에 어울리게 예쁜 외모, 나이도 겨우 스물을 넘겼을 것 같은데 묘하게도 동공이 풀려 있다. 술에 취한 것과는 다르고, 오히려 약에 취했달까. 아니면 어떤 종류의 광기에 휩싸여 있다거나.

"하지만 당신의 대답 여하에 따라 곧 죽을 수 있지. 물론…….."

그녀는 웃었다. 보는 이를 두렵게 하는 웃음이었다.

"살 수도 있고."

완안불수는 옷깃을 편하게 하고 여자의 정면에 있는 의자를 끌어다가 앉았다.

"내 한 마디에 백 명이 넘는 사람의 목숨이 달려 있다니, 책임이 막중하구려. 이런 곤란한 상황은 처음이요. 그냥 백 명도 아니고……."

"고담을 움직이는 백 명이지. 그러니까 현재의 고담을 만든 사람이고, 물을 죽이는 데 협조하거나 방조한 사람들이기도 해. 그러니까 죽어 마땅한 자들이지. 당신을 포함해서."

이 여자는 미쳤다. 완안불수는 판단을 내렸다. 그러므로 위험하다. 미친 사람은 무슨 짓이든 할 수 있으니까.

"그럼 이제 이야기해 봐야겠구려. 물을 살리기 위해 무엇을 할 수 있을 것인가에 대해."

"고담을 비워야 해."

옥나찰의 말은 간단했다. 그것밖에는 길이 없다는 듯 단호하기도 했다.

"모두 죽이는 것도 생각해 봤어. 하지만 그렇게 되면 그 무수한 시체가 고담을 뿌리부터 썩게 만들어서 앞으로 백 년은 더 죽어 있게 될 거야. 그냥 버려두고 떠나면 십 년밖에 안 걸릴 텐데."

"십 년밖에 안 걸린다는 것은 물이 깨끗해지는데?"

"그래. 쉽고 간편한 정화의 의식이지. 버려두고 떠나면 돼. 아무도 다치지 않고, 아무도 죽지 않아. 이렇게 쉬운 일이 어딨어?"

"고담의 인구가 몇인지는 아시오?"

"글쎄? 한 십만 되려나?"

"그 다섯 배는 될 거요. 그 많은 사람들이 다 어디로 가서 무얼 해 먹고 살겠소? 이주는 오랜 시간이 걸리고, 아예 불가능할 수도 있소."

"그걸 가능하게 해야 해. 그게 당신이 해야 할 일이야."

"못하오. 내겐 그럴 힘이 없고, 힘이 있어도 그렇게 할 순 없소. 당신은 한 가족이 옆집으로 이사라도 가는 것처럼 쉽게 말하지만 일은 그렇게 돌아가지 않소. 무수한 사람들이 고통을 받고, 또 죽을 거요."

여인의 눈이 빛났다.

"그럼 다 죽어야겠네. 내 말대로 하면 소수만 죽어. 하지만 내 말대로 하지 않으면 다 죽는 거지. 오늘, 그리고 내일, 어쩌면 사흘쯤 걸릴지도. 하지만 다 죽는다는 건 확실해. 이 약의 효과는 확실하거든."

그녀는 손에 쥔 비단 주머니를 들어서 보여주었다. 젊은 처자가 지니고 다닐 법하게 아름다운 수가 놓인 작고 예쁜 비단주머니였다. 하지만 지금은 어쩐지 불길한 붉은 색이 감도는 것 같은 그런 주머니였다.

완안불수는 알파도를 힐끗 보았다. 알파도가 미세하게 고개를 움직였다. 옥나찰이 계속 말했다.

"약효를 안 믿을 것 같아서 이곳 사람들을 모두 재웠지. 이곳에서 물 한 잔이라도 마신 사람은 모두 잠들었어. 여기 이 늙은이가 잠들지 않은 건 의외지만."

알파도를 두고 하는 말이었다. 그가 덤덤하게 말했다.

"늙으면 뭘 먹고 싶은 마음이 없어지기 때문에."

옥나찰이 계속 말했다.

"잠들지 않은 건 다행이야. 안 그랬으면 당신을 찾아 내가 직접 사방을 돌아다녀야 했을 테니까."

"왜 하필 나요? 차라리 성주를 깨우거나 그 옆에 엎드려 있는 사람이 추관이니 그 사람을 깨워서 위협해도 되었을 텐데."

마침 옥나찰의 자리에서 가장 가까운 곳에 추관 단톤이 엎드려 있는 것을 두고 한 말이었다. 옥나찰은 그쪽으로는 시선도 주지 않았다.

"난 처음부터 당신을 목표로 했어. 사부님이 그러라고 하셨거든. 당신을 찾아서 협조를 요구하라고."

이쯤 되면 안 물어볼 수가 없었다.

"당신의 그 대단하신 스승이 대체 누구요? 그가 누군데 나를 알지?"

옥나찰이 말했다.

"내 이름은 처음 들어도 사부님 이름은 들어봤을 거야. 라스알굴, 알굴(關窟) 라마라고 부르는 사람들도 있지."

완안불수의 표정이 급변했다.

"그 이름이 왜 나오지? 그는 죽었는데?"

옥나찰의 표정은 해맑았다.

"그분이 왜 죽어? 사부님은 한 달 전까지만 해도 살아계셨어. 그리고 나를 고향으로 돌려보내면서 이 주머니를 주셨지. 죄와 타락에 빠진 고담을 새롭게 할 정화의 도구라고 하시면서."

그녀는 주머니를 흔들었다. 그러다가 떨어뜨릴 것처럼 불안하게. 그 주머니 아래쪽에는 미리 가져다 둔 것처럼 빨간 숯이 열기를 뿜어내고 있는 화로가 놓여 있었다. 말하자면 여차할 경우 주머니를 태우겠다는 위협인 것이다. 그 주머니가 타면 그 안의 무엇, 아마도 독도 타오를 것이고, 독 연기를 피워올릴 것이다. 그럼 이 연회장 안의 모든 사람이 죽을 것이고……. 위협의 방식은 이제 이해할 수 있었다. 그걸 어떻게 막느냐의 문제가 남았을 뿐.

"저 염색거리의 혈겁을 일으킨 것도 당신이었군."

확신하고 있는 일이었지만 단지 시간을 벌기 위한 질문이었다. 옥나찰은 쉽게 시인했다.

"사람들은 피를 보기 전에는 말을 중히 여기지 않거든. 그걸 뭐라고 하더라? 관을 봐야 눈물을 흘린다고 하던가? 하지만 사람들은 생각했던 것보다 훨씬 더 어리석어. 피를 보고도 말대로 안 하더라고. 하는 수없이 죽이는 수밖에 없었지."

"물을 살리는 건 생명을 위해서라고 하면서 생명, 그 중에서도 가장 고귀한 인간의 생명은 마구 없애는 거요? 그것도 그렇게 잔인한 방식으로? 모순적이라고 생각하지 않소?"

"방식은 내가 정한 게 아냐. 그것까지 내가 통제할 수는 없었어. 척살자(刺殺者)가 정한 거지. 아, 혹시 만나봤어? 그 괴물을 척살자라고 해."

그를 만났을 뿐 아니라 죽게 만들었다는 말을 들으면 어떤 표정을 지을까 궁금했지만 완안불수는 말하지 않았다. 옥나찰을 자극하지 않기 위해서였다.

옥나찰이 계속 말했다.

"그는 강하지만 너무 거칠어서 그냥 하는 대로 내버려 두는 수밖에 없었어. 하지만 그것도 그가 살해하는 사람의 수가 아무리 많다고 해도 그건 결국 양의 문제야. 선택의 문제고. 고담에는 오십 만의 사람이 있다지만 그 백 배, 천 배가 넘는 새들과 물고기와 벌레들이 있어. 그것들보다 인간의 생명이 귀하다는 건 대체 누가 정한 거야? 궁극적으로 오십 만의 사람들도 죽게 될 거야. 물이 죽으면. 그 사람들에게 경고하기 위해서 십여 명을 죽이는 건 왜 용서가 안 돼? 대답해 봐. 오십만 명을 구하기 위해서라면 당신 목숨을 내놓을 수 있어? 가령 당신이 내 앞에서 자결한다면 이 독약을 포기하겠다고 하면? 그렇게 할 수 있어?"

완안불수는 격정에 사로잡혀 얼마든지 그럴 수 있다고 대답하려 했다. 하지만 다시 한 번 생각해 보고 그 대답 대신 다른 말을 내놓았다.

"어려운 질문이구려. 생명의 가치는 그렇게 숫자의 다소로 말할 수 없는 것이니까."

비겁하게 회피하는 답변이라고 비난할 수도 있을 텐데 의외로 옥나찰은 동의한다는 몸짓을 해보였다.

"그래, 옳고 그름은 그렇게 쉽게 판가름나지 않아. 좋고 나쁜 것은 숫자로 결정되지 않아. 그러니까 다시 물어볼게. 내가 어렸을 때 뛰어놀던 유화하의 그 맑은 물과 시원한 바람, 하늘거리는 버드나무 가지와 내에서 뛰어오르는 물고기들의 모습을 돌려받는데 오십만의 희생이 필요하다면 그건 큰 걸까, 작은 걸까? 이름도 모르고 얼굴도 모르는 오십만의 죽음 따위는 내겐 버들강아지 하나의 감촉만큼의 가치도 없는데 내가 잘못 생각한 것일까?"

물론 잘못 생각한 거라고 말하려 했지만 옥나찰은 말할 기회를
주지 않았다.

"부모님이 돌아가셨다며? 부모님을 되살려 줄 테니 오십만의
목숨을 바치라고 하면 어때? 오십만이 아니라 오십 명이면? 혹은
단 한 명만 명왕의 제단에 바치면 된다고 하면?"

완안불수는 선뜻 대답을 못하고 신음성만 흘렸다. 그러다가 불
쑥 말했다.

"알굴 라마의 제자가 분명하군. 방금 내게 풀어놓은 논리는 알
굴 라마의 그것과 극히 비슷하니까."

그는 자리에서 일어나 뒷짐을 지고 서성거리며 열에 들뜬 듯이
말했다.

"그는 기준을 달리하면 결과도 달라지는 선악의 개념과 정의로
움의 허약한 실체를 오랜 시간을 들여 내게 납득시키려 했지. 그
래도 공공에게 인정되는 정의의 규준이 어딘가에는 있을 거라는
내 굳은 관념을 변화시키진 못했어. 그러니까 이번에는 때로 대
의(大義)보다 소의(少義)가 중할 때도 있고, 작은 것을 위해 큰 것
을 희생하는 것을 미덕으로 삼기도 하는 협객(俠客)의 도리를 설
파했지. 법이 문란해지고 천도는 바라기 어려운 세상에서 오직
개인의 판단만을 선악의 규준으로 삼는 협객의 가치와 이념을 내
게 주입시키려 했지. 그 논리에는 거의 넘어갈 뻔했던 게 사실이
야. 하지만 나는 최후의 순간에 그를 거부하고 나 자신을 지켰어.
그의 말이 아무리 옳아 보인다고 해도 결국 그 모든 요설의 배후
에는 세상을 어지럽게 하고 개인의 야망을 충족하려 하는 그의

비뚤어진 욕망, 그리고 복수심이 있다는 걸 느꼈기 때문에. 그의 모든 말과 행동은 결국 세상에 대한 원망과 분노의 발로라는 것을 알았기 때문에."

폭풍 같이 쏟아내는 말에 옥나찰의 신경이 분산되었을 때, 바로 그 순간에 완안불수는 소맷자락 속에서 만지고 있던 물건을 던졌다. 바로 직전까지 사용을 망설였던 물건이었다. 조금 전 서성거리면서 탁자에서 슬쩍 집어든 물건, 작은 도자기 술잔이었다. 은은한 비취색이 감도는 좋은 물건이지만 이 순간 그것은 암기로, 치명적인 무기로 사용되었다. 고수의 손에 들리면 부젓가락도 천하의 보검과 같이 사용되는 이치였다.

하지만 이것을 사용하게 되면 그는 살인을 하게 된다. 약간 정신이 온전치 못한, 어쩌면 알굴 라마의 꼬임에 넘어갔을 뿐일지도 모를 어리석은 여인의 목숨을 앗아가게 된다. 그렇다고 손속에 사정을 둘 수도 없다. 어설프게 손을 썼다가 살아남으면, 그래서 독주머니를 사용하게 하면 이 자리의 모든 사람이 죽는다, 뿐만 아니라 고담의 오십만이 몰살당할 수도 있다.

그런 고민 끝에 술잔은 공간을 가르고 옥나찰의 이마에 날아가 부딪쳤다. 하지만 고민의 흔적은 한 가닥 망설임으로 남았나 보다. 옥나찰은 짧은 비명과 함께 뒤로 휘청 넘어갔지만 죽지도, 정신을 잃지도 않고 독주머니를 화로로 가져갔다. 그 바람에 소리없이, 굼벵이처럼 느릿느릿 티 나지 않게 접근해 마침내 손이 닿는 거리까지 간 알파도가 뻗은 손에도 주머니는 잡히지 않았다. 대신 옆자리에서 몸을 날린 추관 단톤이 주머니를 움켜쥐고 옆으로 뒹굴었다. 단톤 역시 음료도, 음식도 입에 대지 않고 여태 잠든 척하고 있었던 것이다.

"내 주머니!"

옥나찰은 깨어진 이마에서 피를 흘리면서도 주머니를 찾기 위해 몸을 날렸다. 그리고 그 전에 먼저 발로 화로를 걷어차 단톤의 얼굴로 날려보냈다. 완안불수가 번개처럼 달려가 손으로 화로를 쳐내었다. 그러고는 자세를 바꾸어 옥나찰을 제압하려 했다. 그와 동시에 이 자리에서 가장 중요한 물건인 독주머니를 단톤의 손에서 낚아채 확보하려 했다. 단톤은 날아온 화로에 시야가 가려진 상태에서 독주머니를 노린 완안불수의 손을 적의 것으로 인식하고 지닌 바 무술실력을 발휘해 그 손을 막고, 동시에 피하려 했다. 그 또한 드러내지 않은 무공이 약하지 않은 수준이었기 때문에, 사실은 경지에 올라 있었기 때문에 이 한 수는 성공하여 완안불수의 출수에도 불구하고 독주머니를 빼앗기지 않을 수 있었다. 하지만 그러느라 그는 면전에 육박한 옥나찰의 독장(毒掌)을 피하지 못했다. 그의 얼굴에는 시커먼 독장의 자국이 깊이 새겨졌다. 자국 전체에서 푸른 화염이 일어나고, 그 가장자리까지 타들어가는 강력한 독장이었다.

장내에 처절한 비명이 울려퍼졌다. 단톤은 독장에 맞은 한쪽 얼굴을 움켜쥐고 뒹굴었다. 완안불수는 옥나찰을 걷어차 날려보내고 한편으로는 쓰러져 뒹구는 단톤의 손에서 독주머니를 빼앗아 확보했다. 알파도는 그 경황 중에도 음료수로 준비된 맑은 물을 찾아 단톤에게 달려갔다. 그 얼굴을 씻어내기 위해서였다. 그리고 옥나찰은 단톤에게 정신이 팔린 사이 완안불수에게 걸어차여 날아가다가 고양이처럼 공중에서 회전하고 다시 바닥에 내려섰다. 내려선 순간 다시 튀어오르려 했지만 불행히도 그녀가 내려선 그곳은 화로가 떨어져 뒹군 곳으로 그 안에 담겨 있던 숯덩이들이 흩어져 타오르는 장소였다. 발바닥으로부터 올라오는 뜨거운 열기에 그녀는 비명을 지르며 비틀거렸고, 쓰러지지 않기 위해 옆으로 손을 뻗어 탁자 귀퉁이를 잡았다. 불행이 겹쳤다. 탁자가 기울어지며 거기 있던 술주전자가 쓰러져 그 안의 독주를 쏟아내었다. 몇 번이고 증류를 거듭하여 액체의 형태를 띤 주정(酒精)이나 다름없게 된 독주였다. 그건 바닥에 쏟아지자마자 불길을 토해내었고, 옥나찰의 전신을 감싸고 타올랐다. 완안불수가 몸에 걸친 유삼을 벗어서 옥나찰의 몸에 붙은 불길을 끄려고 애를 썼지만 소용없었다. 그녀는 고통에 못 이겨 구르면서 더 많은 탁자를 쓰러뜨렸고, 더 많은 술을 쏟았으며, 더 많은 불길 속에 휘감겼다. 완안불수는 그녀를 포기하고 연회장에 쓰러져 잠든 사람들을 구하는데 집중할 수밖에 없었다.

6

"손님들은 모두 돌아가셨습니다. 다행히 무슨 일이 일어났는지 아는 분은 없습니다."

"하지만 한 사람이 죽고 한 사람은 중상을 입지 않았는가."

"한 사람밖에 안 죽었으니 다행이라고 해야겠지요. 더 많이 죽을 수도 있었습니다."

"단톤은…… 안됐군. 그 얼굴은 복구가 안 될 텐데."

"사내니까, 여자가 아니니까 스스로 극복해야겠지요. 고난을 당해서야 비로소 인간의 가치는 드러나는 법입니다."

"그건 또 누가 한 말인가?"

"제 생각입니다만……, 옛 현인들 중 누가 한 말을 제 말로 기억하는 것일 수도 있겠죠."

"마크사니 뭐니 이상한 사람들 말을 잘도 기억하고 있는 것 같아서 그 말도 그런 것 중 하난 줄 알았지."

"그러니 말씀입니다만 봉기는 오늘 새벽 진압되었다는군요. 희생자가 적잖게 나왔지만 어쨌든 소요는 진정되었다고……."

"어차피 일어날 일이었단 말이지? 어차피 진정된 일이었고. 그럼 또 일어나겠군."

"그걸 방지하는 게 주인님과 고담의 높은 분들이 할 일이겠죠. 그래서 말씀입니다만……, 이런 걸 생각해 봤습니다. 물은 이미 더러워졌으나 더 더럽히는 일은 막아야 한다. 그건 염색을 중단하지 않고 규제하는 것만으로도 가능하다. 분뇨를 내다 버리는 것도, 세탁을 하는 것도 구역을 정해서 하면 어느 정도 오염방지에 도움이 된다. 나머지는 자연이 스스로 정화작용을 할 때까지 기다릴 수밖에 없다."

"오염된 물을 정화하는 데에는 오랜 시간이 걸릴 텐데? 당장 필요한 식수 문제는 어떻게 해결할 건가?"

"그건 이런 방법이 어떨까 싶습니다. 숯과 모래로 정화장치를 만들어서 집집마다 사용하게 하면······."

알파도의 설명은 계속 되었지만 완안불수는 듣고 있지 않았다. 그의 생각은 옥나찰을 보낸 알굴 라마, 과거의 한 때 분명히 죽었다고 생각했지만 사실은 살아있다는 게 드러난 그 자에게로 향해 있었다. 그는 언젠가 또 나타날 것이고, 무언가 문제를 만들 것이다. 하지만 그가 던져준 문제 중 가장 큰 것은 이미 오래전 받았고, 아직도 그를 고민스럽게 하고 있었다. 옳고 그름의 문제, 정의란 무엇인가 하는 문제는 그가 살아있는 한 계속 안고 가야 할 고민인 듯했다.

이럴 때 차라리 신이 있어 간단하고 명백한 대답을 던져주면 좋겠지만, 그는 그런 걸 믿기에는 지나치게 타락해 있었다. 고담이라는 타락한 장소처럼, 봄의 녹색도 파릇파릇한 신록이 아니라 우울한 암녹색으로 다가오는 이곳에서.

그 날은 스카이시티가 지어진 지 처음으로 자살 소동에 휘말린 날이었다. 하루 30만 명이 드나드는 대형 건물인 스카이시티는 최근 수상한 소문에 휘말렸다. 스카이시티 어딘가의 벽에 금이 가고, 심지어 벽 자체가 기울어지는 등, 붕괴 조짐이 보이는데 관계자들이 숨긴다는 소문이었다. 이 소문은 여러 소셜 사이트에 올라오면서 빠르게 입소문으로도 퍼져나갔다. 그럼에도 불구하고 스카이시티는 여전히 서울에서 가장 사람이 많은 장소 중 하나였다.

그 날도 스카이시티에는 여전히 사람이 많았는데, 그 여자를 발견한 최초의 사람은 어린아이였다. 아이는 손에 쥐고 있던 풍선을 놓치는 바람에 얼굴을 높게 들었고, 풍선을 잡아달라고 울음을 터뜨리면서 여자를 발견했다.

"아빠, 아빠!"

7층 발코니의 아슬아슬한 바깥 가장자리에 선 여자를 본 아이는 울음을 뚝 멈췄다. 아이의 짧고 통통한 손가락이 여자를 가리켰다. 그 때 마침 여자의 머리카락이 흐트러지며 흘러내렸다.

"뭐야, 저 여자! 미쳤나!"

사람들이 웅성거렸다. 시선이 여자에게 모이기 시작했다. 갖고 있던 스마트폰을 들어 119 구조대에 연락하는 사람도 있었다. 이어셋을 끼고 스카이시티 내부를 순회하던 안전요원들이 우뚝 서서 여자에게 주의를 돌렸다.

그곳은 스카이시티의 메인 이벤트홀이었다. 여러 팝업스토어며 레이저쇼 등의 이벤트가 끊이지 않을 뿐 아니라 동선의 중심지였기 때문에 항상 인파가 북적거렸다. 여자를 발견한 사람들은 자리를 떠나지 않았고, 입소문을 듣고 찾아온 사람이나 다른 곳으로 이동하던 사람들이 모여들면서 점점 더 사람이 많아졌다. 스마트폰으로 사진을 찍거나 주변 지인들에게, 혹은 소셜 사이트에 이 소식을 날리느라 바쁜 사람들 속에서 김준영은 여자를 올려다보았다. 40대 언저리로 보이는 여자는 아름다웠고, 부유한 차림이었다. 멍한 눈길이 정처 없이 홀의 공중을 배회했다.

준영은 180센티미터를 넘는 큰 키에 어깨가 벌어진 체격으로, 천산 그룹의 점퍼를 입고 이어셋을 귀에 끼어서 마치 스카이시티의 보안관계자처럼 보였다. 여자를 올려다보는 준영의 얼굴에는 난처한 의문이 가득했다. 누가 어떻게 생각해도 스카이시티의 메인 이벤트홀은 자살을 시도하기에 몹시 부적합한 장소였다. 옆에서 있던 소년은 말없이 주머니에서 스마트폰을 쓱 꺼냈다. 소년은 준영과는 달리 후드티셔츠에 운동화로 가벼운 차림이었지만 손목에는 남색의 밴드를, 귀에는 같은 색의 이어셋을 꽂았다. 분주히 스마트폰을 만지던 소년, 민태이가 준영에게 말했다.

"형. 누가 119에 연락했나봐요."

태이의 말은 사실 질문이었다. 119의 무전을 도청하겠느냐는 의미였다. 또한 계획을 미루고 저 여자를 구출하겠느냐는 뜻이기도 했다. 잠시 생각하던 준영은 태이에게 고개를 끄덕여보였다. 그러자 스마트폰을 만지던 태이의 손놀림이 더욱 빨라졌다. 준영의 이어셋으로 도청한 무전을 연결하는 작업을 시작한 것이다. 준영은 태이의 밴드와 색만 다른 손목의 밴드를 건드렸다. 소년의 밴드와 같은 모양이었지만 색만 달랐다. 밴드가 준영의 이어셋으로 음성을 내보냈다. '통신을 거는 중입니다.' 그러자 태이의 밴드도 부르르 떨었다. 준영은 태이를 비롯해 두 사람에게 통신을 걸었고, 거의 동시에 둘 다 통신을 받았다.

'응, 오빠.'

준영의 비서이자 집사인 지윤의 명랑한 목소리가 이어셋에서 들려왔다. 준영은 아주 낮은 목소리로 이어셋 마이크에 속삭였다.

'태이가 나와 같이 있으니 네가 해 줘야겠어, 드론을 날릴 거니까 카메라 확인해.'

'알았어. 무슨 일 생겼어?'

'응, 나중에 말해줄게.'

준영은 지윤이 말없이 고개를 까닥이는 모습을 상상했다. 곧바로 통신이 끊겼다. 준영은 미소지으면서 태이를 돌아보았다.

"넌 여기서 상황 지켜보고 있어. 나는 돌아볼게."

태이는 만지던 스마트폰에서 고개를 돌리지 않은 채 끄덕거렸다. 준영은 사람들 눈에 띄지 않는 기둥 뒤로 가서 주머니에서 작은 드론을 꺼내어 작동시켰다. 네 개의 날개가 돌아가기 시작하더니 곧 공중으로 날아올랐다. 저 작은 드론이 단 카메라가 지윤에게 메인 이벤트홀의 영상을 전달할 터였다. 준영은 이 곳에 온 목적을 찾기 위해 메인 이벤트홀을 떠났다.

태이가 소셜 사이트에서 스카이시티의 기울어진 벽 사진을 발견했을 때, 준영은 망설이지 않고 스카이시티 조사를 결정했다. 스카이시티가 무너지고 있다면 더더욱 준영이 나서야 했다.

스카이시티는 준영의 조부이자 천산 그룹의 전회장인 김주만의 숙원이었다. 준영의 조부는 관광, 문화, 쇼핑, 사업을 모두 포괄할 수 있을 뿐 아니라 천산 그룹의 모든 행사를 치러낼 수 있는 건물을 원했다. 나아가 서울뿐 아니라 한국의 랜드마크가 되고 국제적인 행사까지 모두 치를 수 있기까지를 바랐다. 그래서 스카이시티는 천산 호텔, 천산 백화점, 메세나 시네마, 천산 컨벤션센터, 메세나 아트홀을 모두 연결한 대형 건물이 되었다. 이 건물을 짓기 위해 준영의 조부는 수많은 사람들의 돈과 눈물과 목숨을 받으며 사업을 추진했다.

준영의 발이 천산 그룹의 브랜드 광고 앞에서 멈췄다. 극장용으로 촬영한 브랜드 광고가 쇼윈도에 설치한 와이드 TV에서 방영

되었다. 준영의 조부는 수많은 원한과 피의 산을 쌓으며 이 천산 그룹을 이루었다.

준영은 그 조부가 가장 사랑했던 손자였다. 김주만은 준영의 일 거수일투족을 감시할 정도로 집착했다. 그 애정의 방식을 가족 중 아무도 원하지 않았기 때문에, 또한 가족 중 조부를 증오하지 않는 유일한 사람이었기 때문에 준영은 조부의 가장 사랑하는 손자가 되었다.

조부가 그렇게 갑자기 죽지만 않았더라도 조부는 준영에게 모든 것을 물려줬을 것이다. 지금은 철영, 화영, 준영 삼 남매가 천산 그룹을 각기 나누어 승계했지만 모두 알고 있었다. 조부가 준영을 후계자로 삼는 준비를 마치지 못하고 죽었기 때문에 남매가 나누어 승계할 수 있었다는 것을. 그 때문에 형과 누나의 적의는 뜨겁고 상속 싸움은 치열했다.

아마 준영의 속내를 알았다면 더욱 치열했을 것이다. 준영은 상속분뿐 아니라 천산그룹의 전부를 써서라도 조부를 대신해 속죄할 작정이었다. 조부에게 가장 사랑받은 준영은 재산보다 먼저 조부의 모든 죄를 물려받았기 때문에.

그 때 준영의 밴드가 진동했다. 준영은 브랜드 광고 앞에서 발을 떼면서 밴드를 두드려 통신을 받았다.

"응."

이어셋 너머에서 태이의 목소리가 들려왔다.

'형, 상태가 좀 이상해요. 주의하세요.'

태이는 간결하게 할 말만 하고 끊었다. 그리고 곧 밴드가 태이의 메시지를 음성으로 전달했다. 무전 도청을 연결했다는 메시지였다. 준영은 밴드를 두드려서 태이가 넣어준 앱과 연결했다. 이어셋으로 119의 무전이 흘러나왔다. 119와 경찰은 협조해서 투신을 시도하는 여자의 가족을 찾는 중이었다. 준영은 원래의 목적대로 스카이시티의 붕괴 지점을 찾으면서 119의 무전에 귀를 기울였다.

메인 이벤트 홀에서 자살하려는 여자를 구경하던 군중 속에는 여자를 그렇게 만든 주범인 정혜나도 섞여 있었다. 혜나는 태연히 인파 속에 묻혀서 여자를 올려다보았다. 여자는 표정 없는 얼굴로 손이 하얗게 질리도록 난간을 쥐고 있었다. 혜나는 여자의 얼굴을 보곤 몹시 만족했다. 조금 전까지만 해도 여자의 얼굴에 행복으로 가득 차 있었다는 걸 그 누구도 상상할 수 없을 만큼 절망에 빠진 표정이었기 때문이다.

혜나가 옷을 사러 스카이시티에 올 때까지만 해도 이런 일을 벌일 생각은 조금도 없었다. 스카이몰의 로드샵을 돌다가 천산백화점으로 이동했던 혜나는 여자 화장실에 딸린 파우더룸에서 한 여자를 보았다. 주름이 우아하게 흘러내리는 원피스를 입은 여자는 머리끝부터 발끝까지 편안하면서도 세련되게 신경 쓴 차림이었고, 행복하고 안정된 상태에서 우러나오는 밝은 분위기를 띠었다. 여자가 화장을 고치면서 켜놓은 스마트폰의 바탕화면에는 캠핑 가서 미소짓는 4인 가족의 사진이 있었다.

혜나는 자신도 모르게 그 여자의 손을 쥐었다. 손을 잡힌 여자가 놀라면서 불쾌한 표정으로 손을 빼내려고 하는 순간, 혜나는 여자의 정신을 휘어잡고 미약한 저항을 짓밟았다. 파우더룸에는 둘밖에 없었다. 혜나는 무난하고 순탄하게 여자의 정신을 무릎 꿇렸다.

여자는 혜나가 시키는 대로 파우더룸의 의자를 끌고 와서 혜나의 앞에 앉았다. 이번에도 언제나처럼 혜나가 사로잡은 후에는 혜나가 보았던 행복한 분위기와 아름다움이 사라졌다. 혜나는 급속도로 여자에 대한 흥미를 잃어버렸다. 그때서야 여자를 빨리 놓아줘야겠다는 생각이 들었다. 사람의 정신을 지배하는 혜나의 능력은 특별하고도 강력했지만, 지배가 끝난 후에는 그 시간만큼 죽은 듯이 잠들기 때문이었다. 충동적으로 지배한 여자 때문에 긴 후유증을 겪고 싶지 않았다.

그때 서너 명의 쇼핑객이 대화하면서 파우더룸에 들어왔다. 혜나는 여자를 데리고 일어섰다. 여자를 풀어주기 전에 가벼운 여흥을 즐길 생각이었다.

혜나는 여자의 핸드백을 뒤져서 여자의 차를 알아냈다. 여자의 차는 의외로 천산 호텔에 있었다. 천산 호텔의 이벤트 숙박권을 쓰는 중이었다. 혜나는 천산 호텔의 주차장까지 내려가면서 여자의 손에 항상 갖고다니는 지포라이터를 쥐어주었다. 불을 붙인 지포라이터를 여자가 자신의 차 안에 던져넣으면 간단하게 여자의 일상을 망가뜨릴 수 있을 것이다.

혜나는 여자를 여자의 차 쪽으로 보낸 뒤 자신은 멀리 떨어져서 지켜보았다. 혜나의 예상대로 여자가 지포라이터를 켜고 차 문을 연 순간, 주차요원들이 부리나케 뛰어왔다.

"뭐하는 겁니까!"

여자는 주차요원에게 지포라이터를 빼앗겼다. 그 때까지도 혜 나는 여전히 여자의 정신을 지배하며 놔주지 않았다. 주차요원들 은 경찰을 부르려고 했고, 혜나는 여자에게 자신의 객실에 머무 르겠다고 말하도록 시켰다. 여자가 주차요원들에게 끌려가는 모 습을 보면서 혜나는 메인 이벤트 홀로 내려왔다. 혼자가 된 여자 는 혜나가 시키는 대로 객실 발코니로 나와, 난간을 넘어서 바깥 쪽에 섰다.

혜나는 그 모습을 보면서 웃었다. 이제 혜나가 손을 떼도 사태 는 멈출 수 없이 굴러갈 것이다. 혜나는 여자에 대한 정신지배를 끊었다. 언제나처럼 견딜 수 없이 잠이 몰려들어왔다. 뇌를 쥐어 짜는 듯한 피로가 혜나를 덮쳤다. 혜나는 비틀거리면서 군중을 헤치고 메인 이벤트홀을 벗어났다. 혜나가 미리 봐뒀던 장소가 있었다.

준영은 여전히 목적지인 붕괴지점을 찾고 있었다. 그동안 준영 은 태이, 지윤과 함께 균열이 있을 법한 후보지를 추려냈고, 그 후 보지를 일일이 발로 다니며 확인해 왔다. 이제 그 리스트는 끝이 보였다. 대여섯 군데 남은 후보지에서 더 이상 찾지 못한다면 이 모든 작업을 처음부터 다시 해야 할 것이다. 준영은 심호흡을 하 면서 벽을 두드렸다. 벽지는 복도의 벽과 동일했지만 소리도, 촉

감도 달랐다. 가벽이었다. 준영은 가벽의 끝에 있는 관계자 외 접근 금지의 문을 열었다.

마침내 눈앞에 기울어진 벽이 나타났다. 누군가 가벽을 세우고 통제구역으로 만들기까지 했지만 결국 숨기지 못한 붕괴의 징후였다.

준영은 옷깃에 달았던 배지형 초소형 카메라의 전원을 켜면서 지윤에게 알렸다. 은신처에 있던 지윤은 준영이 보낸 영상을 받아서 확인하기 시작했다.

'찾았네.'

무심하면서도 기쁜 기색을 감추지 못하는 지윤의 목소리를 들으면서 준영은 슬쩍 미소를 띠었다. 기울어진 벽을 꼼꼼히 확인하면서 촬영하던 준영은 벽의 뒤쪽으로 이동하다가 멈췄다. 카메라가 매트리스 위에 누운 소녀를 비췄다. 지윤이 숨을 들이켰다.

'헉…… 죽었어?'

뼈마디가 툭툭 불거질 만큼 깡마른 소녀는 희다 못해 창백한 얼굴이었다. 푸른 핏줄이 선 눈꺼풀이 불룩하게 감겨서 마치 시체 같았다. 준영은 소녀의 목에 손을 가져갔다. 피부는 따스했고, 에어컨디셔너가 없는 장소 때문에 땀이 살짝 배었다. 느리고 약하게 뛰는 맥이 손끝에 잡혔다.

"아냐…… 후, 놀랐네. 왜 이런 곳에서 자는 거지?"

준영은 당혹스러워하면서 주변을 둘러보았다. 바닥에는 먼지와 흙이 뭉치로 굴러다녔고 소녀가 자는 매트리스는 찢어져서 스프링과 내장재가 튀어나온 데다 신발자국까지 여기저기 찍혔다. 그

위에서 아랑곳없이 자는 소녀를 바라보던 준영은 조심스럽게 소녀의 어깨와 무릎 아래에 손을 밀어넣고 숨 한 번 흐트러지지 않은 채 들어올렸다.

'왜 거기서 자는지 이상한 거 같은데. 깨워서 물어보고 옮기는 게 어때?'

지윤이 넌지시 말했지만 준영은 고개를 저었다.

"상태가 나빠보여. 안 깨우는 게 좋겠어."

지윤은 더 이상 말이 없었다. 하지만 준영은 지윤의 성격상 소녀를 녹화한 영상을 저장하고 신원을 확인해 볼 거라고 생각했다. 소녀는 준영의 통화하는 목소리에도, 옮겨지느라 몸이 흔들려도 깨지 않았다. 준영이 소녀를 천산 백화점의 파우더룸에 옮겨 놓을 때까지 내내. 파우더룸에 있던 여자들이 준영을 보고 놀랐지만, 준영은 소녀를 조심스럽게 큰 소파에 내려놓은 뒤 재빨리 파우더룸을 나섰다.

"힘도 좋지……" 감탄하는 소리가 준영의 뒤에 따라붙었다.

그 때 이어셋으로 듣고 있던 119 구조대원들의 무전 중 특정 단어들이 준영의 귀에 꽂혔다. 투신자의 남편은 연락이 되었으나 부산으로 내려간 참이고, 두 자녀는 아직 초등학생으로 어렸으며, 부모 쪽에는 연락이 닿지 않았다. 구조대원들은 무전을 주고받으며 가족을 기다리지 않고 직접 구조에 나서기로 방침을 바꿨다. 준영은 어쩐지 불길한 예감이 들어서 태이에게 통신을 넣었다.

"나야. 네가 송전실로 가야겠어."

혜나는 희미하게 의식이 돌아왔다. 눈을 뜰 수는 없었지만 대략의 감각을 느낄 수 있었다. 코 끝에 땀 냄새와 비누 냄새가 섞인 체취가 감돌았고 등과 무릎을 받쳐든 팔의 감촉이 더없이 단단했다. 누군가 혜나를 안아서 옮기고 있었다. 민소매 셔츠를 입고 있던 혜나는 노출된 어깨와 팔에 옮겨오는 체온이 따스하다고 느꼈다.

그리고 혜나는 화장품 냄새 속에서 잠이 깼다. 잠에서 덜 깬 눈으로 주변을 둘러보자 자기들끼리 뭉쳐 있던 사람들이 혜나에게 다가왔다. 그 중 하나가 말을 걸 즈음 혜나는 자기가 어디 있는지 알았다. 천산 백화점의 파우더룸이었다.

"정신이 들어, 학생? 아까 웬 총각이 데리고 오던데."

"안아서 데려왔던데 무슨 관계야? 그 남자는 여기 직원 같던데, 아는 사람이야?"

"너 어디 아프니? 아프면 여기서 자는 게 아니라 병원부터 가야지."

혜나는 파리한 미소를 지었다.

"아…… 오빠가 절 데려왔나봐요. 오빠는 여기서 일하거든요. 오빠한테 연락해서 병원에 가야겠네요."

혜나는 얼굴도 모르는 남자를 태연히 오빠라고 둘러댔다.

"바깥에 사람들이 굉장히 많은가봐요. 무슨 일이래요? 오빠도 거기 갔나?"

혜나는 능청스럽게 그 남자를 찾는 시늉을 했다. 사람들이 한숨을 쉬었다.

"여기서 자살 소동이 일어났거든."

"백화점에서 자살요?"

"내 말이! 아니, 백화점이 아니라 호텔이지만 말야, 대체 어떤 여자길래 이런 데서 자살하겠다는 거야, 제정신이 아닌 거지!"

사람들이 자기들끼리 은밀한 이야기를 하듯이 몸을 기울였다.

"그 여자, 논현동 사는 여자라며."

"논현동?"

"남편이 제법 산대. 대형 로펌 변호사라는데."

"그런데 자살을 왜 해?"

"주차장에서 불지르다가 들켰대. 그런데 경비가 경찰에 연락하니까 저러는 거래."

"랄프로렌을 입고 페라가모 신은 여자가 뭐가 부족해서 불을 질러?"

듣던 사람이 도저히 이해가 안 된다는 말투로 말했다. 주변의 모두가 동감의 뜻으로 어이없는 웃음을 지었다. 혜나는 킥킥 웃으면서 일어났다.

"학생, 좀더 쉬다 가지? 얼굴이 아직도 파래."

"괜찮아요, 오빠한테 가봐야겠어요."

혜나는 여전히 있지도 않은 오빠를 핑계로 댔다. 사람들이 손을 내저었다.

"그래, 어여 가봐. 구조가 거의 끝났다니까, 학생 오빠도 이제 덜 바쁠 거야."

"그래요? 구조가 끝났대요?"

"그런 거 아닐까? 곧 천산 호텔 입장 제한 푼다고 하던데?"

혜나는 손목의 시계를 흘긋 보았다. 잠들었던 시간은 대략 두 시간 정도였다. 혜나는 예상보다 경찰이 빨리 도착했다고 생각하면서 파우더룸을 나섰다. 천산 호텔로 연결된 통로에는 예상대로 경찰이 있었다. 스카이시티는 하루 평균 30만 명의 유동인구를 목표로 건설된 대형 복합건물이므로 경찰이 통로를 전부 막지 못할 거라는 혜나의 예상은 정확했다. 경찰은 천산 호텔로 드나드는 사람들을 주시하고 있을 뿐 적극적으로 통제하지 않았다. 덕분에 혜나는 천산 호텔에 수월하게 들어갔다.

여자가 자살 시도를 벌이는 객실은 7층이었다. 7층으로 올라가기 전 혜나는 천산 호텔 룸메이드 복장으로 갈아입기 위해 자연스러운 태도로 탈의실에 들어갔다. 옷을 벗던 혜나는 팔뚝에 뭔가에 눌린 자국이 있는 것을 알아냈다. 혜나는 손가락으로 자국을 어루만지면서 어디서 생겼는지 골똘히 생각했다. 혜나가 몸을 닿았던 곳은 매트리스 정도 외에는 없었지만, 몸이 닿았던 사람은 있었다. 바로 혜나를 안아서 옮긴 남자였다. 그 남자의 옷에 있는 로고가 혜나의 노출된 팔에 찍혔던 것이다. 혜나는 핸드폰 카메라로 팔뚝을 찍어서 들여다보았다. 희미했지만 사진을 반전시켜서 보니 천산 그룹의 로고 이미지라는 것을 알 수 있었다. 혜나는 천산 그룹의 경비원이나 직원일 거라고 생각하며 미소지었다. 이 사건이 끝난 후, 사진이 실린 직원 명부를 뒤지면 누군지 알 수 있을 터였다.

룸메이드 복장으로 비품이 실린 카트를 끌고 가는 혜나에게 아무도 눈길을 주지 않았다. 혜나는 복도의 배경이 되어서 움직였다. 경찰은 여자가 있는 7층 객실 쪽 통로만 통제했고, 경찰과 119 구조대원, 간간이 호텔 직원들이 드나들었다.

그 중 초조한 듯이 전자담배를 물고 있는 구조대원이 있었다. 혜나는 천천히 비품카트를 밀면서 그쪽으로 다가갔다. 새하얀 연기가 피어올랐다. 전자담배 특유의 쿰쿰한 냄새가 연기를 타고 퍼졌다. 옆을 지나가던 호텔 직원이 전자담배에 대해 경고할지 망설이는 얼굴로 발걸음을 늦췄다. 호텔 안에서는 전자담배도 금지였다. 그것을 눈치챈 구조대원이 멈칫거리다가 전자담배를 떨어뜨렸다. 혜나는 허리를 굽혀 바닥을 구르는 전자담배를 주웠다. 호텔 직원은 짧은 사이 전자담배를 제지하지 않기로 마음을 바꾸고 말없이 지나갔다. 혜나는 구조대원에게 전자담배를 내밀었다.

"받으세요."

"……고마워요."

구조대원은 전자담배를 받아들었고, 손이 닿은 짧은 순간 혜나는 구조대원의 손을 마주 잡았다. 구조대원은 손을 뿌리치지 않은 채 무슨 일인지 눈을 크게 떴다. 피로가 어린 얼굴이었다. 잠에서 깨어난 지 얼마 안 된 혜나의 손은 서늘했다. '왜'를 물으려고 벌어지던 구조대원의 입이 모양을 잃고 눈동자가 탁해졌다. 혜나는 구조대원의 피곤하고 지친 정신을 손쉽게 지배했다. 혜나는 미소지으면서 구조대원에게 낮게 속삭였다.

"힘들어하는 시민을 도와주러 갑시다."

천산 호텔 송전실에서 내려오던 준영은 갑작스럽게 119 구조대원들의 무전이 어지러워지는 바람에 무전에 집중했다. 경찰의 수는 구조대원들에 비해 적어서 구조대원들이 투신자의 구출을 도맡던 와중이었다.

갑자기 구조대원 중 한 명이 투신자가 있는 층의 위층에서 구출을 시도한다는 것이다. 이미 한 구조대원이 발코니로 가서 투신자와 공감과 신뢰를 쌓는 중이었다. 왜 새삼 갑자기 위험을 무릅쓰고 위층으로 가겠다는 건지 다른 구조대원은 이해하지 못했다. 무전을 듣던 준영에게 태이로부터 통신이 들어왔다. 준영은 밴드를 두드려서 통신을 받았다.

'형 말대로 스카이몰과 비즈니스 센터까지 다녀왔어요.'

"잘했어, 지금 어디 있어?"

'메인 이벤트홀에 있어요.'

"계속 거기 있어."

'형은 어디 가실 거예요?'

준영은 비상계단을 내려가면서 대답했다.

"6층. 홍, 듣고 있어?"

소리 없던 지윤이 대답했다.

'응, 얘기해.'

"이번에는 8층도 끝까지 촬영해."

7층은 여자가 투신 시도를 벌이는 곳이었고, 8층은 그 이상한 구조대원이 위층에서부터 내려가겠다고 고집을 피우는 곳이었다. 무전 내용을 전혀 듣지 못한 지윤은 잠깐 침묵했다가 대답했다.

'알겠어.'

"CCTV는?"

'알고 있어. 체크할 거야.'

"그래, 끊는다."

통신이 일제히 끊겼다.

준영은 6층에 도착했다. 6층의 투숙객들 역시 소란스러워서 복도로 나와 무슨 일인지 구경하는 사람이 적지 않았다. 사람들 속에 자연스럽게 낀 그는 투신 시도를 벌이는 객실의 아래층으로 향했다. 다행스럽게도 비어 있었다. 준영은 붕괴 지점이 호텔일지 몰라서 준비해뒀던 마스터키로 객실에 들어갔다. 사람들은 모두 이벤트홀을 보느라 바빠서 아무도 준영을 눈여겨보지 않았다.

준영은 커튼에 몸을 숨긴 채 테라스 바깥을 내다보았다. 사람들은 이따금씩 비명을 올렸지만 대체로 호기심에 가득 차서 일제히 7층을 올려다보고 있었다. 준영은 테라스 아래에서 사람들이 짓는 표정을 주의 깊게 쳐다보았다.

"꺄아아아아아악!"

사람들의 눈에 경악이 스치고, 뒤이어 비명이 터지는 순간 준영은 재빨리 리모트로 차단 장치를 가동시켰다. 천산 호텔, 비즈니스 센터, 스카이몰의 송전실에 설치해 둔 차단 장치였다. 순식간에 스카이시티 메인 이벤트홀을 비롯해 홀을 둘러싸고 있는 세 건물 모두가 정전되었다. 비상등과 장식용 야광등이 푸르게 빛났다.

준영은 엑스밴드를 얼굴에 뒤집어쓰면서 테라스로 뛰쳐나갔다.

구조대원과 투신자가 가깝게 붙어서 추락하고 있었다. 마치 구조대원이 떨어지다가 투신자를 잡아끈 것처럼. 준영은 테라스 난간을 걷어차고 공중으로 뛰었다. 준영이 걷어찬 힘을 이기지 못한 테라스 난간이 우그러졌다. 준영은 순식간에 떨어지는 투신자를 따라잡아서 발목을 끌어당겨서 허리에 끼었고, 이어 구조대원의 발목도 잡아챘다.

두 사람을 낚아챈 준영은 공중에서 쏜살같이 떨어지는 몸의 방향을 살짝 바꾸었다. 이대로 떨어진다면 빼곡한 사람들 위로 떨어질 것이 분명했다. 이어셋은 조용했다. 태이와 지윤 모두 준영을 방해하지 않기 위해 조용히 입을 다물고 있었다. 준영은 두 사람을 끌어안은 채 객실 사이의 기둥에 발을 디뎠다. 워커 바닥이 기둥에 마찰되는 소리가 날카로웠다. 준영은 기둥 위를 수직으로 빠르게 달리다가 바닥이 가까워질 즈음 뛰어내렸다. 대리석 바닥재와 바닥에 박아넣은 조명들이 무게를 버티지 못하고 깨지는 소리가 요란했다.

플래시가 따라붙는 셔터음과 함께 어둠을 가르듯이 번쩍였다. 어두워서 찍히는 게 없을 텐데도 사람들은 준영과 준영이 구출한 두 사람을 찍어댔다. 준영은 재빨리 바닥재가 깨진 지점을 벗어나서 안전한 곳에 두 사람을 눕혔다. 그 때 준영에게 통신이 들어왔다.

'형, 호텔 전기 복구까지 2분.'

준영은 대답하지 않았다. 아직 사람들이 많았다. 서둘러 어둠과 인파 속에 몸을 묻는 준영의 머릿속에는 두 사람을 낚아챌 때 공중에서 언뜻 목격한 그림자가 있었다. 8층에서 놀라 잠깐 테라스로 발을 내디뎠던 사람은 분명히 준영이 안전하게 파우더룸으로 데려다줬던 소녀였다.

이튿날, 디스패스에서 스카이시티 투신 사건에 대한 특종을 냈다. 바로 투신자를 구출한 사람의 사진을 실은 것이다. 정전된 가운데 찍은 사진이었기 때문에 어둡고 윤곽이 흐렸다. 사진을 찍은 사람은 추락하는 두 명을 구출하고 바닥에 눕히던 순간을 포착했다. 너무 어두워서 제대로 드러난 것이 없었지만 단련된 체격의 남자고, 얼굴을 엑스밴드로 가렸다는 것만은 확실했다. 곧 남자에게는 엑스밴드라는 별명이 붙었다.

곧 디스패스의 사진과 기사 내용을 그대로 복사한 기사들이 인터넷에 차고 넘쳤지만 더 이상 새로운 사진이나 추가된 기사는 나오지 않았다. 혜나는 다소 실망스러웠다. 너무 오래 검색하느라 뻐근한 목과 어깨를 주무르면서 결국 디스패스의 기사로 돌아왔다. 기사 하단에 사진기자의 이름이 있었다. 사진기자는 쉬는 날 스카이시티에 가족과 함께 놀러갔다가 우연히 그 현장에 있었다고 한다. 가족을 찍기 위해 들고 갔던 카메라로 현장을 찍을 수 있었다고.

혜나는 사진 기자의 이름을 흥신소에 맡겼다. 이름과 소속만으로 얼굴과 사는 집까지 알아내는 것은 간단했다. 사진 기자에게 접근하는 것도 너무나 쉬웠다. 혜나는 사진기자를 식은 죽 먹듯 지배한 후, 그를 통해 당시에 찍었던 사진의 원본 파일들을 얻었다.

그렇게 얻은 사진 파일들을 이리저리 손본 혜나는 결국 엑스밴드가 입은 점퍼의 가슴에 붙은 로고를 발견했다. 그 외에는 소득이 없었다. 다른 고려사항이 있어서 그렇게 어두운 사진을 찍었던 게 아니라 건질 만한 사진이 그 어두운 것밖에 없었던 것만 확인했다.

혜나는 그 엑스밴드가 혹시 자신을 옮긴 남자가 아닐까 의심했다. 하지만 혜나가 쥔 정보는 그저 천산 그룹 점퍼, 얇은 여름용 바람막이 점퍼를 입었다는 것 말고는 아무것도 없었다.

혜나는 결정을 내렸다. 어차피 자신을 옮긴 남자는 찾아볼 생각이었다. 엑스밴드는 아무래도 영웅 역할을 하는 것 같으니 확인해 보면 되는 문제였다.

한편, 지윤과 태이도 마찬가지로 디스패스의 기사를 확인했다. 두 사람은 연신 한숨을 쉬었다. 이미 퍼질 대로 퍼져서 별명까지 붙어버린 걸 어떻게 할 수가 없었다. 하지만 정작 사진이 찍힌 당사자는 전혀 다른 고민이 있었다. 드론으로 찍은 영상에는 천산 호텔 8층 객실의 커튼에서 잠시 나왔던 사람의 모습이 작게 찍혔고, 아무리 봐도 그 모습은 준영이 안전한 곳으로 옮겼던 소녀였다. 착각이 아니었다.

"형이 구한 그 여자애, 투신 사건의 진짜 범인 같은데요. 사실 구조대원을 떨어뜨린 것도 그 애 아녜요?"

모니터에는 지윤이 드론으로 촬영한 영상과 준영의 초소형 카메라로 촬영한 영상을 모두 띄워놓았다. 벌써 수십 번도 넘게 본 그 영상들을 홀긋 본 태이가 시큰둥하게 물었다. 준영은 고개를 갸웃거렸다.

"정황을 보면 그런데 대체 어떻게 그렇게 했는지를 모르겠어."

지윤이 고개도 돌리지 않은 채 끼어들었다.

"잡아서 물어봐."

"자기 영업 비밀인데 절대 안 털어놓을 것 같지만요, 누나, 먼저 어떻게 잡을지부터 연구해야죠."

"그래봤자 쟤도 사람이야, 숨 못 쉬면 죽고 다치면 피 흘리겠지."

준영은 영상을 노려보면서 팔짱을 끼었다. 이상하게도 어디선가 본 것 같았다. 어디서였는지는 전혀 기억할 수 없었지만 여전히 낯이 익었다.

"태이야, 투신 시도한 사람이 어떻게 잡혔는지 다시 한 번 말해봐."

태이는 고개를 끄덕이면서 모니터에 투신자와 관련된 자료와 주차장 CCTV 영상을 띄웠다.

"천산 호텔 마사지 패키지를 이용하러 온 아줌마고요, 고정 고객 중 하나인데 이런 일은 처음이라죠. 주차장에서 자기 차에 라이터 던지려고 하다가 주차요원들한테 걸렸고. 경찰이 올 때까지 룸에 있겠다고 해서 룸에 데려다줬는데 이런 일을 벌였다는 거…… 뭐 더 필요해요?"

주차장 CCTV 영상에는 자기 차를 여는 여자에게 부리나케 달려오는 주차요원들의 모습과, 그들에게 끌려가는 여자의 모습이 있었다. 하지만 CCTV의 조악한 화질로는 여자의 손에 무엇이 들려 있는지까지는 확인할 수 없었다. 준영이 중얼거렸다.

"라이터라고."

"네, 형. 경찰 조서로는 라이터라는데요."

"혹시 저 사람 원래 담배 피워?"

태이는 키보드를 두드려보고는 고개를 저었다.

"그런 얘긴 없어요. 알아볼까요?"

대답은 지윤이 대신했다.

"투신자에게 라이터를 걔가 줬는지가 궁금해서 알아보려는 거라면 그러지 않아도 될 것 같아. 투신자와 그 여자애의 연결고리를 찾았어. 두 사람이 같이 나오는 CCTV 영상이 있어."

지윤이 키보드를 탁 쳐서 영상을 보여주었다. 소녀와 투신자가 함께 천산 백화점 명품관의 파우더룸에서 나오는 영상이었다. 지윤은 소녀가 수상하다고 한 자신이 옳지 않았느냐는 표정으로 준영을 쳐다보았다. 준영은 멋쩍게 웃었다.

일주일 후, 혜나는 스카이시티를 찾아갔다. 주말이라 사람이 많아서 진입부터 주차까지 시간이 오래 걸렸다. 혜나는 시한폭탄을 설치해 둔 차를 주차시키고 작고 빨간 캐리어를 끌며 주차장을 나섰다.

스카이시티는 이용자의 동선을 길게 짰다. 주차장에 차를 세운 이용자는 쇼핑몰이나 식당가를 거쳐야 지상의 출입구로 나갈 수 있다. 혜나는 불타는 스카이시티에 가능한 많은 사람들을 가둬둘

예정이었다. 그래야 혜나를 안아서 옮겨줬을지도 모르는 엑스밴드가 스카이시티로 달려올 가능성이 높아질 것이다.

혜나는 캐리어를 끌고 천천히 식당가 주변을 걸어다녔다. 식당뿐 아니라 로드샵이며 여러 브랜드의 팝업 스토어가 섞여서 사람들이 붐볐다. 엑스밴드로 보이는 남자는 어디에도 없었지만 혜나는 어쩐지 설레는 기분으로 주차장의 폭발을 기다렸다.

주차장에서 희미한 폭음이 들렸다. 혜나가 주의를 기울이지 않았다면 모르고 지나갔을 법한 소리였다. 소리보다도 확실하게 냄새가 퍼지기 시작했다. 예민한 사람들은 화재의 냄새를 맡으면서 수군거렸다. 연기와 유독가스까지 올라왔을 때 소문이 퍼지기 시작했다. 주차장에서 불이 났는데 주차요원들이 쉬쉬한다는 이야기들이 사람들의 입을 타고 퍼졌다.

혜나는 더 불이 번져서 올라오기 전에 움직였다. 식당가에 가서 큰 식당을 점찍고 들어가 외쳤다.

"불이야! 당장 대피하래요! 불이 났어요!"

순식간에 사람들이 썰물처럼 빠졌다. 화재의 기미를 눈치채고 불안해하던 사람들은 아무도 혜나의 말을 의심하지 않았다. 혜나는 식당이 비기를 기다렸다가 주방으로 캐리어를 끌고 들어갔다. 빨간색의 자그마한 캐리어 안에 까맣고 투박한 등유통과 돌돌 말린 도화선이 있었다. 혜나는 얇은 분홍색 매니큐어를 예쁘게 바른 손가락으로 등유통을 뿌리고 도화선을 깔았다. 식당 바깥에서 사람들이 서두르거나 비명을 지르는 소리가 들려왔고, 혜나는 만족스러운 표정으로 지포라이터를 꺼내서 불을 붙였다. 찰칵 소리와 함께 혜나의 정돈된 손끝에서 불 붙은 지포라이터가 도화선으로 떨어졌다. 혜나는 뒤도 돌아보지 않고 주방에서 뛰어나갔다. 혜나가 지상으로 가는 비상계단에 다다랐을 때 바닥과 벽이 거칠게 흔들렸다. 주방의 가스관에 불길이 닿아서 터진 것이 분명했다. 이제부터 불길은 빠르게 번지고, 인명 구출은 시간과의 싸움이 된다. 공기가 매캐하고 시야가 흐렸다. 혜나가 갖고 있던 휴대용 마스크를 꺼내어 쓸 무렵 화재경보기가 마침내 울리기 시작했다. 머리를 울릴 정도로 어마어마하게 큰 소리였다. 그 소리들 사이로 지직거리면서 안내 방송이 터졌다.

"고객…… 여러…… 알…… 다, 지…… 시, 대피…… 니다, 지하…… 번…… 있…… 다, 지상 2…… 지…… 2층, 지상 2층…… 대…… 시길 바…… 다! 지…… 시 대……"

무슨 내용인지 엉망진창인 안내방송이었다. 하지만 혜나는 지상 2층으로 대피하라는 내용을 알아들었다. 빌딩 바깥에서 들리는 119의 사이렌 소리가 한층 더 커졌다. 생각보다 피해자는 적을 것 같고, 구조대는 가까워졌고, 곧 탈출할 타이밍인데 아직 엑스밴드는 보이지 않다보니 혜나는 초조한 기분으로 비상계단을 올라갔다. 마스크를 쓰고 계단을 오르려니 숨이 가빴다. 혜나는 복식호흡을 하려고 애쓰며 자신이 처음 능력을 깨달았을 때를 떠올렸다. 그때도 지금처럼 불 속이었다.

그때는 어렸다. 혜나의 어머니는 고층 빌딩에서 청소일을 했다. 방과후 수업료를 낼 돈이 없어서 학교가 끝나면 어린 혜나는 엄마에게 가서 놀았다. 혜나의 어머니가 일하던 빌딩은 청소노동자에게 휴게실을 주지 않아서 비품창고를 다 같이 휴게실로 썼다. 아빠를 여의고 엄마 밑에서 홀로 크는 혜나를 가여워한 엄마의 동료들 덕분에 혜나는 엄마의 일이 끝날 때까지 비품 창고에서 숙제도 하고 낮잠도 잤다. 그 빌딩이 화재로 타올랐을 때에도 혜나는 비품창고에 있었다.

혼자 자고 있던 혜나는 불이 뜨거워서 깼다. 비품창고의 달아오른 문고리를 가까스로 열고 나왔지만, 활활 타오르는 불길이 복도도 삼켰다. 문이 녹아서 넘어지고 천정이 무너져내렸다. 혜나는 눈물콧물을 흘리며 뒤로 물러섰다. 연기가 너무 매워서 눈물이 연신 흘러내렸고, 끈끈해진 얼굴에 날리는 재가 달라붙었다. 열기 때문에 공기가 일렁일 뿐 아니라 너무 뜨거워서 피부가 달아올랐다.

어린 혜나는 불길 앞에서 창문 바깥에 아무것도 없다는 사실을 잊어버렸다. 혜나는 살기 위해 빌딩의 작은 창문을 열었고, 열린 창문 틈으로 작은 몸을 집어넣었다. 빌딩의 창문은 아주 작게 열릴 뿐이었지만 어린 아이의 작은 몸이 들어가기에는 충분했다. 혜나의 몸은 빌딩 바깥으로 뚝 떨어졌다.

사람들이 혜나를 보았을 때, 혜나는 빌딩 뒤편에 앉아서 엉엉 울고 있었다고 했다. 딸이 불 속에 갇혀 있다며 불타는 빌딩 안으로 뛰어들려던 혜나의 어머니는 딸의 울음소리를 듣고 허겁지겁 달려가서 혜나를 끌어안았다고 했다. 혜나는 사람들에게 자기가 왜 빌딩 뒤편에 있는지 모르겠다고, 기억이 안 난다고 말했지만 사실은 뚜렷이 기억했다. 심장이 몸을 빠져나가는 듯 떨어지는 감각과 단호하게 자신을 잡아채던 손길을 기억했다. 그 손길의 얼굴은 잊었어도 상냥하고 부드러운 눈매는 기억했다.

그 소년이 혜나의 몸뚱이를 잡았을 때 느꼈던, 이 소년이 아니면 안 된다는 절박한 심정도 선명했다. 그 절박한 심정을 떠올리면 자연히 태어나서 처음으로 사람을 지배한 감각도 따라서 떠올랐다.

혜나는 그 감각을 떠올리며 미소지었다.

자신을 구해준 그 소년의 손을 잡고 혜나는 처음으로 능력을 발휘했다. 절박함이 혜나에게 잠재되어 있던 능력을 일깨웠다.

혜나는 힘들게 계단의 끝에 다다랐다. 가쁜 숨을 내쉬면서 혜나는 비즈니스 센터의 2층, 메인 이벤트홀을 내려다볼 수 있는 구름다리에 섰다. 그리고 잠깐 지켜보지 않았던 사이 사람들의 움직임에 질서가 잡힌 것을 알게 되었다. 사람들은 비치되어 있던 방독 마스크를 차근차근 썼고, 일부 사람들은 소화기를 들고 주변의 불을 적절히 껐다. 혜나가 이용한 것과 반대 방향의 비상계단을 통해서 몸을 낮춘 사람들이 줄지어 지상으로 올랐다. 그동안 혜나가 숱하게 저지른 방화의 경험으로 봤을 때, 이런 경우 보통 희생자가 적었다. 혜나는 한숨을 쉬었다.

능력을 아끼며 직접 손으로 불을 지르기까지 했는데 엑스밴드는 보지도 못하고, 사람들은 탈출했고, 희생자는 적었다. 성과는 아무것도 없이 위험만 자초했다. 혜나는 다소 한숨을 쉬면서 물러섰다. 이제 이 현장을 벗어나지 않으면 위험한 시간이었다.

　그 때 구름다리를 지지하고 있던 철골이 기우뚱 휘어졌다. 불길 때문에 달아오른 아래쪽 철골이 무게를 버티지 못하고 주저앉기 시작했고, 덕분에 구름다리를 지지하고 있는 위쪽 철골마저 휘어졌다. 혜나가 서 있던 구름다리가 기울었다. 혜나는 잠시 당황했다. 발이 미끄러졌다. 혜나는 일단 난간을 쥐면서 아래쪽을 내려다보았다. 이대로 떨어진다면 최소한 다리가 부러질 터였고, 그러면 질식하거나 유독가스에 중독되어 죽을 것이 분명했다. 혜나는 이마를 찌푸렸다. 아직 가지려고 결정한 것을 못 가졌는데, 기껏 세운 계획의 시작 단계인데 여기서 벌써 죽고 싶지 않았다. 혜나는 난간을 잡으면서 멀쩡한 구름다리 쪽으로 걸음을 신중하게 옮겼다. 그러나 난간이 휘어지면서 혜나는 구름다리 바깥으로 떨어졌다. 혜나의 마스크가 벗겨지면서 나풀나풀 떨어지고 혜나의 몸도 이어서 추락했다. 혜나가 눈을 질끈 감는 순간, 생각보다 앞서 팔이 찢어지는 듯한 아픔을 느꼈다.

　"아악!"

　혜나는 비명을 지르며 눈을 깜박였다. 크고 두꺼운 손이 혜나의 가느다란 손을 쥐고 천천히 끌어올리고 있었다. 혜나의 모든 체중이 손 하나에 실려서 손과 팔의 근육이 찢어질 것 같이 아팠다. 혜나는 통증 때문에 흐려진 시야를 제대로 확보하기 위해 연달아 눈을 깜박거렸다. 그토록 기다렸던 굵은 콧날까지 두툼한 엑스밴드를 둘러 얼굴을 가린 남자가 혜나의 손을 쥐었다.

혜나가 만들지도 않았는데 원하는 순간이 저절로 주어졌다. 혜나 앞에 나타난 엑스밴드가 혜나를 구출할 뿐 아니라 손까지 먼저 잡았다. 혜나는 미소를 띠며 엑스밴드의 정신을 지배하려 했으나, 갑자기 스치는 기시감 때문에 멈췄다. 엑스밴드 위로 드러난 길쭉한 눈매의 부드러운 눈빛이 어디선가 봤던 느낌이 들었다. 혜나는 팔과 손의 통증도 잊고 어디서 보았는지 기억하려고 애썼다. 엑스밴드가 혜나를 단숨에 끌어올렸다. 혜나의 몸이 휙 허공을 날아서 돌처럼 단단한 남자의 몸에 부딪치듯이 안겨들었다. 혜나가 숨 막히는 신음을 냈다.

엑스밴드는 혜나를 끌어안고 기울어지는 구름다리 위를 달렸다. 점점 경사가 심해지는 다리 위를 몇 발자국 달리던 그는 잠시 멈춰서 웅크렸다. 혜나가 의아한 눈으로 바라보기 무섭게 엑스밴드는 다리 근육을 팽팽하게 부풀리며 균형을 잡았다가 구름다리를 박차고 뛰어올랐다. 그 모습을 보자 혜나의 뇌리에 어떤 모습이 스쳐지나갔다. 검은 천마스크를 헐겁게 쓰고 창문 밖으로 떨어지는 어린 혜나를 잡아채던 소년의 모습이 지금의 엑스밴드와 겹쳤다.

혜나는 한 번 정신을 지배한 상대를 두 번 다시 지배할 수 없었다. 만약 엑스밴드가 과거에 혜나를 구출했던 그 소년이라면 혜나는 두 번 다시 엑스밴드를 지배할 수 없는 것이다. 혜나는 그 소년을 지배해서 살아날 수 있었으니까.

이제 엑스밴드가 혜나를 안아서 옮겨준 남자인지 아닌지는 중요하지 않았다. 하지만, 엑스밴드에 대비해서 짰던 모든 계획이

틀어졌다. 혜나의 능력으로는 엑스밴드를 가질 방법이 없었다. 그러나 그 순간 혜나는 호승심이 끓어올랐다. 무슨 일이 있어도 이 남자를 갖고 싶었다. 혜나는 눈을 감아서 욕망을 숨기며 엑스밴드에게 몸을 맡겼다.

태이는 드론을 풀어서 스카이시티 내부의 스프링클러와 방화 셔터, 생존자 현황을 확인하는 한편 멈춘 스프링클러를 작동시켰다. 그러나 화재는 아직 잡힐 기미가 없었다. 화재가 번지는 속도를 늦출 뿐 화재를 멈출 수는 없다는 태이의 긴박한 보고를 들으며 준영은 품에 안은 소녀를 보았다. 소녀는 독한 연기 때문에 새빨개진 눈과 재로 더러워진 얼굴로 준영의 품에 기운없이 기대었다. 소녀의 손에는 준영의 손자국이 선명하게 찍혀 있었다. 추락하는 혜나를 끌어올리느라 어쩔 수 없이 찍힌 손자국이었지만 준영은 가벼운 죄의식을 느꼈다. 혜나는 너무 창백했고 너무 가늘었다.

준영은 주머니에서 접었던 마스크를 꺼내기 전, 손목을 가볍게 흔들었다. 준영의 손 움직임에 반응한 밴드가 부르르 떨면서 태이에게 미리 입력해 두었던 메시지를 전달했다. 태이의 대답 대신 드론 하나가 부웅 날아올랐다. 태연하게 천정 바로 아래를 드론이 비행하기 시작하자 소녀의 사진을 충분히 찍었으리라고 생각한 준영은 혜나에게 마스크를 내밀었다.

"이걸…… 써요."

목소리를 변조해서 숨겼지만 서툰 말투까지 숨길 수는 없었다.

준영은 혜나에게 마스크를 내밀며 슬쩍 혜나의 눈치를 살폈다. 혜나는 긴 속눈썹을 팔락거리면서 눈을 떴다. 마스크를 쓰는 혜나를 훔쳐보던 준영은 이어셋으로 날아온 지윤의 호통을 듣고 살짝 어깨를 움츠렸다.

'오빠, 멈추지 마! 지금 당장 움직여야 해! 비즈니스 센터 1층 중앙의 방화셔터가 내려졌는데 문이 열리지 않아, 가서 열어줘!'

준영은 손목을 흔들었다. 간단한 대답이 밴드에서 지윤의 컴퓨터로 날아갔다. 동시에 준영은 혜나를 옆에 끼고 달렸다. 2층의 중앙 복도에서 난간을 쥐고 넘어 벽을 몇 발자국 걸어차면서 공중으로 뛰었다. 혜나는 숨도 쉬지 못한 채 준영에게 매달렸다. 은신처에서 드론의 카메라로 그 모습을 지켜보던 태이와 지윤도 숨을 죽였다. 준영은 계단을 거치지 않은 채 빌딩의 벽을 타고 바로 1층으로 내려가려는 시도를 하고 있었다. 그 순간 지하에서부터 불길이 솟구쳐 올랐다. 혜나가 날카롭게 비명을 질렀고, 태이는 엉겁결에 혀를 깨물었다. 그러나 준영의 몸은 공중에서 마치 날개가 달린 것처럼 돌연 방향을 바꾸었다. 태이와 지윤이 동시에 한숨을 내쉬었다. 준영의 기형적일 정도로 발달한 신체능력은 아무리 봐도 익숙해지기 어려웠다.

공중을 헤엄치듯 유연하게 불길을 피한 준영은 목표였던 1층 중앙 복도의 옆에 있는 세미나실의 열린 창으로 굴러들어갔다. 혜나 역시 준영에게 안긴 채 바닥을 데굴데굴 굴렀다. 혜나는 눈을 꼭 감은 채 준영의 몸에 꽉 매달렸다. 준영의 몸이 발표자용 단상에 쿵 부딪치면서 굴러가던 몸이 멈췄다. 한 손으로 혜나의 머리를, 다른 손으로는 혜나의 몸을 자신의 가슴팍에 꾹 누르고 있던 준영은 머리를 흔들면서 혜나를 살폈다.

"괜찮아요?"

혜나의 몸 여기저기에서 무리한 근육들이 삐걱거리며 비명을 질렀고, 발목은 접질린 것 같았다. 혜나는 인상을 쓰면서 준영을 쏘아보았다.

"아저씨."

준영은 불길 때문에 그을린 머리카락을 긁적이면서 멋쩍게 웃었다.

"미안. 조금만 더 고생해 줘요."

준영은 혜나를 끼고 지윤이 알려준 방화셔터로 향했다. 혜나는 그저 말없이 준영에게 잡힌 채 따라다니면서 준영을 지켜보았다. 인형 같은 얼굴에는 이따금 아프거나 연기가 매울 때에만 표정이 떠올라서, 준영은 대체 혜나가 무슨 생각인지 전혀 알 수가 없었다. 하지만 혜나가 무슨 생각을 하든 준영에게는 혜나를 붙잡아 둬야 하는 이유가 있었다.

준영은 사람들이 우르르 모여 있는 방화셔터를 찾아냈다. 남자 몇이 셔터에 달린 방화문에 매달려 있었지만 방화문은 열릴 기미가 전혀 안 보였다. 준영은 비키라고 손짓하면서 혼자 방화문 앞에 섰다. 방화문의 상태를 살핀 준영은 오랫동안 점검하지 않았던 방화문의 경첩과 손잡이가 완전히 굳어버렸다는 것을 알고, 힘으로 여는 것 외에는 방법이 없겠다고 판단했다. 손잡이를 쥔 준영의 팔과 어깨, 등의 근육들이 툭툭 불거졌다. 준영의 상체가 순식간에 거대한 느낌으로 부풀어올랐다. 삐걱거리는 소리가 철문에서 들리기 시작했다. 그 때 준영의 이어셋에 태이의 통신이 들어왔다.

'얼굴 분석 끝났어요. 걔가 투신자를 조종했던 여자애고, 형이 구해준 여자애예요.'

준영은 불을 차단하기 위해 문의 형태를 가능한 남겨두려 했으나, 그 말을 듣는 순간 문에서 우지끈 소리가 났다. 문이 완전히 뜯어졌다. 준영의 얼굴에 낭패감이 어렸다. 대뜸 이어셋에서 지윤의 목소리가 날아왔다.

'오빠! 문 부쉈어? 아, 정말!'

준영은 손목을 흔들어서 밴드로 메시지를 보냈다.

'미안…'

'내가 못살아! 얼른 대피시켜! 뒤에 어린애도 있어, 얼른!'

준영은 한 마디 말도 못하고 사람들을 불렀다. 혜나는 사람들 속에 섞여서 그 방화문을 빠져나갔다. 준영은 재빨리 혜나의 모습을 찾아서 가느다란 어깨를 끌어당겼다. 그 타이밍을 노린 듯한 말투로 태이가 중얼거렸다.

'게다가 걔가 이 화재 방화범인 것 같은데요.'

그 때 물줄기가 일제히 건물 안으로 쏟아져 들어왔다. 준영과 혜나를 비롯해 사람들은 순식간에 물에 흠뻑 젖었다. 비즈니스 센터의 정문 바깥은 넓은 광장이었다. 광장에 구급차가 도착해서 구조대원들이 뛰쳐나오는 사람들을 데려갔다. 사이렌 소리가 귀를 찢듯이 울렸다. 태이가 보고했다.

'형. 화재 진압이 시작됐어요. 스카이시티 측에서 발화점이 주차장이라고 보고했고, 바로 그쪽부터 진압을 시작했으니 이제 불이 잡힐 거예요.'

'개 조심해, 오빠. 우린 아직 아무것도 몰라.'

준영은 지윤의 그 말에 대답하지 못한 채 혜나를 내려다보았다. 뭐라고 말해야 할지 알 수 없었다. 처음부터 준영은 혜나가 범인이라고 의심했지만, 정작 그 의심이 들어맞았을 때 어떻게 행동해야 할지 생각해 두지 않았다. 그래서 준영의 입에서 나온 말은 몹시 서툴렀다.

"자수…… 해요."

준영의 이어셋에서 두 사람분의 깊은 한숨이 흘러나왔다.

혜나는 저절로 웃음이 나왔다. 붉은 손자국이 조금씩 검푸르게 변해가는 손을 들어서 준영의 뺨을 건드렸다. 준영은 멈칫했지만 뒤로 물러서지 않았다.

"아저씨, 내가 자수를 왜 해요."

혜나의 흠뻑 젖은 머리카락에서 물방울이 방울져 떨어졌다. 젖은 셔츠가 몸에 달라붙어서 굴곡이 드러났다. 준영은 어쩔 줄 모르고 필사적으로 눈을 혜나의 얼굴에만 두었다.

"그건…… 당신이…… 불을 질렀으니까요."

혜나는 태연자약하게 고개를 저었다.

"그거 나 아니에요."

준영은 눈을 크게 떴다.

"맞잖아요. 차를 시한폭탄으로 폭발시켰죠? 캐리어로 등유 가

져와서 불을 붙였잖아요. 천산 호텔 자살시도 사건 때에도 당신
이 뒤에 있잖아요."

"증거 있어요?"

혜나는 턱을 치켜들었다. 준영은 자신이 혜나를 내려다보는데
도 불구하고 혜나가 자신을 내려다보는 듯한 느낌에 사로잡혔다.

"증거 있냐고요, 아저씨. 증거도 없이 나한테 이러는 거예요?"

도도하게 묻는 혜나의 목소리를 듣던 지윤이 허, 실소하면서 준
영에게 날카롭게 재촉했다.

'오빠, 지금 쟤하고 연애해? 그럴 시간 없어, 경찰이 거의 다 가
까이 왔어. 빨리 쟤 묶어서 처넣고 오빠는 이리 와, 쟤가 예뻐서
더 보고 싶으면 감방에 처넣고 보면 되잖아?'

밴드의 몸짓으로 전달하는 메시지에는 한계가 있었다. 미리 약
속해 둔 메시지들만 전달할 수 있었기 때문에 아주 간단하거나
예상 가능한 메시지 외에는 전할 수가 없었다. 그래서 준영은 손
목을 흔들어 간단하게 말할 뿐이었다.

'그런 거 아냐.'

태이가 지윤에게 아무 말 말라고 말리는 소리가 이어셋으로 들
려왔다. 지윤이 정성껏 립스틱을 칠한 입술을 잘근잘근 씹으며
부르르 떠는 모습이 눈에 선했지만, 지금은 지윤보다 눈앞의 혜
나가 우선이었다.

"자수하면 형량이 줄어들어요. 자수해요. 내가…… 돌봐줄게
요."

혜나는 웃으면서 살짝 머리를 기울였다. 교태와 재미가 모두 떠

오른 표정이었다. 준영은 여자들이 짓는 그 표정에 대해서 잘 알았다. 어떻게 하면 좀더 놀려줄까 생각할 때 짓는 표정들이었다. 언제나 그렇듯이 준영은 어떻게 대처해야 할지 알 수 없어서 난처했다.

그 때 다리에 화상을 입은 여자를 부축한 한 청년이 준영을 건드렸다. 준영은 청년을 돌아보았다. 청년은 고마워하는 얼굴로 준영에게 먼저 악수를 청했다.

"덕분에 제 여자친구가 살았어요, 고맙습니다."

준영의 길쭉한 눈매가 쑥스러워하는 미소를 띠면서도 혜나 쪽으로 흘끗 움직였다. 혜나는 희미하게 입꼬리를 끌어올린 표정으로 가만히 서 있었다. 준영은 손을 마주 내밀어 청년의 악수를 받아들였다. 두 청년이 그렇게 손을 잡은 그 순간, 혜나는 손을 뻗어 화상 입은 여자의 손을 쥐었다. 다쳐서 고통스러워하는 여자의 정신을 파고들어 지배하는 건 특히나 쉬운 일이었다. 혜나는 여자에게 집중하느라 느려진 말투로 말했다.

"아저씨, 물러서세요."

준영과 청년이 혜나를 돌아보았다. 혜나는 더 이상 말하지 않고 미소지었다. 혜나 대신 다친 여자가 말했다.

"물러서지 않으면 난 죽어요."

혜나는 엉망으로 더러워진 바지 주머니에서 지포라이터를 꺼내어 여자의 손에 쥐어주었다. 그리고 자기 손에는 작은 지포라이터 기름통을 들었다. 청년은 새파랗게 질려서 외쳤다.

"자기야! 왜 그래? 무슨 일이야?"

여자는 고개를 거칠게 흔들었다.

"상관 말고 물러서! 당장! 아무 소리 하지 말고!"

준영과 청년은 아무 말도 못한 채 한 걸음 뒤로 물러섰다. 짜릿한 승리감에 취한 혜나의 눈동자가 반짝반짝 빛났다. 반면 여자의 눈은 탁하게 흐려져서 어디를 보는지 초점이 없었다. 혜나는 여자의 어깨에 팔을 감고 턱을 얹었다. 여자는 지포라이터를 탁, 켜면서 말했다.

"더 물러서."

천정에서 물이 뚝뚝 떨어져 내렸다. 소방차에서 쏘는 물대포의 방향이 주차장으로 바뀌었기 때문에 비즈니스 센터에는 더 이상 물줄기가 쏟아지지 않았다. 하지만 젖어 있는 건물 내부에서, 그리고 고여 있는 물들이 떨어졌다. 혜나는 웃으며 그토록 기다렸던 엑스밴드에게 이별의 말을 건넸다. 엑스밴드를 지배할 방법을 찾아냈기 때문에 웃을 수 있었다. 엑스밴드를 뒤흔들 수 있는 인질들이 이렇게 수없이 널렸으니까.

"아저씨, 즐거웠어요. 우리 나중에 다시 만나요."

"저기……!"

"따라오고 싶은 건 알겠지만, 내가 나중에 다시 연락할게요."

혜나는 온힘을 다해 예쁘게 웃었다. 그러면서 천천히 엑스밴드의 머리부터 발끝까지를 훑었다. 청년에 비해 엑스밴드의 눈빛이 평온해서 뭔가 자신이 놓친 건 없는지 찾았다. 불길에 끝이 그슬린 머리카락, 눈매와 이마만 남긴 채 얼굴을 모두 가린 엑스밴드, 짙은 피부색, 천산 그룹의 점퍼와 근육으로 다져진 체격. 발까지 내려갔던 혜나의 시선이 다시 위로 올라갔다. 엑스밴드. 혜나는 퍼뜩 손을 입으로 가져갔지만 이미 늦었다. 혜나의 마스크에서 기화된 마취제가 입으로 흘러들었다.

혜나의 무릎이 휘청 꺾였고, 혜나뿐 아니라 혜나가 지배하던 여자도 함께 정신을 놓쳤다. 혜나의 손에서 지포라이터 기름통이 떨어졌다. 빠르게 다가온 엑스밴드가 무너지는 두 여자의 몸을 받쳐들었다.

'오빠, 걔 어떻게 할 거야?'

준영은 지윤의 말에 대답하지 못하고 고민했다. 경찰에 넘겨야 마땅한데, 경찰이 혜나에 대해 충분히 주의할 수 있을지 알 수 없었다. 하지만 준영이 혜나의 능력을 파악한 게 아니라서 구체적인 주의를 줄 수가 없었다. 준영은 한참 고민 끝에 결국 경찰에게 이 방화범을 주의하라는 경고문만 남긴 채 혜나에게 수갑을 채워두었다.

준영은 그 후 경찰에 체포되어 구치소로 넘어간 혜나의 소식에 귀를 곤두세웠다. 내내 어디선가 혜나를 본 것 같은 기분을 떨치지 못한 채였다. 어디서 봤는지 도저히 기억해낼 수 없는 걸 보면 수없이 구출한 사람들 중 하나였을지도 모르고, 누군가를 닮았을 수도 있었다. 뭔가 찜찜한 기분으로 준영은 혜나에게 주의를 기울였다.

일주일 후, 혜나가 구치소에서 내내 앓는 바람에 일반 병원으로 옮겨졌다는 소식을 태이가 알아냈다. 준영은 불길한 예감이 들었다. 바로 혜나가 옮겨진 병원을 알아내서 바이크로 달려갔다.

혜나가 옮겨진 병원은 규모가 작지 않았다. 몇 개 동으로 이루어진 큰 종합병원이었고, 진료시간이 끝난 밤에도 환자와 보호자, 병원 관계자들이 바쁘게 드나들었다. 불빛이 훤한 병원을 보던 준영은 바이크를 몰고 혜나가 입원한 내과병동으로 향했다.

가까이 갈수록 점점 수상한 기분이 들었다. 다른 병동보다 유난히 고요했다. 아직 10시도 안 된 시각, 이렇게 고요할 리가 없었다. 준영은 인상을 찌푸리면서 혜나의 병실이 있는 층으로 올라갔다.

사람의 그림자들이 복도에 누워 있었다. 준영은 장갑을 낀 손으로 사람들의 맥을 짚었다. 사람들은 숨이 미약했지만 잠들었을 뿐이었다. 준영은 사람들을 밟지 않게 조심하면서 혜나의 병실에 들어섰다. 병실에는 아무도 없었다. 병원 침대의 철제 난간에 빈 수갑이 걸려 있을 뿐이었다. 준영은 침대를 손으로 짚었다. 이불 모양은 사람이 누워 있다가 젖힌 듯했지만 매트리스는 싸늘하게 식었다. 떠난 지 오래되었다.

그 때 침대 베개 위에 쓰여 있는 메모지가 눈에 띄었다. 준영은 메모지를 집었다.

아저씨, 또 만나요.

동글동글한 글씨체였다. 준영은 메모지를 주머니에 집어넣고 병실을 떠났다.

"신의 음성 같은 목소리가 들렸어요."

그녀가 말했다. 일민 미술관 1층에서 엘리베이터를 기다리는 동안, 그녀는 일 년 전 사건을 차근차근 설명했다. 그녀가 겪은 고통을 생각하면 놀라울 만큼 침착한 태도였다.

"테러범이 부모님을 살해하는 동안 저는 복도에 숨어 있었는데, 소리가 들렸어요. '범죄자는 무기를 버리고 투항하라'는 목소리가요."

"초인이 범죄자에게 한 경고였죠. 초인의 성대는 인간과 달라서 인간의 목소리보다 멀리 울립니다. 신의 음성이라, 그렇게 느낄 법도 합니다."

"저도 나중에 초인 카페에서 자료를 읽어보고 알았어요. 추적자 님이 카페에 올리신 자료 정말 잘 읽고 있어요. 초인에 대해

많은 걸 알게 됐어요."

"저는 저 쪽에 있었습니다."

나는 차도 건너편의 교보생명을 가리켰다. 일민 미술관에서 총격전이 발생하자 경찰이 주변을 통제했고, 나는 경찰이 폴리스라인을 친 다음에야 광화문에 도착했다.

"당시 근방을 지나던 목격자들은 신이라도 재림한 줄 알았다더군요. 초인이 대기권에서 급 하강 하다가 감속 없이 갑자기 정지했기 때문에 소닉붐이 발생하면서 충격파가 주변에 울렸을 겁니다. 목격자들은 그 광경을 본 것이죠. 효자동까지 소리가 들렸다고 하더군요. 초인은 서울 안에서 초음속으로 이동하는 경우가 드문데, 그때는 상황이 급박해서 그랬을 겁니다. 그런데 왜 대기권 밖에 있었는지는 이유를 아직……."

엘리베이터가 도착했다. 많은 사람이 내리고, 나와 그녀를 포함한 다른 많은 사람들이 서둘러 탑승했다. 2년 전 끔찍한 테러가 벌어진 곳이지만, 공휴일인 오늘 중심가의 유명한 건물인 이곳에는 손님이 많았다. 엘리베이터의 문이 닫히기 전 나는, 1층의 카페에 앉아 커피를 마시고 케이크를 먹는 사람들의 표정에서 어떤 긴장감을 찾아보려 하지만 실패했다.

나는 엘리베이터의 다른 사람들에게 들리지 않도록 작은 목소리로 그녀에게 대답했다.

"……모릅니다. 열심히 자료를 모았지만 여전히 모르는 부분이 많습니다. 한국에서는 유례가 없는 테러라서 거의 강박적으로 수집에 매달렸는데도 여전히 그렇죠."

"추적자 님이 모은 자료 정말 많던데요."

"따져보면 많지도 않습니다. 경찰이 언론에 공개한 것을 수집했을 뿐이니까요. 대신 정확한 정보를 찾으려 노력하죠. 아, 다른 사람에게 없는 정보도 있군요. 목격자 인터뷰를 많이 했죠."

"저도 인터뷰 대상자 중 한 명이죠?"

"그렇습니다."

"부모님이 돌아가셨을 때 초인은 아직 도착하지 않았어요."

그녀는 말했다. 엘리베이터 문이 열리고 우리는 4층에서 내렸다. 그녀와 그녀의 가족이 테러범과 마주친 장소였다. 총으로 무장한 세 명의 테러범이 건물에 1층에 잠입해 카페 손님들에게 총기를 난사하고, 다른 사람들을 찾아 위층으로 올라왔다. 건물에 있던 사람들은 총성을 듣고 엘리베이터나 비상구를 향해 밑으로 내려왔다가 테러범에게 사살되거나 인질로 잡혔다. 테러리스들은 건물의 출구와 통로를 사전에 파악하고 있었으며 사람들이 선택할 도주로도 알고 있었다. 그런 식으로 41명이 사망했다.

그녀와 그녀의 부모는 밑으로 내려오지 않은 몇 안 되는 사람이었다.

"이쪽으로 가요."

그녀와 그녀의 부모는 건물 4층에서 열린 전시회 때문에 이곳에 왔다가 총성을 들었다. 전시장의 다른 사람들이 확인해 보겠다며 밑으로 내려갔으나 아무도 돌아오지 않았다. 그때쯤 테러범들은 경비원을 사살하고 건물의 출입구를 잠근 다음 준비해 온 현수막('초인을 반대하라')을 건물 외벽에 내걸고 있었다. 건물 밖에서는 현수막을 보고 무슨 일인지 확인하려 사람들이 모였다가 테러범이 밖을 향해 난사한 총에 놀라 다시 흩어졌다. 그 때문에 행인 2명이 부상을 입고 동아일보의 유리창이 일부 파손되었다.

"여기에요."

그녀는 4층의 전시장으로 나를 천천히 안내했다.

그녀의 아버지는 3층으로 내려갔다가 복도에 쓰러진 시신을 목격하고 다시 4층으로 돌아왔다. 아버지는 가족을 데리고 출구를 찾아 5층으로 올라갔지만 비상구가 닫혀 있었다. 먼저 올라갔던 사람들이 문을 잠근 것이다. 다시 4층으로 내려온 그들은 비어 있던 사무실로 들어가 책상 밑에 숨었다.

그녀는 말했다.

"우리 세 사람은 같은 책상에 숨지 않았어요. 아버지의 판단이었어요. 한 명이 발견되더라도 다른 사람은 살아남길 바라신 거죠."

그녀의 가족은 운이 좋지 않았다. 4층에 도착한 테러범들은 사무실 문을 부수고 들어와 책상 밑을 하나하나 면밀히 살폈고 사람을 발견하면 총을 쏘았다. 가족들은 몰랐으나 사무실에는 그들 말고도 다른 사람이 숨어 있었다. 쉰 살의 회사원이던 김모씨 역시 책상 밑에 숨어 있다가 총을 맞고 사망했다. 그녀가 있던 책상 바로 앞에서 벌어진 일이었다.

그녀도, 그녀의 아버지와 어머니도 테러범이 그녀에게 다가가는 것을 알고 있었다.

"정확히 이 지점이에요."

사건 발생 이후 사무실은 옆의 전시장과 통합되었다. 그녀는 전시장 중앙 비어있는 바닥에 국화 한 송이를 내려놓았다.

테러범들이 책상 밑으로 고개를 숙이려는 순간, 아버지와 어머니가 책상 밑에서 나와 그들에게 덤볐다고 그녀는 말했다. 부모님이 무장한 테러범들을 이길 가능성은 없었다.

"아버지와 어머니는 단지 테러범들을 유인하려 그러셨던 거예요."

테러범들이 아버지를 사살하고 어머니를 인질로 붙잡는 사이, 그녀는 책상 밑에서 나와 복도로 도망쳤다. 계단으로 내려가려다가 올라오는 또 다른 테러범을 보았고, 숨을 곳을 찾아 복도를 두리번거리다가 벽에 설치된 소화전함을 열어 그 안에 숨었다. 테러범들은 4층을 돌아다니며 숨어 있는 사람을 찾아내고 사살했으나 소화전함 안에 있는 그녀를 찾지는 못했다.

그녀는 말했다.

"원래 소화전함은 안에 소방호스가 들어 있지만 그 소화전함은 비어 있었어요."

"소방법 위반이군요."

"건물 주인이 소방법을 지켰다면 저는 죽었겠죠."

그동안 테러범들은 그녀의 어머니를 데리고 5층으로 올라갔다. 잠겨 있던 비상구 문을 부수고 들어가 5층에 숨어 있던 사람들을 대부분 사살하고 일부는 인질로 붙잡았다.

그때쯤 테러범도, 그리고 소화전함에 있던 그녀도 초인의 목소리를 들었다. 테러범들에게 투항하라고 외치는 목소리였다.

그녀는 나에게 물었다.

"초인은 테러범들의 총소리를 듣고 온 거죠?"

"사람들의 비명도……."

우리는 비상구 계단을 통해 3층으로 내려갔다. 그곳에는 마흔한 명의 희생자를 위한 추모비가 있었다. 희생자 유족 단체가 세운 것이다. 비석 앞에 있는 많은 꽃다발 위에 그녀도 들고 있던 나머지 국화들을 놓았다.

그녀는 말했다.

"평소보다 사람이 많아요."

"기일이기도 하지만, 아마도 투표 때문이겠죠."

"추모비를 볼 때마다 기분이 이상해요. 살인자는 아직도 살아 있는데……."

테러범들은 초인의 경고를 듣자, 초인이나 경찰이 건물에 진입하면 인질을 사살하겠다고 확성기에 대고 외쳤다. 그러나 초인은 망설이지 않았다. 그대로 5층 창문을 깨고 들어가 그곳에 있던 테러범을 붙잡았다.

5층의 테러범은 초인이 다가오자 인질을 향해 총을 난사했고, 소리를 들은 1층의 테러범도 인질을 살해했다. 바로 경찰이 건물에 진입하여 1층의 테러범을 사살했으나 인질들을 구하지는 못했다. 3층의 테러범은 경찰이 오자 항복했고, 체포되었다. 1층의 테러범과 달리 3층에 있던 테러범은 인질을 살해하지 않았다.

경찰이 5층에 도착했을 때는 그곳에 있던 인질과 테러범이 사망한 다음이었다. 초인은 건물을 떠나고 없었다.

5층의 테러범은 초인이 죽인 것으로 확인되었다. 테러범은 목과 얼굴에 화상을 입은 상태였으며, 사망 원인은 질식이었다.

나는 말했다.

"초인은 테러범을 죽일 생각이 없었을 거라고 봅니다. 단지 테러범을 저지하려 목을 잡았을 겁니다. 그러나 초인이 대기권을 이동하는 동안 공기와의 마찰이 신체를 고온으로 달궜고, 뜨거운 손으로 테러범의 목을 잡았다가 화상을 입힌 것이죠. 화상 때문에 테러범의 기도가 부풀어서 질식했고요."

"경찰은……."

"경찰은 화상이 직접적인 원인이 아니며 초인이 테러범의 목을 졸랐을 가능성이 더 크다고 밝혔지만, 제 생각에는 그렇지 않습니다. 초인은 한 번도 범죄자를 죽인 적 없죠. 항상 생포했어요. 굳이 원칙을 깰 이유가 없습니다. 불행히도 5층의 인질이 모두 사망했기 때문에 상황을 증언해 줄 증인이 없습니다. 저는 초인의 행동이 일종의 과실치사였다고 보고, 집필 중인 제 책에서 이 쟁점을 다루려 합니다."

"어머니도 5층에서 사망한 인질 중 한 명이었어요."

십 분 안 되는 시간 동안 마흔한 명이 사망한 테러다. 경찰 간부 몇 명이 책임을 물고 직위를 내놓았다. 하지만 사건의 정황을 봐도 그렇고, 구조자의 증언과 수감된 테러범의 자백을 종합해도, 테러범의 목표는 되도록 많은 사상자를 만드는 것이었음이 분명하다.

그들의 목표는 초인이 보는 앞에서 살인을 저질러, 사람들과 초인이 만들었다고 믿었던 안전한 사회를 부수는 것이었다.

"초인에게 억압된 사회에 충격을 주기 위해 저질렀다고 테러범들은 말했습니다만······."

"당연하게도 반대의 결과를 가져왔죠."

그녀는 말했다.

그녀와 3층의 인질 네 명, 그렇게 다섯 명만이 살아남았다. 언론이 가장 많이 소개한 생존자는 그녀다. 나이도 어렸고 딸을 살리기 위해 대신 희생한 부모의 이야기도 극적이어서 언론은 그녀의 증언을 집중적으로 보도했다. 때문에 사람들이 그녀에게 쏟는 관심은 2년이 지난 지금도 여전했다.

"올 것이 왔군요."

그녀가 말했다. 카메라를 든 기자들이 추모비로 다가오고 있었다. 오늘 많은 기자들이 보도 사진이나 방송 자료화면을 확보하려 서울을 돌아다니고 있었다. 추모비는 좋은 자료화면일 것이다. 기자 몇 명은 벌써 그녀를 알아본 눈빛이었다.

투표하셨어요? 기자들은 성급하게 외쳤다.

"나는 미성년자라 투표권이 없는데······."

그녀는 중얼거리고 나를 돌아보았다. '도망치고 싶어요.' 우리는 비상구로 나간 다음 문을 닫고 잠갔다. 반대편에 남은 기자들이 문을 두들기면서 그녀의 이름을 불렀다. 거친 함성에 놀라 나는 한동안 그 자리에 서 있었다. 문 두들기는 소리와 고함이 고통스러운 기억을 끄집어낸 것이다.

그녀가 내 팔을 잡아당기는 것을 느끼고서야, 나는 돌아보았다.

"오래 서 있었나요?"

"네."

"한동안 괜찮았는데 오늘 여기로 오느라 긴장해서 그런 가 봅니다. 건물 밖으로 나가죠."

우리는 계단을 내려갔다. 호흡은 돌아왔지만 진정이 되지 않는 심장 때문에 괴로웠다. 뛰는 심장에 신경 쓰느라, 그녀가 손바닥으로 계속 눈을 비비고 있는 줄은 몰랐다.

눈물을 닦은 그녀는 멋쩍게 웃었다.

"눈물이 안 날 줄 알았는데, 나네요."

"그런데 왜 존대를 하세요? 저는 여고생이고, 추적자 님은 아저씨잖아요."

"어차피 인터넷에서 만났으니 존댓말을 쓰죠."

우리는 미술관을 나와 청계천을 지나고 있었다. 개표방송까지 시간은 많이 남았기 때문에 시청까지 천천히 걸어갈 계획이었다. 뭐라도 먹으면서 가면 어떻겠냐고 그녀에게 말했으나 그녀는 배고프지 않다고 했다.

그녀는 말했다.

"초인 카페 사람들도 시청에 많이 있을까요?"

"그렇겠죠. 아직은 광화문 쪽에 모여 있을 겁니다. 지금 만나봤자 신경만 쓰일 테니 시청 앞에 도착하면 연락해 보죠."

"그래요……. 오늘 초인이 나타났다는 제보는 없어요?"

"아직 없습니다."

초인의 위치를 추적하려고 스마트폰을 구입한 사람은 나밖에 없을 것이다.

어디에서든 초인 커뮤니티에 접속이 가능하다는 이유 때문에, 직업도 없는 내가 매달 비싼 사용료를 내면서 스마트폰을 쓰는 것이다. 초인의 정보가 등록되는 커뮤니티는 세 곳이 있다. 네이버 초인 카페, 디시인사이드 초인 갤러리, 그리고 트위터다. 트위터가 가장 소식이 빠르다. 초인을 목격하거나 초인이 비행하면서 만들어 내는 소닉붐을 들은 사람은 해시태그 '#초인은지금'을 붙여서 장소와 시간을 트윗 한다. 나는 트윗의 정보를 모아 초인의 이동 경로를 기록했다. 일민 미술관에 있는 동안에도 그리고 걸어가는 지금도 태그를 검색 중이지만, 소식은 없었다.

초인 갤러리와 네이버 카페에 올라오는 정보는 트위터와 성격이 다르다. 초인 갤러리는 방대한 양의 정보가, 언론보도와 뜬소문까지 인터넷에 떠도는 모든 정보가 모인다. 이 정보가 어떤 의미를 갖는지 토론하는 곳이 네이버의 초인 카페다.

나와 그녀는 초인 카페에 딸린 소모임인 '구조자 모임'에서 만났다.

그녀가 말했다.

"오늘 폭탄 테러 협박이 들어왔다는 뉴스 때문에 초인이 보일 줄 알았어요."

"그 뉴스 덕에 군과 경찰이 병력을 강화해서 오히려 서울이 더 안전할 수도 있습니다."

"그렇다면 초인은 어디 있을까요?"

"저도 궁금합니다. 어쨌든 우리의 소리를 듣고 있겠죠."

구조자 카페는 초인의 도움으로 목숨을 건진 사람들이 가입한 모임이다. 원래는 기금을 위한 모임이었다. 초인이 서울을 돌아다니며 내는 소닉붐에 기물이 파손되는 가끔 일이 있는데, 이를 초인의 도움을 받은 사람들이 자발적으로 돈을 모아 변상했던 것이다. 모임은 차츰 구조자들이 서로를 위로하고 도움을 주는 친목 모임으로 발전했다.

우리는 모임에서 '여고생'과 '추적자'라는 아이디로 만났다. 나는 초인에 대한 정보를 모으기 위해 그와 접촉한 사람을 인터뷰해 왔으며, 오늘 그녀도 인터뷰하고 있었다.

"추적자 님은 초인이 사람의 목소리를 항상 듣고 있다고 주장하시잖아요. 그 중 비명소리를 들으면 도와주러 온다고 하시고요. 정말로 그렇게 믿으시나요?"

"지금까지 수집한 자료를 분석해 내린 결론입니다. 제 책에서 입증할 것입니다. 사람의 비명을 듣고 초인이 달려온다는 가설이 초인의 행동을 가장 논리적으로 설명합니다. 이렇게 생각해 봅시다. 아니, 일단, 제가 초인에 대해 세운 몇 가지 가정이 있습니다. 그 중 하나는 초인은 인간에 대해 잘 모른다는 것입니다. 이런 생각을 갖게 된 이유는, 우선 그것보다도 증거를 나열해 보자면……."

초인에 대해 이야기할 때마다 흥분한 나머지 혼란스럽게 횡설수설하는 것을 알면서도 나는 늘 제대로 제어하지 못한다. 내가 나도 모를 말을 웅얼거리고 있을 때, 그녀가 물었다.

"초인을 처음 봤을 때라면, 동대입구역 화재 사고요?"

때마침 우리는 시청역 지하도를 가로지르는 중이다. 나는 사고 이후 지하철을 타기는커녕 지하도로 내려가지도 못했다. 최근에야 증세가 호전돼 다닐 수 있게 되었다. 하지만 여전히 개찰구 너머 승강장으로 내려가기는 꺼려진다.

"동대입구역에서 났던 화재는 아실 겁니다."

"물론이죠."

"초인이 나타나 사람을 구한 첫 번째 사고입니다. 지하철 화재는 차량과 건물의 폐쇄된 구조 때문에 한번 일어나면 끔찍한 대형 사고로 번지는 경우가 많습니다. 동대입구역 화재도 초인의 도움이 없었다면 백 명 넘는 사상자가 났을 겁니다. 여덟 명의 부상으로 그친 건 천만 다행입니다."

그 날 일을 되짚고 입 밖으로 꺼내놓는 행동은 나에게 대단한 용기가 필요했다. 하지만 부모가 세상을 떠난 장소에 꽃다발을 놓고 온 여고생 앞에서 내가 무슨 불평을 한단 말인가? 그녀가 경청하기 때문에, 나는 말했다.

"하필 제 출근길에서 화재가 벌어진 것은 그냥 불운이겠죠. 그 날도 지하철은 사람으로 꽉 차 있었고, 저는 손잡이를 잡고 선 채로 반은 졸고 반은 지겨워하면서 출근길을 견디고 있었습니다. 지하철이 동대입구역에 멈췄다가 다시 출발하려고 할 때 갑자기 속도를 늦추더니 터널에 반쯤 걸친 채로 멈췄습니다. 그리고 다시 출발한다는 안내방송이 나오고는, 조금 움직이다가 꽝 소리가 나며 완전히 멈췄습니다. 저도 사람들도 소리를 질렀죠. 그리고 뒤쪽에서 무언가 다가왔습니다."

"연기였나요?"

"아뇨, 어둠이 먼저 왔습니다. 객차의 전등이 차례대로 꺼졌죠. 멀리서, 그러니까 차량 앞쪽 전등부터 하나씩 꺼지고 머리 위의 등마저 꺼지면서 완전히 어두워졌죠. 사람들이 일제히 핸드폰을 꺼내더니 가족에게 전화를 걸었습니다. 누군가 차 안의 소화기를 꺼내달라고 했고, 꺼냈다는 대답이 어둠 속에서 들려왔습니다. 이윽고 어둠 속에서 안내방송이 들렸습니다. 전등을 켜고 다시 출발하겠으니 차분히 기다려달라는 방송이었습니다. 하지만 기차는 전등을 켜지도 출발하지도 않았죠."

한 무리의 사람들이 개찰구에서 나와 출구를 향해 흩어졌다. 사람들의 거친 흐름에 가로막혀 나와 그녀는 걸음을 멈췄다. 광고판이 천천히 회전하며 새로운 광고로 바뀌었다. 군데군데 설치된 모니터에서 4대강 홍보 동영상을 내보냈다.

나는 말했다.

"합선으로 인한 화재였죠. 열차 하부에 금속 먼지가 많이 쌓여 있었는데, 이 때문에 도전부와 금속 본체가 합선을 일으키면서 스파크가 일어났다가 불로 옮겨 붙었습니다. 불은 지하철 하부에서 상부로 빠르게 옮겨 붙으면서 연기를 만들었습니다. 연기가 차량 안으로 차오르고 사람들이 냄새를 맡았을 때는 이미 불이 크게 번진 다음이었습니다. '불이야' 비명이 들리자, 사람들은 탈출하기 위해 문 쪽으로 몰려들었습니다. 저는 순식간에 문으로 밀려났죠. 아니, 솔직하게 말하겠습니다. 살고 싶어서 문으로 다가갔습니다. 연약한 사람들을 밀치고 문에 바짝 붙었습니다. 누군가 좌석 밑의 밸브를 밀어 문을 열었고 문이 열리면서 한꺼번에 사람들이 문 쪽으로 몰렸습니다. 당연히도 문 가까이 있던 사람들은 승강장에 발이 걸려 넘어지며 바닥에 깔렸죠. 나는 내 등을 밟고 달리는 사람들 밑에서 살려달라고 소리쳤지만 소용없었습니다. 제 꾀에 제가 넘어갔다고 할까요. 지금도 지하철 승강장과 객차의 틈처럼 넓게 갈라진 틈을 길에서 보면 움찔합니다. 우습죠?

사람들이 다 객차에서 나온 다음에 일어났지만 그땐 갈비뼈에 금이 가서 무척이나 아팠습니다. 머리를 밟힌 탓에 가벼운 뇌진탕도 있었죠. 이미 역 안은 연기가 차 있어서 앞이 보이지 않았습니다. 저는 어지러운 머리를 붙잡고 걸어가다가 벽과 마주쳤고 손으로 벽을 더듬으면서 걸어갔건만 또 다른 벽과 만났습니다. 출구를 찾을 수가 없었죠. 그래서…….”

“살려달라고 외치셨나요?”

그렇다, 나는 살려달라고 했다.

“크게 소리를 질렀다가는 연기가 폐로 들어간다는 건 알았습니다. 하지만 방법이 없었습니다. 연기 속을 기어가면서 살려달라고 외쳤습니다. 아무도 오지 않을 것을 알면서, 연기 속에 남은 저는 곧 죽을 것을 알면서도, 살려달라고 외쳤습니다. 그때 초인이 제 손을 잡았습니다.”

오랫동안 비슷한 내용의 악몽을 반복해서 꿨다. 도망쳐야 하는데 문이 닫혀 있거나, 살려달라고 외쳐보지만 닫힌 문 너머의 사람들은 돌아보지도 문을 열어주지도 않는다. 일민 미술관에서 문을 열어달라고 사람들이 외쳤을 때처럼, 사고 당시와 비슷한 상황을 만나면 공포에 사로잡혔다. 길 걸어가다가 그때 일이 생각나서 그대로 서서 운 적도 있다. 일 년쯤 지나니 증세가 호전되었다. 어차피 살아남았는데 웬 호들갑, 하며 시큰둥하게 생각하기도 했다. 그러나 여전히 마음 한 구석에는 두려움이 남아 있었다.

그녀는 말했다.

"초인이 추적자 님의 손을 잡았어요? 정말요? 그러면……."

"그래요, 초인의 손을 압니다. 제 손보다 컸습니다. 키도 알고 체격도 압니다. 저보다 크지만 그렇게 크지는 않습니다. 180이 약간 넘을 겁니다. 체중도 무거운 편은 아닙니다. 70에서 80킬로그램 사이입니다. 몸은 근육질이고 단단한 편입니다. 그러나 비인간적으로 단단하지는 않습니다. 분명 피부가 있고 그 밑에 지방이 있으며 뼈도 있습니다.

초인이 저를 잡았을 때의 이상한 행동도 기억합니다. 그는 힘이 무척 셌으나 힘을 어떻게 사용하는지는 잘 모르는 듯했습니다. 그는 등 뒤에서 옷자락을 잡아 끌어올렸으나 저는 일어나지 못했습니다. 당연하죠, 어떤 사람이 다른 사람을 그런 식으로 일으켜 세웁니까? 그 다음에는 팔을 무리하게 잡아당겼다가 제 팔꿈치를 탈골시킬 뻔했고, 어깨와 목을 잡았다가 다시 놓았습니다. 몇 번의 시행착오 끝에 방법을, 그래요, 한쪽 팔을 자신의 목에 거는 자세, 바로 부축하는 자세를 알아내 저를 일으켜 세웠습니다. 그는 내가 잘 지지하고 있는지 확인하자 허공으로 몸을 띄웠다가……."

"초인이 날면서 추적자 님을 옮겼나요?"

"바닥을 몇 걸음 딛지 않고 지상으로 올라왔습니다. 밖의 공기가 얼굴에 닿았을 때 저는 이미 정신을 잃었습니다만, 초인이 한 손으로 제 손목을 잡고 있고 다른 손으로는 제 목과 가슴을 눌러 보던 기억은 납니다. 내부 장기가 제대로 기능하는지 확인하려는, 그러니까 살아있는지 알아보려는 행동 같았습니다.

그리고 정신을 완전히 잃었다가 다시 깨어보니 여자 소방대원이 제 손을 잡고 있었습니다. 저는 저를 구해준 남자 소방대원은 어디 있냐고 물었습니다. 그때는 초인적인 존재가 저를 구해줬으리라고는 생각 못했습니다. 여자 소방대원은 모르겠다고 하더군요. 다시 정신을 잃었고, 이틀 후에 병원에서 다시 정신을 차렸습니다. 치료받는 동안 저는 열심히 뉴스를 봤고……."

"초인이 나오는 동영상을 보셨군요."

"뉴스에서는 지하철 폐쇄회로 카메라에 찍힌 동영상이 반복되고 있었습니다. 연기 속에서 어떤 남자가 지하철역 안을 날아다니고 있었습니다. 바닥에 쓰러진 사람들을 지상으로 옮기고 있었죠. 저는 그때 알았습니다. 정체불명의 존재가 서울에 나타났다는 걸요."

초인은 동대입구역 화재 사건을 시작으로 여러 사건 현장에 나타나 사람의 목숨을 구했다. 교통사고, 화재, 살인, 강도, 자살 현장마다 나타나 초인적인 능력으로 사람을 구하고 어디론가 사라졌다. 하늘을 날아다니면서 위기에 빠진 사람을 구해주는 존재가 서울에 등장한 것이다. 처음 사람들은 그를 슈퍼맨이라고 불렀으나 그 호칭은 사람들 사이에서야 자연스러울지언정 아홉 시 뉴스나 신문 지면에서 사용하기엔 장난스러웠다.

누군가 '초인'이라는 호칭을 생각하고 그것이 광범위하게 사용되는데 며칠 걸리지 않았다고 한다.

내가 병원에서 정신을 차렸을 때는 이미 초인이라는 호칭을 사용하고 있어서 호칭이 바뀐 정확한 시점을 몰랐다.

"슈퍼맨은 만화 캐릭터지만 초인은 실제로 존재하잖아요. 존재하는 인물의 이름을 미국 만화에서 따와야 할 이유는 없다고 누가 다음 아고라에 글을 올리면서 초인이라는 호칭을 제안했고, 그 때부터 사람들이 초인으로 부르기 시작했어요. 그런데 추적자님, 솜사탕 좋아하세요? 저기 보니까 솜사탕 팔던데 같이 가볼까요?"

그녀는 말했다.

사고 이후 나는 외상 후 스트레스로 인한 공황장애 때문에 몇 개월 동안 집에만 틀어박혀 있었다. 사람이 많은 곳이나 지하철 역 근처로 갔다가는 심장이 빠르게 뛰고 호흡이 가빠졌다. 결국 직장도 그만두고 말았다. 집에서 백수로 지내는 동안 초인 자료 수집에만 강박적으로 매달렸다.

"궁금한 것이 많았습니다. 어떻게 인간이 가지지 못한 힘을 가진 존재가 갑자기 나타나서 사람을 돕는 만화 같은 일이 일어나는지 궁금했습니다. 하지만 정보를 모으기 어려웠습니다. 초인은 슈퍼맨과 달라서 기자와 인터뷰를 하지도 않았고 사람들 앞에서 연설을 하지도 않죠. 얼굴을 보인 적도 없습니다. 모자를 눌러쓰고 마스크로 얼굴을 가리고 있죠. 외모가 항상 같았던 것도 아니죠, 날아다닐 때는 유선형으로 변하기도 하고 차를 들어 올리거나 할 때 팔과 다리가 잠시 굵어지고 길어졌다는 목격도 있습니다. 가장 중요한 특징인…….”

“저 사람은 뭐하는 거예요?”

우리는 솜사탕을 뜯어먹으면서 시청 광장을 향해 걷고 있었다. 잔디밭에는 아직 사람들이 많이 모여 있지 않았다. 잔디밭 가운데 중년 남자가 간판을 몸 앞뒤에 걸고서 길거리에서 울고 있었다. 흐느낌 사이로 나오는 그의 외침은 혼란스럽고 거칠었다.

“샌드위치맨이잖습니까.”

“샌드위치맨이요?”

“샌드위치맨을 모르십니까?”

“그게 누구예요?”

그녀는 내 표정을 보고 되물었다.

“왜 놀라세요?”

“초인 카페에서 한동안 토론이 굉장히 거칠었는데요. 저 사람 때문에 카페 탈퇴한 사람도 많고요. 텔레비전에도 여러 번 나왔습니다. 샌드위치맨이라는 별칭을 모르는 사람은 거의 없을 겁니다.”

그녀는 더 이상 내 말을 듣지 않고 샌드위치맨에게 다가갔다. 샌드위치맨이 나눠주는 전단지를 받아 읽고는 다시 돌아왔다. 예상대로 그녀는 굉장히 화가 나 있었다.

그녀는 전단지를 내밀었다.

"정말로 이런 일이 있었어요?"

"조사한 바로는 사실입니다."

"조사? 저 분도 인터뷰했어요?"

"안 할 수가 없었습니다. 초인에 대한 중요한 정보를 제공한 사건이니까요. 아까 말을 하다가 말았죠, 초인의 특징이요. 잘 아시겠지만 초인은 서울 행정 구역 안에서만 활동합니다. 서울 밖에서는 초인이 나타난 적 없습니다."

"샌드위치맨의 딸이 그 증거예요? 그래서 인터뷰 했단 말인가요?"

"끔찍한 살인이었다는 것은 저도 잘 압니다. 강도가 지나가던 여성을 살해하고 금품을 갈취한 사건이었죠. 구파발 부근에서 일어난 일입니다. 서울 행정구역상으로는 구파발의 진관동까지가 서울이고 그 너머 지축은 경기도인데, 샌드위치맨의 딸인 이 씨가 살해당한 곳이 지축의 북한산로입니다. 서울과 경기도의 경계선에서 사십여 미터 떨어진 곳입니다. 정말 가깝죠. 서울과는 걸음으로도 쉰 걸음도 안 됩니다."

"직접 가보셨나요?"

"네……. 강도가 여자에게 뺏은 건 가방과 목걸이, 현금 육만 원이었다고 하더군요. 범인은 삼 주 후 붙잡혔고 십오 년 형을 받았습니다."

나는 샌드위치맨을 두 번 만났고 그 때마다 초인을 원망하는 샌드위치맨의 하소연을 들었다. 샌드위치맨은 죽어가는 자신의 딸을 외면한 초인을 저주했다. 초인이 사람을 구할 수 있는 능력이 있음에도 구조를 소홀했으니 방조죄를 적용해 처벌해야 한다고 주장했다. 그는 주로 청와대 앞에서 일인시위를 벌여왔다가, 오늘은 사람이 많은 시청으로 자리를 옮긴 것 같았다.

나는 샌드위치맨과 만날 때마다 그가 항상 깨끗한 양복 차림에 먼지 하나 없이 말끔한 구두를 신었던 점을 주목했다. 몸 앞뒤에 간판을 걸고 길에서 하루 종일 서 있기 쉬운 옷차림은 아니었다. 그 옷차림은 그의 결연한 각오를 상징하는 것 같았다.

나는 말했다.

"초인이 왜 서울 행정구역 안에서만 활동하는지 저도 이유가 궁금합니다. 제 가설은 초인이 인간에 대해 잘 모르기 때문이라는 것입니다. 초인은 인간에게 관심은 많지만 정확히 이해하지는 못하는 것 같습니다. 마치 인간도 초인을 이해 못하는 것처럼 말이죠. 이런 가정을 한 이유는, 그러니까, 처음 초인이 사람을 구했던 상황을 예로 들겠습니다. 회기동 강도 사건을 기억하십니까? 강도가 대낮 술집에 나타나 여주인을 칼로 위협했던 사건이었죠."

여고생은 고개를 끄덕였고, 나는 말을 이었다.

"피해자가 살려달라고 외치자 몇 분 후 초인이 나타났는데, 초인은 강도와 여주인 두 사람을 가만히 지켜보기만 했다고 하더군요. 당시 강도가 칼을 들고 있었고, 여주인을 바닥에 쓰러트린 채 붙잡고 있었죠. 초인은 두 사람을 내려다보기만 했습니다. 초인은은 강도가 다가오자 그제야 칼을 빼앗고 맨 손으로 부러뜨렸습니다. 그리고 남자를 가지고 온 줄로 묶었습니다. 그리고 다시 피해자를 내려다보기만 해서, 피해자는 초인이 또 다른 강도인 줄 알았다더군요. 하기야 마스크를 쓰고 있었으니 오해 할만도 하죠. 초인이 피해자에게 전화기를 손으로 가리키자 피해자는 그제야 상황을 이해하고 전화로 경찰에 신고했습니다. 초인은 두 사람을 두고 사라졌고요. 왜 초인이 쓰러진 피해자를 그냥 지켜만 봤을까요? 저는 그 점이 중요하다고 생각합니다. 제 주장은 초인이 인간에 대해 잘 모르기 때문에 그랬다는 겁니다. 초인이 본 것은 여자를 붙잡은 남자와 남자가 들고 있는 칼입니다. 그러나 그것이 남자가 여자의 생명을 위협하는 행위라는 건 몰랐던 것이죠. 몇 분 넘게 관찰한 후에야 칼이 여자의 목숨을 위협하는 물건이며 남자가 힘과 무기를 통해 여자를 협박하고 있는 줄 알아낸 겁니다. 초인은 인간에 대해 잘 모릅니다. 그러니까, 행정구역 밖에서 일어나는 사건에는 반응하지 않는 것도 이런 가설을 바탕으로 판단해야……."

나는 말을 너무 길게 했고 그녀의 기분을 눈치채지도 못했다. 그녀는 말했다.

"서울 밖에서 테러가 났었다면 초인은 도우러 오지 않았겠군요."

그렇다고 대답하자니 잔인한 말이어서, 나는 아예 입을 열지 않았다.

그녀는 다시 말했다.

"초인이 인간에 대해 잘 모르면 왜 인간을 돕는 걸까요?"

"저는 해답을 찾고 있습니다."

"추적자 님의 책에서는 그런 이야기를 다루나요?"

"가장 큰 주제입니다."

"책은 얼마나 완성 됐나요?"

"거의……."

"책에 이번 투표 결과는 꼭 넣어야겠군요. 중요한 사건이니 책에서도 언급해야 하잖아요."

"네. 투표 이후 초인의 행동이 달라진다면 그것도 넣어야겠죠. 그리고 솔직히 말하자면 투표가 없었다고 해도 미뤘을 겁니다. 아직 손 볼 곳이 많아서……."

"오늘 선거로 법이 개정되면 초인이 모습을 드러낼 거라고 생각하세요?"

그녀가 말했다.

"모르겠습니다."

나는 대답했다.

"혹시 책을 미루는 또 다른 이유도 있는 거 아녜요?"

그녀는 말했다. 우리는 시청 광장 벤치에 앉아 솜사탕 막대기를 흔들고 있었다. 맞은편의 커다란 전광판 화면에서 나올 개표방송을 기다리는 중이었다. 사람들이 모여 오고 잔디 위에 신문지를 펴고 앉았다. 우리들은 운 좋게 빈 벤치를 찾은 것이다.

그녀는 말했다.

"초인을 인터뷰하고 책에 수록하고 싶으신 건 아닌가요?"

"그렇다면 좋죠."

그녀의 말에 나는 멋쩍게 웃고 말았다. 그녀는 말했다.

"인터뷰를 담는다면 책이 엄청 많이 팔리겠네요. 초인에 대한 책은 수백 권 나와 있지만 초인과 만나 대화한 내용을 담은 책은 없잖아요."

"판매 부수를 떠나서 저 개인에게도 특별한 책이 될 겁니다. 하지만 초인이 인터뷰는커녕 모습을 드러내기나 할지……."

"정부에서는 법 개정에 성공하면 초인을 만나겠다고 발표했잖아요. 초인과 연락을 취할 방법이 있어서, 법을 개정하면 대통령과 서울시장이 직접 초인을 만나 대화하겠다고 밝혔고요. 그러면 추적자 님에게도 기회가 올지 모르잖아요."

"정부는 초인에 대해 아무것도 모릅니다. 초인은 누구의 지시도 따르지 않습니다. 선거에서 이기려 낸 헛소문일 겁니다."

"누구의 지시도 따르지 않는다면 초인은 추적자 님을 만나려고 하지도 않겠군요."

"그렇죠."

"투표는 어느 쪽이 이길까요?"

"여론조사에서는 예측이 어렵다고 했습니다."

"어느 쪽에 투표하셨어요?"

그녀의 질문에 내가 머뭇거리자 그녀는 말했다.

"대답하기 싫으면 안 하셔도 돼요."

"대통령과 서울시장이 왜 이런 결정을 내렸는지 답답합니다."

나는 한숨을 쉬었다.

"초인에게 경찰 권한을 부여하자는 건 쉽게 생각해낼 수 있는 아이디어이기는 합니다. 슈퍼맨이나 배트맨이 그랬듯이 초인과 경찰이 협조해 범죄를 예방하는 것이죠. 하지만 그건 만화 속에서의 일입니다. 현실에서는 다릅니다."

테러 이후 대통령과 서울시장은 강력 범죄 재발을 막자는 취지로 초인에게 경찰의 권한을 부여하는 법인 '초인법'을 만들 것이라고 말했다. 이전부터 초인이 경찰을 도우면 어떻겠느냐는 여론은 계속 있었다. 범죄자를 잡고 다니는 초인에게 아예 정식으로 자격을 주는 것이다. 언뜻 생각하기에 편한 일 같다. 테러 같은 끔찍한 범죄 이후 사람들이 더 안전한 치안을 원하는 심리도 이해한다. 유사 이래 단 한 번도 존재한 적 없는 '초인적인' 힘을 가진 어떤 존재를 이용한다면, 역시 유사 이래 존재한 적 없는 강력한 치안 체계를 갖추게 될지도 모른다.

하지만 실행에 옮겨지기까지는 복잡한 합의가 필요하다. 우리가 부탁한다고 초인이 경찰 역할을 할 것인가? 그가 경찰의 권한을 가진다면 어떤 방식으로일까? 우리가 원하는 방식으로 순순히 따를 것인가? 초인이 경찰 역할을 완전히 대행하지는 않을 테니 경찰은 여전히 존재해야 할 것이다. 그렇다면 경찰은 초인과 어떻게 협조하나? 초인이 경찰 역을 대신할 때 안전을 보장받을 수 있는가? 좋든 싫든 세상에는 피의자의 인권이라는 것이 있다. 문제가 생기면 책임은 누가 지나? 경찰? 법을 만든다면 적용 범위는 어디까지로 할 것인가? 서울 전체? 일부분?

찬성과 반대 여론 양쪽 지형도가 복잡하다. 반대 여론은 경찰 내부에도, 시민에도, 정부에도, 보수와 진보에도, 나이 많은 사람과 적은 사람, 서울에 사는 사람과 그렇지 않은 사람에게도 있다. 그리고 찬성 여론이 그다지 높지도 않았다. 적어도 테러 전까지는 그랬다.

"가장 황당한 것은 법의 적용 범위를 강남 8개구로 지정한 것입니다. 그 때문에 안 그래도 복잡하던 여론이 의견 차이를 좁히지 못했고 결국 서울 시장이 투표를 발의하기에 이르렀죠. 문제를 복잡하게 만든 건 정부의 탓입니다."

"그리고 선거 결과가 예측이 어려운 것이 그 때문이겠죠? 강남에서만 실행된다는 거요."

"명목상으로야 강남의 여론이 초인에게 더 호의적이라는 것이지만 그걸 믿는 서울 시민은 아무도 없을 겁니다. 초인법은 초인에게 도움을 청하기 위해 만든 법이 아니라 대통령과 서울시장과 여당의 낮은 지지율을 회복하기 위한 정치적 목표가 있는 법안이니까요. 이 무슨 바보짓인지요. 게다가 왜 하필 강남입니까? 하려면 테러가 일어난 종로구에서 하거나 혹은 강북과 강남을 걸치면 될 것 아닙니까? 꼭 여론을 극단으로 끌고 가 투표까지 하게 만들 이유가 있는지 생각하면 할수록 답답합니다."

"그래서 반대에 투표하셨나요?"

"정치인은 정치적 목표를 위해 행동합니다. 그 점을 비난하고 싶은 생각 없습니다. 감정적으로 답답하다는 것이죠. 그리고 반대에 투표했다고 한 적 없습니다만?"

"쉽게 안 속으시네요."

그녀는 웃었다. 오늘은 초인에게 강남 8개구에서 경찰과 동일한 권한을 부여하는 초인법의 찬성 여부를 서울 시민에게 묻는 투표일이다. 테러 2주년과 선거일이 겹친 것을 정부는 우연의 일치라고 했으나, 선거에서 이기기 위함이 분명했다. 선거에서 지면 법안은 부결되고 초인은 경찰의 권한을 갖지 못한다. 만약 이기면 초인은 서울 강남의 행정구역 안에서 경찰과 동등한 권리를 갖는다. 한국은 사상 최초로 인간이 아닌 존재에게도 권리를 부여한 나라가 될 것이다.

"어려운 선거예요. 심지어 변수는 해외에도 있잖아요. 초인과 정부가 접촉하면 미국 정부가 가만히 있지 않으리라는 말도 있어요."

"그럴 겁니다. 실제로 미국 대사관에서 대변인을 통해 몇 번 발언했죠. 초인을 만나고 싶다고요. 유엔에서 조사 기구를 만들어 한국에 파견한다는 소문도 있었습니다. 중국, 미국, 일본, 북한 모두 초인이 가진 힘을 한국이 군사력으로 활용할까봐 긴장하고 있을 겁니다. 선거에서 찬성이 이기고 한국이, 특히 서울이 초인을 소유하는 형태가 되면, 미국은 반드시 개입할 겁니다. 미국뿐 아니라 세계 어느 나라인들 초인 같은 존재를 갖고 싶지 않겠습니까. 최소한 연구라도 하고 싶겠죠. 조만간 미국에서 압력을 넣을 겁니다. 저는 그렇게 예측합니다."

"초인은 왜 하필 서울에 나타났는지……."

그녀는 말했다. 나도 같은 생각이다. 초인이 전 세계를 다 지킬 수는 없을 것이다. '물리적으로 불가능' 하니까. 초인이 빛의 속도로 돌아다닌다고 하더라도 전 세계에서 일어나는 사고를 다 막을 수는 없다. 그래서 한정된 지역만 지키자고 결정했을 수 있다.

그러나 왜 하필 서울일까?

우리는 한동안 말없이 앉아만 있었다.

이윽고 나는 말했다.

"제가 법 개정을 반대하는 이유는 초인이 이미 해답을 가지고 있다고 믿기 때문입니다. 초인이 우리의 삶에 더 깊이 개입하는 방법을 생각 안 했을 리 없습니다. 그랬다가는 우리가 더 불행해진다고 믿기 때문에 그러지 않는 것 같습니다. 어떤 논리로 결론을 내렸는지는 모릅니다만 결론은 이미 나 있는 것이죠.

어떤 면에서 우리는 초인의 개입 이후 더 불행해졌습니다. 살인과 강도, 자살, 교통사고로 인한 사망은 줄었지만 대신 발생한 그 끔찍한 테러가 증거겠죠. 테러범들은 왜 초인이 없는 세상을 원했을까요? 심지어 사십여 명의 사람을 죽이면서 까지요. 우리는 결과에 집착하기 쉽습니다. 사십여 명의 사람이 죽었다는 결과요. 하지만 원인이 뭘까요? 왜 세 사람이 총을 들고 사람을 마구 쏴 죽이는 일이 일어났을까요? 왜 정부는 이런 사건의 재발을 막을 생각은 못할망정 정치적으로 이용할까요? 어쩌다가 서울이 두 개의 여론으로 나뉘어 투표까지 하게 됐을까요? 투표 결과에서 찬성이 이기거나 반대가 이겼을 경우 이후 분열을 감당할 수 있을까요? 당장 눈앞의 결과는 알기 쉽지만 이유와 이후의 변화를 추론하긴 어렵습니다. 초인은 그 대답을 알고 있고 때문에 행동을 바꾸지 않는 것입니다. 저는 그렇게 생각합니다. 그래서 법이 개정되어도 초인은 협조하지 않을 것이라 추측하는 거죠.

물론 제 생각이 틀릴 수 있죠. 초인의 생각을 다 알고 있다고 믿는 저의 오만일지 모르죠. 저는 초인과 처음 접촉한 사람 중 한 명이고 단지 그래서 초인에 대해 더 많이 알고 있다고 혼자 생각하는지도 모릅니다. 그래서 꼭 초인을 만나보고 싶습니다. 이유를 듣고 싶고 내 생각이 맞는지 대답을 듣고 싶습니다. 인터뷰를 할 수만 있다면 정말 좋을 텐데요. 제가 또 횡설수설하고 있군요. 죄송합니다."

초인을 만날 수만 가지 방법을 상상했다. 대부분 극단적인 방법이다. 자살을 기도하거나 범죄를 저질러 초인 현장에 불러내는 것이다. 내가 테러를 저질렀다면 어땠을까 라고까지 생각했다. 초인을 우연히 목격할 수 있을까 해서 밤이면 서울의 길거리를 끊임없이 돌아다녔다. 범죄가 벌어지면 현장에 반드시 가보았다. 그 주변에 아직 초인이 남아서 지켜보고 있지 않을까 싶어서였다. 처음 초인이 나를 구했을 때처럼 '살려주세요'를 중얼거려보는 날도 있었다.

하지만 초인을 만나지 못했다.

"지금까지 아무에게도 말하지 않은 사실이 있습니다. 저는 초인의 얼굴을 봤습니다. 지하철역 화재 사고에서 초인이 저를 구해줬을 때 봤습니다. 지상으로 올라오면서 연기가 없어졌을 때 저는 눈을 떴고 그를 슬쩍 봤습니다. 초인도 잠시 마스크를 벗고 있었죠. 맹세할 수 있습니다. 헛것을 보지 않았습니다. 옆모습이었고 짧은 시간 힐끗 본 것이지만 절대로 잊을 수가 없습니다. 다시 본다면 기억해낼 수 있습니다."

"무슨 말을 하고 계셨어요?"

그녀는 따뜻한 캔 커피를 나에게 내밀었다. 편의점에 사람이 많아서 계산이 오래 걸렸다는 이야기를 했다. 저녁이 다가오자 바람이 차가워졌다. 광장에 모인 사람들 중에 무릎담요를 덮은 사람들도 보였다. 그녀는 따뜻한 음료를 사겠다며 잠시 떠났고 캔 커피를 사서 돌아온 것이다. 나는 그녀가 걱정되었고 춥지 않느냐고 물었다.

"긴 옷 입고 와서 괜찮아요. 추적자 님은 괜찮으세요? 그런데 무슨 말 하고 있지 않았어요?"

"아무것도 아닙니다."

나는 대답했다.

"이제 여섯 시까지 얼마 안 남았어요."

"그렇군요."

바람이 차가웠다. 우리는 지금까지 그랬듯 방송을 지켜보았다. 전광판에서는 개표 방송을 곧 시작할 것임을 알렸고, 화면 한 쪽에서는 출구조사 발표 전까지의 시간을 카운트다운 했다.

그녀가 말했다.

"저는 찬성이 이겼으면 좋겠어요."

"저는 반대가 이겼으면 좋겠습니다."

"반대에 투표하셨군요."

"네. 찬성에 투표하셨나요?"

"저는 투표권이……. 뭐야, 농담이군요."

그제야 내 말을 이해한 그녀가 웃었다.

나는 말했다.

"여고생 님은 초인법이 시행되면 강남으로 들어가서 사실 겁니까?"

"들어가도 내가 들어가는 게 아니라 작은 아버지가 들어가야겠죠. 작은 엄마는 가고 싶다고 하셨어요. 뭐가 어쨌든 그곳은 더 안전하지 않겠느냐고요. 하지만 들어갈 수 있을까요? 집값이 비싼데."

"반대로 나오는 사람도 많을 겁니다. 부동산 가격은 예측이 불가능합니다. 제 예상에는 그렇습니다. 일단 부동산 업체는 아주 바쁠 겁니다. 이삿짐센터도."

"초인이 이삿짐 날라주면 좋겠다."

그녀는 말했고, 나는 웃었다.

"택배 광고처럼 말씀하시는 겁니까? 초인을 은유한 사람이 등장하는……. 어? 마침 방송에서 해 주는군요."

초인이 처음 등장했을 때, 미디어에서 일어난 온갖 난리법석을 기억한다. 그 중에는 택배 광고도 있었다. 한 택배업체에서 만든 광고에서, 한 사람이 컴퓨터로 물건을 주문하자 바로 다음 순간 집 밖에서 '뻥' 소리와 함께 누가 문을 두들긴다. 모자를 써서 얼굴이 잘 보이지 않고 어두운 색의 옷을 입은 남자가 그에게 상자를 건네주고는, 화면 밖으로 사라지자 다시 뻥 소리가 난다. '뻥' 소리는 다름 아닌 소닉붐이다. 이를테면 초인이 배달하는 것처럼 빠르다는 광고인 셈이다.

당시 사람들에게 미지와 두려움의 대상이었던 초인을 코믹하게 다룬 그 광고는 반응이 좋았다. 몇 년 전 광고인데 왜 새삼스럽게 텔레비전에 등장할까? 오늘 선거 때문인가?

광고가 끝나자 사람들은 웃음을 터트리며 박수를 쳤다. 이제 광장에는 사람이 많이 모여 있었다.

그녀는 말했다.

"처음 봤을 때는 멍청한 광고라고 생각했는데 이제 보니 재미있네요."

"저는 이 광고가 농담이 아닐 수도 있다고 봅니다. 초인은 직업을 가지고 있을 확률이 높고 만약 직업이 있다면 택배기사를 할 확률도 높죠."

"그래요? 초인도 일을 할까요? 일을 하기엔 너무 바쁘지 않을까요?"

"서울에서 거주하려면 수입이 필요합니다. 거주한다고 가정하면요."

"정말로 그렇게 믿으세요? 초인이 사람들처럼 일하고 먹고 살고 그런다고요? 그러면 가끔 들리는 소닉붐이 초인이 누굴 구하러 가는 게 아니라 진짜 택배 때문에 빨리 날아가는 걸지도 모른다, 이런 말씀이세요?"

"유난히 빨리 도착하는 택배에 대한 정보도 모아볼까 생각했는데 방법이 없어서 그만 뒀습니다. 택배 회사나 퀵 서비스 쪽 직원들을 벌써 경찰이 뒤지고 있을지도 모릅니다. 왜냐하면……."

개표 중계방송이 시작되었다. 아니나 다를까, 시작하자마자 화면에서 테러 장면을 보여주었다. 테러범들의 총격에 깨진 유리창, 광화문에 나타난 초인, 경찰에게 체포되어 건물 밖으로 끌려나오는 테러범 등등. 그녀는 벌떡 일어나더니 초인 카페 회원들에게 연락할 시간이 됐으니 전화를 해보겠다는 말을 하고 벤치를 떠났다. 나는 그녀가 그렇게 하도록 내버려 두었다.

혼자 남은 나는 중얼거렸다.

"왜냐하면, 초인을 만났을 때 그의 옷에서 먼지 냄새가 났기 때문입니다. 하루 종일 야외를 돌아다니는 일을 하는 사람의 옷에서 나는 그 먼지 냄새가 희미하게 났습니다. 초인은 끊임없이 서울을 지켜봐야 하죠. 그러니 서울을 돌아다니는 직업을 가지고 있을지도 모릅니다."

초인은 사람들 사이에서 사람처럼 살고 있을 것이다. 나는 그렇게 믿는다. 쉽게 취직했다가 그만둘 수 있고 근로 시간을 바꿀 수 있는 일을 할 것이다. 신분이 필요하지 않은 일이면 더 좋다. 정체를 감춰야 하는 만큼, 타인과 깊은 관계를 맺지 않는 일이 적합하다. 힘이 세니 단순한 육체노동이면서 돈을 많이 받는 일이면 좋을 것이다. 밤낮 가리지 않고 하는 일이 유리하다. 초인은 잠들지 않는다. 행동패턴을 보면 24시간 활동한다. 직업도 같은 패턴을 유지할 것이다. 하지만 분명 자신의 집이 있고 의식주를 해결할 것이다. 그리고 항상 서울의 소리를 듣고 있다.

가끔 한밤중에 잠이 깨면, 누운 채로 조용히 소리를 들었다. 초인도 이렇게 누워서 소리를 듣고 있을 것이라 생각하면서. 나는 집 밖 골목에서 들려오는 소리밖에 듣지 못하지만 그는 서울의 모든 소리를, 사람들의 대화와 비명을 들을 것이다. 도움이 필요한 소리를 들으면 바로 그곳을 향해 날아갈 것이다. 천장을 향해 혼잣말을 중얼거려보는 일도 있다. 초인도 나의 목소리를 듣고 있으리라 믿으면서. 지금 듣고 있습니까, 꼭 물어보고 싶은 것이 있는데요, 대답을 듣고 싶어 하는 사람이 많습니다, 저도 그렇습니다, 이런 말들을 중얼거린다. 왜 사람들을 구해주고 있습니까, 그냥 지켜볼 수도 있는데 왜 생명을 구합니까, 당신은 사람입니까, 사람이 아니라면 어디서 왔습니까, 과학으로 설명이 되지 않는 힘은 어떻게 갖게 되었나요, 왜 하필 서울인가요, 사람의 마음을 얼마나 이해합니까.

"살려주세요."

신의 음성 같은 목소리를 들었다.

멀리서 공간을 가르고 날아와 귀에 닿았다가 곧바로 사라졌다. 다른 잡음과 섞이지 않고 나에게만 정확히 들리는 목소리였다.

분명히 초인의 목소리였다.

오른쪽 몇 미터 떨어진 벤치에 남자가 혼자 앉아 있었다. 큰 체격, 어두운 색의 옷차림. 전광판 빛이 반사되는 옆얼굴이 보였다. 내가 화재 사고에서 봤던 그 얼굴이었다.

"저쪽에 초인 카페 사람들이 있네요."

그녀가 돌아왔다. 전화를 해보니 초인 카페 사람들이 근처에 있어서 그 쪽에 다녀왔고, 음료수와 먹을 것 그리고 무릎 담요까지 얻어왔다고 했다. 그들에게 합류해서 같이 저녁을 먹으러 가자는 이야기도 했다. 그녀는 초인 카페 사람들에게 들은 투표 결과 예측에 대해 말해주었다. 전광판 주변에 몰려든 사람들의 긴장이 높아지는 것을 느꼈다.

하지만 나는 방송에도 그녀와의 대화에도 집중할 수 없다. '살려주세요.'는 내가 초인을 만났을 때 처음 했던 말이다. 분명 나를 의식하고 한 말이다. 내 앞에 나타났음을 알리려 한 말인 것이다. 다시 초인을 돌아보았다. 초인은 구부정하게 허리를 숙인 채로 앉아 있었다. 옷차림은 평범했다. 멀리 보이는 얼굴에는 표정이 없으나, 시선은 정확히 전광판에 고정되어 있었다.

나는 말했다.

"만나서 반갑습니다."

"네?"

내가 말하자 그녀가 되물었다. 아무 말 안 했어요, 라고 거짓말을 하고 그녀와 함께 무릎에 담요를 덮었다.

개표 방송의 아나운서는 선거 마감 시간이 다가오고 있음을 알렸다. 카운트다운은 영에 가까워지고, 사람들의 얼굴은 긴장으로 굳었다. 내 심장이 뛰었고, 그녀는 아무 말 하지 않았다. 카운트다운이 끝나자 아나운서는 말했다.

"선거 결과 예측 방송을 시작하겠습니다. 오늘 오전 6시부터 오후 5시까지 서울의 유권자 만 오천 명을 대상으로 방송 3사가 합동으로 조사한 출구 조사 결과 입니다. 결과에 따르면 찬성 49퍼센트, 반대 41퍼센트로 초인법 입법이 확실시 되는 가운데……."

선과 선
이수현

1

　지훈은 경찰에게 쫓기고 있었다.

　다이어트 약, 잠 안 오는 약, 공부 잘하는 약 등으로 이름붙인 암페타민 화합물을 대규모로 유통하던 조직의 창고를 알아낸 날이었다. 지훈의 원래 계획은 몰래 숨어 들어가서 창고에 쌓인 증거를 확인하고, 안에 있던 조직원 몇 명을 두들겨패서 잡아 묶은 후에 경찰을 부르고 사라지는 것이었다. 그러나 창고로 쓰이던 문 닫은 시장 건물에 잠입하자마자 경찰이 도착해서 조명탄을 쏘아댔고, 지훈은 혼란에 빠진 조직원들과 엉켜서 도망쳐야 하는 상황에 처했다.

　지훈은 일단 공기총을 들고 나오던 덩치 큰 남자를 때려눕히고,

벽을 타고 3층 높이까지 기어 올라가다가 멀찍이 떨어진 건물로 건너뛰고 다시 그 뒤에 있는 건물로 건너간 다음 아래 골목으로 내려갔다. 서울은 모든 건물이 촘촘히 붙어 있어서, 조금만 훈련을 하면 건물 위를 뛰어다니기가 어렵지 않았다. 보통 사람들은 앞에서 달려가던 그림자가 갑자기 위로 솟아오르거나 아래로 꺼지는 데 익숙하지 않았다. 사실은 도시를 돌아다니면서 위와 아래를 잘 보지도 않았다. 낡은 건물 벽을 타고 몇 층 높이로 올라가서 숨을 죽이고 있으면, 대개 올려다볼 생각은 하지 못하고 지나갔다.

그러나 경찰은 어쨌든 경찰이었고, 보통 사람들만큼 따돌리기가 쉽지는 않았다. 임 형사가 끼어 있으면 더 그랬다. 임 형사는 지훈을 몇 번이나 추적했고, 실패하면서 경험을 축적했다. 그는 추적조를 여러 명으로 구성해서 사각을 없애고, 위와 아래를 모두 보라고 닦달했다. 게다가 오늘은 특히 인원이 많았다. 검거 작전이 대규모로 펼쳐지고 있었다.

뒤쪽에서 들려오던 발소리는 멀어졌지만, 사이렌 소리가 가까이에서 울렸다. 어디로 갈지 생각하기 전에 몸이 먼저 사이렌 소리에서 멀어지는 방향으로 움직이고 있었다. 지훈은 잠시 멈췄다가, 판단을 달리 내리고 방향을 바꿨다. 그는 사이렌 소리가 들리는 방향으로 접근해서 다시 건물 벽을 타고 올랐다. 지은 지 오래된 건물이라 가스 배관선과 전선이 난잡하게 붙어 있었다.

올라가서 모퉁이 너머로 내려다보니, 경찰차 두 대가 사이렌을 울리며 좁은 길을 오가고 있었다. 타고 있는 경찰도 각각 두 명씩이었다. 순간 대규모 인원 배치는 아니라고 생각했지만, 다시 보니 그림자 속에 차가 몇 대 더 있었다.

이 방향으로 조금만 더 가면 작은 상가 건물 밀집 지역이 끝나고, 좁은 골목길이 갑자기 넓어지면서 버려진 공사 자재와 쓰레기가 가득한 공터로 이어졌다. 그 공터만 지나면 버려진 아파트 단지였다. 산비탈에 위협적인 그림자를 세우고, 노숙자와 피난자와 정체 모를 범죄자들의 집이 되어주는 유령 도시. 대규모 급습 작전이라도 세우지 않고서야, 경찰이 뛰어들기에도 꺼려지는 장소였다. 상당한 인원을 이쪽에 배치한 것도 그래서였다. 공터를 넘어서 도망치는 사람이 없도록 여기에 진을 치고, 반대쪽에서부터 그물을 조일 작정이었다.

지훈은 조심스럽게 건물을 건너뛰어서, 불 꺼진 옥탑방 옆에 내려앉았다. 잠시 아예 여기 사는 사람인 척하고 경찰을 따돌릴까 생각도 했지만, 귀를 기울여보니 방 안에서 희미한 숨소리가 들렸다. 사이렌 소리는 물론이고 여기저기에서 호루라기 소리, 고함 소리, 툭탁거리는 육박전 소리가 울리고 있으니 언제 일어날지 몰랐다.

아래 골목길에 경찰이 몇 명 더 나타났다. 이젠 다른 건물로 건너뛰기가 더 힘들어졌다. 지훈은 슬그머니 빨랫줄에 걸린 후드티를 하나 낚아채어 겹쳐 입고 평상에 앉았다. 옆 건물에서 창을 드르륵 열고 누군가가 밖을 내다보더니 짜증 섞인 말을 중얼거리면서 다시 닫았다. 그때였다. 지훈은 옆 건물 2층 복도 창으로 얼굴 하나가 잠깐 나왔다가 들어가는 것을 보았다. 어둠 속에 반 이상

가려져 있었지만, 그곳에 숨은 게 동네 주민이 아닌 건 분명했다.

지금 잡히지 않으려면 외면해야 하나. 지훈은 잠시 갈등하다가 던질 만한 물건을 찾았다. 누구에게 무슨 피해를 끼칠지 모르는데, 그대로 놓아둘 수는 없었다. 그는 마침 방 주인이 계단 옆에 놓아둔 음식물 쓰레기봉투를 더듬어 잡고 정확하게 조준하여, 던졌다. 퍽! 터지는 소리가 나고 냄새나는 쓰레기에 뒤덮였을 누군가가 기겁해서 욕설을 뱉었다. 소리를 들은 경찰이 우르르 옆 건물로 뛰어올라갔다.

지훈은 눈에 익은 중년 남자가 아래 골목길에 들어오는 것을 보고 긴장을 더 굳혔다. 이제 경찰은 하나라도 놓치지 않으려고 건물마다 뒤질 터였다. 지훈이 이미 빠져나갔다고 믿게 만들어야 했다. 그러려면 뭔가는 희생해야 했다. 지훈은 일반 쓰레기봉투를 잡고 잘 조준한 다음 있는 힘껏 던졌다. 강한 어깨 힘 덕분에 그 봉투는 공터까지 날아가서 떨어졌고, 봉투에 붙여둔 자동 조종 스위치가 눌렸다. 지훈에게 '레드스파크'라는 별명을 붙여준 바이크가 잠시 빨간 불빛을 반짝이더니, 시동을 걸고 바로 움직이기 시작했다.

순찰차가 공터로 방향을 틀고 바이크를 뒤쫓았다.

지훈은 소동을 구경하는 주민처럼 옥탑 평상에 앉아서 신경을 곤두세우고 기다렸다. 상가 반대쪽에서 뛰어다니던 형사와 나머지 경찰관들이 공터 쪽으로 모여들고, 한동안 주위를 뒤지다가 공터까지 나아가는 모습을 지켜보았다. 건장한 사복형사 두 명이 제일 멀리까지 걸어가서 유령 도시를 올려다보고 서 있다가 결국 몸을 돌려 돌아오는 모습도 보았다. 경찰이 바이크를 싣고 천천히 철수하는 모습은 특히 아픈 마음으로 보았다.

임 형사는 마지막까지 남아 있었다.

어쨌든 이번에도 결과는 같았다. 경찰은 그를 잡지 못했고, 그는 무사히 빠져나와 높은 곳에서 저 아래에 서 있는 형사를 내려다보았다. 하지만 형사의 깊이 숙인 고개와 허리를 짚은 손, 호흡을 회복하려 들썩이면서도 무겁게 늘어뜨린 어깨를 보고 승리감을 느낄 수는 없었다. 바이크를 잃어서만은 아니었다.

마침내 철수하는 마지막 경찰차와 함께 아드레날린이 가라앉으면서 뒤늦게 분노가 치솟았다. 대체 저 아저씨는 뭐가 문제일까? 왜 더 위험하고, 중요하고, 나쁜 놈들을 쫓아다녀야 할 시간에 지훈을 잡으려고 사력을 다하는 걸까? 지훈이 사람들을 돕고 있다는 사실을 인정하는 게 그렇게 어렵나? 정말로 이렇게 시간이 흐르고도 여전히 그가 위험인물이라고 생각하는 건가? 아니면 도저히 사실을 인정할 수 없는 문제라도 있나?

처음에는 경찰이 그의 존재를 받아들이지 못하고 잡으려고 드는 게 당연한 일이라고 생각했다. 어쨌든 경찰이란 기존의 틀을 수호하는 존재니까. 적어도 스스로에게는 그렇게 되뇌었다. 나는 경찰이 나쁜 사람만 잡는다고 믿는 순진한 어린아이가 아니고, 이해받지 못하는 상황쯤은 각오하고 있었다고, 경찰이나 언론이 그를 받아들이지 못해도 이해할 수 있다고 말이다. 그런데 아니었다. 생각만큼 쉽지 않았다. 꽤 많은 언론이 지훈을 좋게 보게 된 지금도, 경찰 중에서도 상당수가 한숨을 내쉬며 그의 존재를 눈감게 된 지금도 임 형사는 포기하지 않았고, 그게 가끔은 정말 짜증이 났다.

지훈은 고개를 절레절레 흔들고, 마음을 가라앉혔다. 지금까지처럼 묵묵히 사람들을 돕는 정도로는 부족한지도 몰랐다. 임 형사를 포함한 모두에게 지훈이 옳은 일을 하고 있으며 이 사회에 필요한 존재라는 점을 인식시키는 편이 길게 봐서 더 많은 일을 할 수 있는 포석이 될지도 몰랐다. 하지만 정말이지, 지금은 그런 문제까지 고민할 여유가 없었다.

지훈은 겨우 분노를 갈무리하고, 천천히 걸어가는 임 형사의 뒷모습에 대고 조롱이 섞인 경례를 붙였다.

2

서울지방경찰청 수사부 형사과 강력계 소속의 임준오 경사는 그날 간신히 제 시간에 출근했고, 자리에 앉자마자 피곤한 눈두덩을 꾹꾹 누르면서 컴퓨터를 켜고 뉴스 네트워크를 열었다.

신뢰와 성실. 강력계 20년 경력의 탐정 다수 포진!

준오는 문구에 거의 눈길을 두지 않고 바로 광고창을 껐다. 경비업체나 탐정사무소는 흔히 이런 문구를 선전용으로 달고 있었다. 그 문구를 뒷받침하기 위해 헤드헌터가 형사에게 연락을 하기도 했다. 옛날에는 생각하기 힘들었던 일이라는 한탄도 나왔지만, 한편으로는 베테랑의 가치를 인정해 준다는 뿌듯함도 없지 않았다. 돈이 정말 필요할 때, 정당한 방법으로 벌 수 있는 길이 있다는 건 좋은 일이기도 했다.

그러나 준오는 아직 이직을 생각하지 않았다. 가끔은 스스로도 구닥다리 같다고 생각했지만, 그는 경찰이라는 사실에 자부심을 갖고 있었다. 완벽한 조직은 아니라 해도 사명감 없이 할 일은 아니었다. 당장 이겨내야 할 지겨운 서류작성만 해도 그랬다.

하지만 준오가 각오를 다지고 서류 작성에 뛰어들려는 순간, 막 들어온 윤철이 어깨를 툭 쳤다.

"형님, 계장실로 좀 오시라는데요."

어떻게 그냥 넘어갈 수도 있지 않을까 했는데, 아니나 다를까. 준오는 끙 소리만 내고 어깨에 힘을 확 넣었다가 빼며 일어났다.

"너 어제 뭐했냐?"

10년 넘게 같이 일한 상사이자 동료는 단도직입적이었다. 준오는 대답하지 않고 천장만 보았다. 쉬는 날이었으니 쉬었다는 거짓말이 나올 뻔했지만, 통하지도 않을 거짓말을 한다는 건 같은 경찰끼리 예의가 아니었다.

전날에는 마약수사대와 강력계 연합의 대규모 현장 급습이 있었다. 그리고 준오도 그 자리에 있었다.

"그게 몇 달짜리 작전이었는지 알기나 해? 몇 달 동안이나 우리가 무능하다는 언론의 폭격을 꾹 참아가면서 추진한 일이야. 몇 사람이 얼마나 고생해서 캐낸 정보인지 알 텐데 그걸 미끼로 쓰겠다고 휙 던져줘? 네 그 망할 집착 때문에 만에 하나라도 그

레드스파크인지 파워레인저인지 하는 새끼가 선수를 쳤다면 우리 꼴이 어떻게 됐을지 생각은 해봤냐? 아니면 우리가 어제 그 새끼 잡으려고 쫓아다니다가 또 놓친 거, 그거라도 언론에 걸렸으면 어떤 꼴 났을지 몰라서 그래?"

준오도 알고 있었다. 그렇지 않아도 일이 많아 피로가 누적된 형사과에 언론의 공격은 극심한 스트레스를 주고 있었다. 다들 아닌 척해도 신경이 곤두서서 시비가 붙는 일도 잦아졌고, 일하는 속도는 떨어졌으며, 사소한 일이 제대로 처리되지 않아 일정이 어긋났다. 이 와중에 준비한 대규모 작전이 잘못되기라도 했다면 경찰청에 폭탄을 떨어뜨린 꼴이 났을 것이다.

"경찰로서 사명감을 갖고 그놈을 잡으려고 하는 건 좋아. 그런데 원래 해야 할 일에 피해를 주진 말아야 할 거 아니냐."

그러니까 계장이 한 말은 옳았지만, 준오의 입은 건방진 소리부터 뱉고 있었다.

"영웅놀이나 하는 범법자 잡는 건 우리가 원래 해야 할 일이 아니란 겁니까?"

"이 새끼가 왜 이렇게 삐딱해? 내가 무슨 말 하는지 몰라서 그러냐? 네가 갈수록 집착하니까 그런 거 아냐. 그래. 너 그거 집착이야 인마. 지난번엔 검거도 팽개쳐놓고 그 놈 쫓아가다가 기자한테 걸릴 뻔하고 생쑈를 하더니 어제는 마약 쪽에 물먹일 뻔했지. 이러다가 그 슈퍼히어로보다 네가 먼저 사고치게 생겼어."

준오는 반박하려다가 참고 입을 다물었다. 계장은 책상을 짚고 일어서서 몸을 내밀고 한참 더 떠들다가, 한숨을 길게 내뱉고 물러나 앉았다.

"다음엔 나도 못 봐준다. 정신차리자, 응?"

"예. 주의하겠습니다."

준오는 그렇게만 말하고 계장실을 나섰다.

무슨 일인지 알 만한 사람에게는 다 퍼진 모양이었다. 준오가 자리에 돌아가자, 옆에 앉은 윤철이 삐걱 소리가 나도록 의자 등을 젖히며 중얼거렸다.

"난 그놈이 먼저 위험한 데 기어들어가는 것도 나쁘지 않던데요. 그만큼 우리가 다칠 일은 줄잖아요. 그놈이 아무리 두들겨패도 우리 책임은 아니니 좋고."

지나치게 솔직한 말을 뱉은 윤철은 준오의 험악한 눈빛을 보고 슬그머니 고개를 돌렸다.

"아니 뭐…… 그것도 그렇고, 이젠 꽤 오래 봤잖습니까. 별로 나쁜 놈 같진 않아요."

준오는 대꾸하려다가 말고, 할 말을 찾다가 또 찾지 못했다. 그리고 겨우 짧게 말했다.

"난 그 녀석이 알고 보면 나쁜 놈일까 봐 이러는 게 아니야."

윤철은 설명이 이어지기를 기대하는 눈으로 준오를 마주보았지만, 준오는 제대로 설명할 방법을 찾지 못했다. 다들 그의 걱정을, 그 '히어로'가 법을 무시하고 행동하다가 사고를 칠 거라고 걱정한다거나, 사실은 다 속임수일 뿐 언젠가 제대로 된 범죄의 길에 빠질 거라고 본다거나, 아니면 심지어는 경찰이 해야 할 일을 대신한다는 사실에 대한 경쟁심리라고까지 보았다. 그런 게 아니었다.

형사 일은 영웅놀이도 아니고 활극이나 모험이나 게임도 아니었다. 그보다는 회사 업무에 가까웠다. 대부분의 일은 끈기와 성실함으로 해나가야 했고 지겨운 서류작업과 재미없는 조율 작업, 그리고 다른 많은 직장인들이 주기적으로 느낄 좌절감과 짜증과 회의와 지겨움을 동반했다. 만화나 영화 속의 영웅은 위험천만한 활극을 벌이며 범인을 잡아다가 경찰에게 던져주고는 으쓱거리며 언론을 지켜보면 그만이겠지만, 경찰은 적법한 절차를 신경써가면서 피의자를 체포해야 했고, 범인을 잡은 다음에도 많은 일을 해야 했다. 끝없는 증거 수집과 영장 신청과 조사와 또 조사와 검증과 송치와…… 일은 끝도 없이 이어졌다. 그는 이 짜증스러운 잡무 대부분이 원래 경찰에게 따라오는, 그럴 만한 이유가 있는 절차라고 믿었다. 그리고 그걸 다 무시하는 게 모두를 위해 좋은 일이라고 받아들일 수가 없었다.

잘 풀어서 설명할 수는 없었지만, 그냥 못했지만, 그래서 그는 놈을 잡아야 했다.

준오는 아직도 답을 기다리는 윤철에게 고개를 흔들었다.

"그놈은 범죄자야. 우린 형사고."

위험천만한 짓을 일삼는 그 유치하고 철없고 멍청한 놈이 영웅놀음에 빠지지 않고 정상인처럼 다른 사람들을 도우려 했다면, 그래서 경찰이 되거나 소방관이 되었다면, 하다 못해 자율방범대로만 자원했더라면 지금 동료로 같이 일하고 있을지도 몰랐다. 그랬다면 이렇게 터무니없는 시간과 에너지를 낭비할 필요도 없었으리라.

3

　레드스파크에게는 팬페이지가 있었다. 평범한 응원 사이트만
이 아니라 범죄와 싸우고 위험에 처한 사람을 돕는 레드스파크의
활동은 연예계 데뷔를 위한 초석이라고 믿는 팬들이 모인 사이트
나 모든 게 사기라고 믿고 진실 규명을 요구하는 안티 사이트까
지 다양하게 갖췄다. 열성팬이 그가 한 일에 대한 기사와 개인촬
영 영상 기록을 꼬박꼬박 정리해 올리는 SNS도 종류별로 있었다.
물론 사람들의 지지와 응원은 힘들 때 도움이 되었지만, 그런 인
터넷 공간 대부분은 일을 하는 데 크게 쓸모가 없었다.

　그러나 글을 남기는 사람이 원하지 않을 경우에는 결코 신원을
추적할 수 없는 작은 게시판이 하나 있었다. 이 공간도 성소는 아
니었지만, 때로 사람들은 제한이 없는 익명 게시판에서 더 암묵
적인 규칙을 잘 지키기도 했다. 이 게시판에는 그렇게 많은 글이
올라오지 않았고, 읽을 만한 글인가 아닌가는 보통 제목에서부
터, 혹은 다른 이용자들이 달아놓은 댓글의 숫자로 가려낼 수 있
었다. 물론 거짓은 있었지만, 진실이 더 많았다. 그래서 지훈은 그
게시판에서 그를 부르는 사람들에게 최대한 응답하려고 애썼다.

　한 달 전에 그에게 어느 동네조폭의 은신처를 알려준 글도 그
게시판에 올라왔다. 아주 개인적인 사연이었다. 자기 언니가 붙잡
혀 있는데, 경찰에게 알렸다가는 언니가 무사하지 못할까봐 그에

게 구조를 요청한다는 절절한 글이었다. 그래서 지훈은 갔고, 그 날 그곳을 덮친 경찰과 정통으로 맞닥뜨렸다.

그래도 그때까지는 우연인 줄 알았다. 자신이 한 발 늦었고, 결국 구해야 할 사람을 구하지 못했다는 자책까지 했다. 그러나 한 달이 지나고, 비슷한 일이 한 번 더 일어났다. 이번에는 정말로 잡힐 뻔했다. 중요한 이동 수단인 바이크도 챙겨오지 못할 정도로 아슬아슬했다. 그러고 나니 이상한 감이 작동했다. 한 달 전 동네 조폭 검거 사건 기사를 샅샅이 읽어보고 다시 이번 마약 조직 급습 기사를 훑어본 후, 결론은 하나뿐이었다. 두 번 다 함정이었고, 두 번 다 서울경찰청 형사과 담당이었다. 그렇다면 범인은 하나밖에 없었다.

지훈은 화가 났다.

사람들을 돕고 나쁜 놈들을 잡는 데 목숨을 걸겠다고 다짐했다고 해서 인간 이상이 되는 건 아니었다. 지훈은 인간이었고, 참을 수 없을 때가 있었다.

지훈은 자신이 아는 바를 언론에 제보했다. 경찰이 레드스파크를 잡기 위해 어떤 일을 했는지에 대해서.

가벼운 복수였다.

4

경찰이 '용감한 시민영웅'을 잡기 위해 위험한 범죄자들을 놓치고 일반 시민에게 피해를 줄 위험마저 감수했다고 써낸 기사에는 핵심적인 행동을 한 '모 형사'의 본명이 나오지 않았다. 그렇지만 임준오라는 이름이 검색어 상단에 오르기까지는 반나절도 걸리지 않았다. 징계는 걱정거리도 아니었다. 일단 얼굴이 알려져서 검거가 어려워진 것도 문제였고, 경찰청 게시판과 공식 전화는 물론이고 개인 번호로도 항의 전화와 각종 욕설이 섞인 문자가 계속 날아왔다. 그걸로 끝이었다면 그래도 견딜 만했겠지만, 곧 그의 가족에게까지 피해가 번졌다. 불행히도 그의 가족은 SNS도 했다.

그건 참기 힘든 모욕이자, 타격이었다.

"이 새끼가 진짜 해보자는 거지."

누가 한 짓인지는 명백했다. 준오는 최초로 뜬 기사를 찾아서 여러 번 읽었고, 이후에 쏟아져 나온 엉터리 기사들과 달리 최초 기사에는 몇 가지 정확한 사실이 담겨 있음을 알아보았다. 이 시점에서 동료들을 의심할 이유는 없었다.

준오는 이를 물었다. 주목 받기 좋아하는 애새끼가 언론을 이용한다면, 이쪽에서도 언론을 이용해 주면 될 일이었다.

며칠 후, 연이어 일어난 두 가지 발표가 언론을 떠들썩하게 달궜다.

첫 번째는 경찰 발표였다. 얼마 전에 압수한 레드스파크의 바이크를 근거로, 이제까지 증거 사진이 찍혔거나 현장 기록이 남은 도로교통법 위반 사항에 대한 범칙금 고지서를 발행한다는 내용이었다. 그리고 건물 침입과 기물 파손과 재산 피해, 공무집행 방해(경찰관 폭행 포함) 등에 대한 기소장 목록을 '레드스파크(가

명)'의 이름으로 발행, 그 내용과 출두 날짜 역시 언론에 알렸다. 압수한 바이크는 불법 취득한 물건으로 여겨지므로, 그렇지 않다는 증거가 나오지 않는 한 범칙금 내용을 바이크로 대신할 수는 없다는 말도 덧붙였다.

두 번째는 폭행상해죄에 대한 집단 민형사 소송 기자회견이었다. 수십 장의 고소장을 모아 앞에 나선 변호사는 경찰이 피의자를 이렇게 다뤘다면 엄연히 불법체포이며 용납할 수 없는 일이라는 점을 먼저 이야기하고, 설령 모두가 현행범이라고 해도 그럴진대 이번에 고소장을 낸 이들 중에는 무고한 피해자도 있음을 강조했다. 레드스파크가 어느 퍽치기범을 뒤쫓다가 부딪쳐 넘어뜨린 여성이었다.

5

지훈은 그날 일을 끝내고 밤 순찰을 돌기 전에 제대로 된 밥을 먹어야겠다는 생각에 기사식당에 들어가 앉았다가 식당 텔레비전으로 그 뉴스를 접했다. 뉴스 앵커가 열거하는 죄목은 다양했고, 숫자는 많았다. 앵커는 친절하게도 경찰이 발부한 범칙금 고지서를 모두 합하면 얼마이고, 민사소송 청구 금액이 법원에서 모두 받아들여질 경우 레드스파크는 총 얼마를 내야 하는지 표로 정리해서 알려줬다. 범칙금만 670만 원이었다. 바이크를 가지고 아무리 조사해도 지훈에게 연결되지는 않으리라는 자신이 있었지만, 이건 전혀 다른 이야기였다.

입맛이 뚝 떨어졌다. 속이 뒤틀리는 느낌이었다.

같은 식당에서 밥을 먹던 사람들이 뉴스를 보고 수런거렸다.

"칠백만 원이나 떼먹은 거네."

"아니지. 그거 말고 더 있다잖아. 다 합치면 몇 천 되는 거 아니야?"

"와. 그러고 보면 지가 뭔데 남들 다 떼는 딱지도 안 떼고 산대?"

"그래도 좋은 일 하느라 그런 거잖아."

"내가 올해 낸 범칙금이 얼만데 씨발 누군 나쁜 짓 하고 살아서 이렇게 뜯기고 사냐. 나도 이제부터 가면 사서 쓰고 다닐까."

"나쁜 짓 하는 놈 잡다가 물건 부수고 그러면, 원래 그냥 넘어가는 거 아녜요?"

"에이, 그럼 물건 부서지고 집 망가진 사람들은 다 그냥 손해보고 살라고요? 경찰이 범인 잡다가 물건 부수거나 하면 그럭저럭 보상해 준대요. 왜 예전에 우리집 근처 슈퍼에서 그런 일 있었거든. 경찰도 책임지는데, 진짜 좋은 일 하는 거면 당연히 저런 것도 책임져야죠."

"폭행으로 고소하는 건 좀 웃긴다. 처맞을 만한 놈들이니까 처맞았겠지. 저놈들 다 쥘나 나쁜 놈들이던데 적반하장 아냐."

"그냥 지나가던 사람도 있다는데? 게다가 여자야. 봐. 야, 무슨 슈퍼히어로가 여자를 때리고 다니냐?"

"저거 봐요, 오빠. 내가 저거 미친 놈이라고 했잖아."

지훈은 더 견디지 못하고 벌떡 일어나서 식당을 나섰다. 발밑이 불안했다. 이상한 괴물이 이제까지 지훈이 한 모든 일을 먹어치우는 듯한 느낌이었다. 며칠간 임준오 형사는 물론이고 그 가족들에게까지 가해진 언론의 괴롭힘과 각종 언어 폭력을 보고 품었던 미안함이 깨끗이 사라졌다. 지훈은 저도 모르게 빠른 걸음으로 걸으며 마음을 진정시키려 애썼다.

확 털어버릴까. 아니, 이런 싸움은 그만 끝내야 했다. 그에게도, 경찰에게도 득이 될 게 없었지만 그보다 더 안 좋은 건, 이 싸움이 지훈을 타락시키고 있다는 점이었다. 임준오 경사도 어딘가에서 돈을 받고 있는 거 아닐까, 아니면 무슨 콤플렉스라도 있나, 여러 생각이 스쳐 지나갔다가 곧 제자리를 찾았다. 이렇게 쉽게 감정에 흔들려선 안 되는 거였다. 원래 싸워야 할 상대는 따로 있지 않았던가. 경찰이 악이라면 모르지만⋯⋯

지훈은 온갖 생각이 머릿속을 휘젓는 가운데 겨우 집에 도착해서 컴퓨터를 켰다. 한편으로는 지금은 들여다보지 않는 게 좋다고 생각했지만, 손이 기계적으로 움직였다. 그는 폭언과 비웃음이 가득한 댓글창을 잠시 보다가 견디지 못하고 얼굴을 문질렀다.

그래도 레드스파크를 아이돌처럼 여기는 사람들이 모인 팬페이지에서는, '당신을 믿습니다'라는 응원문구를 대문에 걸어놓았다. 팬들은 우리가 모금을 해서 범칙금을 대신 내자고 의견을 모으고 있었다. 지훈은 잠시 동안 움직이지 못했다. 평소에는 지훈이 하고자 하는 일을 제대로 이해하지도 못하고, 싸우는 데 도움이 되지도 않는다고, 이상한 뭔가를 보고 있다고 생각하던 공간이었다. 그런데 지금은 이상하게 눈물이 핑 돌았다. 정말로 이런 행동을 용인해선 안 되겠지만, 그래도 차가워졌던 손끝에 온기가 도는 느낌이었다.

지훈은 깊은 숨을 내쉬었다. 그리고 다시 싸울 준비를 했다.

그 후 몇 주 동안, 레드스파크는 길거리 순찰을 거의 그만두고, 조직 범죄도 무시했다. 게시판도 들여다보지 않았다. 단 한 가지 종류의 범죄에만 집중했다. 경찰 비리를 찾았다.

임준오 경사에 대해서는 아무것도 잡히지 않았다. 하지만 의외의 소득이 있었다.

6

"이번 웨딩홀 비리 의혹은 앞장서서 경찰 비리 척결을 외치던 서울지방경찰청 차장이 직접 연루되었다는 점에서 큰 충격을 주고 있으며, 관련된……"

며칠째, 모든 채널이 경찰 비리 사건으로 요란했다. 모든 신문이 관련 기사를 내놓았다. 부청장에 해당하는 고위직 비리라는 점 자체도 충격이었지만, 처음 의혹을 제기하고 항의했던 관리자가 오히려 치졸한 협박을 당하고 일터를 떠나야 했던 정황을 증명하는 녹취록 등이 사람들의 공분을 샀다. 언론도, 검찰도 경찰 내에서 누가 더 연루되었는가를 캐내는 데 몰두했다. 장본인의 자백을 녹음해서 모든 언론사에 뿌리면서 포문을 연 것은 레드스파크였지만, 이제는 모두가 가세한 것 같았다. 묻혀 있던 사건들, 오래된 일들이 다시 취재를 받았고 가끔은 그저 경찰 조사의 불친절함에 불만을 품은 취객이나 청소년이나 잡범이나 일반 시민들의 제보까지 화제가 되었다. 경찰 입장에서 보자면 이건 아닌데 싶은 부분까지 집중 포화를 맞았다.

그리고 준오는 동료들의 시선에서 그게 그의 잘못이라고 생각한다는 사실을 알 수 있었다. 물론 가장 큰 잘못은 차장에게 있었지만, 원망의 일부는 준오에게도 쏠렸다. 몇 주 사이에 세상의 눈에 비친 레드스파크는 가면 쓴 미친놈에서 슈퍼히어로로 다시 위치가 바뀌고, 동료들의 눈에 비친 임준오는 사이코 광대에게 싸움을 걸어서 조직 전체를 위기에 몰아넣은 죄인이 됐다. 몇 주 전에 몰상식한 기자들로부터 준오를 보호해 주고 격려해 주던 든든한 동료들이 지금은 그와 눈도 잘 마주치지 않았다. 시간이 지나면 돌아오겠지만, 지금은 아니었다.

사람은 지독한 상황에도 적응하고, 쓰러지기 전까지는 신경을 곤두세운 채로 움직인다. 지금 준오가 그랬다. 그는 반쯤 마비된 채로 움직였다. 내부에서 준오를 경원시하여 다른 일을 맡기지 않은 덕분에 오히려 레드스파크의 꼬리를 잡는 데 열중할 수 있다는 게 아이러니였다.

준오가 눈을 비벼 가며 끝없이 나오는 사진과 CCTV 영상과 핸드폰 촬영 영상들을 뒤지고 있을 때, 윤철이 다가와서 준오를 건드렸다.

"커피 한 잔 하러 가시죠."

"좀 있다가."

"그러지 말고 지금 하세요."

윤철은 준오의 팔을 잡아 일으켰다. 그러고 보니 그 동안 그나마 준오를 변함없이 대하는 동료로 남아 있는 윤철이었는데, 요 며칠은 다른 데 정신이 팔린 듯 산만해져 있었다. 준오는 윤철의 얼굴을 보고 결국 따라나섰다.

커피 한 잔 한다고 해봐야 자판기 커피를 뽑아서 사람 없는 데로 가는 게 다였다. 윤철은 듣는 사람 없나 주위를 둘러보더니 뭔가를 결심한 얼굴로 툭, 던지듯이 말했다.

"저 퇴직합니다."

준오는 잠시 반응을 하지 못했다.

"네 나이에 무슨 퇴직이야. 애도 아직 어리잖아."

"그래서 은퇴하는 거예요. 애 때문에라도요."

"은퇴하고 뭐 하게. 할 일 정해둔 거야?"

"탐정사무소 가야죠."

윤철이라면 그러리라 예상하긴 했지만, 직접 들으니 마음이 좋지 않았다. 준오가 할 말을 찾지 못하고 고개만 끄덕이는데 윤철이 말을 이었다.

"민영화 더 진행되면 희망퇴직도 어려워질 거고, 탐정사무소도 지금처럼 좋은 조건으로 못 가요."

"민영화는 또 무슨 소리야. 경찰을 대기업에 팔 것도 아니고 말이 되나."

윤철은 어쩔 수 없다는 듯이 웃었다.

"역시나 형님. 인터넷 커뮤니티 하나도 안 하시죠? 커뮤니티도 그렇고 인터넷 언론에서도 벌써 얘기 한참 나왔어요. 꽤 예리한 분석이 올라온다고요. 왜 요새 이렇게 신명나게 경찰을 두들겨대고 정신나간 범죄자를 슈퍼히어로라고 추켜세우냐, 이게 다 이유가 있다 이거죠."

준오는 소위 인터넷 공간의 분석이란 대부분 헛소리이거나 과장이라고 생각하는 편이었지만, 그래도 방금 윤철이 한 말은 궁금증을 일으켰다.

"국회 계류 중인 경찰개혁안 있잖아요. 이 분위기로 가면 그게 통과될 거라는 게 사람들 예측이에요. 안 그래도 반발을 줄이려고 틈나면 경찰을 때려댔는데, 마침 비리 문제가 터져주니까 얼씨구나 좋다라는 거죠. 그 개혁안이 통과된다고 경찰이 없어지야 않겠지만, 알잖아요. 일단 부패 감시한다고 감사과부터 시작해서 일반 쪽 일은 왕창 민간에다 넘기고, 혈세 아낀답시고 연금 건드리고, 이것저것 다 줄이겠죠."

"글쎄. 그 정도를 가지고 민영화라고 부르는 게 어울리는지 잘 모르겠다. 게다가 내 기억에 그 개혁안은 우리 수사권 보장해 주는 거였을 텐데. 수사 인력도 더 뽑고."

윤철은 말 그대로 코웃음을 쳤다.

"그걸 말 그대로 믿어요? 사람을 더 뽑긴 할지도 모르죠. 근데 새로 뽑으려면 구조조정을 해야 한다고 할 걸요. 뭐 아주 윗대가리는 마침 부패, 비리 걸린 걸로 좀 잘라내고, 우리 정도는 퇴직 압력 넣는 거죠. 게다가 교통, 감사, 경비, 정보, 작전 같은 게 다 다른 데로 넘어가면 수사관들하고 손발은 맞겠습니까. 베테랑 빠져나가면 인력 부족해지고, 그만큼 남은 사람 일 늘어나고, 제때 대응 못하는 일 생기고, 그러면 그럴수록 돈이 조금이라도 있는 사람들은 탐정사무소나 경비업체를 찾을 거고. 그러다보면 여기 남은 사람은 일하기 더 힘들어지고……"

준오는 그 말을 곱씹어보았다. 그럴싸한 이야기긴 했다. 미심쩍기는 해도 그럴싸했다.

"그럼 뭐냐, 우리 미친 놈은 이거랑 무슨 상관이야?"

윤철은 그 말에 머리를 긁었다.

"그건 좀 의견이 갈리던데요. 너무 딱 맞춰서 등장한 거 아니냐, 정부가 잡지 않고 띄워주는 데 이유가 있다는 얘기도 있고."

준오는 잠시 그 짜증나는 스턴트광이 국가정보원에서 비밀리에 사주한 인물일 가능성을 생각하다가 고개를 저었다. 그럴 것 같지는 않았다. 애초에 처음에는 죽을 뻔한 사람들을 구해주면서 등장하기도 했고. 아니, 그게 수상한 부분일까? 설마.

"너무 딱 맞는 건 별로 믿을 게 못돼. 게다가 누가 일부러 안 잡는다는 거냐."

윤철은 애매하게 고개를 외로 꼬았다.

"저도 설마 싶긴 한데요. 어느 쪽이든 당분간 우선 순위에선 한참 밀리지 싶네요. 검찰에서 기소나 해 줄지 잘 모르겠고."

준오는 목구멍에 뭔가가 걸린 느낌에 다 식은 커피를 후루룩 마시고 종이컵을 구겨쥐었다.

"그래서 어디…… 갈 곳도 딱 정해놓은 거야?"

"그럼요. 자리잡는 대로 연락드릴게요. 일단 당장 퇴직은 아니고, 빨라도 한 달쯤은 더 있을 겁니다. 그냥 형님이니까 미리 말

쏨드린 거예요. 형님도 생각해 보세요. 괜찮은 사람 다 빠져나가고 위로 올라갈 생각 하는 놈들만 남으면 갈수록 힘들어질 텐데, 여기만 길은 아니잖아요. 사람들 돕고 나쁜 놈들 잡는 일이면 됐지."

"욕은 덜 먹고 말이지."

준오가 기계적으로 받아친 말에 윤철은 비식 웃었다.

"욕을 먹더라도 다른 놈들 몫까지 먹진 않겠죠. 저 나가기 전에 한잔하면서 다시 얘기하는 거죠, 그럼?"

"그래."

준오는 자리로 돌아갔다. 컴퓨터 화면을 다시 열었지만 억지로 몸을 굴리던 에너지가 천천히 빠져나가는 느낌이었다. 집중할 수가 없었다. 그는 저도 모르게 윤철이 말하던 인터넷 커뮤니티를 헤매며 글을 읽었다. 그리고 퇴근 시간이 오자 아무에게도 인사하지 않고 묵묵히 집으로 돌아갔고, 죽은 듯이 쓰러져 잤다.

7

이후 몇 달 동안, 지훈은 경찰에 쫓기지도 않고 뉴스에서 욕을 먹지도 않고 편한 마음으로 하던 일에 집중할 수 있었다. 경찰은 계속 딸려 나오는 내부 비리 문제 때문에 정신이 없다가, 그 후에는 정부가 발표한 경찰개혁안 때문에 어수선했다. 지훈은 낮에 일하다가 쉴 때, 식당에서 밥을 먹을 때, 거리 순찰을 나가기 전 조금씩 주위들은 이야기로 소식을 접했다. 10만 명의 경찰공무원이 개혁안 반대 집회를 연다고 했다. 사람들의 반응은 별로 좋지 않았다. 때마침 흉기를 든 괴한이 침입했다는 신고를 받고도 경찰 대응이 늦었던 과거 사건이 발굴되었다. 경찰을 욕하는 소리가 많이 들렸다. 녹음된 신고 내용이 풀리자 여론은 더 나빠졌다. 개혁안이 곧 통과될 거라고 했다. 경찰공무원 희망퇴직자가 몰려서 곤란하다는 뉴스도 나왔다.

지훈은 그게 좋은 일인지, 나쁜 일인지 잘 몰랐다. 지금까지 생각해 본 적이 없는 문제였다. 단지 피부에 와 닿는 변화는 이런 것들이었다. 레드스파크 같은 정의로운 시민들을 공식적으로 인정하고 아예 경찰과 협력해서 일하도록 하면 좋지 않겠냐는 논의가 물 위로 올라왔다. 레드스파크의 게시판에 올라오는 글이 늘어났다. 경찰에 여러 번 신고했지만 오지 않아서 그에게 남긴다는 글도 늘었고, 애초에 경찰에 신고해 봤자 오지 않을 것 같아서 그에게 신고한다는 글도 늘었다. 응원 글도 늘었고, 레드스파크가 왜 제 때 와주지 않았냐는 원망의 글도 늘었다.

그날도 마찬가지 상태인 게시판을 노려보던 지훈은 창을 닫고 경찰 무전을 엿듣기로 했다. 몇 달 전에 잡힐 뻔한 후부터 생긴 습관이었다.

그날은 긴급 신고가 여러 건이었지만, 모두 경찰이 바로 출동했기 때문에 지훈이 끼어들 필요가 없었다. 두어 시간이 지나고, 어쩐지 오늘은 이만 끄고 오랜만에 쉴까 하는 생각이 조금씩 들 때쯤이었다. 아랫집이 수상하다는 신고가 들어왔다. 신고한 사람은 이전에도 두 번이나 같은 신고를 했는데 경찰이 오지 않는다면서 짜증을 냈고, 전화를 받은 경찰은 최대한 빨리 확인하겠다고 답했다.

수상한 사람들이 드나들고 가끔 이상한 소리가 난다는 신고 내용은 솔직히 대수롭지 않게 들렸다. 거기에 신경질적인 짜증까지 더하니, 괜한 걱정이라고 여길 만도 했다. 하지만 지훈은 신고인의 짜증섞인 목소리에서 불안을 읽었다. 그리고 무엇보다도 주소가 신경이 쓰였다.

몇 달 전에 가본 동네였다. 그때 암페타민 화합물을 대량 유통하던 조직이 창고로 쓰던 시장 건물에서 멀지 않았다.

주소는 촘촘하게 얽힌 연립주택 중 하나였고, 문제의 아랫집은 윗집들과 반대쪽에 입구를 낸 반지하를 통째로 쓰고 있었다. 창문은 여러 개였지만 모두 쇠창살이 붙은 데다가, 땅바닥과 높이가 같았다. 게다가 신문지와 비닐을 동원하여 막아놓기까지 해서, 다 뜯어내고 들어가기에는 마땅치 않았다. 지훈은 한 바퀴 돌아보고 고개를 갸웃거렸다. 고립과는 거리가 멀어도 한참 먼 위치에, 출입구가 하나밖에 없다는 점에서 이미 조직 은신처로 쓰기 좋은 곳 같지는 않았다. 그래도 다시 생각해 보면, 서울에서 몸을 숨기려면 이런 곳이 더 나을지도 몰랐다. 주변에 CCTV가 없다는 장점도 있었다.

무조건 뜯고 들어갈 순 없으니 잠복이라도 흉내내야 하나 생각하던 지훈은 어딘가 눈에 익은 실루엣을 보고 서둘러 그림자 속으로 몸을 숨겼다. 그 남자는 지훈이 노려보던 반지하 입구를 보고 주소를 대조하는 것 같더니, 계단을 내려가서 초인종을 눌렀다.

"계십니까! 경찰인데 잠시 말씀 좀 나눌 수 있을까요?"

지훈의 심장이 크게 요동쳤다. 임준오 형사였다.

어스름 속에서도 재킷은 어깨와 소매 부분이 닳았고, 셔츠는 심하게 구겨졌음을 알 수 있었다. 어깨는 축 처졌고, 얼굴은 피곤해 보였다. 한동안 지훈을 꽤나 괴롭힌 사람이었고, 개인적인 싸움이라는 생각이 들 정도로 화가 나기도 했지만, 처음으로 가까이에서 본 임준오 형사는 이상하게 친근했다. 어쩌면 자리를 떠나지 않고 머물러서 상황을 지켜본 것도 그래서였을 지도 몰랐다.

그래서 다행이었다. 안으로 들어간 임 형사가 좀처럼 나오지 않는다 싶더니 안에서 둔탁한 소리가 났을 때, 지훈은 바로 행동을 개시할 수 있었다.

지훈은 들어가자마자 방망이를 들고 나오는 놈의 명치를 걷어차고, 빼앗은 방망이를 맨손으로 부러뜨린 다음, 임 형사에게 붙어 있던 두 놈 중 하나를 끌어당겨 벽에 패대기쳤다. 그러고 나서 돌아섰더니, 완전히 뻗은 줄만 알았던 형사가 누운 채로 옷자락을 당겨 세 번째 놈의 목을 조르고 있었다. 지훈이 다시 덤벼드는 첫 번째 놈을 때려눕혔을 때쯤에는 세 번째 놈도 실신했다.

임 형사는 찢어진 이마의 상처를 만져보더니 천천히 바닥에서 몸을 일으켜 앉았다. 크게 다치지는 않은 모양이었다. 지훈이 형사를 관찰하는 동안, 형사도 지훈을 마주 바라보았다. 분명히 가면을 쓰고 있을 텐데도 마치 맨 얼굴을 쳐다보는 듯한 기분이 들었고, 얼굴에 손을 올려 확인하고 싶은 충동을 눌렀다. 얼굴이 제대로 보이지 않는다면, 그를 보면서 형사는 무슨 생각을 하고 있을까. 생각보다 몸집이 작다거나, 평범해 보인다는 생각을 하고 있을까. 일대일로 붙을 만한지 가늠하고 있을까.

잠시 침묵이 흘렀다. 형사는 눈을 돌려 바닥에 쓰러진 세 명을 확인하고 집안에 널린 증거물을 훑어보았다.

지훈의 입에서 불쑥 말이 튀어나왔다.

"어쩌자고 혼자 온 겁니까? 저 쫓아다닐 때는 수십 명씩 몰고 다니시더니."

"손이 모자라."

형사는 살짝 비틀거리면서 일어나서 바지를 털었다.

"돌릴 수 있는 인력은 다 긴급 신고에 출동해야 해서 말이지. 제대로 대응하는지 보겠다고 허위 신고하는 사람이 늘어서 지구대까지 마비 상태야. 허위 신고가 범죄라는 사실도 모르는지 원."

지훈은 대구할 말을 찾지 못했다. 다만 형사가 마치 동료에게 말하듯이 편하게 이야기한다는 사실에 조금 놀랐다.

"절 잡을 생각이 없어보이는 것도 손이 모자라서인가요?"

이번에는 형사도 감정을 숨기지 않고 깊은 한숨을 내쉬었다. 지훈은 즐거운 기분을 누를 수 없었다.

"정식으로 고맙다는 인사라도 듣고 싶나?"

이런 순간까지 고집을 세우나 싶기도 했지만, 지금 우위에 있는 사람은 지훈이었고, 형사의 표정과 목소리에 괴로움이 저절로 배어나와서 차마 더 놀릴 수가 없었다. 게다가 형사는 그 다음에 지훈을 놀래켰다. 그는 자세를 똑바로 하고 지훈을 마주보면서 허리를 굽혀 인사했다.

"고맙다."

그것으로 끝이 아니었다. 형사는 고개를 들면서 말을 이었다.

"고마운 건 개인 문제고, 일은 일이지. 착각하지 마라. 이번에 넘어가는 건 어디까지나 내부 사정 때문이지, 내가 신세져서 봐주는 거 아니다."

형사는 당당하게 말했지만, 온힘을 다해 아무렇지도 않은 척 하는 티가 났다. 지훈은 어떻게 대꾸해야 할지 몰랐다. 잘됐다고 해야 하나. 고맙다고 할까. 아니, 그렇게 말하면 비웃는 느낌이 들겠지. 지훈은 머뭇거리다가 입안을 맴돌던 생각을 뱉어냈다.

"내부 사정이라면, 혹시 개혁안 때문에요?"

형사는 대답하지 않고 쓰러진 남자들에게 하나씩 수갑을 채우기 시작했다.

"그게 뭐라고, 그게 통과되면 뭐가 나빠지는 겁니까?"

"지금 나한테 그걸 묻는 거냐? 나랑 지금 수다라도 떨겠다는 거야? 이거 넋빠진 놈이네."

형사는 어처구니없다는 표정으로 고개를 돌려 지훈을 보더니, 시큰둥하게 말했다.

"나도 잘 모르겠다. 이러나저러나 돈 없는 사람들이 비빌 구석은 더 없어지겠지만."

지훈은 잠시 생각해 보고 대꾸했다.

"그건 지금도 별로 다르지 않은 것 같은데요."

"정말 그렇게 생각하냐?"

"예. 그래서 제가 이 일을 하는 거니까요."

형사는 피식 웃었다.

"거참, 꼬박꼬박 예의도 바르시고. 그래, 그렇다고 치자. 그러면 더더욱 네가 할 일이 앞으로 더 늘면 늘지 줄진 않을 텐데, 너혼자 감당할 수 있겠냐. 설마 진짜 외계인이나 로봇도 아닐 텐데. 그러다가 네가 쓰러지거나, 영웅놀이에 싫증이 나서 더는 못하게되면, 그 다음은 어쩔래?"

지훈은 미간을 모았다. 대답이 빨리 나오지는 않았다. 형사가말한 것 같은 일은 생각해 본 적이 없었다. 이제는 자신이 우위에있다는 기분이 사라졌다. 그래도 그는 어딘가에서 답을 찾아냈다.

"저 혼자는 아닐 거라고 믿습니다. 정말로 그런 상황이 온다면다른 사람들이 더 나서겠죠."

"이야. 히어로 권하는 사회라."

형사는 이 대목에서 정말로 낄낄거리고 웃었다. 그렇게 묵직해보이는 남자에게는 어울리지 않는 웃음이었다.

"그래. 너 같은 놈들이 잔뜩 돌아다니면서 사람들 돕고 범죄자들 잡아오면 경찰은 그거 받아다가 서류 작업이나 하고, 감옥에집어넣는 일이나 하면 되겠네. 지금보다 더 줄여도 되겠어. 아니지, 경찰이라고 할 필요 있나. 따로 뽑을 필요 없이 그냥 공무원같이 뽑으면 되겠구만. 그래, 안 될 거 있겠냐."

말은 그렇게 했지만 형사는 절레절레 고개를 젓고 있었다. 그러나 그는 더 말하지 않고 한숨을 내쉬었다.

"새로운 시대를 연 것을 축하한다, 공인 슈퍼히어로. 잘해봐라, 어. 넌 어정쩡하게 이용만 당하다가 버려지지 말고 잘해봐. 이제

난 지원 불러서 할 일이 태산이니까, 제발 다른 경찰 오기 전에 사라져줘라."

지훈은 휘적휘적 방 안쪽으로 들어가는 형사의 뒷모습을 보다가 외쳤다.

"그럼 이제 절 인정하는 겁니까?"

형사는 뒤도 돌아보지 않았다.

"행여나. 진짜 그런 날 오면 그만둔다."

지훈은 천천히 계단을 오르면서 정말로 그런 날이 올까, 그리고 온다면 그건 좋은 걸까 생각하기 시작했다.

1

고기 타는 냄새가 방 안에 진동했다. 나는 소매로 코를 막고 황동 테이블 주변 바닥에 흩어져 있는, 꽈배기처럼 뒤틀린 숯덩어리의 수를 세어보았다. 열, 열하나, 열둘. 열세 번째 숯덩어리는 테이블 밑에서 다리를 안고 앉아 있어서 한참 뒤에야 찾을 수 있었다.

주호는 맞은 편 왼쪽 벽 모서리에 박혀 있던 아홉 번째 숯덩어리였다. 김영천 회장이 어디 있는지는 알 수 없었다. 몸에 불이 붙자 방 안에 있던 영감들은 미친 것처럼 문을 향해 돌진했고 밖으로 잠긴, 정확히 말해 밖에서 용접된 자물쇠를 열거나 부수려 시도했다. 열세 명 중 여덟 명이 문 앞에서 죽었고, 배배 꼬인 채 뒤엉킨 숯 덩어리들의 신원을 맨눈으로 구별하는 것은 어려웠다.

아직도 벽에 달린 스피커에서는 옛날 유행가가 나오고 있었다. "텔 미, 텔 미, 텔 미. 자꾸만 듣고 싶어, 계속 내게 말해 줘." 끄고 싶었지만 최 팀장은 현장보존 때문에 안 된다고 했다.

"설명해 줘."

식당에서 나오자마자 최 팀장이 말했다.

"저 늙은이들이 15살짜리 어린애와 바지 벗고 뭐하고 있었던 거야?"

나는 주변을 둘러보았다. 매캐한 연기 너머로 보이는 건 벽과 창문뿐이었다. 동료 경찰들은 다들 눈치를 보며 사라지고 없었다.

"사람들이 알면 곤란한 거."

내가 대답했다.

"영감들이 다 저런 취향이었던 거야?"

최 팀장은 이해가 안 된다는 듯 얼굴을 찌푸렸다.

"주호는 감응력자였어. 좋은 감응력자가 있는데 굳이 진짜 여자가 필요했을까."

"15살 남자애에게 인간 포르노 짓을 시켰단 말이잖아. 너도 그걸 알고 있었고."

"몰랐어. 그런 걸 나한테까지 알려줄 거 같아? 하지만 난 주호가 무얼 할 수 있는지 알아. 저 영감들이 어떤 인간들인지도 알고. 아무리 세상이 이상해도 1 더하기 1은 여전히 2야. 그렇지 않아?"

'어떤 인간들.' 그래, 나는 그들이 어떤 인간들인지 알고 있었다. 하지만 수십 년 동안 영감질하느라 끈적끈적 말라붙고 시들어 빠진 초라한 욕망 위에 우쭐거리는 15살 아이의 생명력을 들이붓고 싶었던 게 그렇게 탓할 일일까. 여전히 처량하고 수치스럽고 우스꽝스러웠지만 이미 숯 덩어리가 된 영감들을 욕할 생각은 안 들었다.

"넌 회장 일정을 몰랐다. 하지만 라스푸틴은 알고 있었단 말이네? 회사에 스파이가 있었을까?"

최 팀장이 말을 이었다.

"그럴지도. 아니면 저 사람들 중 하나를 미행했던 건지도 모르고. 그건 경찰이 알아내야지."

"텔레파시 같은 걸로 알아냈을 수도 있어?"

"정신감응이 영화 속에서 나오는 것과는 다르다는 걸 알잖아. 라스푸틴에게 그 정도 수준의 감응력자가 있을 리가 없어. 우리도 없는데. 그냥 다른 데를 알아봐."

그들은 이미 복도 끝에 와 있었다. 최 팀장이 문을 열자 누런 저녁 햇빛이 문틈으로 기어들어왔다. 나는 눈을 껌뻑이며 밖으로 나와 참사가 벌어진 빌딩을 돌아보았다. 지그재그 모양으로 부서진 유리창과 그을린 벽만 봐도 라스푸틴과 부하들이 어떤 경로를 따라 들어왔다가 나갔는지 짐작할 수 있었다.

"라스푸틴까지 포함해서 아홉 명이었었어."

최 팀장이 패드를 내밀어 CCTV가 찍은 영상을 보여주었다.

"지금까지 라스푸틴이 이렇게 대놓고 대규모로 움직인 적은 없었어. 그것도 이런 대낮에. K-포스와 아미쿠스의 임원 12명을 한꺼번에 날려버렸으니 해볼 만한 일이겠지만 그래도 비정상적이야. 라스푸틴에게 우리가 모르는 뭔가가 있는 거 아냐?"

나는 고개를 저었다. 그 제스처는 그렇지 않다는 뜻으로도, 나도 모른다는 뜻으로도 해석될 수 있었다. 하지만 의미 같은 건 없었다. 나는 피곤했고 머리가 텅 비어 있었다. 지난 닷새 동안 잠잔 시간을 다 합쳐도 한 시간이 못 됐다. 약이 뇌를 속이는 데에도 한계가 있었다.

검정색 밴 다섯 대가 도착했다. 모두 K-포스 것이었다. 아미쿠스 팀은 원효대교에서 길이 막혔다고 했다. 검은 유니폼을 입은 베타 보안요원들이 우르르 기어 나와 빌딩 안으로 들어갔다. 차에 박힌 로고를 보고 몰려든 사람들은 실망의 한숨을 내뱉었다. 그들이 기다렸던 알파들은 당연히 없었다.

보안요원들과 함께 내린 회사 직원이 준 카페인 강화 음료를 억지로 들이켜며 뉴스를 검색했다. 김영천이 여의도 한식집에서 불에 타 죽었다는 소식은 이미 전 세계를 돌고 있었다. 인공지능이 작성한 게 빤한 부고들이 툭툭 튀어나왔다. 김영천의 못생긴 얼굴보다 더 인기 있는 건 그보다 더 못생긴 라스푸틴의 사진이었다. 코끼리 가죽을 뒤집어 쓴 거 같은 회백색 대머리 괴물. 대부분 1년 전 CCTV에 찍힌 것이었다. 글로우의 지나가 지난여름 안산 대전투에서 얼굴에 낸 대각선의 상처는 어느 사진에도 없었다.

뉴스들을 훑다가 인터넷 토론 프로그램과 마주쳤다. 화면을 모자이크 모양으로 채운 여섯 개의 얼굴들이 이번 사건에 대해 토론하고 있었다.

"……이것으로 라스푸틴 음모론은 격파되었다고 할 수 있지 않겠습니까?"

왼쪽 중앙 화면의 턱수염을 기른 인도 남자가 카메라에 침을 튀기며 말하고 있었다.

"대치동 백발마녀의 자폭 이후 관심을 끌 만한 빅 배드가 없었던 건 사실입니다. 하지만 3대 회사가 작당해서 라스푸틴을 빅 배드로 키웠다는 건 말이 안 돼요. 빅 배드를 키우는 게 회사 임원들을 불태워 죽여도 될 정도로 중요했단 말입니까?"

오른쪽 밑에 있는 불어 억양의 흑인 남자가 심드렁한 얼굴로 끼어들었다.

"통제에서 벗어난 것일 수도 있지 않습니까. 빅 배드가 어디로 튈지 누가 압니까?"

"남한 격리가 20년이 넘어갑니다. 그 사람들은 20년간의 노하우가 있어요. 해야 할 일과 하지 말아야 할 일 정도는 안단 말입니다. 그런 사람들이 그렇게 어디로 튈지도 모르는 괴물들을 시청률 높이겠다고 일부러 풀어요? 지난 1달 동안 라스푸틴이 무슨 일을 저질렀는지 잊었습니까? 고아원과 학교를 불 질렀어요! 애들이 죽었어요! 그게 저 나라 사람들에게 무슨 의미인지 모릅니까?"

"그렇다면 지난 반 년 동안 아퀼라가 라스푸틴과 붙은 적이 한 번도 없었던 걸 어떻게 설명합니까? 저번 리더가 죽은 건 핑계가 안 돼요. 그게 언제 일인데. 그리고 지금까지 라스푸틴과 붙은 K-포스 팀은 그 공기놀이하는 여자애들밖에 없어요!"

토론은 나머지 다섯 명이 내는 "우우우!"하는 야유 소리로 잠시 중단되었다. 글로우를 모욕하는 것은 위험한 일이었다.

그의 주장은 부당했다. 빅 배드 양성은 말도 안 되는 소리였다. 글로우와 라스푸틴과 막판에 맞붙은 안산 대전투는 세 회사의 자원이 총동원된 엄청난 전쟁이었고 우리가 그에게 바란 건 신속한 죽음뿐이었다. 하지만 라스푸틴은 죽지 않았다. 바로 그래서 그의 별명이 라스푸틴이었다. 그는 러시아인도 아니었고 팔뚝만 한 물건을 다리 사이에 달고 있지도 않았다. 오로지 죽여도, 죽여도 죽지 않았기 때문에 라스푸틴이었다.

그런 괴물이 지금 서울 어딘가에 숨어서 우리를 노리고 있는 것이다.

최 팀장이 다가와 내 멍한 눈앞에 손을 휘저었다.

"회사와 대충 입을 맞췄어. 죽은 생도 이야기는 기자 회견 전까지 묻어둘 거야. 두 시간 정도 남았으니까 그 동안 나머지 이야기를 만들어 둬. 재료가 없지는 않아."

"어떤 거?"

"라스푸틴이 그 애만은 봐줬어. 영감들은 불태워 죽였지만 애만은 불 지르기 전에 척추를 부숴놨어. 거의 안락사였어. 부하 짓이었을지도 모르지. 그래도 이야기 재료는 되지?"

"그럴 거야. 고마워. 부탁이 있으면 언제든지 말해."

"시간 나면 글로우 소미 사인이나 받아줘. 남편이 갖고 싶대."

2

상암동 K-포스 본사 건물 분위기는 엉망이었다. 훈련복을 입은 생도들이 웅성거리며 로비와 복도로 몰려나와 뉴스와 소문을 교환하고 있었고 데스크의 직원들은 넋이 나가 있었다. 건물을 둘러싼 기자들에게 전기방패를 휘둘러대는 보안요원들은 모두 살짝 미친 거 같았다.

나는 회사 안 상급 그림자들이 모여 있는 12층 회의실로 올라갔다. 회의는 절반 정도 진행된 상태였다. 나는 차 안에서 최 팀장한테서 받은 정보를 전달했고 이야기 아이디어 서넛을 내놓았다. 글로우 팬픽 작가 출신인 박인희가 회의 중 나온 이야기를 종합해서 그럴싸한 이야기를 하나 만들었다. 아이디어 대부분은 주호가 영감들만 모인 식당 안에서 무얼 하고 있었는지 설명하는데에 할애되었다. 회의실에 도착했을 때 박인희는 이미 마무리한 이야기를 다듬고 있었고 다섯 명의 작가들이 조금씩 다른 이야기들을 만들고 있는 중이었다. 어차피 터질 소문이었으니 우리가 직접 선수 치는 것이 나았다.

"이제 아퀼라와 라스푸틴을 대결시킬 때가 됐어."

나는 의자에 앉자마자 말했다.

"더 이상 피할 수도 없어. 보스가 죽었고 주호도 죽었으니 더이상 핑계도 없어. 멤버들도 이제 마음의 준비가 되었을 거고."

"이번에도 글로우를 대신 보내면 안 되나? 해외 인지도는 글로우가 더 높은데? 그렇게 이상하게 보이지도 않을걸."

은근슬쩍 보스 의자를 차지하고 앉은 김세훈이 말했다. 그의 얼굴은 일그러져 있었지만 목소리엔 슬픔이나 충격의 흔적이 느껴지지 않았다. 몇 시간 전에 아버지가 환각 파티에서 불타 죽은 건 그냥 까다로운 회사 문제에 불과하다는 투였다. 일그러진 얼굴도 그냥 예의차림 같았다. 하긴 가짜 감정을 억지로 연기하느니 거기에서 멈추는 게 나았다. 그는 형편없는 배우였다.

"전투에는 글로우, 스튁스, 오리온 기타 등등 다 보내야지. 준비된 생도들이 있으면 걔들도 다 보내고. 하지만 마지막 결전에는 아퀼라가 나서야 해. 그래야 지금까지 아퀼라가 라스푸틴과 싸우지 않은 게 설명이 돼. 이번 사건으로 라스푸틴은 이제 서울 최대 빅 배드가 됐어. 계속 피하면 있으면 그림이 이상해져."

"라스푸틴 정도는 우리도 해치울 수 있어, 언니."

글로우 그림자의 리더인 안수진이 툴툴거렸다.

"알아. 저번 여름 때도 잘했어. 하지만 결국 놓쳤잖아. 캔디 공격은 접근전엔 한계가 있어. 그리고 지금 우리에게 필요한 건 접근전이야. 복수전이라는 걸 잊지 마. 아티쿠스와는 달리 우린 보스를 잃었어. 회사를 대표하고 접근전이 특기이고 보스와 가장 친밀한 팀이 나서야지. 아퀼라엔 고요가 있어. 글로우도 접근전이 가능하겠지만 그럴 경우 라스푸틴을 마지막에 상대하게 되는 게 누구지? 미라솔이야. 미라솔이 보스의 복수를 하는 그림을 상상할 수 있겠어?"

당연한 이야기인데도 다른 그림자들을 설득하는 데에 30분 이상 더 걸렸다. 졸음과 카페인 모두와 맞서 싸우느라 머리가 제대로 돌지 않았기 때문이기도 했고 내가 아퀼라 그림자의 리더라는 사실이 설득에 큰 도움이 되지 않았기 때문이기도 했다. 수진은 내가 글로우를 만들었기 때문에 멤버들을 과보호한다고 따졌다. 그런 면이 없지는 않다. 하지만 지금은 사정이 다르지 않은가.

의견이 받아들여지자 나는 허겁지겁 회의실에서 달아났다. 복도 천장에 걸린 모니터에서는 기자 회견 생방송이 나오고 있었다. 한자경 부대표는 주호가 식당에서 늙은이들을 구하기 위해 혼자 어떻게 싸웠는지 이야기하고 있었는데, 그 말을 몇 명이나 믿을지 알 수 없었다. 우리가 성공으로 잡은 하한선은 30퍼센트였다.

한자경 뒤로 고요, 미라솔, 산주, 수연의 얼굴이 보였다. 배경 그림 만들려고 시간에 맞추어 회사로 불러들일 수 있는 알파들을 모두 끌어온 것이다. 고요는 엉엉 울고 있었고 미라솔은 슬픔이 살짝 깔린 무표정한 얼굴로 아랫입술을 가볍게 물고 있었다. 카메라는 대부분 미라솔을 잡았다. 통제되지 않은 진짜 감정보다 완벽하게 연기된 처연함이 더 그림이 좋았다.

사람들은 미라솔 그린-최가 얼마나 김영천을 증오하는지 모른다. 그건 김영천도 몰랐다. 그가 한 일이라곤 싹수가 보이는 알파를 아미쿠스나 HJS가 건드리기 전에 K-포스로 데려오는 것이었다. 그에겐 일상 업무였다. 하지만 부모 잃고 낯선 땅에 감금되어 괴물로 키워진 아이에게 넓은 아량 같은 것을 기대해서는 안 된다.

내가 글로우 팀을 짤 때 미라솔을 가장 먼저 염두에 두었던 것도 예의바른 미소 속 증오를 눈치챘기 때문이었다. 미라솔을 중

앙에 넣고 나니 팀에 넣어야 할 나머지 아이들 얼굴이 자연스럽게 떠올랐다. 특성화도 제대로 되어 있지 않은 부적응자 생도들을 모아 회사를 대표하는 A급 팀을 만드는 것. 그것은 김영천에 대한 나의 작은 복수이기도 했다. 사람들은 도약자, 방어자, 발화자 등 역할 분담이 뚜렷하고 건강한 이미지의 아퀼라가 K-포스의 양이고, 애교 없고 삐딱한 태도에 능력도 정체불명인 글로우는 음이라고 했다. 그건 아직도 음양 어쩌구가 이 나라에서 의미가 있다고 생각하는 서양애들의 생각이었지만 틀린 말은 아니었다.

수면실이 있는 7층 복도에서 지나와 마주쳤다. 공식 행사에서 다녀왔는지 베이지색 더플코트의 벌어진 틈 사이로 회사에서 지정해 준 가짜 교복 세트의 네이비 블레이저와 벨크로 패드에 고정된 보라색 가짜 스트링 타이가 슬쩍 보였다. 머릿속에 도는 온갖 감정들이 조금씩 드러난 하트 모양 얼굴은 오묘하게 무표정해 보였다. 한동안 우리는 우두커니 서서 서로를 바라만 보고 있었다.

"정말 주호가 죽었어요?"

지나가 간신히 입을 열었다.

"응."

"같이 간 베타들은 어떻게 됐고?"

"다들 많이 다쳤지만 죽은 사람은 없어. 아미쿠스 쪽 사람 한 명은 전신화상을 심하게 입었다는데 살 수는 있을 거래."

"그래도 주호를 죽인 거잖아요."

"맞아. 라스푸틴이 주호를 죽였어."

몇 시간 전부터 알고 있던 사실이지만 직접 말하고 나니 이상했다. 지금 라스푸틴은 무슨 일을 저질러도 이상하지 않았다. 하지만 주호를 죽이다니. 그건 그냥 초현실적이었다.

지나는 지금까지 코트 주머니 안에서 만지작거리고 있던 연습용 고무공을 꺼내 집어던졌다. 공은 휘청거리는 곡선을 그리며 튕겨 다니다가 다시 지나의 왼손 안으로 들어왔다. 공은 손과 함께 주머니 안으로 들어갔고 지나는 말을 이었다.

"수진 언니가 접근전에 대비하라고 문자를 보냈어요. 그 말이 맞아요. 주호를 죽였다면 아퀼라를 작정하고 도발하는 거잖아요. 함정이에요."

"아니면 함정이라고 생각하게 하거나. 어느 쪽이건 사정은 달라지지 않아. 어차피 세 회사가 모두 나서야 하는 전쟁이야. 누가 선두에 서건 큰 차이는 없어. 잊지 마. 어느 전쟁이건 3분의 2는 그림자 몫이야."

지나는 어이가 없다는 듯 코웃음을 쳤다.

"선두에 서서 죽고 다치는 건 여전히 우리예요. 벌써 잊었어요?"

3

김영천을 처음 만난 날은 19년 전 크리스마스 이브였다. 대구 지하철 4호선 공사 중 지하에 묻혀 있던 프로스페로 생태계가 발견된 지 376일째, 이후 발생한 적사병으로 제주도와 몇몇 섬을 제외한 대한민국의 영토가 전 세계로부터 격리된 지 362일째, 살아 남은 보균자들 중 첫 번째 알파가 발견된 지 353일째 되던 날이 었다. 남한 인구의 3분의 1이 진홍색 반점으로 물든 채 피를 토하 며 죽었고, 고삐 풀린 알파들이 대통령을 포함한 선출직 공무원 과 언론인을 닥치는 대로 살해하는 바람에 민주주의는 붕괴된 지 오래였다.

서초 경찰서 안의 창 없는 방이었다. 노약자석에 뿌리를 박고 불타버린 늙은 남자 시체 둘, 성경책을 쥐고 문가에서 울부짖고 있는 늙은 여자 하나, 온 몸의 뼈가 부러진 채 비명을 지르고 있 던 세 알파들 사이에서 기절해 있던 나를 승객 하나가 연기가 가 득 찬 객차에서 끄집어냈고 양재역으로 달려온 경찰들이 나를 거 기로 데려왔다.

방 안에서 간신히 정신을 차렸지만 소화불량 때문에 속이 안 좋았고 현기증이 났다. 알파가 된 지 석 달 가까이 되었지만 내 소화기관은 아직도 내 몸에 성인남자의 3배에서 7배 사이의 열 량이 필요하다는 사실을 인정하지 못했다. 나는 테이블 맞은편에 앉은 못생긴 중년남자의 시선을 피하면서 그가 내민 단맛 줄인 고칼로리 주스를 억지로 마셨다. 연예계 가십에 관심이 없던 나 는 그가 누군지 몰랐다. 경찰서에 있으니 그냥 형사려니 했다.

"사람을 죽여본 적 있니?"

그것이 김영천 회장이 나에게 던진 첫 질문이었다.

그렇다고 대답해도 됐다. 알파들은 치외법권 지대에 있었다. 죽 였다고 한들, 시체 사진을 인터넷에 올리고 자랑한들, 어떻게 입중하고 처벌하겠는가. 하지만 사실이 아니었다. 서울 시내는 길 가던 노인들의 목을 자르고 불을 지르는 살인중독자 알파들로 부글거렸지만 난 살인자가 아니었다. 적어도 그 때까지는.

어이가 없는 일이었지만 남부터미널역과 양재역 사이를 질주하던 수도권 3호선 지하철 객차 안에서 윤리체계에 따라 행동했던 건 내가 아니라 노약자석에 앉은 영감들을 불 질렀던 망나니들이었다. "늙은이들을 죽여라." 이것은 우후죽순처럼 튀어나오는 알파 살인중독자들의 윤리체계를 이루고 있었다. 처음에 노인은 그냥 쉬운 표적이었다. 하지만 살인이 반복되자 노인살해는 순식간에 "죽이려면 기왕이면 늙은이를 죽여라"라는 의미가 되었고 그것은 곧 "늙은이들은 죽여도 좋다"를 거쳐 "늙은이들을 죽여라"로 변형되었다. 여전히 아무 상관없는 사람들을 무참하게 살해하는 것은 같았지만 이제 그것들은 암묵적인 윤리체계에 따라 용납되었고 지지되었다.

나의 행동으로 말할 것 같으면 윤리 따위와 아무 상관없었다. 앞 칸에서 비명소리가 들리고 불타는 사람 몸에서 나는 역겨운 연기가 흘러들어왔을 때 처음 든 생각은 드디어 내 힘을 써먹을 수 있다는 것이었다. 알파가 되어 염력이 생기자, 나는 길거리로 나와 노인들을 죽이는 대신 힘을 최대한 정교하게 쓰는 방법을 연구했고 그를 통해 스스로를 훈련시켰다. 염력은 피아노 선물과 같았다. 그냥 건반을 주먹으로 내리쳐 큰 소리를 내는 것만으로 만족할 수 없었다. 음악을 연주할 수 있어야만 했다.

영감들을 불 지르던 망나니들은 내가 쇼팽을 연주하길 기다리는 피아노 건반이었다. 몇 달 전까지만 하더라도 저런 부류의 인간들은 내가 알아서 피했겠지만 그 때는 달랐다. 두 명은 쉽게 해치울 수 있었고 세 명도 넉넉하게 가능했다. 등 뒤에서 성경을 벽돌처럼 휘두르며 시편 23편을 암송하던 할머니의 방해가 없었다면 더 쉬웠을 것이다. 그들을 죽일 생각은 처음부터 없었다. 죄의식 때문이 아니었다. 산 채로 온 몸의 뼈를 부러뜨리고 근육을 찢고 내장을 매듭지어 무력화시키는 것이 죽이는 것보다 훨씬 어려웠고 그렇기 때문에 더 재미있었다. 내가 유일하게 계산하지 못했던 것은 에너지 소모량이었다. 세 번째 녀석을 쓰러뜨리고 정신을 잃어갈 때 난 많이 창피했다.

"아뇨."

내가 대답했다.

"네 말을 믿어."

김영천이 대답했다. 잠시 주스 팩을 쥐고 있는 내 손을 바라보던 그는 갑자기 화제를 돌렸다.

"기게스의 반지에 대해 알고 있니?"

헛웃음이 나왔다. 만화책으로 그리스 신화 배운 세대 티를 내시나? 난 대답하지 않았고 그 침묵을 "아뇨"로 읽은 그는 말을 이었다.

"기게스는 전설에 나오는 리디아의 목동이야. 우연히 투명인간이 되는 반지를 주워서 왕을 죽이고 그 자리를 차지했지……"

"플라톤이 『국가』에서 그 이야기를 했지요. 만약 사람들이 자기 행동에 책임을 지지 않는다면 세상이 어떻게 될 거냐면서요."

"맞아. 경찰은 속수무책이야. 무력으로 막을 수도 없고 체포한다고 해도 처벌할 수 없어. 이 나라는 지옥이야. 이 문제를 어떻게 해결해야 할까?"

그는 미소를 지었다. 지나치게 자연스러워 비슷한 상황 속에서 수없이 반복되었음이 분명한 그런 미소.

"아저씨가 막나요?"

"아니, 너희들이 막아. 아까 같은 상황에서도 불쌍한 할머니를 도와주러 나서는 너 같은 알파들이. 알파들이 무너뜨린 사법체계의 빈틈을 다른 알파들이 채우는 거지. 아무런 능력 없는 나 같은 사람들은 그냥 뒤에서 지원이나 해 주고."

마지막 말은 반쯤 농담이었지만 나는 알아듣지 못했고 그는 내가 알아듣지 못했다는 사실을 몰랐다. 아까도 말했지만 난 그가 1년 전에 붕괴되어버린 한국 연예계의 큰손이라는 걸 몰랐고, 그는 내가 그 정도로 무식할 거라고는 생각하지 '못'했다.

김영천의 계획이 내가 생각했던 것과 조금 다른 종류의 것이라는 사실을 알게 된 건 그가 방을 나가기 직전, 어떻게 그렇게 빨리 찾아왔냐고 내가 순진하게 물었을 때였다. 그는 당연하다는 듯 어깨를 으쓱하며 이렇게 대답했다.

"지금까지 CCTV에 걸린 알파들 중 네가 가장 예뻤어."

4

지금 김영천과 양주호는 한 줌의 다이아몬드다. 나는 이제 정식

대표가 된 한자경과 함께 화장터에서 나온 뼛가루가 흐릿한 블루 다이아몬드가 되고 가장 큰 덩어리가 라운드 브릴리언트 컷으로 깎일 때까지를 꼼꼼하게 확인했다. 각각의 다이아몬드는 나머지 조각들과 함께 홀로그램 사진이 든 작은 유리 상자 속으로 들어갔고 회사 지하 3층에 있는 납골당에 안치되었다.

이번 장례식은 15개월 전 있었던 양인호의 장례식 때보다 조용했다. 죽은 회사 임원 대부분은 별 존재감이 없었다. 지금 알파 히어로 산업의 창시자인 김영천은 팬들에게 거의 신적인 존재였지만 이미 이 세계는 그가 없이도 잘 굴러간 지 오래되었으며 그는 그렇게까지 사랑만 받는 사람은 아니었다. 팬들이 가장 슬퍼했던 건 주호의 죽음이었다. 아직 생도였고 대부분의 감응력자들이 그렇듯 그 뒤로도 그림자 자리에 머물 가능성이 농후했지만 사람들은 인호의 동생을 그렇게 쉽게 잊지 않았다. 온라인 납골당에 올라온 애도 메시지 70퍼센트는 주호 것이었다.

김영천의 것을 제외한 상자는 모두 49개. 19년 동안 1년에 2명 이상 죽어나간 것이다. 하지만 단순한 평균이 대부분 그렇듯 이 숫자 역시 보기만큼 간단하지 않다. 49명 중 14명은 알파 부작용으로 병사한 그림자들이었고 9명은 부산의 마지막 빅 배드였던 안호석이 저지른 폭탄 테러의 희생자들이었다. 그리고 우리가 블루 스펙터스로 활동을 시작한 뒤로 5년 동안은 사망자가 없었다. 리스트는 윤세니가 죽은 날부터 시작되었다. 알파 범죄자들이 본격적으로 길드를 조직하기 시작한 것도 그 무렵이었다.

가장 충격적인 어린 시절 기억이 뭐냐고 사람들에게 물으면 아직도 많은 사람들이 세니의 죽음이라고 말한다. 김세훈에게 안티가 많은 이유도 그 때문이다. 길가는 아무나 잡고 물어보라. 다들 김세훈이 그날 그렇게 비겁하게 굴지 않았다면 세니가 지금까지 살아있었을 거라고 말할 것이다. 상황을 반전시킨답시고 세니가 자기 여자 친구였다는 헛소리를 하고 다니면서 그의 안티는 더 늘어났다. 그 이후로 회사는 더 이상 혼성팀을 만들지 않았다.

주호 상자의 다이아몬드 가루가 쌓인 모양이 마음에 들지 않은 나는 유리창 앞에서 검지를 휘저었다. 가루는 에펠탑 모양으로 떠올랐다가 계곡 모양으로 가라앉았다. 내가 아직도 알파였다면 부릴 수 없는 재주였다.

팬픽 작가들은 어렸을 때 알파였다가 에너지의 수명이 다해 베타로 주저앉은 사람들이 주인공인 비극적인 이야기를 좋아한다. 그들은 알파로 사는 것의 대가가 어떤 것인지 모른다. 염력 에너지는 완벽하게 통제하기 불가능해서 근육과 신경은 수시로 고장난다. 식사 장애, 수면 장애는 말할 것도 없다. 그것도 회사의 의사들이 주는 수십 종의 약을 매일 먹어야만 간신히 버틸 수 있는 '일상'인 것이다.

회사는 거짓말을 하지 않는다. 단지 이 모든 문제가 거의 해결된 척 우쭐거릴 뿐이다. 다른 방법이 없다. 회사가 공식적으로 팔아먹을 수 있는 것은 이미지다. 7, 8년 동안 초능력으로 환하게 불타오르는 10대 후반에서 20대 초반의 아이들의 예쁘장한 이미지.

더 이상 그들 중 한 명이 아니라는 게 얼마나 다행인가.

통제실이 있는 2관으로 가는 길에 깃발 든 안내인을 따라 행진
하던 한 무리의 아이들과 로비에서 마주쳤다. 초등학생에서 중학
생 사이. 미래의 알파들이었다. 내 얼굴을 알아본 교복입은 여자
아이 두 명이 시선을 획 돌리며 키득거렸다. 나는 그들이 어떤 나
를 보고 있는지 궁금했다. 블루 스펙터스 시절 때부터 팬들과 팬
픽 작가들이 만든 나의 캐릭터는 거칠게 나누어도 수십 개가 넘
는다. 그 중 가장 인기 있는 것은 내가 아퀼라 멤버들 위에 군림
하는 도미나트릭스라는 것이다. 그걸 진짜로 믿는 애들이 장례식
때 고요가 나에게 보낸 문자를 봤다면 어떻게 생각했을까.

"준비됐어요. 거칠게 다뤄주세요."

회사에서 나에 대한 도미나트릭스 농담은 오래 전에 유머를 잃
고 무표정한 일상어로 굳어진 지 오래였다. 고요는 심각하기 짝
이 없었다. 라스푸틴을 제거하기 위해서라면 목숨도 내놓겠어요.

상급 그림자 절반이 통제실에 모여 있었다. 현장에 나가 있거
나 훈련 중인 그림자들은 벽면을 가득 채운 모니터로 확인할 수
있었다. 회사는 이전의 활력을 되찾고 있었다. 3대 회사의 운명
을 건 전쟁을 앞두고 있었지만 오히려 지금은 다들 시간이 넉넉
한 편이었다. 라스푸틴이 큰일을 저지르자 지금까지 시끄러웠던
중소 길드들은 기가 눌렸는지 순식간에 조용해졌다. 유리 천장
위의 쓸모없는 늙은이들이 모두 불타 죽어버리자 회사는 재개편
되었고 절반 이상이 승진했다. 적당히 늘어난 아드레날린과 수면
시간 무엇보다 분명해진 목표 덕택에 분위기는 썩 좋았다.

화장실문 옆 등 없는 의자에 쪼그리고 앉아 내 얼굴만 한 밀웜

버거를 씹으며 모니터를 노려보고 있던 회색 트레이닝복 차림의 거대한 근육덩어리가 나에게 손을 흔들었다. 케네스 리였다. 옛날 미국 만화책에 나왔다면 돌연변이 괴물과 미치광이 로봇을 맨손으로 때려잡을 상이다. 하지만 프로스페로 생태계에서 이전의 외모 기준은 더 이상 먹히지 않는다. 글로우를 대표하는 '근육'은 빼빼 마른 멤버들 중 가장 작고 가냘픈 미라솔이다. 염력으로 보통 사람의 열 배에서 스무 배가 넘는 가상 근육을 실제 육체에 덧씌우는 것이다.

켄은 반대였다. 그는 일급 감응력자였다. 미라솔의 두 배는 될 근육과 살덩어리가 그의 섬세한 신경을 보호하고 있었다. 그의 기본 업무는 LDG, 리틀 드러머 걸이었다. (이상한 일이지만 아무도 그를 리틀 드러머 보이라고 부르지는 않는다. 그 이름도 안 맞는 건 마찬가지였겠지만.) 현장에 투여된 알파들의 심리적 연대를 강화하고 정보와 감정을 관리하며 다양한 능력을 하나의 리듬으로 묶는 것이 그의 진짜 일이다. 전투의 지휘관인 셈이다. 3년 전 아퀼라의 그림자 팀을 맡을 때부터 그는 나와 아퀼라 멤버들을 연결해주는 거의 유일한 통로였다.

팬픽 작가들이 무슨 망상을 하건, 나는 아퀼라 멤버들을 직접 만나는 일이 거의 없다. 공식 행사에서나 가끔 얼굴을 볼 뿐이며 회사에서 마주쳐도 아는 척하지 않는다. 아퀼라뿐만 아니라 내가 그림자를 맡았던 다른 모든 팀의 경우도 마찬가지였다. 글로우처럼 직접 만든 팀의 경우는 리더를 맡지 않았다. 나는 그들에게 애착이 생길까봐, 선입견 때문에 실수를 저지를까봐 두려웠다. 나는 블루 스펙터스에서 겪었던 끔찍한 실수들을 반복하고 싶지 않았다.

멤버이건 그림자이건, 자기가 만든 이미지와 이야기에 속아 넘어가는 것만큼 위험한 일은 없다. 내가 의지하는 것은 숫자와 통계이다. 심지어 해결해야 할 문제점이 멤버간의 갈등이라도 마찬가지다. 내 승률이 이를 증명한다. 나는 아퀼라를 상당히 막 다루는 편이지만 내가 그림자를 책임진 3년 동안 장례를 치른 건 인호뿐이다. 그리고 인터넷이 뭐라고 떠들건, 그것도 내 잘못은 아니었다.

회사 안에서 나만의 시스템을 만들고 그것을 회사 전체에 퍼트리는 데에는 거의 4년이 걸렸다. 내가 블루 스펙터스에서 쌓은 경험과 기술의 가치를 고려해 보면 지나치게 길었다. 나를 막고 있던 건 김영천이 군대와 경찰에서 스카우트해 온 영감들이었다. 그들이 아무 짝에도 쓸모없다는 건 그도 알았다. 그에게 필요한 건 영감들이 아니라 연줄이었다. 초능력이 있는 한 무리의 아이들만으로는 아무것도 할 수 없었다. 제대로 움직이려면 군대와 경찰의 인프라가 꼭 필요했다. 영감들의 단물을 다 빼먹고 이름만 그럴싸한 명예직으로 쫓아낼 때까지 걸린 시간은 내 시스템을 회사 전체에 적용하는 데에 들인 시간과 정확히 일치했다.

라스푸틴은 그 마지막 찌꺼기까지 소각해 버린 것이다. 바이바이.

나는 통제실에 있는 아퀼라의 상급 그림자들을 통제실 옆 내 방으로 불러들였다. 현장 그림자들 그러니까 염력 보조팀, 켄을 제외한 감응력자 보조팀, 의료팀, 중계팀, 기술팀, 홍보팀, 신입작가들은 모두 멤버들과 함께 안산에 가고 없었다. 나머지는 메인 작가들, 관리팀, 첩보팀이었다.

라스푸틴 추적은 비교적 순조롭게 진행되고 있었다. 여의도 사건에 참여한 일당들 중 다섯 명의 정체가 확인되었고 그 중 두 명은 아미쿠스의 엘도라도 트리오가 체포했다. 체포된 애들 중 정우리라는 녀석은 심지어 AKX라는 군소회사의 생도였다. 하긴 군소회사와 일급 길드 사이의 경계선은 그렇게 뚜렷한 편이 아니다. AKX에서는 회사랑 무관한 단독 행위라고 주장하고 있지만 그 말을 믿는 사람은 거의 없었다.

"어쩌다가 강호의 의리가 이렇게 땅에 떨어졌나."

켄이 투덜거렸다.

"다들 사정이 안 좋잖아. 오히려 그 회사가 지금까지 인력 누출 없이 버틴 게 신기하지."

내가 말했다.

입 발린 말이 아니었다. 3대 회사를 제외하면 모두가 버티고 있는 것만 해도 신기하다. 알파 히어로 회사들뿐만 아니라 이 나라 사람들 대부분이 그렇다. 적사병과 대량학살과 낮은 출산율 덕택에 남한 인구는 20년 동안 절반으로 줄었지만 우린 이전의 5분의 1도 안 되는 에너지와 자원으로 버티고 있다. 덕택에 석탄액화와 도시 농업 분야에서 상당한 성과를 내고 있긴 하지만 그래도 이 땅이 감옥이라는 사실은 바뀌지 않는다. 격리를 뚫으려면 일단 적사병으로부터 나라 바깥의 다른 사람들을 보호하는 방법을 알아내야 하는데, 프로스페로 생태계의 정체는 아직 오리무중이었다. 과학자들에게는 흥분되는 시기였지만 그런다고 하늘에서 돈이 떨어지지는 않는다.

정우리의 말을 들어보면 라스푸틴이 이 상황을 제대로 이용하고 있는 게 분명했다. 그는 교묘한 음모론으로 알파들을 설득했다. 3대 회사의 폐해는 단순한 엘리트주의 조장만이 아니라는 것, 3대 회사의 존재야 말로 20년 동안 일어난 모든 테러와 내전의 원흉이라는 것, 우리를 없애고 모든 알파들을 공정하게 대해주는 새로운 시스템으로 관리해야 문제가 해결될 수 있다는 것. 정우리는 진지하게 자신이 라스푸틴이 이끄는 혁명군의 일원이라고 믿고 있었다.

우리는 3사 첩보팀과 의견을 교환해 가며 마지막 작전의 이야기를 짰다. 이야기를 정하는 것은 교향곡 1악장의 조를 정하는 것만큼이나 중요했다. 일단 대외적 이야기와 그 밑에서 파생될 수 있는 서너 가지 굵직한 음모론을 결정해야 본격적인 계획을 짤 수 있었다. 이야기는 계획보다 더 중요했다. 전쟁의 목적은 라스푸틴을 제거하는 것이었지만 그러는 동안에도 우리의 이야기를 보호하고 과시해야 했다. 물론 라스푸틴도 그러는 동안 과시하고 싶은 이야기가 있으며 그건 이 전쟁을 지켜보는 팬들도 마찬가지다. 이들 중 어느 누구에게도 진실은 중요하지 않다. 자신이 지지하는 이야기가 살아남느냐가 더 중요하다.

사람들이 라스푸틴의 첫 번째 전투라고 생각하고 있는 인천공항 전투는 사실 네 번째였고 두 번째로 알려져 있는 유명한 안산 대전투는 일곱 번째였다. 다섯 개의 이름 없는 전투가 그 사이에 숨어 있었다. 라스푸틴에게 이야기 따위를 줄 생각은 없었다. 하지만 그는 매 전투마다 살아남았고 아미쿠스의 어느 바보가 그를 '라스푸틴'이라고 부르는 걸 자칭 기자 한 명이 엿듣고 말았다. 싸워야 할 적이 둘이 된 것이다. 라스푸틴과 그의 이야기.

많은 사람들이 안산 대전투를 라스푸틴의 승리담으로 기억한다. 하지만 상황은 생각만큼 간단하지 않다. 라스푸틴이 안산에서 저지르려 한 일은 대부분 실패로 끝났다. 어찌어찌 연구소까지 들어오긴 했지만 심어놓은 폭탄은 제거되거나 안전한 곳에서 폭발했고 그와 손을 잡았던 다섯 길드의 간부들은 그 과정 중 몰살당했다. 안산 대전투의 제1목표가 그들을 막는 것이었고 라스푸틴이 단순히 정보제공자에 불과했다는 걸 고려해보면 그건 3대 회사의 승리였다.

아퀼라 대신 투입된 글로우의 입장에서 봐도 이건 대승리였다. 누군가는 '여자애들 공기놀이'라고 놀려댔고 지나치게 소도구와 잔재주가 많다는 비판을 받기도 했지만 캔디 공격은 오로지 글로우만 가능한 기술이었고 그 가치는 안산에서 완벽하게 입증되었다. 다섯 명의 글로우 멤버가 아홉 가지 기능을 가진 아홉 색깔 공 4500개를 자유자재로 놀리면서 안산 시청을 제압하는 광경은 7백여 대의 드론에 의해 촬영되었고 지금까지 4000개가 넘는 편집본이 나왔으며 이들의 조회수는 K-포스 관련 동영상 조회수의 7분의 1이다.

라스푸틴의 천재성은 이 상황을 역이용했다는 데에 있었다. 초라한 패전이었지만 그는 자신이 유일한 생존자라는 걸 최대한 활용했다. 자신이 안산 대전투의 주역이었고 숨은 음모가 따로 있었다는 유언비어를 터트렸다. 패배 대신 세 회사의 집중공격을 받았음에도 불구하고 완벽하게 탈출에 성공했다는 사실을 부각시켰다. 죽은 악당들의 빈자리를 신속하게 차지한 그는 한 달도 못 되는 기간 동안 자그마치 13개나 되는 길드를 접수했다.

어이가 없었다. 어느 누구도 그가 이렇게 노련한 전략가처럼 행동할 것이라고 예상하지 못했던 것이다. 우리가 지금까지 쫓고 있던 외로운 늑대는 어디로 간 거지? 우린 기존의 프로파일을 재검토했지만 라스푸틴의 지금 행동을 예측할 수 있는 정보는 나오지 않았다. 김세훈은 우리가 아직 정체를 모르는 누군가가 그를 얼굴 마담으로 쓰고 있다는 가설을 제시했다. 그럴싸했지만 그것도 아니었다. 그랬다면 행동 패턴 분석에서 드러났을 것이다. 답은 하나였다. 우리가 그를 그렇게 만든 것이다. 그 암담한 사고 속에서 새로운 성격의 악당이 태어난 것이다. 우린 이것도 예상했어야 했다. 지난 세기 수많은 만화책들이 이를 예언하지 않았던가.

"다 우리 잘못이야. 우리가 괴물을 만든 거야."

안산 대전투가 끝난 날 밤, 한자경은 엉망이 된 연구실 바닥에 주저앉아 울먹였다. 나와 김세훈은 켄이 그려준 동선도와 간신히 남아 있는 CCTV 동영상을 해독하느라 그녀의 칭얼거림을 받아줄 여유가 없었다. 한자경의 올곧은 태도는 회사에서 중요했지만 회사는 그녀만큼 올곧을 수도 없었고 그래도 안 되었다. 브레이크는 중요하지만 브레이크만으로는 차가 가지 않는다. 그리고 자기가 진짜 말하는 것처럼 올곧기만 하다면 처음부터 이 회사에 있어서는 안 되지.

나에게 더 신경 쓰이는 것은 라스푸틴이 실험 이후 갑자기 제갈공명 뺨치는 전략가가 되었다는 게 아니라 자기가 가진 가장 큰 무기를 활용하지 않는다는 것이었다. 회사를 공격하고 싶다면 훨씬 간단하고 쉬운 길이 있었다. 하지만 그는 허구의 이야기와 캐릭터를 만들며 빅 배드가 되는 더 어렵고 복잡한 길을 택했다.

"다른 길이 없잖아."

그 때 김세훈이 했던 말이 기억난다.

"다른 사람들이 다 너처럼 생각하지 않아. 모두 이야기의 포로라고. 스스로 이야기를 만들고 그 주인공이 될 수 있다면 그러는 게 당연하지. 나라도 그러겠어. 지금 라스푸틴이 하는 걸 보면 회사에 복수하는 것은 오히려 평계에 불과한 것 같지 않아? 하긴 회사에 복수할 게 뭐가 있나? 어린애도 아니고 처음부터 다른 사람들처럼 그냥 주어진 대로 살 일이지 왜 자원했다가 지금 와서 난리야?"

일리 있는 말이었다. 하지만 난 그에게 동의하고 싶지 않았다. 라스푸틴의 행동에는 그것만으로 이해할 수 없는 구멍이 있었다. 그리고 나는 아무리 그럴싸한 말이라도 김세훈의 입에서 나온 말은 그렇게 쉽게 믿고 싶지 않았다. 블루 스펙터스에서 그와 5년 넘게 일하면서 배운 교훈이었다. 그가 말하는 말은 오로지 선의와 진실만을 담고 있는 경우에도 기묘하게 비틀려 있었다. 그게 그의 한계였다.

그러나 지금 나는 김세훈의 논리에 따라 움직이고 있었다. 아무리 숨은 의도가 있다고 해도 라스푸틴의 이야기는 라스푸틴보다 더 커져 있었다. 그는 그 이야기를 통제한다고 믿고 있겠지만 그럼에도 불구하고 이야기는 이미 그를 넘어서고 있었다. 지금 그는 혼자가 아니었다. 수많은 길드가 그를 지지하고 있었고 그 지지를 유지하려면 이야기가 필요했다. 그리고 그 이야기에 따르면 그가 최후의 결전을 벌일 곳은 안산이었다. 라스푸틴에게 저번에 파괴에 실패했던 안산 연구소야 말로 죽음의 별이었다. 그의 주장에 따르면 두 번째 죽음의 별.

선택의 여지는 있었다. 지지자들의 기대를 따르며 안산을 공격할 것인가, 아니면 그 기대를 배신하며 그의 숨은 목적을 달성할 것인가. 물론 회사는 안산에 아퀼라를 보내 보스의 복수를 할 수도 있고 그것을 함정이라고 의심하고 다른 계획을 짤 수도 있다. 이미 전 세계 수많은 팬픽 작가들과 서포터들이 자기만의 이야기를 만들고 있었다. 아무리 배배 꼬인 음모가 숨어 있다고 해도 이들 중 한 명 이상은 맞을 것이다. 집단 예측은 촘촘하기 짝이 없어서 진실이 빠져나갈 구멍이 없었다. 심지어 라스푸틴의 정체를 정확히 밝힌 팬픽과 게시물도 80개 이상 검색에 걸렸고 그 수는 점점 늘어나고 있었다. 그 중 다섯 편은 라스푸틴이 나나 아퀼라 멤버들을 잡아먹거나 우리가 그를 잡아먹으면서 끝났다. 블루 스펙터스 시절 때만 해도 알파 히어로 팬픽은 주로 연애와 섹스 이야기였다. 언제부터 카니발리즘이 재미있는 무언가가 된 것인가. 앞으로 무엇이 나올지 상상도 하기 싫었다.

"날짜와 장소가 점점 수렴하고 있어요."

모니터 너머에 있는 아티쿠스사의 분석전문가가 말했다. 그녀 역시 이번 학살로 승진한 사람들 중 한 명이었다.

"이번 주 금요일 오후 4시 반에서 5시 사이에 전투가 시작될 가능성이 80퍼센트입니다. 장소는 여전히 안산이고요. 앞으로 가능성은 계속 높아질 것이고 오늘 밤까지 90퍼센트를 넘을 것으로 추정됩니다. 귀사나 HJS의 분석 결과도 봤는데 다들 마찬가지입니다. 이 정도면 라스푸틴이 휘두를 만한 자유의지는 거의 없다고 봐야죠. 이 안에서 라스푸틴이 어떤 음모를 꾸민다고 해도 안산 연구소 주변은 난장판이 될 수밖에 없어요. 이 이야기를 따르실 겁니까. 아니면 파괴 변수를 도입하실 겁니까. 어느 쪽을 택한다고 해도 우린 귀사의 입장을 존중하고 따를 겁니다. 귀사의 연구소이고 귀사의 팀이고 귀사의 복수니까요."

모두의 시선이 나에게로 쏠렸다. 나는 고민하지 않고 고개를 끄덕였다.

"그렇다면 아퀼라를 보내실 겁니까?"

분석전문가는 다짐을 받아야겠다는 듯 물었다.

"네."

"좋습니다. 실망시키지 마세요."

5

불타는 연구소에서 피어오르는 황갈색 연기가 서쪽 밤하늘을 잡아먹고 있었다. 소방차 사이렌과 흥분한 구경꾼들의 고함소리가 이 거리에서는 희미한 자장가처럼 들렸다.

나는 글로우 멤버들과 함께 이전엔 주공 아파트 단지였던 폐허 속을 걷고 있었다. 미니 드론 24개가 우리 주변을 맴돌고 있었지만 영상은 아직 본사로 중계되지 않았다.

다들 허겁지겁 걸친 사복 차림이었다. 사복이라지만 회사의 규칙에 따라 상대편 염동력자들의 무기가 될 수 있는 금속 핀이나 진짜 타이가 제거된 옷이었고 모두 얇은 전투방어복을 속옷처럼 입고 있었다. 팔공산 유격대 길드와 13대 1로 붙는 동안 소미의 왼팔에 금이 갔고, 현호와 현민 쌍둥이는 늘 그런 것처럼 함께 감응성 환청에 시달렸지만 오늘 전투의 스케일을 고려해 보면 다들 멀쩡한 편이었다.

"……그렇다면 이번 전투엔 별점을 몇 개 주시겠습니까?"

이어폰으로 라디오를 듣고 있던 미라솔이 엉터리 힌두어 억양 영어로 말했다.

"다섯 개 만점에 세 개요? 시작은 장대했지만 결말은 초라하군요. K-포스가 그렇게 광고했던 복수전은 어떻게 된 겁니까?"

이어진 불어 억양 흉내는 좀 나았다.

"롤랑 쿤데?"

지나가 물었다. 미라솔이 고개를 끄덕이자 그녀는 혀를 삐죽 내밀었다.

"그 사람은 늘 우리 회사 점수를 짜게 주더라. 그래도 별 넷은 됐지."

"그 정도까지는 아니지. 아직 그 사람들은 진짜로 무슨 일이 일어났는지 모르잖아…… 잠깐."

미라솔이 손짓을 하자 우리 모두 걸음을 멈추고 그녀의 얼굴을 응시했다. 그녀는 라디오 방송을 커프스 스피커로 돌렸다. 다소 흥분한 여자 목소리가 들렸다.

"……방금 확인된 소식을 전해드립니다. 라스푸틴과 싸우던 도중 중상을 입은 것으로 알려졌던 아퀼라의 리더 고요가 20분 전 사망했습니다. 다시 한 번 말씀 드립니다. 아퀼라의……"

미라솔은 스피커를 껐다. 소미는 헛기침을 했고 지나는 발끝에 걸린 돌을 걸어찼으며 쌍둥이들은 동시에 만화 주제가를 흥얼거리기 시작했다. 우리는 말없이 다시 걸음을 옮겼다.

"산주와 맥은?"

지나가 미라솔에게 물었다.

"산주는 이제 전투에 나가지 못할 거 같대. 요 몇 달 동안은 거의 베타나 다름없잖아. 켄이 잘 조율해 줘서 버티고 있었지만 더 이상 도약은 무리지. 맥은 갈비뼈 세 개 부러진 거 빼면 괜찮대. 이제 아퀼라는 7인조네."

"켄은 생도 중 아미르와 성후에게 눈독을 들이고 있던데. 어떻게 생각해요, 언니?"

나는 검지를 입에 대고 쉿 소리를 냈고 미라솔은 허겁지겁 입을 다물었다. 아까부터 왼쪽 귓속의 이어폰이 알람 소리를 내고 있었다. 눈앞에 널려 있는 불탄 아파트 건물 폐허 중 하나가 우리의 목적지였다. 쓰레기를 치우고 낸 엉성한 길이 반지하실로 이어져 있었다. 우리는 계단을 내려갔다. 문 바로 옆 계단 난간에는 검붉은 오른손 자국 하나가 올라가는 방향으로 나 있었다. 새끼 손가락이 이상한 각도로 뒤틀린 커다란 개구리 손. 라스푸틴이 었다.

"베타 언니의 실력을 볼래?"

나는 문손잡이를 양손으로 감쌌다. 드라이버 핀들이 오르내리 는 찰칵거리는 소리가 나면서 자물쇠가 풀리고 문이 열렸다. 작 은 박수소리가 들렸고 나는 가볍게 목례를 했다.

불을 켰다. 얼마 전까지만 해도 꽤 깔끔했을 것 같은 거실은 피 와 그을음으로 엉망이었다. 전신화상으로 신원을 구별하기 어려 운 남자가 반으로 동강난 커피 테이블 위에 큰대자로 누워 신음 하고 있었다. 드론 12대가 시체 냄새를 맡은 파리처럼 그에게 날 아들었다.

"부끄러운 줄 알아, 김세훈."

내가 말했다.

"이미 192명이나 되는 사람들이 2년 전부터 네 계획을 예언했 어. 그 중 한 명은 여기 아지트 위치까지 맞혔어. 그게 누구지, 미 라솔?"

"Runner8요. 팬픽 제목이 『죽어라, 김세훈, 죽어!』였어요.

"맞아, Runner8. 일이 정리가 되면 사은품이라도 보내줘야지."

김세훈이 입을 놀리며 끼긱거리는 소음을 냈다. 나는 손짓 두 번으로 그의 목을 막고 있던 핏덩이를 뽑아주었다. 몇 번 기침을 하던 그는 그제야 간신히 사람 비슷한 소리를 냈다.

"예언한 게 아니야."

그가 말했다.

"그 마, 망할 안티 넌 글을 읽고 그대로 따라한 거지. 해볼 만한 계획이었어. 문학적이잖아. 사, 삶이 예술을 정확히 모방하고 그 뒤에 숨어……"

"우리 애들이 팬픽 뒤에 숨는 것처럼? 이게 그거랑 같아?"

나는 주머니에서 대사를 적은 카드를 꺼냈다.

"지금 녹화되는 게 공개될 수 있는지는 모르겠어. 하지만 그렇다고 치고 따라잡지 못한 시청자들을 위해 요약정리를 해볼게. 김세훈, 너는 회사를 독차지하려고 라스푸틴을 시켜 아버지와 임원들을 죽였어. 일단 한자경이 대표가 되면 세력을 모아 무능력하다고 밀어내고 그 자리를 차지할 생각이었지. 라스푸틴이 지금까지 용케 우리 공격을 피할 수 있었던 것도 다 네가 준 정보 때문이었고, 여기서 편집을 위해 잠시 쉼표. 그리고 너에겐 더 큰 계획도 있었는데, 그게 실현되었다면 넌 히틀러와 스탈린을 다 합쳐도 발끝도 못 따라갈 대량 학살범이 되었을 거야. 안산 연구소에서 전투가 일어나는 동안 검역을 뚫고 라스푸틴의 부하들을 해외로 방출할 생각이었던 거지. 그런 식으로 회사의 활로를 뚫으려 한 모양인데, 미쳤냐? 겨우 그런 이유로 수십억을 죽여?"

"어, 언젠가는 일어날 일이야. 넌 지, 지금의 격리가 언제까지 먹힐 거라고 생각해?"

"어차피 넌 성공할 수 없었어. 라스푸틴의 행동 패턴 분석 결과가 계속 단독 행동으로 나왔던 걸 기억해? 넌 그냥 운이 좋았다고 생각하고 우쭐거렸지만 아니었어. 라스푸틴은 처음부터 너 따위는 공범자라고 생각하지도 않았어. 빅 배드를 네 맘대로 부릴 수 있다고 믿었다니 너도 참 철이 없지.

지금 네 꼴을 봐. 넌 처음부터 회사의 실패작이었어. 심지어 낙하산이어서 그랬던 것도 아니야. 따지고 보면 세나나 찬우도 낙하산이었지만 아무도 뭐라 안 했어. 넌 그냥 김세훈이어서 실패였어. 아, 이런 말을 해서 뭐하나. 어차피 공개되지도 못할 텐데. 네 대학살 음모는 이 이야기에서 맥거핀에 불과해. 회사 작가들이 네 수준에 어울리는 다른 계획을 써주겠지…… 뭐?"

김세훈은 온 몸의 힘을 혀와 입술로 모아 아까 했던 말을 반복했다. 여전히 소리는 안 들렸지만 입술을 읽을 수는 있었다.

'날 잡아먹을 차례야.'

어이가 없어진 나는 혀를 찼다.

"실망시켜드려 어쩌나. 우린 그냥 문명인답게 앰뷸런스를 부를 거야. 아미쿠스에 훌륭한 화상치료팀이 있지만 안 불러. 넌 병원에서 아퀼라 팬들의 저주를 받으며 죽을 거야. 그리고 때가 되면 우린 라스푸틴이 너를 불 지르는 장면을 프리미엄 광고를 붙여 팔아먹을 거야. 네 덕택에 네 졸개들은 다 쫓겨날 거고 한자경의 입지는 더 단단해지겠지.

그걸 어떻게 구했냐고? 라스푸틴이 췄어. 우리가 여길 어떻게 찾아왔다고 생각하는 거야? 팬픽이 알려줘서?"

6

모두 사실이었다. 김세훈을 불 지르는 장면이 찍힌 단추 카메라를 나에게 넘겨 준 것은 내 무릎에 머리를 얹고 피를 토하며 죽어가던 라스푸틴이었다. 우리가 인천공항에서 발사대기 중이었던 로켓들을 폭파할 수 있었던 것도 그 카메라 덕택이었다.

아슬아슬하게 들리지만 그렇지는 않았다. 우리가 폭파하지 않았다고 해도 정지궤도에 떠 있는 UN 검역군의 위성기지가 막았을 것이다. 라스푸틴은 처음부터 그 따위 계획엔 관심도 없었다. 그는 그냥 김세훈을 도와주는 척하며 접근했다가 고문하고 죽이고 싶었을 것이다. 아니, 그의 음모가 폭로되어 개망신을 당한다면 살려두는 것도 좋았겠지.

나는 아직도 라스푸틴을 완전히 이해하지 못한다. 내가 할 수 있는 건 오로지 짐작뿐이다. 나는 그가 김씨 부자를 증오하고 있었다는 것을 안다. 하지만 나는 그가 지나가 날린 캔디 폭탄에 맞아 배에 구멍이 나고 미라솔의 염력으로 폐가 찢겨 죽어갈 때 무슨 생각을 하고 있었는지 모른다. 나는 그가 불길 속에서 비명을 지르는 김세훈을 아파트 아지트에 남겨 놓고 떠날 때 무슨 생각이었는지 모른다. 나는 그가 마지막 결정타를 날리길 주저하던 고요의 두개골을 박살 낼 때 무슨 생각이었는지 모른다. 나는 그가 주호와 회장을 죽일 때 무슨 생각이었는지 모른다. 그 어처구니없는 실험으로 라스푸틴이 되었을 때 무엇이 그의 두뇌를 망쳐 놓고 그를 괴물로 만들었는지도 모른다.

켄은 알고 있을까. 알고 있다고 해도 말해주기는 어려울 것이다. 우린 감응자들의 경험을 정확히 묘사할 수 있는 어휘를 갖고 있지 않다. 라스푸틴의 머릿속을 돌았던 그 현상은 더 이상 생각이라는 이름으로 부를 수 없는 무엇이었는지도 모른다. 그의 내면은 그의 외모만큼이나 엄청난 변화를 겪었다.

처음부터 그 실험은 해서는 안 되는 것이었다. 알파에게 7, 8년은 충분한 시간이었다. 빈자리를 채울 새로운 알파들은 계속 나오고 있었다. 무엇 때문에 그 기간을 억지로 연장한단 말인가. 순전히 할 수 있는지 궁금했다는 것 이외엔 다른 이유가 없지 않았나?

도대체 인호는 왜 그 실험에 자원했을까.

몇몇 사람들은 내가 인호를 이해하지 못하는 것 자체를 이해하지 못한다. 사내 송년 파티 때 만난 지나는 맥없이 반복되는 내 질문을 단칼에 끊어버렸다.

"두려웠겠죠. 전 곧 베타가 되는 게 기뻐요. 글로우가 해체되어도 할 일은 많고. 어제 병원에 가보니 산주도 공부 계획으로 바쁘더군요. 하지만 인호는 알파인 것 이외에 내세울 게 없었잖아요. 모두가 우리 같지는 않아요.

생각해 봤는데, 오히려 그런 부작용을 반쯤 기대하고 있었을지도 몰라요. 인호의 대외 이미지는 부모를 잃은 뒤 어린 동생을 혼자 돌본 갑갑한 모범생이었죠. 하지만 그런 자기가 좋기만 했을까요? 준호를 죽인 것도 이해가 안 가지는 않네. 말이 좋아 모범생이지, 인호는 생각하는 게 딱 조선시대 양반 같은 녀석이었잖아요. 그 상황에선 몸 파는 여동생을 본 것 같았겠죠. 홧김에 그래 놓고 나중에 후회했겠지만.

김세훈을 죽이겠다고 결정한 것도 실험 전일 수 있지 않을까요? 걔가 어렸을 때부터 세니 언니 팬이었다는 건 모두가 아는데. 손에 피만 안 묻혔을 뿐이지, 세니 언니를 죽인 거나 다름없는 인간이 아직도 회장 아들이라고 설치고 다니는 게 얼마나 꼴사나웠을까. 언니는 이런 걸 잘 안 해서 이해가 안 될지 모르겠지만 팬심은 생각하는 것보다 훨씬 강해요. 어떤 때는 인생 전체를 걸어도 될 정도로."

지나는 이 몇 마디로 모든 게 다 설명된 척하며 자리를 떴다. 그녀도 이게 전부라고 믿지는 않을 것이다. 다른 것들보다 사실에 조금 더 가까울지 몰라도 멀리서 보면 지나의 설명 역시 인터넷을 떠도는 수많은 이야기 중 하나일 뿐이다. 앞으로도 회사는 라스푸틴이 양인호라는 사실을 공식적으로 인정하지 않을 테니, 라스푸틴과 양인호의 이야기는 수많은 음모론과 팬픽 속에서 새끼를 치며 불어날 것이다. 세월이 지나면 그 이야기들 속에서 진실이 의미를 완전히 잃어버릴 날이 오겠지. 아니, 벌써 온 것인가?

로비 창문 모니터에 11시 55분을 가리키는 거대한 시계가 떴다. 박수소리와 함께 한자경이 시계 밑에 설치된 임시 무대에 올랐다. 내가 만든 이야기 덕택에 김씨 집안 남자들의 추종 세력을 몽땅 정리하고 당당하기 짝이 없는 리더 이미지를 즐기고 있는 한자경과 안산 연구소에서 라스푸틴이 된 인호에게 겁탈당할 뻔하고 울먹이던 한자경은 더 이상 같은 사람처럼 보이지 않는다.

그렇다면 나는 새 한자경을, 그녀를 만들어낸 내 이야기를 얼마나 믿어야 할까?

"비극적인 한 해였습니다. 하지만 새해의 밑거름이 되어 줄 한 해이기도 했습니다."

우레와 같은 박수가 막 시작된 한자경의 연설을 막았다. 나는 새로운 권력이 가져다 준 흥분으로 상기되어 발갛게 달아오른 그녀의 옆얼굴을 본 것으로 만족하고 로비를 폈다. 뒤는 궁금하지 않았다. 어차피 연설문 반은 내가 썼다.

광장으로 연결된 유리문을 닫기 전에 나는 무대 바로 밑에 활인화처럼 뻣뻣한 자세로 서서 새로 태어난 K-포스의 지배자를 말없이 올려다보고 있는 미라솔의 얼굴을 슬쩍 엿보았다. 그녀의 차갑게 굳은 얼굴과 검은 단추처럼 표정없는 눈은 환호성을 지르고 웃고 노래를 불러대는 동료들이 만들어내는 어수선한 배경 때문에 실제 이상으로 오싹해 보였다. 나는 그 때 미라솔의 머릿속에서 무슨 생각이 돌고 있었는지 알고 있지만 여기서 말하지 않을 것이다.

내가 하지 않더라도 어차피 수다스런 팬픽 작가들이 그 빈자리를 채워줄 테니까.

매캐한 연기와 잿내가 주변을 뒤덮고 있다. 흙먼지가 자욱하다. 여의도 일대는 큰 망치로 두들긴 듯 납작하게 내려앉아 있다. 구조대며 영웅을 찾는 아우성이 귀에 꽂힌다. 국회의사당은 반으로 갈린 채 땅에 박혀 있다. 어디선가 위태하게 기울어져 있던 전신주 하나가 픽 쓰러지며 전선을 두둑거리며 당겼다. 쿵 하고 자동차 하나를 깔아뭉개는 것과 동시에 어둠이 퍼져나갔다. 하늘은 먼지에 번져 이른 저녁인데도 온통 피처럼 붉었다.

"딸애 보고 싶네."

나는 그 앞에 선채 머리에서 노란 잿먼지를 털어내며 말했다. 너덜너덜한 소매에서 살점처럼 천을 뜯어내었다. 실이 섬유근처럼 쭉 뽑혀 나왔다.

"수원역에 두고 왔는데."

1분 전

속보가 뜨면 이미 늦장이다.

방송국에 제보가 폭주하고 그치들이 사실 여부를 확인하고, 요새 물오른 아침 프로 대신 내보내도 시청자들이 오냐오냐 TV에 붙어 있을 만한 사건인가 위에서 타진해 보고, 당직 아나운서가 대기실에서 불려 나와 목청 가다듬고 옷매무새 한번 쓰다듬을 시간이면.

나는 그새 열 번도 더 다녀왔어야 했다.

좀 전부터 살얼음판이 된 길 위로 싸락눈이 춤을 춘다. 젖은 하늘에는 아직 희뿌연 해가 남아 있다. 나는 눈발이 두려웠다. 해는 그나마 위로가 되었다.

"후딱 다녀오면 되잖아."

딸애가 속삭였다. 옛날 저기 무슨 혼인잔치에서 아들의 손을 감아쥐며 '애야, 포도주가 떨어졌다는구나.'하고 속삭였던 여인네처럼. 전능자의 귀여운 투정을 다독이는 것이 그를 보필하는 자의 소소한 시련이겠거니 하는 눈으로.

"예지야, 아빠 가기 싫어. 저기 너무 멀고……."

"아빠 일이잖아."

TV 속의 마트는 연기에 뒤덮여 있었고 눈에 띄게 기울어져 있었다. 연기보다 기울어짐이 기괴했다. 상황은 아직 파악되지 않은 모양이다. 그래서 여지가 있다. 상황 파악할 시간까지 있다면 사람 구할 가망은 없는 거니까. 3층에서 사다리차를 타고 내려오는 사람들이 카메라에 잡힌다. 4층 창에서는 손들이 아우성친다. 돌아가는 것이 녹화 영상인 걸 보면 지금 상황은 더 악화되었을지도 모를 일이다.

속보가 뜨면 이미 늦장이다.

속보가 떴는데도 여지가 남아 있다면 뭐든 일이 매끄럽지 않게 돌아갔기 마련이다. 대피방송이 늦었거나, 대피로가 막혔거나, 누군가 지 선에서 일을 처리하려 하다 신고가 늦었거나. 일이 매끈하게 돌아가면 내 선에 닿기 전에 끝난다. 좋은 방향으로든 나쁜 방향으로든.

전철은 어디 무슨 대단한 일 났냐는 듯이 한가로이 역에 안착했다. 문이 열리자 승객들은 세상에 이보다 더 대단한 일이 있겠냐는 듯 종종걸음으로 안으로 사라졌다.

"집에는 갔다 가야 할 텐데. 너는 데려다 주고……."

"얼른."

예지가 내 손가락을 감아쥐었다. 예지의 유치원 가방에 달린 번개 인형이 탈랑탈랑 춤을 춘다. 뿔테 안경을 쓰고 꽃무늬 몸뻬 바지에 빨간 후드티를 둘러쓰고 있다. 내가 언젠가 어쩔 수 없이 모습을 드러내야 했을 때 근처 옷가게에서 대충 챙겨 입은 것이다. 빨간 실로 만든 입이 배시시 웃는다.

"다녀와."

"응."

우리는 10초 뒤에 다시 만날 것이다.

내가 돌아온 뒤에도 TV는 아직 녹화 영상을 돌리고 있을 것이다. 예지는 내 손을 감아쥔 손 모양을 한 채 서 있을 것이고 나는 그 앞에 조금 허름해진 채 앉아 있을 것이다. 예지는 눈을 깜박이다가 활짝 웃고는 내 머리를 쓰다듬으며 물을 것이다.

"다녀왔어?"

"응."

나는 건성으로 답하며 예지의 가방에 나처럼 조금 허름해진 번개 인형을 매달 것이다. 실이 좀 해졌어도 여전히 배실배실 웃을 것이다.

"것봐, 간단한 걸."

"그러게."

TV는 그제야 속보자막을 띄우고 우리가 전철에 탈 때쯤에야 새 화면을 내보낼 것이다. 내가 만든 잔상이 건물을 휘감고 있을 것이다. 사람들이 바람처럼 건물에서 획획 들려나와 마트 앞마당에 일렬로 눕혀지는 진풍경은 전철 안에서 스마트폰으로 볼 것이다. 다른 뉴스가 더 나오면 조용히 끄고 창밖에 구름이나 보자고 할 것이다.

10초만 지나면.

* * *

"겨우 10초 사이에,"

사회자가 '그런데 말입니다'를 앞에 붙이고는 입을 열었다.

"어떻게 그 많은 일을 할 수 있었을까요?"

사회자 뒤로는 수십 개의 CCTV와 블랙박스 영상이 돌아간다. 잔상, 혹은 돌연한 바람, 아니면 초현상일 것이 분명한 무엇인가들. 국소 안개가 꼈거나 녹화 화질이 나쁜 것과 구분이 가지 않는 영상들.

"달릴 수는 있었다 칩시다. 세상에서 가장 빠른 사람이니까요. 하지만 생각은 언제 하죠? 그 짧은 새에 그렇게 많은 판단을 할 수 있었을까요?"

"화질이 영 별로네요."

패널 중 하나가 말했다.

"뻔히 눈앞에서 돌아다니는 사람이잖습니까. 갈만한 곳에 초고속 카메라를 설치하면 찍을 수 있지 않습니까? 그럼 뭘 하는지도 알 수 있을 거고요."

"못 찍습니다. '번개'는 빛의 속도로 움직이니까요."

무슨무슨 대학 무슨무슨 교수라는 자막이 붙은 대머리 아저씨가 말했다.

"시간이 멈춘 가운데 움직인다는 뜻입니다."

"말하자면……?"

사회자의 질문에 교수가 설명을 덧붙였다.

"지금 시간이 멈췄다고 가정해 봅시다. 지금 제가 팔을 한 번은 왼쪽으로 뻗고 한 번은 오른쪽으로 뻗겠습니다."

교수는 국민체조를 하듯이 손을 쭉 뻗어 좌우로 쭉쭉 움직였다.

"그럼, 저는 지금 손을 어느 방향으로 뻗고 있겠습니까?"

주위에 앉은 패널들은 '우리가 아무래도 잘못 불려나온 모양입니다, 아뇨, 어리둥절한 표정 지으라고 불려왔죠.' 하는 표정을 교환했다.

"좌우로 빠르게 움직이나요?"

"시간이 흐르지 않는다니까요. 제가 왼쪽으로 손을 뻗은 것과 오른쪽으로 뻗은 사이에 시간의 변화가 없습니다. 그러면 두 사건은 동시에 일어난 겁니다."

"팔이 네 개로 보일까요?"

"알 수 없습니다."

배경음악이 있었다면 누가 심벌즈를 차라랑 쳤을 법한 여운 속에서 교수가 말했다.

"어떤 중첩 상태에 있을 겁니다. 우연히 그 중 한 동작을 볼 수 있을지는 모르지만, 그렇다 해도 뭘 볼지는 알 수 없어요. 그것마저도 동작을 두 가지만 했을 때 이야기입니다. 실제로 번개는 그 사이에 무수한 동작을 하고 수많은 곳에 가 있을 테니, 그때에 번개가 어디에 있는지, 무얼 하는지 우리로서는 알 수가 없는 겁니다."

"참치 김밥을 먹었습니다!"

종교방송에서 목사가 호통을 치며 연단을 내리쳤다. 청중 사이에서 자그마하게 "할렐루야"하는 화답이 들렸다. 목사는 기름과 김 부스러기가 묻은 쿠킹호일을 청중을 향해 좍 펴 보이며 호통을 쳤다.

"참치 김밥을요!"

어디서 '아멘' 소리도 들렸다.

"이게 사람이 할 짓입니까? 사람이 나자빠져 죽어 가는데 앞에서 김밥 먹을 정신이 있어요? 현장에는 애들도 있었어요. 번개가 김밥이나 먹는 사이에 심장마비가 오거나 뇌졸중이 왔을 수도 있어요. 그 앞에서 이 악마는 지 배나 채우고 있어요!"

"많이 먹어야 할 겁니다……."

「생생정보 비타민 쇼」에서 여의사가 볼을 긁적이며 말했다.

"그러니까, 힘은 질량에 가속도를 곱한 값이죠. 속도를 내려면 에너지가 필요해요. 사람으로 치면, 칼로리죠. 밥을 먹어야 한다는 겁니다."

여의사는 주섬거리며 '운동별 칼로리 소모량'과 '식품별 칼로리'라고 적힌 도표 두 개를 꺼내 탁자에 세웠다.

"사람이 1킬로미터를 달리면 대강 제 체중만큼의 칼로리를 씁니다. 60킬로그램의 사람이라면 60칼로리쯤 필요하겠죠. 참치김밥 칼로리가……, 580칼로리 정도 되는군요. 그냥 김밥보다 열량이 높네요."

여의사는 도표와 카메라를 번갈아 보느라 연신 고개를 기웃거리며 말했다.

"말하자면, 번개가 김밥 한 줄을 먹으면 10킬로미터쯤 달릴 수 있다는 겁니다."

방청객들은 김밥에 그런 놀라운 기능이 있는 줄 몰랐다는 듯 고개를 끄덕였다.

"그러니까, 우리가 번개를 볼 수 없어도 먹은 양을 보면 얼마나 움직였는지 알 수 있다는 거죠."

오오, 그렇군요. 방청객들이 연신 감탄했다.

"번개는 이번에 현장에서만 김밥천국 하루치 재료를 거덜 냈어요. 주점 하나와 파리바게트 하나, 편의점 네 개를 털었죠. 피해액 보고에 따라 칼로리 계산을 해 보면……."

의사는 더듬거렸다.

"……번개는 10초 사이에 대략 만 오천 킬로미터를 달렸습니다. 서울에서 부산까지 열여섯 번은 왕복했어요. 초속 천오백 킬로미터. 음속의 사천사백 배, 제트기의 이천이백 배……."

* * *

내가 가속하자 썰물처럼 소리가 쓸려나갔다. 멀리 전나무 가지가 바람과 실랑이하는 것을 멈췄다. 부스스 흘러내리던 눈꽃이 느려지더니 멎었고 예지의 가방 지퍼에 묶여 찰랑이던 번개 인형은 크게 널을 뛴 채로 허공에 붙었다.

TV 앞에서 저거, 저거, 하던 사람은 '저'라는 입 모양을 남긴 채로 멈췄다. TV는 막 화면이 전환하려는 잔상을 남긴 채 멈췄다. 시계의 초침이 딸깍이다가 정지했다. 사람들은 전위예술의 한 장면처럼 제각기의 자세로 서 있다. 뭔가에 걸려 넘어지려던 사람이 중력의 법칙에서 벗어난 채 공중에 기울어져 있다. 그의 종이

컵에 담겨 있던 커피는 공중에 퍼진 채로 멎어 있다.

예지의 숨이 멎었다. 눈을 깜박이지 않고 심장도 뛰지 않는다. 다음 번 박동까지 시간이 많이 남은 것일 뿐이지만 섬뜩한 느낌은 다르지 않다. 나는 순간적으로 인형에 눈을 두었다. 최소한 그건 그대로였고 그래서 위로가 되어서였다. 나는 반쯤 충동적으로 인형을 떼어 뒷주머니에 넣었다.

나는 쭈그리고 앉아 내 가방을 내려놓고 늘 들고 다니는 꼬깃꼬깃한 지도를 꺼냈다. 짐을 새로 싸야 한다. 필요 없는 것이 많으니까. 전력을 쓰는 건 다 소용이 없다. 스마트폰이나 인터넷이야 말할 것도 없다.

잠실이라, 걷기엔 빠듯하지만 차를 탈 수도 없다. 거리의 차들은 다 서 있을 것이다. 기이한 원리에 의해 조금 좁아지고 기울어졌을 뿐이다. 버스 문을 열고 들어가 차표를 낸다 한들 운전수는 내가 탄 줄도 모른다. 차 열쇠를 돌려볼 수는 있지만 그뿐이다. 차 입장에서는 0초 사이에 시동을 건 것이라, 뭔가 '안 일어난 셈' 치는 것 같다.

신갈로 빠져 탄천을 따라 걸어가면 하루쯤 걸릴 거다. 아니, 지금 하루라는 단위는 없다. 해도 지지 않고 지구도 돌지 않으니까. 김밥으로 계산하면 서너 줄, 두세 끼니, 그만하면 번거롭지만 갈 만하지.

단지 비전(vision)이 마음에 걸렸다.

가속하자마자 온갖 TV쇼가 눈앞을 지나갔다. 그보다 먼저 잿더미가 된 여의도 앞에 서 있는 내 모습이 있었다. 사방이 불바다였는데 사람 구할 생각도 하지 않았다. 마치 내가 이 나라를 뒤엎어 버리기라도 하는 것처럼.

의사가 말하는 만 오천 킬로미터 부분도 영 껄끄러웠다. 계산을 역으로 해 보면 나는 이번에 대강 천오백 개의 김밥을 먹는다는 뜻이 된다. 하루에 필요한 김밥을 다섯 개로 치면 삼백 일, 열 달.

이해할 수 없는 시간이다. 아무리 현장이 답이 없어도 그렇지. 내가 그렇게 오래 일할 리가 있나. 열흘이면 사람 호의는 다 쓴 거다. 사람이 제 깜냥이란 게 있는데…….

나는 고개를 저었다. 비전은 비전일 뿐이다. 잘 맞기는 하지만 늘 맞진 않는다.

'시간이 멈췄기 때문에 일어나는 인과율의 혼선일 거예요.'

가속할 때 미래의 풍경이 보인다는 말에 상담 선생이 해준 말이다.

'아무래도 시간이 흐르지 않으면, 미래도 과거도 동시에 일어나는 거나 마찬가지니까요. 그래서 보게 되는 환상이 아닐까요. 왜, 빛은 자기가 갈 곳을 미리 안다잖아요.' 그러더니 기운차게 내 어깨를 두드렸다. '뭐 좋잖아요. 미래가 보이면 대비할 수 있잖아요.'

그래, 대비하면 되지. 뭐 좋잖아.

역을 나서니 멈춰 선 군중 사이에 선 광고탑이 눈에 들어왔다. 빨간 망토를 두른 근육질 녀석이 새하얀 이를 드러내며 상큼하게 웃는다. 얼굴 팔린 친구들 중에서도 유명한 놈이다. "악당이 되지 맙시다." 라는 말풍선을 달고 "가까운 초인 전문 클리닉에 연락하

세요."라는 팻말을 들고 있다. "예방이 최선입니다."라는 글귀도
보였다.

벌써 예지가 보고 싶었다.

10초 전, 혹은 넉달 전

"안 되잖냐."

'운석'이 운을 떼었다.

"뭐가 안 된다고?"

"우리 같은 능력은 우리뿐이잖아. 니 딸을 무슨 수로 보냐."

나는 김밥을 입안 가득히 넣은 채 잠깐 이 놈팽이는 누구고 지
금 뭔 소리를 하는 거며 내가 어디에 와 있는 건가 생각을 더듬
었다.

우리는 마트 앞마당에 천막과 담요와 매트를 내와 꾸린 진지에
앉아 있었다. 운석의 매트에는 녀석이 도서관에서 들고 온 무협
지와 판타지 소설이 쌓여 있다. 사이에 '초인 능력 활용법' '초인
세계에서 살아남기' 같은 애들 학습만화도 얼핏얼핏 보인다. 내
옆에는 싸리비에 걸어 둔 인형이 배시시 웃고 있다. 싸리비는 고
정시키지 않았는데도 꼿꼿이 서 있다.

진지는 벌써 꾸릿꾸릿하다. 바람이 없어 먼지가 날아와 쌓일 일
은 없지만 사내 둘이 비척거리니 슬슬 때가 탄다.

우리 뒤로는 반쯤 기울어지고 새카매진 7층짜리 마트가 그림처
럼 서 있다. 터진 살처럼 쩍쩍 금이 가 있다. 연기구름은 피어오르

지도 부풀지도 커지지도 않은 채 허공에 붙어 있었다. 흙먼지는 가라앉지 않고 소방차에서 솟구친 물줄기도 얼음처럼 붙어 있다.

나는 좀 전에 마트에서 사람을 오십 명 째 업고 내려와 마당에 깔아놓은 참이었다. 오십 명째였고 파김치였다. 맨땅인 것이 마음에 걸리지만 달리 둘 데도 마땅찮다. 제각기의 모양으로 우그러져 있는 것이 보기 언짢아서 눈을 감기고 일렬로 바르게 눕혀 놨는데, 그래놓으니 다른 의미로 고약한 장난으로 보인다.

길가에는 구경하는 사람들이 바글바글하다. 내가 보이지야 않겠지만 앞에서 먹고 싸고 하자니 기분상으론 동물원 원숭이 신세다.

"안 되는 거 생각하지 마라. 그러다 정신 나간다."

좀 전에 단무지를 썹다가 예지가 보고 싶다고 중얼거린 기억이 났다. 하는 말이지, 그걸 또 진지하게 대꾸하고 앉았냐.

운석은 마트 앞에 미리 와 있었다.

마지막으로 본 것이 열다섯이었나, 스물은 넘겼을 터인데, 젖살은 여태 오동통하고 키만 훤칠하니 컸다. 볼엔 아직 여드름자국이 다닥다닥했다.

놈을 보자마자 머릿속에서 칠백오십 개의 김밥을 지웠다. 입이 둘이면 사백오십 끼니, 다섯 달. 그럼 좀 덜 이상하지. 이 자식이 내 두 배 먹을 수도 있어. 한창 먹을 때잖아. 그러면 석 달. 아직도 길잖아. 얼마나 처먹은 거야. 나는 제 망상에 혼자 열을 냈다.

'어쩐 일이냐.'

'와야지.'

내가 묻자 놈이 답했다.

'내 사랑하는 전 주인님이 악당이 된다는데.'

"같은 능력 아냐, 한데 얽지 마라. 넌 중력이고."

"알아, 새꺄."

운석이 거들먹거렸다.

"중력과 가속도가 겉보기에 같은 힘이잖냐."

내가 가르쳐준 것이다. 내 밑에 있을 때.

그걸 알기 전까지 녀석이 할 수 있던 일은 도망치는 도둑 발 느려지게 만들어 잡는 정도였다. 그나마도 어릴 때 우연히 한 번 해봤다 들었다. 그렇겠지, 사람 살면서 도둑하고 마주칠 일이 얼마나 있겠나. 그냥 찌질이 능력자였다.

열다섯에 녀석은 사람 넷을 죽였다. 경상자를 포함한 부상자는 수십이 넘었다.

회사를 조퇴하고 가 보니 술집은 아수라장이었다. 물건은 다 산산이 깨어져 있고 천장과 바닥은 운석이 내리꽂힌 것처럼 움푹 들어가 있었다. 중력의 중심에 있던 사람들은 뼈가 조각조각 내려앉았다. 평생 다리나 팔을 못 쓰게 된 사람도 부지기수였다. 중력파는 수 킬로미터 밖까지 퍼졌다. 이론적으로는 음파와 마찬가지로 우주 전체로 퍼져나갔을 것이다. 근처 오피스텔에서 자던 사람까지도 의식을 잃고 실려 나갔다.

'중력은 무게를 무겁게 하는 게 아냐.'

내가 놈을 내 손으로 잡아다 경찰에 넘긴 뒤에, 녀석이 오피스텔까지는 자기 짓 아니라고 저항했을 때 대충 설명해 주었다.

'시공을 왜곡하는 거지. 조절하지 않으면 한 곳만 무거워져도 세상 전체에 영향이 간다.'

'영웅은 못 될 팔자였네.'

녀석은 고개를 끄덕이고 일어났다. 그게 마지막이었다.

나는 놈이 불편했다.

놈이 살인자라는 것 이상의 문제였다. 우리 같은 놈들에게는 쇠사슬 같은 치렁치렁한 상성이 있다. 금속 쓰는 놈은 불 쓰는 놈이 잡고, 불 쓰는 놈은 물 쓰는 놈이 잡는다.

애새끼는 내 포식자였다. 그건 일대일로 맞붙었을 때 놈이 나를 잡는다는 뜻이다. 다시 말해 녀석이 지금 나를 죽이지 않는 까닭은 최소한의 인간의 도리, 양심, 뭐 그딴 것밖에 없다는 뜻이다.

"일 도와줄 거 아니면 집에 가. 정신 사납다."

"싫어. 악당 하나 잡으면 포상금이 얼만데. 나도 팔자 한 번 펴보자."

능력이 같으면 이래서 성가시다. 내가 본 비전은 이 녀석도 같이 보았을 것이다. 잿더미가 된 도시와 그 앞에 서 있는 내 모습을. 내가 세상을 다 무너뜨린 미래의 풍경을.

"그냥 환각이야. 내가 미쳤다고 그러고 설치겠냐."

"누군 날 때부터 미친놈이냐. 정신 나가는 거야 한 순간이지."

나는 소방차로 다가가 소방호스에서 뿜어져 나온 물보라에 입을 축이고 수건을 적셔 고양이 세수를 했다. 아껴 쓰는데도 벌써 많이 썼다. 이게 떨어지면 석촌호수까지 양동이를 지고 날아야 할 판이다. 생각만 해도 힘이 빠졌다.

"힘 빼지 마. 해 기운다."

놈이 말했다.

"기울었어?"

나는 하늘을 올려다보았다.

"'삐끗' 기울었어. 반초쯤 지났을 거야."

"그게 보이니."

"해를 왜 보냐. 그림자를 봐야지."

그런가. 아니, 그런다고 보이나. 생각하다 농이라는 걸 알았다. 내가 속도를 줄이면 이 녀석 입장에선 내 쪽이 멈춘 것처럼 보였을 거다.

* * *

"우울증은 위험합니다."

「생생정보 비타민 쇼」의 여의사가 진지하게 말했다.

"보통 사람들이 마음에 병이 나면 가족만 힘들고 끝나죠. 초인들이 병이 도지면 국가적 재난이 될 수도 있어요. 전에 외국에서 도시 하나 박살난 것도 박쥐소년의 우울증 때문이었죠? 예방이 최선입니다. 악당이 되면 늦어요. 평상시에 밥 잘 먹고 항상 낙관적인 마음을……."

* * *

마트가 기울어진 쪽 지반은 푹 꺼져 있다. 땅이 퍼석퍼석하다.

벽은 금방이라도 녹아내릴 듯 벌겋고 쩍쩍 갈라져 있다. 옥상 물탱크는 한쪽에 몰려 있다. 처음부터 하중이 쏠려 있었을 거다. 기둥마다 천장을 반쯤 뚫고 들어가 있다. 바닥이 물렁거리는 게 꼭 젖은 골판지 같다.

대뜸 건축 비리를 연상했지만 요새 이쪽 동네 땅 쑤셔댄 걸 생각하면 문제는 하나가 아닐 수도 있다. 2층 부근은 연기와 흙먼지로 시커멓다. 화재 원인은 더 조사해봐야 알겠지만 배관파이프가 눌리며 커진 압력에 열이 올랐을 거란 생각을 했다. 전기선이 눌렸거나. 이런 상황에서 불은 어디서든 붙는다.

화재가 대피를 방해했지만 건물이 넘어가는 것도 어쩌다 막은 모양이다. 하중이 쏠리는 방향에서 일어난 폭발이 건물을 조금 들어 올렸다. 2층이 먼저 주저앉기 시작했는데 뭔가 단단한 게 걸려서 잠시 멈춘 듯하다. 철책상이라든가, 냉장고라든가. 하지만 그게 뭐든 얼마나 가겠나.

이런 일이 있을 때마다 사람들은 누가 잘못했는지 알고 싶어 한다. 책임자를 추궁하고 흑막을 찾는다. 하지만 내 경험에 의하면 이런 일은 누가 잘못했을 때가 아니라 잘한 사람이 하나도 없을 때에 일어난다. 경로에 줄 서 있는 수백 수천의 사람 중 그 누구도, 아무도.

뒷돈도 있고 해먹은 놈도 있겠지만 밝히려면 한 세월일 거다.

다 형동생 하는 사이며 남의 목숨줄이 제 목숨줄이라 조개같이 쉬쉬한다.

뿔 달고 연두색 옷 입은 놈이 반짝반짝하며 날아와 내가 그랬지롱 내가 했으니 나만 잡아 가두면 되지롱 하고 다녀주기라도 하면 나도 얼마나 일하기 편할까.

눈발이 불길하더니만 아니나 다를까. 날이 이른데도 침침해서 전력이 끊긴 건물 대부분은 어둠에 묻혀 있다. 집이 기울었으니 다들 바닥에 있을 것이다. 어둡고 음습한 곳에. 통로에도 몰려 있을 것이다. 마찬가지로 음습한 곳에.

지금은 사람과 사물이 구분이 가지 않는다. 똑같이 조용하고 똑같이 생기가 없다. 빙하 속에 얼어붙은 화석마냥.

그리고 나는 빛을 만들 재간이 없다. 이곳에서는 손전등은 물론이고 부싯돌조차도 제 기능을 하지 않는다. 코앞에 사람을 두고도 지나치기 일쑤일 거다.

작년에도 비슷한 일을 했다. 그때엔 지하 마트 창고에 매몰된 직원들을 건져 올렸다. 같은 기업이다. 같은 놈이다. 건설일 하는 친구 녀석이 한번은 거나하게 취해서 내게 꼬장을 부렸다. '시바 너 때문이다, 영웅새꺄. 그때 사람이라도 죽어나갔으면 돈에 눈 벌게진 영감탱이들이 망해 뒤지기라도 했을 텐데.'

병원에서 약을 타기 시작한 게 그때쯤이었던가.

"안 되겠다."

누워 있는데 운석 녀석이 등 뒤에서 말했다.

"뭐가 또."

나는 매트리스 구석에서 수면 안대를 쓰고 잠을 청하던 참이었다. 안대는 놈이 어디서 구해다 준 것이다. 백야에서 지내는 생활이라, 신체주기를 안정시키기 위해 쓰라고 가르쳐준 것이다. 지것은 평범한 걸 들고 와서는 나는 곰돌이 안대를 준다. 예전에는 내가 반대로 줬는데. 싫었나보다. 말을 하지.

"너 맘만 먹으면 어디서든 도망칠 수 있잖아."

"그게 왜."

"호송차에서도 문 열고 내리면 그만이고, 어디 넣어 놔도 문 따고 나오면 되고, 아무리 먼데 갖다 놔도 다 걸어서 돌아올 거고. 조심조심하면 물 위도 걸을 수 있잖아."

뭐 그렇기는 하지. 세상에 똑똑한 놈은 많으니 결국은 못 잡겠냐 싶지만, 지성을 가진 빛을 붙잡는다는 건 간단한 일이 아니다. 흔한 말로 내 위치와 속도 둘 중 하나는 파악할 수 없을 거라지 않던가.

"나도 그때 다 빠져나올 수 있었다. 니가 불쌍해서 그냥 잡혀 줬지."

"그래서."

내가 녀석의 말 너머에 있는 것을 듣고 대꾸했다. 잿더미가 된 세상의 환영이 눈앞에 어른거렸다.

"전에 초인 법회에 다녀왔는데, 왜 월정사에서 하는."

"너 불교도 아니잖아, 왜."

"거기서 설법을 들었는데, 잡아 못 가둘 악당은 우리끼리 처리해야 한다더라. 안 그러면 우리 애들이 세상에 발붙이고 살 수 없다고. 들어보니 맞구나 싶더라."

안대 너머가 붉게 변했다.

놈이 기분이 안 좋으면 빨갛게 된다. 파랗게 될 때도 있다.

'중력은 빛을 당기니까. 빛 색깔은 파장 때문이고. 파장은 당기면 늘어나고. 그러니까 녀석이 힘을 쓰면 빛을 쭉 당겨서 빨개지는 거야. 저녁노을처럼.'

친구들은 듣고는 착각이라며 이마를 두드리며 웃었다. '빛이 빨려 들어가면 다른 건 안 빨려 들어가냐.'

"상성이 맞는 초인들끼리 하라는 거다. 상성표도 나눠주더라. 보니까 너는 그 누구더라, 얼음 쓰는 아가씨 말고는 나밖에 없더라. 하긴 니 속도를 누가 따라잡냐."

나는 안대를 머리에 쓰고 일어나 녀석의 눈앞으로 걸어갔다. 몸이 무거웠다. 기분 탓만은 아닐 거다. 녀석이 눈을 말똥말똥 뜨고 나를 보았다.

"할 수 있겠냐."

"왜, 넷 죽인 놈이 하나 더 못 죽일까 봐."

"그것과는 다를 텐데."

"너도 선 한 번 넘어 봐라. 세상 박살내는 것도 맘속에선 쉽더라."

녀석이 히죽 웃었다.

"내가 맘이 착해서 안 하는 거지. 그리고 빌런 죽이는 건 살인 아냐. 영웅질이지. 너도 그럴 맘으로 그때 나한테 덤볐잖냐. 죽는 줄 알았다, 씨바야."

"그래."

내가 답했다.

"지랄 맞은 일이었어. 다시 해도 지랄 맞을 거다."

순간 눈앞이 핑 돌았다. 누가 내 창자며 폐며 심장을 움켜쥐고 사타구니 아래로 끄집어 내리는 것 같았다. 나는 속이 뒷구멍으로 다 튀어나올 것 같은 기분을 느끼며 털썩 주저앉았다. 앉아 있자니 척추가 뚝뚝 우그러져 내리는 것 같아 그대로 엎어졌다. 눈앞이 흐려졌다. 흐려진 앞에 녀석의 무표정한 표정이 들어왔다. 녀석 뒤로 거리에 선 사람들이 눈에 불안을 잔뜩 담은 채 우리를 지켜본다.

내가 열 살 땐가 가르쳐준 것이다. '꼬맹아, 악당 잡으려면 힘 많이 쓸 것도 없다. 중력이 커지면 피부터 아래로 쏠린다. 머리에서 피가 빠지기만 해도 사람은 정신을 놓는다.' 그러면 녀석은 '와 씨, 그러다 죽으면 어떡해요', 하고 몸서리를 쳤다.

"그랬냐."

녀석이 무감정하게 물었다. 납작 엎드려야 했는데 손을 잘못 짚는 바람에 새끼손가락이 짓눌렸다. 고통 가운데 뚝 하고 어긋나는 소리가 났다.

"손……."

"뭐."

"일해야 해. 부러지면……."

"뭘, 부러져도 놔두면 다 나아."

나는 눈을 감았다. 하지만 녀석은 힘을 더 들이지는 않았고, 한참 놔두다 풀었다. 나는 납작해졌던 폐에 황급히 바람을 쑤셔 넣고는 머리를 털고 일어났다. 그대로 내 자리로 돌아가 누웠다. 쌕쌕거리는 숨소리를 안 들키려고 이불을 뒤집어썼다.

"야."

등 뒤에서 초능력 살인마 새끼가 불렀다.

'왜, 또.'

말은 했는데 숨이 차서 입 밖으로는 안 나왔다.

"뭐 필요한 거 있으면 말하고 그래라. 그래도 악당 안 되는 게 낫지. 혹시 아냐, 밥이라도 잘 챙겨먹으면……."

"예지……."

나는 반쯤 '헤히'로 들리게 말했다. 등 뒤에서 확 숨 몰아쉬는 소리가 들렸다. 왈칵 겁이 나서 쭈그러들었다.

"딸밖에 생각나는 게 없냐, 병신아."

"너도 애 낳아봐라."

"지랄."

* * *

"문은 어떻게 부쉈을까요?"

사회자가 뻥 뚫린 2층 비상구 문 사진을 보면서 질문했다

"번개가 보통 사람보다 힘이 센 건 아니라고 들었는데요."

"보고서에 의하면 이 문은 0.1초 사이에 최소한 1백 번 타격을

받았습니다. 물방울이 바위에 구멍을 내는 원리와 비슷합니다. 작은 타격이라도 반복되면 충격이 쌓이죠."

무슨무슨 교수가 답했다.

"빠바바박하고 말이죠."

사회자가 필름을 빨리 돌리는 시늉을 하며 허공에 헛손질을 했다. 그 참, 하고 패널들이 어처구니없다는 듯 웃었다. "물방울이 바위에 구멍을 내는 것처럼"이라는 자막이 고딕체로 떴다.

* * *

깡.

나는 망치로 문을 쳤다. 한 번.

깡.

두 번.

스무 번 치고 한 바퀴 돌고 올 생각이었다. 그러고 다시 스무 번을 칠 생각이었다. 힘을 많이 쓸 필요는 없다. 결국은 부서지니까. 필요한 곳만 구멍을 낼 거다. 맘 같아선 다 들쑤시고 싶지만 나중을 생각하면 그럴 수도 없는 노릇이었다.

지하 마트에 매몰된 사람들 구할 때 해 본 적이 있다. 힘 좋은 동료를 불러야 하는 일이었는데 붕괴직전이라 시간이 없었다. ……다른 의미로 말이다. 열 끼를 먹고 나니 콘크리트에 구멍이 났다.

이 문은 누가 잠갔을까. 저 혼자 잠기진 않았을 테니 누군가 잠갔겠지. 그래도 덕분에 유독가스가 계단을 따라 오르는 것은 좀 막은 것 같다. 행운이랄 것도 없는 우연.

나중에 그런 짓한 놈 찾아서 왜 그랬느냐고 물어본들 본인도 모를 것이다. 사람은 제 목숨이 경각에 이르면 머리가 날아간다. 머리가 나간 사람이 제대로 움직이려면 몸에 익히는 수밖에 없다. 훈련하고, 연습하고, 일어나지 않을 일에 돈을 쓰고.

요새 어디에서도 그런 일은 하지 않는다. 소화기라도 하나 좋은 거 비치할라치면 윗대가리들이 노발대발한단다. 그게 영웅들 할 일이지 어디 내 피 같은 돈 쓰려 드느냐고. 슬금슬금 그리 되더니 관행이 되었다. 듣기론 어디 초인들 없는 나라에선 학교에서 소방훈련 같은 것도 한다는데.

아는 친구 중에 힘 좋은 녀석이 하나 있었다. 그 녀석은 원주에 살았는데 동네에 별로 사건이 없었는지, 건설현장 같은 데에 불러 다녔다. 처음에는 동네 우물 팔 때며 밭 고를 때 도우러 다니는 정도였다. 아주머니들이 포크레인 한 번 부르려면 돈이 얼만데, 우리 동네엔 참한 애 하나 있어서 살기 편하지, 하고 감자며 쌀이며 갖다 줬고 속이 없는 놈이라 좋다고 다녔단다. 그러다 나중에는 지자체에서 하는 공사에서 부르기 시작했다던가. 요새 예산이 없다는 말에 그러려니 했다고 했다.

그러다 어디서 예산 편성 하나 없이 녀석 이름 하나 넣은 대규모 레저단지 광고를 때리기 시작했다. 그 친구에겐 일언반구 없었고 기사보고 알았다고 한다. 그놈은 국회의원들 주루룩 모여 사진 찍는 걸 헤실헤실 웃으며 구경하다가 현장에 큰 구덩이만 하나 파놓고 모습을 감췄다.

악당이 된다.

상상해 보지 않은 것은 아니다. 간단한 일이다. 달리는 차에 들어가 운전석에서 운전수를 슬쩍 차 밖으로 밀어내면, 운전수는 영문도 모르고 뒤에서 달려오는 차에 깔릴 거고 연쇄 추돌사고를 일으키겠지. 사무실에서 사람을 들어다 창틀에 얹어 놓기만 해도. 지하철 어디다 폭탄을 놓고 나온들 누가 제지할까. 단순히 칼로 쑤시고 다니기만 해도.

하지만 악당이 되는 데에는 영웅이 되는 것만큼의 용기가 필요하다. 세상을 부술 배짱 이전에 제 삶을 부술 배짱이 필요하다. 제 아이의 삶을 부술 배짱까지도.

할 만한 일이 아니다.

* * *

"예전 현장에서 신원확인이 안 된 혈흔이 발견된 적이 있지요. 보다시피 상당한 피를 흘렸습니다."

무슨무슨 교수가 얼룩덜룩한 아스팔트 사진을 보며 설명했다.

"번개는 회복력이 빠르다고 하지 않습니까?"

"예, 아무래도 신진대사가 빠르니까요."

* * *

"별 거 아냐."

운석이 얼기설기 내 다리를 꿰매면서 말했다.

"지금은 세균도 바이러스도 다 죽어 있으니까. 감염은 안 돼. 감염 안 되면 지혈만 되면 되지. 나도 더럽게 많이 다쳐봤는데 다 낫더라."

그것도 내가 해 준 말이다. 따지지는 않았다.

깨진 유리조각이 작은 칼처럼 허공에 박혀 있는 것을 모르고 지나가다 제대로 그었다. 한참 일하다보니 살이 덜렁거렸다. 진지로 돌아와서는 반짇고리를 꺼내서 수그리고 앉아 꿰매는데 피가 빠져서인지 눈앞이 어릿했다. 그 꼴을 보던 운석이 내 손을 툭 치우더니 바늘을 쥐었다. 내버려두었다.

부상은 낫는다. 시간이 필요할 뿐이다.

이 녀석이 나를 죽이려 들어도 한 번에 목을 끊어야 할 거다. 도망치면 어떻게든 회복할 테니까.

도망치는 게 관건이다. 내가 조절하는 건 속도뿐이고 이놈은 별의별 걸 다 하지 않는가. 속도를 늦추는 건 맨몸뚱이를 내어주는 짓이다. 내 쪽이 멈춘 것으로 보일 테니까. 피하려면 지금보다 빨리 달려야 하지만 우리는 둘 다 지금 최대속력…….

"더 빨리 달리면 되잖냐."

"뭘 어쩌라고?"

내가 펄쩍 뛰는 바람에 바늘이 상처를 푹 찔렀다. 운석이 '뭐 하는 거야, 병신이.' 하는 눈으로 치켜보았다.

"빛보다 빨리 달려서 과거로 갈 수 없냐. 전에 설문조사 보니까

니가 그게 될 법한 초인후보 1위더라."

머릿속에서 TV 속보가 흘러나왔다. '서울 한복판에서 초인 간 대결이 펼쳐졌습니다! 번개와 운석이 맞붙은 모양인데요, 잠실 일대는 화염으로 가득합니다! 1급 재난입니다! 시민 여러분, 대피하십시오! 특파원 인터뷰에 의하면, 이 재난은 번개가 운석의 헛소리에 열 받아서 덤벼든 것이 시초로…….'

"과거로 갈 수 있으면 딸애도 보고 올 수 있잖아."

이게 무슨 소리인가 한참 생각해야 했다. 무슨 말인지 깨닫고 나서는 헛웃음이 났다.

"내가 과거로 갈 수 있으면 그냥 이 일을 막는 게 낫겠다."

운석은 눈을 끔벅이다가 무슨 생각을 했는지 피식 웃었다.

"못 막을 걸."

말은 없었지만 눈이 말을 한다. 내가 알아보았고 녀석도 내가 알아본 줄을 안다.

어떻게 막을까. 얽혀 있는 게 한 둘이 아닌걸. 뇌물 먹은 공무원, 빚에 쪼들리는 건설업자, 해쳐먹은 중간직원. 한 명 한 명 파고 들어가면 제각기 되도 않는 빚더미에 치여 있어 뭐랄 건덕지도 없는 사람들.

"빛보다 빨리 달릴 수 없어서 과거로 못 가는 게 아냐. 과거로 갈 수가 없어서 빛보다 빨리 못 달리는 거지."

"그게 그런가."

운석이 이빨로 실을 끊고 목에 건 스카프를 풀더니 내 다리에 둘둘 말았다. 괜한 심술로 꽉 묶어 통증을 주고는 일어났다.

"지 꼴이 안 보이지?"

안 보인다. 하지만 녀석 꼬락서니는 보였다. 후줄근하고 너덜너덜하다. 아무리 미생물계가 다 죽어 있다 해도, 우리 몸에 들어 있는 것들은 여전히 왕성한지라 나름대로 닳을 대로 닳았다. 퍼질러 노는 녀석이 저 모양이니 내 꼴은 어떨까.

"병신아, 난 니가 미치는 게 하나도 안 이상하다. 벌써 반은 정신이 나갔어. 나갔는데 그냥 관성으로 일하고 있다. 지금 그냥 때려 쳐라. 때려 치면 딸도 만나고, 악당도 안 되고. 그게 세상도 구하는 거다."

녀석 등 뒤로 내가 들어다 마당에 옮겨놓은 사람들이 눈에 들어왔다. 모두 시신처럼 빳빳하게 굳어 누워 있다. 백네 명까지는 세었다. 얼마나 남았는지 알 도리도 없다. 내게 실종자가 몇 명이라고 알려주는 사람도 없고.

"건물이 다 비틀렸어. 내가 풀면 바로 무너질 수도 있어. 어두운 데는 아직 손도 못 댔어."

"소방수 다 와 있잖아. 걔네들 뒤처리 시켜."

"전에도 내가 떠나고 나서 바로 철수했어. 나로 끝내면 내 책임이지만 지들이 더 하면 자기들 책임이거든. 요새 하는 꼬라지 보면 사상자 수 속이려고 바로 밀어버릴지도 몰라."

"그게 니 잘못이냐."

"내 잘못인 거랑 무슨 상관이야. 결과가 같은데."

녀석이 마트로 눈을 돌렸다. 나도 같이 보았다. 건물은 아귀처럼 배고파 보였다. 속에 있는 것을 다 집어삼키고 싶어 안달이 난 것 같다. '복수다.' 마트가 속삭이는 듯했다. '나를 이렇게 만들어 놓다니.' 다 무너뜨릴 것이다. 내가 무너지는 것으로 다 무너뜨릴 것이다.

"미리들 알았을 거야."

녀석이 말했다. 녀석의 눈이 말을 했고 내가 알아보았다. 놈이 내가 알아본 줄을 알아본다.

건물도 산 것이다. 경고를 한다. 병든 사람마냥 열이 오르고 기침을 한다. 안에 사는 사람들이 그걸 몰랐을 수가 없다. 직원 오백이 다 입을 다물었을 뿐이다. 이런 데서 일하는 우리들 참 대단해, 하고 웃음 지으며 제 용기와 기백을 자랑삼았을 것이다. 그렇게 된다. 낙관 외에 달리 붙들만한 것도 없다.

"계속 요 모양 요 꼴이겠지. 사람 안 죽으면 어차피 아무도 신경 안 써. 늙은이들이 손해 봤다고 노발대발이나 하고 다음에 그 손해 메꾸려고 더 해쳐먹겠지."

순간 무시무시한 예감이 시뻘건 맨몸뚱이로 눈앞에 내리꽂혔다.

"다 죽게 냅둬야 정신머리를……."

녀석은 말을 잇지 못했다. 내가 뺨따귀를 날렸기 때문이다.

"다시 한 번 그딴 말 입에 담으면……."

나도 말을 잇지 못했다. 녀석의 주먹이 내 명치에 꽂혔기 때문이다. 매웠다, 시발. 비틀거리며 물러나다가 쿵 하고 엉덩방아를 찧었다.

"시바, 니 주먹만 주먹이냐?"

일어나려는데 몸이 쿵하고 짓눌렸다. 자존심을 꾸역꾸역 챙기며 기를 쓰고 앉아 있다가 척추에 무시무시한 통증이 오는 바람에 옆으로 넘어졌다. 시발시발거리며 도로 일어나 앉았다. 방금 꿰맨 자리가 터지며 스카프가 축축해졌다. 썩을, 열 살 땐 귀엽더니만.

"죽을라고. 씨."

놈의 말이 내 뒤통수에 길게 꽂혔다. 놈이 힘을 풀자 나는 넘어졌고 한참 널브러져 있다가 일어났다. 놈의 앞에 비틀거리고 서서는 반대쪽 뺨을 다시 날렸다.

운석은 벌겋게 되어 나를 노려보았고 나는 그냥 기다렸다. 왠지 이번에는 아무 짓도 하지 않아서 절룩거리며 다시 일하러 갔다.

2층은 도무지 진전이 없었다. 반쯤 내려앉은 데다 연기와 먼지로 시커메서 보이는 게 없다. 먼지를 걷어내도 여전히 어둡다. 이래서는 물건 하나 함부로 치울 수가 없다. 책상 너머에 버티고 있는 것이 솜이불이나 옷가지가 아니라 사람일 수도 있다. 치운답시고 치우다가 너머에 있던 사람 뼈가 부러질 수도 있다. 물컹하고 밟은 것이 쏟아진 국그릇 같은 것이 아니라 사람 머리일 수도 있다.

어둠, 어둠이 문제였다. 빛을 만들 수만 있다면. 어디서 잠깐 끌어다 쓸 수만 있다면.

전에 지하마트도 이 꼴이었다. 손으로 더듬어 뒤지자니 답이 없었다. 손전등과 굴착장비가 있는 팀에게 넘기는 게 맞을 것 같았다. 집에 돌아와 기절하듯 만 하루를 잤다가 깨어나 목욕을 하고 저녁을 지을 무렵에야 소식을 들었다. 내가 떠나고 아무도 안 들어간 모양이었다. 나중에 현장에 지휘본부만 열다섯이었다고 들었다. 아무도 아무 지시도 내리지 않았다. 그렇게 이틀을 방치되어 있다가 내려앉았다. 나중에 안에서 시신 다섯 구가 나왔는데 둘은 이틀간 살아 있었다. 나머지는 시신이 어디로 빼돌려지는 바람에 죽은 날짜를 영영 알 수가 없게 되었다.

살아있었던 사람 부모 중 하나가 내 계정을 통해 메일을 보내왔다. 첫해는 매일 보냈고 지금도 매달 보낸다. 자식의 유품과 현장에서 발견된 피투성이 옷 조각도 배달되어 왔다. 그때도 약을 먹었다.

한동안 나라에선 날 영웅 만들려고 난리법석이었다. 매일 특집을 방영하고 분석프로그램을 내놓았다. 훈장 받으러 오라는 메일도 계속 왔다. 그때도 약을 먹었다.

'네가 일을 잘 하면 사람들은 네가 일을 한 줄도 모른다.'

아버지께서 돌아가시기 전에 하신 말씀이다. 초인질에 관해 그분이 가르쳐준 유일한 것이었다.

네가 일이 커지기 전에 막을 테니까. 뭐가 일어난 줄 알기도 전에 해결할 테니까. 사람들은 세상이 본디 그리 돌아가는 것이라 할 것이다. 대충 신이 저를 사랑하는 줄로 알 것이다.

그보다 못하면 비난을 받을 거다. 왜 제 소중한 소지품이며 귀한 것들을 챙겨주지 않았느냐든가, 공연시간에 늦었는데 어떻게 배상해 줄 거냐든가, 애가 놀라서 우는데 어쩔 거냐든가. 네가 말도 못하게 일을 못하면 이름을 날릴 거다. 목숨이라도 살려주셔서 감사하다고 무릎을 꿇고 절하는 사람들을 볼 것이다. 환호하며 이름을 연호하는 사람을 볼 것이다.

그보다 못하면요. 그러자 아버지는 뚱한 얼굴로 말씀하셨다.

그보다 못하면 악당이지.

한 끗 차인데요. 한 끗 차이지. 삐끗이네요.

그래 모든 영웅은 악당이 되고야 만다. 되지 않은 놈은 일찍 간 놈뿐이여.

'시발롬아.'

운석이 친구들에게 들은 말이 그거였다고 들었다.

'어차피 다 니 유명해지자고 하는 짓 아니야.'

운석은 내내 말을 바꾸었다. 뭔가 자신 혹은 초인 전체를 향한 있을 수 없는 모독과 괄시를 당한 양 굴었다. 그런 작은 도발에 벌인 일이라는 걸 스스로도 믿을 수 없는 듯했다. 직면하는 데 오래 걸렸다. 진상을 토하고 나서는 내내 초라했다.

지가 흔한 인간이라는 것을 인정했다. 영웅다운 짓이었다. 악당이면 못 했을 거다. 진짜 악당이었다면 지금도 어디서 세상이 왜 지를 알아주지 않느냐며 불을 싸지르고 소란을 피우고 다녔을 거다.

영웅다운 녀석이었는데 악당이 되고 말았다.

한 끗 차이다. 삐끗이다.

8초 전, 혹은 일주일 전

그날 나는 5층 장난감 코너에서 마음이 무너진 채 앉아 있었다.

내려앉은 물건들을 치우고 통로를 내어 기어들어가 보니 레고와 미미인형이 쏟아져내린 구석에 선생 하나와 유치원생들이 어깨를 맞댄 채 모여 앉아 있었다. 애들 선생이 주도한 모양이다. 벽과 바닥에 크레파스로 '번개님 고마워요.' '어서 구하러 오세요.'라고 써 놓고 기다리고 있었다. 무슨 크리스마스 산타 할아버지 기다리는 애들 마냥. 번개는 빨리 읽으니 도움요청이나 감사 인사를 써놓고 기다리라는 캠페인이 돌았던 적이 있다.

그걸 보자 마음이 무너졌다.

이유를 묻자면 다 설명할 도리도 없다. 하지만 사람도 건물이나 마찬가지 아니던가. 사람이 무너지면 주위에서는 어쩌다 그리되었는지 묻지만, 결국 이유는 언제나 하나뿐이다. 그 마음에 있는 수많은 것들 중 아무것도 도움이 되지 않고, 뭐 하나 아무것도 하지 않으면 그리 되지 않던가.

나는 오지 않을 수도 있었다. 예지 등을 떠밀며 아무것도 못 본 양 전철을 타고 집에 갈 수도 있었다. 애가 왜 안 가느냐고 울면 어디서 말대답이냐고 호통을 치고 방에 밀어 넣었을 수도 있었다. 충분히 그럴 수 있었다.

사람의 알량한 인성 따위에 목숨을 내맡기고 널브러져 있다니.

그러고 있는데 사박거리는 소리가 계단을 올라왔다. 몇 번을 멈추고 잠잠해졌다가는 도로 올라왔다. 내가 만든 통로로 기어 들어와서 주위를 둘러보고는 내 앞에 섰다.

"왜."

내가 물었다.

"안 내려와서."

"쉬는 중이야."

"끼니 두 번 걸렀어."

운석이 끼니로 시간을 재는 것도 내게 배운 것이다. 늘 정확한 시간에 먹고 자게 했다. 제 몸뚱이로 시간을 알 수 있도록. 나는 내가 끼니를 두 번 걸렀다는 말을 이해할 수 없었다. 내 몸 외에는 시간의 흐름을 알 수 없는 공간이라는 것도 뒤늦게 떠올랐다.

"너 좀 느려진 건 알아? 시간 쬐끔 간다."

"냅둬."

"밥 먹자. 참치김밥 좀 말아갖고 왔어."

"나가 있어."

녀석은 내 말 대신 그 안에 있는 말을 들었다. 그걸 알아본 뒤에야 나도 내 생각이 보였다. 남의 머릿속인양 감이 멀었다.

"여기서 깔려 죽으면 기다린 나는 뭐냐. 그렇게 죽을 바엔 내 손에 죽으면 나한테나마 도움이 되지. 이럴 거면 그냥 집에 가, 새꺄. 누가 너더러 여기 있으랬냐. 니가 뭐라고 이러고 있어."

확 열이 받아 덤벼들었지만 속이 비어서인지 힘이 없어 손도 닿지 못하고 풀썩 넘어졌다. 갑자기 무슨 생각이 들었다.

"너, 이 건물 들어 올릴 수 있지."

"쳐 돌았냐. 나 악당이야."

나는 다리에 힘 풀린 김에 허둥지둥 무릎을 꿇었다. 무릎을 꿇은 김에 머리를 조아렸다.

"부탁해……. 내가 부탁한다. 내가 부탁하면 더 싫어? 잘못했어, 내가 다 잘못했다. 내가 죽일 놈이다. 뭐 하면 기분이 풀릴 거 같아? 창밖으로 나가떨어질까?"

그러라면 그럴 생각이었다. 뭐 그게 세상에 좋은 일인 듯싶었다. 운석은 떨떠름한 얼굴로 나를 내려다보다가 말했다.

"나 시간 돌아갈 땐 힘 안 써. 맹세했다."

나는 잠깐 멈췄다. 의외의 말이었기 때문이다. 하지만 이상하지는 않았다.

"그리고 못 들어. 중력을 없애는 거지."

"없애면 돼. 그럼 시간을 벌 수 있어. 다른 동료들이 올 거야."

"지금 그나마 물건 붙어 있는 것도 중력이야. 다 해체될 거야."

"해체되어도."

"산소가 순식간에 유입되면 화재는 폭발이 될 거야. 다 터져나갈 수도 있어. 먼지 일어날 거 생각하면 분진폭발도 무시 못해."

녀석은 조근조근 말했다.

"생각 안 해 본 거 아냐, 병신아."

힘이 풀렸다. 괜히 희망을 품는 바람에 두 배로 기력이 빠졌다. 운석의 발밑에 머리를 감싸고 누운 채로 반쯤 정신을 놓았다.

집에 가고 싶었다. 예지와 전철에 올라 해가 기울고 구름이 흐르는 것을 보고 싶었다. 따듯한 물로 목욕하고 금방 빤 새 옷을 입고, 가스 불 위에 올려둔 냄비에서 국이 보글보글 끓는 소리며 밥통이 칙칙 거리며 김을 뿜는 소리를 듣고 싶었다. 예지가 입에 밥풀을 잔뜩 묻힌 채 크게 한 숟갈 뜨고는 그거 오물거리는 시간이 심심해 밥상 밑으로 기어들어가 칭얼거리는 것을 보고 싶었다.

그리고 그것만으로 나는 끝장이 날 거란 생각이 들었다. 이 잔해에서 또 얼마나 죽을 건가, 그건 나를 또 어디까지 무너뜨릴까.

운석이 내 앞에 쭈그리고 앉았다.

지금 해치우려는 걸까. 그래, 악당이 되는 것보다야 그게 나을지도 모르지. 그나마 내가 정신이 반은 붙어 있을 때 해야지. 돌아버리고 나면 순순히 죽어주지도 않을 테니까. 어쩔 건가. 천장에 올려붙일까, 바닥에 깔아뭉갤까.

"야."

녀석이 말했다.

"나 블랙홀 하나 만들어볼까?"

마음 저편에서 아나운서가 먼지를 일으키며 달려왔다. '재앙이 일어났습니다, 시민 여러분!' '지구가 잠실로 빨려 들어가고 있습니다!' '대피…… 아니, 대피할 수 없습니다! 세계 멸망입니다! 태양계가 멸망합니다!'

"그거 무지 작은 점에 중력을 집중하면 되는 거잖아. 안 해 봤지만 될 거 같다."

"그렇게 무지막지하게 안 죽여도……."

나는 완전히 쫄려서 말했다. 시밤탱아. 아무리 내가 미워도 그렇지. 그러니까 이게 이렇게 되는 거구나, 비전은 이걸 말하는 거였구나. 이렇게 망하는구나.

운석은 뭔 소리야 하는 얼굴로 나를 바라보았다.

"블랙홀이 있으면 웜홀 만들 수 있지 않냐."

오케스트라 음악이 울려퍼지는 가운데 내가 태양계와 함께 웜홀로 쪼르륵 빨려들어갔다. 거대한 중력으로 갈가리 부서지고 엿가락처럼 늘어나면서 무한히 느려진 시간 속으로…….

"야, 괜찮을 것 같다니까, 지금 내가 정지한 시간에 들어온 것도 대충 블랙홀이다, 알아? 지금은 괜찮아. 세상이 안 일어난 셈 친다고. 너랑…… 에, 빛만 영향이 가게 할 수 있어. 둘이 같은 속성인 거 같긴 하지만."

그래서? 그래서 어쩌라고?

"웜홀에 들어가서 과거로 가서 예지를 보고 오라고."

나는 풉 하고 침을 뱉었다. 운석이 야 더러워 하고 손을 휘젓는 동안 누워 끅끅거리다가 땅을 팡팡 쳤다. 그러다 뒤집어져 발을 굴렀다. 유치원생들이 '번개 님 환영합니다' 문구를 들고 환하게 웃었다.

"아, 왜 웃어, 사람이 기껏 생각했구만. 왜, 안 돼? 못하냐?"

몇 끼니 지나 나는 처음 밥투정을 했다. 나는 운석에게 네 대가리에는 김밥하고 삼각 김밥 말고는 든 게 없냐고 따졌고 녀석은 국그릇 냄비 째 들고 오려면 얼마나 힘든 줄 아느냐고 쏘아 댔고 나는 저번엔 무려 단무지도 안 들고 왔다고 성토를 했다. 둘이 머리를 맞대고 한참 이 공간에서 뭔가 보글보글하고 따끈한 걸 요리할 방법은 없을까 고민하다가 결국 녀석이 어디서 술을 한 아름 들고 오는 것으로 싸움이 끝났다.

술이 돌고 따끈따끈하게 풀어져 드러누운 뒤에는 지난 이야기도 좀 했다. 각자 살아온 시간이 실제로 헤어진 시간보다 길었다. 서로 동안이라고 놀리다가 세균이 없으면 노화도 느려진다는 제법 그럴듯한 분석도 했다. 그러다 우리가 본 비전 이야기가 나왔다. 도시를 얼마나 엉망으로 부숴놨는지 영화 이야기마냥 떠들다가 운석이 키득키득 비웃었다.

"너한테 그런 배알은 없는 줄 알았는데."

"누구더러 배알 타령이냐."

"악당이 되려면 배알이 있어야지."

"그 짓 네가 한다는 생각은 머리에 없나 보네."

운석은 키득 웃었다.

"시발, 난 아냐. 너지."

"사람들은 네가 나랑 같은 능력이 있는 줄도 몰라. 네가 해도 나라고 생각할 거야."

"나 아냐, 시바. 내가 왜……."

그러고 멈췄다. 잔상이 흔들리다 자리를 잡았다. 시끌시끌하던 녀석이 사라지니 유난히도 잠잠하다. 나는 몸을 조금 털고 일어나 앉았다.

"그야 나도 모르지."

나는 들리지 않을 녀석에게 말했다.

"하지만 내가 아니면 너겠지."

운석은 전부터 미묘하게 느려진 내 속도에 맞추느라 속도를 줄였다. 그렇게 시간이 좀 지났으니 살짝 까먹었겠지. 차이의 크기는 중요하지 않다. 그게 백만분의 1나노초라 해도. 그야 지금 내 눈에 녀석이 멈춘 것처럼 보이는 것처럼 녀석 눈에도 내가 빨리 움직이는 것처럼 보이겠지만, 사람의 신경전달 속도에는 한계가 있고…… 이런 말을 내가 하니 좀 웃기지만, 사람 머리가 돌려면 더 오래 걸리고, 녀석의 반사 신경이 아무리 빨라도 깨닫는 데 몇 초는 걸릴 거다. 몇 초라는 건 내게 우주가 끝나는 만큼의 시간이나 마찬가지다.

"이게 맞겠지."

나는 과도를 쥐고 녀석의 옆에 사이좋은 친구처럼 나란히 앉았다.

"너도 같은 생각을 했잖나. 세상에 해될 놈은 미리 제거해야지."

너도 나름대로는 그래서 왔겠지. 복수가 99고 그게 1이라 해도, 없는 마음은 아니었겠지.

"괜찮아. 죽는 줄도 모를 테니까. 많이 힘들진 않을 거야."

나는 녀석의 등을 툭툭 두드렸다. 목을 꺾거나 연수를 끊어내면 될 거다. 뇌에 남아 있는 산소로 잠깐은 살아 있을지도 모르지만 그때 가면 뭘 어쩌겠나. 아니, 괜히 손에 피 묻힐 거 있나. 손발 묶어 흙에 파묻으면……, 아니, 살아있으면 어떻게든 빠져나온다. 나도 그럴 테니까. 묻어도 목은 따야 한다. 심장을 도려내 쓰레기통에 버리든가…….

거기까지 생각했을 때 속이 안 좋아졌다. 기분도 지랄 맞아졌다. 이만큼 기분이 지랄 맞기는 두 번째다. 첫 번째는 이놈을 잡아다 넣었을 때였고.

문득 아버지를 생각했다. 아버지는 물을 쓰는 분이셨다. 원래 대학 청소부로 일하셨는데, 어디 산불 났을 때 일 다 내팽개치고 내려가셨다가 한 달쯤 지나 돌아오셨다. 도저히 혼자 할 만한 일이 아니었다. 지자체에서는 입만 벌리고 앉아 있었다. 돌아와서는 해고되셨고 얼마 안 되어 돌아가셨다. 부검해 보니 속이 다 골아 있었다. 속이 골아 뒈진다는 게 진짜 있는 일이라는 걸 그때야 알았다.

'우리가 해야 하는 일 아니잖아요.'

사촌 중에 성질이 불같은 불돌이가 장례식에서 언성을 높였다.

'어디서 다 집어먹는 놈이 있는데 그놈들도 다 배고프다고 지랄이래요. 뭐 사실일 것 같아요. 다 피골이 상접하게 만들어놨으니 이젠 피 빨아도 먹을 게 없는 거죠. 살점까지 뜯어먹다 배고프니 뼈까지 골아먹어요. 이러다 다 사단날 거예요.'

'우리가 다 일 그만두면 정신들 차릴 거예요.' 불돌이 녀석이 언성을 높였다.

'우리 이거 다 그만 해야 해요.'

경청하던 아주머니와 아저씨 몇 분이 말씀하셨다.

'그 말이 맞는지도 모르겠네, 배운 사람 말이 맞것지.'

'그래도 사람이 어째 그래. 내 눈에 밟혔는데…….'

나는 팔달구에, 영통에, 수지에 사는 변변찮은 영웅들을 생각했다. 그 한두 명이 동네 하나를 다 지킨다. 직업도 변변히 못 갖고 근근이 살다가, 왜 그 동네만 지키냐든가, 우리 동네는 안 오냐든가 하는 비난을 듣다가, 지 앞가림도 못하고 흔한 일인 양 숨을 놓는다. 다음에는 뭐 좋은 세상에서 나겠지, 하면서. 그러고 나면 동네는 몰락하는데 사람들은 이유도 모른 채 그저 요새 경기가 안 좋나보다 한다.

그래도 사람이 어째 그래. 내 눈에 밟혔는데…….

다 흔한 사람들이다. 그만큼의 선의, 그만큼의 깜냥. 그만큼만 강한 사람들. 그건 말도 못하게 강하다는 것과 같은 의미일지도 모르겠지만.

힘이 있다는 이유로 죽어야 한다면, 먼저 죽어야 할 놈들은 따로 있겠지. 진짜로 힘 가진 놈들. 네가 여의도를 잿더미로 만든다 한들 그놈들이 등골 빨아먹으며 죽인 사람 숫자만 할까.

나는 칼을 내려놓고 기다렸다. 기다리다보니 멈춰 있던 운석의 뺨에 생기가 돌았다.

녀석이 옆에 앉은 나를 돌아보았다. 삽시간에 몸이 진땀에 젖는 것이 보였다. 뭘 겁내고 있어. 진땀은 이제 내가 흘려야 하는데.

유일한 기회였다. 다시 쓸 수 없는 방법이다. 하다못해 그 상태로 놔두기라도 했어야 했는데. 머리 잘 돌아가는 놈이니 내가 뭘 하려 했는지도 이제 다 눈치 깠을 텐데. 하긴, 다 소용없겠지. 나는 언젠가는 느려져야만 하니. 시도했다면 끝내야 했다. 그만 둔 시점에서 이미 엎어진 물이었다.

녀석은 뱀이라도 피하듯이 후다닥 일어나 섰다. 나는 그냥 앉아 있었다. 할 말도 없었고 변명할 것도 없었다.

"물어볼 필요 없어. 두 번이나 죽이려 했다."

놈의 시선이 송곳처럼 내게 꽂혔다. 땅이 기웃했다. 내가 넘어지거나 흔들린 건 아니었다. 실제로 땅이 일어났다. 사람의 몸은 자연스레 중력이 당기는 방향이 아래라고 생각하니까.

나는 경사진 세상에 앉아 있었다. 운석이 서 있는 쪽은 지평선까지 펼쳐진 쪽 고른 산으로 보였고 내 뒤쪽은 그만치 펼쳐진 계곡으로 보였다. 보는 새에 더 기울었다. 매트리스를 손으로 붙들고 발힘으로 버텼지만 이내 등을 세우는 것조차 힘들어졌다.

등 뒤를 힐끗 보았다. 곧 내가 앉은 이곳이 천장도 바닥도 없는 무한의 벽이 되리라는 걸 알 수 있었다. 100미터쯤 떨어진 곳에 기울어진 채 드러누운 마트가 보였다. 저기 패대기쳐지겠군. 그것도 운이 좋을 때 이야기고, 주변이 휑하니까 그 너머로 굴러 내려가면 어디 잠실역쯤 가서야 부딪칠까. 그 때쯤엔 이미 갈가리 찢겨 남은 것도 없겠지.

나는 좀 더 가까이 있는 소방차를 눈여겨보았다. 저기를 목표로 구르면 잠깐은 살까. 아니, 그보다 앞에 있는 가로등에 매달리면 팔에 힘 빠질 때까지는 살까. 왠지 아직도 살 궁리를 하는 자신이 우스워 피식 웃었다.

갑자기 땅이 툭 내려앉았다. 멀미가 났다. 녀석을 보니 벌게져서 볼을 실룩거렸다.

"왜."

"……쌤쌤."

녀석이 숨통을 확 트며 답했다. 그리고 울음이 터졌는데 긴장이 풀려서 그랬는지, 원망이 커져서 그랬는지. 나는 고개를 끄덕였다. 둘 다 나쁜 놈이라 미안할 것도 받을 것도 없었다.

그날

내가 번개인형을 만지작거리며 매트리스에 누워 있는데 운석이 말을 걸었다. '초인, 당신도 될 수 있다', '우리 아이 초인으로 키우는 법' 같은 책을 옆에 잔뜩 쌓아두고.

"너, 진짜 딸내미 보고 싶냐."

"왜, 초광속 우주선 만들어보게?"

"중력렌즈라는 거 알아?"

멀리서 아나운서가 옷 꾸려 입는 소리가 들리는 것 같았다. 해일과 화산과 지진도 같이 달려왔다. '시민 여러분, 또 대피하십시오! 둘 다 미쳤습니다! 이제 진짜 망합니다!'

"사막에서 신기루가 어떻게 생기는 건지 알아보니까 말야."

"하지 마."

말만 간신히 나왔다. 멀리서 지평선이 흔들리는 것이 보였기 때문이었다.

"뜨거운 공기에 빛이 휘어져서 그런 거더라고. 중력도 빛을 휘게 하는데……."

"하지 마. 그게 뭐든 하지 마."

운석은 팔 모양으로 땅에서 나오는 빛이 곡선을 그리면서 위로 올라가는 시늉을 했다. 시늉과 동시에 녀석의 팔꿈치 방향에서 지평선이 일어났다. 마치 둥근 지구가 오목한 그릇 형태로 변해가는 것처럼.

나는 인형을 놓쳤고 매트리스를 꽉 쥐었다. 쥔다고 이 대참사에서 도망칠 방법이야 있겠느냐마는. 머릿속에서 달려오던 아나운서도 겁에 질려 짐을 꾸려 달아나는 것 같았다. '다 끝났습니다! 세계가 멸망합니다! 비전은 사실이었습니다!'

"놀라지 마. 빛만 휜 거야. 그냥 저렇게 보이는 거야."

놀란 표정의 군중 뒤로 바닥이 일어섰다. 한강과 탄천줄기가 폭포처럼 치켜 올라가고 아스팔트와 건물들이 기울어졌다. 세상이 다 일어나고 나니 중간에 둥글게 이어진 부분만 없다면 지평선 가까운 쪽은 높은 산에서 내려다보는 풍경처럼 보였다.

"그러니까 에. 아, 시야 거지 같네."

운석이 눈앞에 떠 있는 눈송이를 치우며 말했다.

"저쪽이 수원역이다. 보이지, 저기 네 딸 있다."

운석이 히죽 웃었다. 맥이 탁 풀리면서 머리가 지끈거렸다.

"야이 미친 새꺄."

"애썼잖아, 이만하면."

"시발, 오줌 싸겠다."

진짜로 좀 지렸다. 나는 주섬주섬 지퍼를 열고 일어나서 근처 화단에 갈겼다. 갈기면서 잠깐 오줌은 언제까지 '나'인가 생각도 했다. 요도 안에 있을 때까지인가, 아직 물줄기로 이어져 있을 때까지인가.

갑자기 엉뚱한 생각이 머리를 스쳤다. 나는 잠깐 그 생각에 빠져 있다가 바지 섶도 안 잠그고 허둥지둥 돌아왔다.

"너, 멀리 있는 게 왜 작아 보이는 줄 알아?"

"니 작은 거부터 집어넣고 말해."

운석이 내 허리띠 아래를 가리키며 말했다.

"빛이 퍼져서 그런 거야. 다른 거 없어."

운석은 눈을 끔벅였다.

"수원역에서부터 여기까지 빛을 모을 수 있어? 내가 시공을 어떻게 꽈야 하는지는 모르겠지만……."

운석이 내 눈을 들여다보는 사이에 옆에서 세상이 우리를 향해 달려오기 시작했다. 모든 것을 뚫고 달리는 초고속 기차에 탄 것처럼.

사람들이 가득 들어찬 버스가 우리를 뚫고 지나갔고 밥상에 앉은 식구들이, 목욕탕에 드러누운 할아버지가, 화장실에서 엉덩이를 까고 힘을 쓰는 사람이 지나갔다. 카페에서 수다를 떠는 연인들이, 밥집에서 국을 내오는 아주머니가, 신문지를 덮고 벤치에 널브러진 사람이, 학교에서 돌아오는 아이들과 회사에서 나와 인사하는 사람들이 지나갔다. 전철 하나가 통으로 다 지나갔다. 스마트폰을 들여다보는 학생이, 노래를 부르며 걸어가는 장님이, 장갑을 파는 행상이.

선로에 선 전철이 우리를 지나쳐가자 흐름이 멎었다. 나는 예지 앞에 서 있었다. 시간이 되돌아갔다. 오래 전에 떠났던, 도대체 언제였는지 모를 그날로.

과거의 풍경.

'얼른.'

예지는 빨간 가방을 멘 채 입모양으로 말했다. 아직 내가 자리를 비운 것도 모르는 눈이다. 모르겠지. 신경 전달 속도……. 에이, 집어치우자. 나는 예지를 향해 손을 내밀었다. 손이 허공을 짚는 바람에 자리를 다시 잡았다.

예지가 한없는 확신과 신뢰의 눈빛을 하고 나를 바라본다. 내가 영웅인 것을 믿어 의심치 않는 얼굴로, 영웅으로 돌아올 것 또한 의심해 본 적이 없는 얼굴로. 아무것도 변하지 않았고 모든 것이 다 괜찮다고 말하듯이.

속에서 뭐가 울컥 솟구치는 바람에 입을 막았다.

"햐."

운석 녀석이 뒤에 앉아 예지 머리를 쓰다듬었다.

"얘 많이 컸다."

그러다 뭔가 생각난 얼굴로 여드름이 다닥다닥한 얼굴을 찡그렸다.

"그냥 니네 집에 가서 사진이나 하나 들고 올걸."

나는 눈을 크게 떴고 침묵 속에서 운석을 바라보았다.

"우리 집……, 멀잖아."

"아, 멀지."

녀석이 말을 끝내자마자 나는 흐흐흐 웃기 시작했다. 그러다가는 배를 쥐고 웃었다. 녀석도 웃다가 매트리스에서 굴렀고 나중에는 서로 배를 치고 머리를 박으면서 뒤엉켰다.

뒤엉키다 정신이 들고 보니 느낌이 이상했다. 주변이 뭔가 변해 있었다. 너무 오래 본 나머지 꿈에서조차 빠져나갈 수 없었던 풍경이. 초대형 망원경이 놓이고 세상이 오목한 그릇에 담긴 것과 다른 문제로. 아니, 바로 그 문제로.

"밝아."

내가 중얼거렸다.

"응?"

"밝아졌어."

나는 설명을 요하는 얼굴로 운석의 눈을 바라보았다.

"왜 밝아진 거지?"

"왜냐니⋯⋯."

나는 머리 위를 보았다. 하늘이 접시처럼 모여 있다. 빛이 머리 위에서 내리꽂힌다. 그림자가 내 발아래 작게 뭉쳐 있다. 오목한 거울 아래에 빛이 모이듯이. 낮이 밝은 것은 태양빛이 강해지기 때문이 아니야. 빛이 수직으로 내리꽂히면 통과하는 대기층이 얇고 쏟아지는 면적이 작아져서⋯⋯.

나는 마트를 돌아보았다. 녀석이 내 시선을 따라가더니 입을 막았다. 으아아 하고 소리 지르더니 허둥거렸다.

"잠깐, 나 일부러 안 한 거 아냐. 조금 전까지만 해도 이런 건 상상도 못했고⋯⋯."

나는 녀석을 확 당겨 품에 끌어안았다.

"잘했다 새꺄! 네가 다 한 거야. 진짜 잘 했어! 진짜 영웅이다, 네가!"

운석의 몸이 확 뜨거워졌다. 또 날 죽이려 들려나 하고 물러났다가 그냥 얼굴이 달아오른 것인 줄을 알고 머쓱해져서 손장난을 했다. 그리고 그냥 토닥거리고 마트로 달려갔다. 가다가 한 번 넘어졌다.

마트 안은 눈부셨다. 기울어진 바닥에서부터 창이 없는 통로까지 빛으로 가득했다. 벽에도 천장에도 바닥에도 빠짐없이 빛이 새어 들어왔다.

아무 힘도 들이지 않고 2층에 들어섰다. 문틈과 창틈으로, 갈라진 벽 너머로 스며든 햇살이 반쯤 내려앉은 공간을 밝힌다. 하루에 한 걸음이나 들어갈까 했던 공간을 제왕처럼 서서 둘러보았다. 오랫동안 태산처럼 자리를 비키지 않고 있던 것이 넘어진 냉장고였다는 것을 알자 웃음이 났다.

숨을 크게 쉬고 그걸 빈 공간으로 밀어젖혔다. 젖히고 나서는 기쁜 나머지 팡팡 치며 소리 내어 웃었다. 소방관에게 빌린 마스크만 하나 걸쳐 쓰고 안을 거침없이 돌아다녔다. 마음이 즐겁고 평온했다.

그래, 비전은 이걸 위한 거였을 거다. 가벼운 자극. 그게 우주의 의지든 뭐였든, 나를 도와주려 벌인 작은 장난. 이 우스꽝스러운 기적을 위한 성실한 준비.

이제 금방 끝나겠지. 끝나면 예지를 보러 가야지. 딸애에게 뽀뽀해 주고, 아무 일도 없었다는 듯이 집에 가야지. 따끈한 물에 같이 목욕도 하고, 이불 둘러쓰고 한잠 푹 잔 뒤에…….

흥겨운 기분으로 상상하는 사이에 눈에 사람 그림자가 들어왔다. 아, 구조할 사람이구나, 하고 반가운 심정으로 보았다가 그 사람이 천장에 등을 붙인 채 서 있는 것을 알고 어리둥절해졌다.

사람이 서 있었다. 도저히 사람이 서 있을 곳이 아니란 생각에 몇 번이나 지나쳤던 곳에. 뭔가 기둥 아니면 철 책상 같은 것이 걸려서 내려앉는 게 잠깐 멈췄나보다 생각한 지점에.

그걸 본 순간 마음이 우두둑 끊어져나갔다. 시커먼 어둠이 밀려와 머리를 집어삼켰다. 생각 속에서 마트가 꿍음을 일으키며 무너져 내렸다. '복수다.' 마트가 아우성쳤다. '나를 이렇게 만들어놓다니.'

교복을 입은 여자애가 등으로 천장을 받친 채 서 있었다.

화재가 났었다. 폭발력이 건물이 넘어지는 걸 잠시 들어올렸다. 일부러 냈거나, 힘의 여파였거나. 누가 뒤에 남아 안에서 문을 닫았다. 통로로 유독가스가 올라가지 않도록. 행운이랄 것도 없는 우연. 다행히 아래에 뭐가 걸려서 더 내려앉지는 않았는데. 그래서 내가 올 때까지 건물이 서 있었는데.

애가 혼자 건물 하나를 다 떠받치고 있었다. 내가 수원역에서 가기 귀찮다고 실랑이하는 동안. 책임져야 할 사람이 다 튀어버리고, 신고도 않고 대피방송도 없이, 지금도 어디선가는 내 잘못 아니라고 책임이나 떠넘기고 있는 동안.

내가 안 왔으면 여기서 며칠을 있었을까. 아니, 몇 달을 있었을까. 숨이 다하도록 버텼을 거다. 숨이 다하고도 버텼을 거다. 이대로 파묻혀버렸을지도 모른다. 아니, 그랬을 거다. 내 뒤로 아무도 오지 않았겠지. 번개가 사람 다 구했다는 속보나 한 줄 나가고, 영웅 만들어 줄 궁리나 하다가 덮어버렸을 것이다. 사건 키우지 않으려고 실종자 수색도 끝까지 안 했겠지.

애를 잃은 엄마가 법원 앞에서 시위를 해도 아무도 신경 쓰지 않을 거다. 거기 서 있는 것 말고는 아무것도 못할 줄을 안다. 꽃밭이나 차도 한 번만 잘못 밟아도 범법자로 착실히 집어넣어 오지 않았던가. 집안에 초인 있었으면 시선도 곱지 않을 거다. 혼자 일 도맡아 하다 뒤처리 못한 일만 들이대도 줄줄이 엮여 나올 걸.

"어, 뭐 좀 찾았어?"

운석이 제 흥에 겨워 휘파람을 불며 구경꾼들과 왈츠 추는 시늉을 하다가 물었다. 내 얼굴을 보더니 순식간에 낌새를 채고 달려왔다.

나는 여자애를 내 매트리스에 눕혔다. 애가 빠지면 건물은 내려앉겠지만 그딴 거 내 알 바 아니었다. 내려앉으라지. 다 무너져버리라지.

애 어깨는 나가 있었고 추골은 크게 휘어져 있었다. 팔다리에도 골절이 온 것 같았다. 상처를 보려고 옷을 들춰볼수록 더 엉망이었다. 갈비뼈도 네댓 개 나가 있었다. 운석이 구급상자를 열고 붕대와 부목을 건네주었지만 손이 떨려 계속 놓쳤다. 팔에 부목을 대려면 어깨가 덜렁거리고 어깨를 대려면 팔이 덜렁거렸다. 이미 죽었을까, 곧 죽을까, 알 수가 없었다. 나는 어찌할 바 모르다가 그냥 애를 껴안고 웅크려버렸다.

"심장이 안 뛰어."

"당연하잖아."

"맥이 안 잡혀."

"야, 정신 차려."

"병원에 데려다주고 와야겠어."

"지금 가서 뭐하려고."

해가 삐끗 기울었다. 일렬로 누워 있는 사람들 몸에 드리워진 그림자가 일제히 군대처럼 움직였다. 둘러싼 군중들의 눈이 느리게 깜박였다. 마트 옥상이 물에 젖은 골판지처럼 우그러졌다. 연기가 부풀어 오르고 눌린 바닥에서 흙먼지가 싸하게 일어났다.

"그만 해야겠어."

진심이었다. 말을 하자마자 운석이 붉게 변했다.

"병원 가서 애 사는지 봐야겠어."

"나중에."

운석이 내 팔을 붙들었다. 목소리가 변했다. 낮고 무거웠다.

"나중에 언제!"

나는 녀석의 손을 뿌리쳤다.

"이게 다 무슨 소용이야! 지금 사람 구하면 뭐해. 다음 달에도 또 뭐 하나 무너지겠지. 그 다음 달에도. 돈 끌어안고 사는 새끼들은 계속 사람 갈아먹으며 살 거고, 사람 몇이 죽어나가든 그게 뭔지도 모르겠지. 결국 너도 죽일 거야, 예지도, 내 가족을 다!"

하늘이 내려앉으며 사방이 침침해졌다. 내가 세워둔 싸리비가 툭 쓰러졌고 늘 배시시 웃던 번개인형이 데굴데굴 구르다 운석의 신발 코에 가 부딪쳤다.

"진정해."

"안 진정하면."

나는 과도를 콱 집어 들었다.

"누가 어쩔 건데?"

나는 칼을 든 채 드러누운 시체더미를 향해 달려갔다. 누구라도 쑤실 생각이었다. 아무렴 어때. 내가 구한 목숨이다. 내 것이다. 다 내 것이다. 내가 못할 건 아무것도 없다. 다 뒤엎어버릴 것이다. 지금 죄를 지은 자들과 앞으로 죄를 지을 자들을 포함해서.

발을 디디는데 발이 땅에 붙지 않고 얼음이라도 밟은 듯 획 미끄러졌다. 미끄러지는 동시에 몸이 돌았다. 도는 대로 멈추지 않고 허공에서 계속 돌았다. 팔을 휘저어보았지만 소용없었다. 몸에 닿는 것이 없자 결박당한 것이나 마찬가지가 되었다. 밀것도 잡을 것도 디딜 것도 없었다.

세상이 천천히 회전하는 채로 보자니 운석이 시퍼런 채로 매트리스에 앉아 있다. 혈색이 빠져 눈가가 거무튀튀했다. 나는 성질에 못 이겨 허우적거리고 소리를 질렀다. 악을 쓰다가 잠잠해졌다.

그러고 있자니 제 꼬라지가 우스워 킥킥 웃음이 났다. 웃고 나서는 눈물이 났다.

죽음이 서러워서가 아니었다. 기이한 말이지만 그건 아직 일어나지 않은 일이었다. 내 선이 끊겼고 돌이킬 수 없는 것으로 변해버렸고, 이전과 다른 것이 되어버렸다는 사실에 울었다. 악당이 영웅이 될 때에도 어쩌면 이리 울겠지. 그래도 소중한 제 마음이었던, 소멸해 버린 자신을 애도하면서.

운석은 내 울음이 잦아들 때까지도 기다렸다. 사람 비참하게 만
드네.

"뭐해."

내가 재촉했다.

"빨리 끝내. 쪽팔려."

"맘 가라앉혀. 너 괜찮을 거야."

나는 녀석을 돌아보았다.

"처리해, 나 내리면 너 다신 나 못 잡아. 기다려도 되지만 달라
지는 건 없어. 지금 날 없애지 않으면 사람 하나둘 죽는 걸로 끝
나지 않아. 꼬맹이 악당아."

녀석이 슬픔에 빠져 나를 보았다. 나도 슬펐다. 속내를 고백하
지 않고 마음 가라앉힌 척 속이면 됐을 것을. 아직 알량하게나마
뭐가 남아는 있나 보지. 이게 맞는지는 모르겠지만, 아니 이제 영
원히 모르겠지만, 그래도 세상에 기회는 줘야지.

녀석은 답이 없었다. 심정은 이해가 갔지만 갈수록 쪽팔렸다.

심심해져서 노랫가락이라도 흥얼거리려는 차에 녀석 목소리가
들렸다.

"괜찮을 거 같아."

"뭐가."

"그게……."

녀석은 머리를 긁적였다.

"난 벌써 악당이잖아."

시신처럼 일렬로 누워 있던 사람들이 피식피식 웃는 듯싶었다. 그 오랜 시간동안 놀란 얼굴로 우리를 둘러싸며 지켜보던 사람들도 헛웃음을 지으며 손가락질하는 듯싶었다.

"사이드킥 하나 필요할 거야. 보조도 하고. 김밥도 갖다 주고, 나 어차피 나이도 차고 경력도 없고 해서 받아주는 데도 없어."

부부 사기단, 아니 부자 악당. 뭘 붙여도 뽀대는 안 나지만 뭐 언제는 났던가.

"그래도 하나만 더 살리고 하자."

의외의 제안이었다. 하지만 이상하지는 않았다. 나는 그 문제를 곰곰 생각했다.

"할 수 있겠어?"

"그래……, 아니, 아냐. 잠시 놔 둬. 할 수 있을 때 내려달라고 할게."

"네."

녀석은 깍듯하게 답하고 고개를 숙였다. 그리고 나를 내버려둔 채 어린 영웅을 제 자리에 누이고 옷에 묻은 재를 털었다. 몸을 곱게 펴고 부목을 대고 붕대를 감는다. 여자애 몸은 긴장으로 딱딱했다. 여전히 건물 하나를 온몸으로 떠받들고 있을 거다. 한 명이라도 더 살기를 기원하면서.

하나만.

하나를 더 살리고 나면 하나쯤 더 살릴 수 있겠지. 또 회까닥 돌면 애녀석한테 잠깐 묶어두라고 하지 뭐. 그러다보면 여기 하나쯤은 내 영웅으로서의 마지막 정리로 해놓고 떠날 수도 있겠지.

의미는 있을 것 같다. 한 명의 삶, 한 명의 인생.

　10초만 있으면 다들 일어나겠지.

　볼에 발갛게 혈색이 돌고 생기가 돌며, 긴장한 몸을 풀고 몸과 얼굴을 더듬으며 일어날 것이다. 잰 웃음소리를 내며 얼싸안겠지. 한 구석에서는 주머니를 뒤지며 제 신분증이며 신용카드 없어졌다고 화를 버럭버럭 내는 사람들이 소란스러울 것이고. 아이들은 아무 일도 없었다는 듯 일어나 총총거리며 엄마나 아빠를 부르며 집으로 돌아갈 것이다. 눈을 깜박였다 뜨기만 하면.

　그 10초 뒤에 내가 세상을 다 무너뜨릴지라도.

노병들

이서영

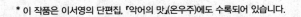

처리를 기다리고 있는 사안이니 조금 더 기다려보라는 친절한 말을 끝으로 전화가 끊겼다. 휴대폰을 손에서 놓자 휴대폰의 무게가 가볍게 뒷목을 자극했다. 바지 주머니에 손을 넣고 손가락을 세워서 아주 천천히 주머니 속에 들어 있는 네 장의 종잇장을 만졌다. 엄지손가락 끝으로 엷게 돋을새김 되어 있는 세종대왕님의 얼굴 윤곽이 느껴졌다. 4만 원으로 할 수 있는 일은 절대로 적지 않다. 공원 뒤편에 늘어서 있는 고깃집에 들어가서 영배가 녀석과 술을 한잔할 수 있을 것이다. 고깃집이 아니라 중국 요릿집에 들어가서도 적당한 가격의 고급 요리에 술을 시킬 수 있을 것이다. 종로 3가 역 바로 앞에 있는 일본식 돈가스 집에서 안심이나 등심을 시켜 먹을 수 있을 것이다. 에어컨 바로 앞에 앉아서 시원하게.

땀에 젖은 모시 적삼이 등줄기에 들러붙었다. 등을 꼿꼿이 세우려고 했지만 모시 적삼은 영 쉽게 떨어지지 않았다. 아침의 일이 도무지 머릿속을 떠나지 않아 고개를 홰홰 내저었다. 며느리가 항상 화장대 오른쪽에 돈을 넣어둔다는 것을 안 건 정말 오래전이었고 그전에는 단 한 번도 그 돈을 꺼내려고 생각한 적이 없었다. 지금 와서 며느리에게 말해보아야 아무 의미도 없는 일이었다. 화장대 오른쪽에서 만 원권 한 장을 집어 들었을 때 문이 열렸고 무어라 입을 뗄 틈도 없이 며느리는 팔자로 처진 눈썹을 하고는 말없이 만 원권 네 장을 꺼내 내 주머니에 꽂아주었다. 나는 가래를 돋워 보도블록에 침을 뱉었다. 참을 수가 없었다. 그 경우 없는 계집애가 누굴 민망하게 만들려고…… 라고 생각하다 고개를 숙였다. 그 착한 며느리를 두고 정말이지 부끄러운 줄도 모르는 생각이 아닌가. 더욱이 며느리는 지금 거의 남산만큼 배가 부른 상태였다.

나이 든 시아버지를 봉양해야 하는 딸아이 걱정에 얼굴이 어두운 사돈을 앞에 두고 나는 연금이 있으니 걱정하지 말라고, 혼자서도 괜찮다고 되레 큰소리를 떵떵 쳤었다. 연금은 자주 연체되었다. 벌써 반년 가까이 연체되고 있는 연금을 달라고 전화를 걸면, 지금처럼 이 친절하고 사근사근한 여자가 몇 십 분 가까이 걸리는 통화 끝에 조금 더 기다려보라고 말해준 뒤 전화를 끊기 일쑤였다. 나는 엄밀한 의미에서 퇴직 공무원이었다. 어디에도 내 근무 기록이 남아 있지 않은 게 문제였지만. 청와대에 글을 쓸 수도 없고, 얼굴도 모르는 전화기 너머의 직원에게 내가 조국을 위해 바람을 불러왔다고 말할 수도 없는 노릇이었다.

괴로웠다. 평생 나쁜 놈들을 잡기 위해 동분서주했는데, 어느새 자신이 도둑놈이 된 셈이었다. 살면서 한 번도 생활이 넉넉해 본 적은 없었고 결국 아내에겐 고생만 시켰지만, 아들을 마주할 기회만 있으면 나는 아무리 사정이 어렵고 생활이 괴로워도 인간으로서의 도덕과 기품을 잃어버려서는 안 된다고 가르쳐왔다. 한바탕 싸움이 벌어질 때마다 마음속으로 내가 사회 속에서 사는 인간이라는 점을 몇 번씩이고 되새겨왔다. 삶이 고통스럽지 않은 사람은 세상에는 아무도 없고, 그렇다고 해서 세상을 원망하다간 결국 내가 사는 세상마저 무너지고 마는 것이다. 설마하니 일을 하지 못한다고 해서 마음의 기둥까지 무너진 것일까. 가슴이 서늘해졌다.

전철 안에 자리가 없었다. 나이 어린 총각애 하나가 다리를 넓게 벌리고 앉아 멍한 표정으로 천장을 치어다보고 있는 꼴이 눈에 들어왔다. 나는 많이 늙었고 저 청년은 그렇게 피로해 보이지는 않았다. 나는 청년 앞에 가서 섰다. 에어컨 바람이 모시 적삼 사이로 스며들면서 조금 등이 편해졌다. 청년은 계속 입을 벌리고 멍하니 천장만 보고 있었다. 무슨 생각에 골똘히 빠져 있는 것인지는 알 수 없지만, 이 청년에게는 눈앞에 사람이 있다는 걸 알려 줄 필요가 있었다. 나는 몇 번 헛기침했고, 청년의 눈동자는 약간 흔들렸지만 다시 천장에 고정되었다. 어쩔 수 없는 노릇이었다. 나는 에어컨에서 쏟아져 내린 바람들을 몇 가닥 조심스럽게 머리 위로 끌어당겼다. 사람들을 다치게 해서는 안 되므로 내 머리 위에서만 천천히 맴돌게 했다. 잠시 뒤, 나는 그 바람들을 죄다 청년의 엉덩이 밑으로 밀어 넣었다.

"으어!"

소리를 지르며 청년이 벌떡 자리에서 일어났고, 바람들은 청년의 등과 엉덩이를 떠밀어냈다. 나는 가볍게 바람들을 전철 안에 흐트러뜨리고 그 자리에 앉았다.

독립문역을 지나면서부터는 비슷한 나이대의 사람들이 늘어갔다. 곧 도착이었다. 오직 이곳에만 정의의 기억들이 남아 있었다. 역 계단을 올라오면서부터는 다시 내 몸에서 나는 땀 냄새를 맡을 수 있을 지경이었다. 결국, 며느리에게 새 빨랫감을 오늘도 늘려주게 될 것이었다. 벚꽃처럼 수십 개의 태극기가 공원 문 앞에서 반짝거리며 흔들렸다. 나는 느릿느릿 배를 조금 내밀고 공원 안으로 들어갔다. 손병희 선생의 얼굴은 오늘도 경건했고, 손병희 선생을 치어다보는 시야로 영배의 얼굴이 불쑥 나타났다.

"형님, 이렇게 휴대폰 목에 걸고 다니다가 말년에 디스크 걸리면 뼈도 못 추린다. 여, 스마아트폰은 두껍기도 두껍고 무겁기도 오죽이나 무거운데. 형님 같은 약골은 디스크 금방이야."

팔각정에 도착하자마자 영배는 모자를 벗고 팔각정 한가운데 우뚝 섰다. 그리고 익숙하게 아리랑을 부르기 시작했다. 영배의 목소리에 실린 에너지는 하루가 다르게 옅어져 갔지만 미군정 때부터 영배는 포기를 모르는 놈이었다. 영배 역시도 자신의 목소리가 갈수록 힘없이 흩어지는 건 알고 있을 터였다. 그럼에도 영배는 굴하지 않고 애타게 목청을 부여잡았다. 영감들은 영배가 노래를 부르건 말건 신경 쓰지 않았다. 가끔 몇몇은 얼쑤, 좋구나, 를 외치기도 했지만. 대체로 영배는 팔각정 주변의 영감들의 기분을 유쾌하게 만들기 위해 노래했다. 영배 덕분에 찌는 듯한 더위 속에서도 노인네들은 그럭저럭 유쾌한 기분으로 웃고 떠들었다. 영배 덕분인지는 영영 모르겠지만.

아리라흥, 우리라흥, 아리어리우리라흥.

바람이 모시 적삼 속으로 훅 끼쳐 들어왔다.

"아이고, 시원허다."

이마 위로 땀줄기가 스쳐 지났고 비둘기가 종종거리며 옆을 지나쳤다. 늘 그렇듯이 시원한 바람의 시간은 빠르게 지나갔다. 나는 바지춤에서 부채를 꺼내 들었다. 바람 정도야 이 부채만으로도 탑골공원 전체에 휘몰아치게 할 수 있었다. 가볍게 목 주변을 부채로 부치는 내게 영배가 슬그머니 웃어 보였다. 인간에게는 누구나 알고 있지만 말할 수 없는 것들이 있게 마련이다.

나이 어린 한 쌍이 손을 꼭 붙들고 천천히 걸어서 팔각정 옆으로 다가왔다. 계집아이 쪽이 영배 쪽을 손가락질하며 까르르 웃음을 터뜨렸다. 웃음을 터뜨린 계집아이에게 노래를 부르는 영배 대신 화단 근처의 얼치기 영감들부터 팔각정 가운데 자리 잡은 말 많은 영감들까지, 모든 노인의 시선이 일제히 꽂혔다. 삿대질을 멈추지 않으며 연인을 치어다보는 계집아이의 하얀 얼굴에 홍조가 떠올랐다. 계집아이는 이곳이 어디인지 알지 못했다. 어린 나이에 그럴 수도 있었지만, 모르는 게 있으면 알아가야 할 일이었다.

계집아이가 사내놈에게 달라붙어서 스위티, 어쩌고, 영어로 주절댔다. 사내놈은 주변을 두리번거리며 감겨오는 팔을 몇 번 떨어내려고 시도했지만, 계집애는 그때마다 눈치 없이 다시 사내놈의 팔에 엉겨 붙었다. 그러더니 기어코 주둥이를 쭉 내밀었다. 사내놈은 계속 주변을 둘러보며 영감들 눈치를 살피기는 했지만, 입이 귀에 걸릴 듯이 웃어대더니, 결국에는 계집아이의 입술에 손가락을 몇 번 가져다 대다가 슬쩍 계집아이의 입술에 입을 맞췄다. 계집애가 물을 만난 듯 사내놈의 혀에 혀를 얽어대기 시작했다. 세조의 비가 세조의 죄를 씻기 위해서 세웠던 그 원광사지 십층석탑 바로 앞에 서서. 그럴 수 있는 일이었지만, 누구나 모르는 게 있으면 배워야 했다.

나는 가래침을 뱉으면서 바닥을 발로 슬쩍 내질렀다. 중력의 도움을 받아 땅으로 곤두박질치던 가래침은 그대로 신 나게 바람을 가르고 달려서 계집애의 허벅지에 철썩 들러붙었다. 잠깐 입술을 떼고 고개를 숙인 계집애가 펄쩍 뛰며 비명을 질렀다. 계집애는 사자 눈을 뜨고 주변을 살폈지만, 석탑 근처까지 걸어온 영감은 아무도 없었다. 나는 몸을 돌려 지그시 눈을 감은 채 영배의 노래를 감상했다. 영배의 노래가 겨냥하고 있는 건 사내놈 쪽이었다. 영배는 분명히 많이 약해졌지만 그래도 저런 어린놈의 기분 정도야 누워서 떡 먹기였다.

사내놈은 눈물까지 글썽이며 비명을 지르는 계집애를 오만상을 찡그린 채 보고 있었다. 영배의 목소리가 흔들거리며 허공으로 날아들었고, 사내놈은 계집애에게 그만 좀 하라고 벌컥 소리를 지르며 계집애를 떠밀었다. 날뛰던 계집애는 모랫바닥에 엉덩 방아를 찧었다. 치마가 뒤집혀 계집애의 파란 줄무늬 팬티가 보였고, 영감들은 슬그머니 모두 계집애를 주목했다. 계집애는 얼굴이 시뻘게져서 영어로 소리를 치기 시작했고, 사내놈은 무어라 한 마디 내뱉고는 인사동 쪽 쪽문으로 휑하니 자리를 떴다. 계집애 역시 씩씩거리며 종로 쪽 문을 향해 걸어 나갔다. 모든 실패에서는 배우는 게 있게 마련이었다. 영배가 내 어깨를 툭 쳤다.

"형님, 안 죽었네."

말세는 말세였다. 하기야, 말세가 아닌 적이 어디 있기는 했던가. 우리는 여느 때처럼 장기를 두는 영감들 옆에 몸을 옹송그리고 앉아서 단둘이서만 아는, 끔찍한 말세에 관해 이야기하기 시작했다. 우리가 격퇴해온 말세의 끔찍한 망령들과 선량했던 옆집 처녀들을 충동질해 야산으로 데려갔던 빨치산 놈들에 대해서. 세상 물정 모르는 학생 놈들 틈바구니에서 엿가락처럼 긴 팔을 뻗어 경찰들의 방패와 곤봉을 날리던 흉물스러운 그 남자에 대해서. 법이고 뭐고 없이 대로변에서 담배를 뻑뻑 피우던 마녀 같은 그 여자에 대해서. 옛날이야기 속에선 여전히 대쪽같이 정의와 허기의 시간이 살아 있었다. 모두가 그때는 배가 고팠다. 허기를 감내하는 것이 정의였고, 허기를 막아줄 수 있는 것이 정의였다. 장기판 주변의 노인들은 눈을 빛내기도 하고 훈수를 두다 조용히 좀 하라고 핀잔을 주기도 했다. 하나 그들 역시 정의와 허기의 시간을 기억하는 사람들이었다.

나는 흔들리는 영배의 모자 깃털을 물끄러미 바라보다가 깃털

너머로 낯익은 표식을 발견하고는 얼떨결에 벌떡 자리에서 일어났다. 장기판이 약간 흔들렸고, 이기고 있는 편의 몇 명이 안타깝게 소리를 질렀다. 틀림없었다. 눈앞으로 이파리 다섯 개 모양 대마초 문신이 뾰족하게 새겨진 팔뚝이 지나갔다. 이기고 있던 쪽이 내게 무어라 큰 소리를 질렀지만, 나는 꼼짝도 않고 녀석을 지켜보고 있었다. 허여멀건한 얼굴, (숱이 많이 줄어들긴 했지만) 목을 덮는 구불구불한 곱슬머리, (근육이 모두 없어져서 헐렁해 보였지만) 러닝셔츠 같은 민소매 셔츠에 관자놀이 옆으로 지나가는 큰 흉터 자국이 모두 그대로였다. 도무지 잘못 볼 수가 없는 그 걸음걸이. 여전히 녀석은 어깨를 비뚜름하게 추켜올리며 해괴한 스텝으로 춤을 추는 것같이 걸어갔다. 어느새 영배도 입을 벌린 채 자리에서 일어나 있었다. 크게 열린 동공으로 우리는 같은 곳을 바라보고 있었다. 바로, 녀석이었다.

녀석을 처음 만난 건 광복 이후 얼마 안 되어서 있었던 파업 사건 때였다. 나는 탱크와 기관총 뒤에 숨어 있었지만 내게 걸려 있는 기대는 탱크 이상이었다. 군인들은 열다섯 살 소년을 조심스럽게 이동시켰다. 서울 어디든 골목골목마다 소문이 파다했던 바로 그, 대한민청 감찰부장님이 내 어깨에 따뜻하고 묵직하게 손을 얹었다. 나는 김좌진 장군의 피가 내 심장으로 흘러드는 기분이었다. 거의 열흘째 철도가 완전히 마비 상태였다. 장사꾼들은 물건을 나르지 못했고, 환자들은 병원에 가지 못했다. 무엇보다 쌀, 쌀을 옮길 수 없었다. 감찰부장님의 나직한 목소리가 등 뒤에서 넘어왔다. 네 손에 달려 있다. 나는 주먹을 꼭 쥐었다. 모든 무기보다도 바로 내 손이었다. 곳곳에서 사람들이 굶고 있었다. 서울철도 파업단에는 수많은 사람이 진을 치고 있었다. 두 대오의 거리가 점점 가까워지자 사람들의 얼굴이 뚜렷하게 드러났고 함성이 하늘을 치받으면서 경관들 앞에 선 대한노총 청년들은 방망이를 치켜들었다. 사람들에게 쌀을 실어다가 줄 기차를 움직이기 위해 방망이들이 용감하게 움직였다. 감찰부장님은 힘차게 내 등을 쳤다. 자, 나가라. 나는 그들을 노려보며 힘껏 바람을 떠밀었다. 방망이들 사이로 날카롭게 달려 나간 바람은 격전지를 한참 지나 적진 한가운데에서 칼을 뽑아들었고 곧 피가 솟구쳤다. 바람에 얻어맞고 몇 명이 바닥에 나뒹군 듯했다. 잘했어, 아주 잘했어.

정신없이 양손을 뻗었다. 어디로 바람이 흘러가는지도 알 수 없었다. 바람 끝에 휘말려 눈이나 손을 잃어가고 있을 사람들도 보이지 않았다. 아직 힘을 제대로 다루지 못했던 어린 나는 허공에 손가락을 휘젓다가 손을 붙잡는 강한 힘에 바닥에 넘어졌다. 다루고 있던 바람이 사방으로 터졌고, 내 옆에 서 있던 경관의 양 발목이 끊어졌다. 손을 붙잡은 건 땅속에서 불쑥 뻗어 나온 손이었다. 나는 비명을 지르면서 손을 빼기 위해 안간힘을 썼지만 그럴수록 땅 밑에서 뻗어 나온 긴 팔은 더욱 억세게 내 손을 휘감았다. 손에 이끌려서 바닥에 납작 엎드린 채 버둥거리고 있자, 감찰부장님은 부대들에 각기 지시를 내리고 나서 권총을 들고 내 곁으로 다가왔다. 손목을 휘감은 손가락은 가늘고 희었지만, 도무지 떨치지 않았다. 감찰부장님은 망설임 없이 내 손을 향해 총을 쏘았고 나는 한 번 더 비명을 질렀다. 갑자기 손이 자유로워졌다. 바닥에 구멍만 남기고 기괴한 손은 사라졌다. 나는 멍하니 고개를 들어 적진을 바라보았다. 바닥에 손을 넣고 있던 소년 하나가 자기 손을 깨끗이 회수하고서 자리에서 일어났다. 멀쩡한 길이의 팔로 이쪽을 돌아보는 짧은 더벅머리의 소년은 나보다 한 뼘이나 키가 작았다. 뼈가 흐느적거리며 늘어나서 땅속을 통과해 오다니. 엿가락도 아니고. 소년을 가만히 응시하고 있자니 등줄기에 오스스 소름이 돋았다. 이건 말도 안 되는 일이었다.

이건 말도 안 되는 일이었다.
우리의 넋 나간 시선을 받으며 아무렇지 않게 공원 안으로 걸어 들어간 엿가락은 팔각정에서 가장 목이 좋은 그늘 자리에 다리를 벌리고 앉았다. 그는 노인 특유의 부들부들하게 살가죽이 늘어진 팔로 많이 구겨진 담배 한 갑을 꺼냈다. 그는 멍하니 담장 너머를 응시하며 담배를 빼어 물었다. 라이터를 찾느라 한참 가슴팍의 앞주머니를 손바닥으로 뒤적이더니 불을 빌리기 위한 요량인 듯 고개를 들고 주변을 두리번거렸다. 그리고 끝내 나와 눈이 마주쳤다. 눈을 가늘게 뜨고 이쪽을 바라보던 그 눈빛이 오래전 어느 순간으로 돌아왔다. 그는 내 주변을 훑어서 영배가 있는 것을 확인하고 입을 길게 찢어 히죽 웃었다. 오싹하게 소름이 돋았다. 재빠르게 녀석의 주변을 훑어보았다. 마녀는 보이지 않았다. 백 걸음도 안 될 거리에서 서로 말도 붙이지 않고 서 있다니.

나는 금방이라도 그의 손이 치솟아 오를 듯해 발끝으로 바닥을 슬슬 다져보았다. 이건 말도 안 되는 일이었다.

평소보다 일찍 집에 들어서자, 며느리가 눈을 동그랗게 떴다. 나는 묵묵히 방에 들어가서 모시 적삼을 벗었다. 땀에 젖어서 거의 반쯤 비치게 된 모시 적삼에서 냄새가 진동했다. 엿가락의 러닝셔츠 뒤에도 땀이 배어 있었다. 녀석이 그 자리에 앉아 있다는 것만으로, 조금 전까지만 해도 우리 모두에게 유일한 정의의 장소였던 팔각정이 주춧돌부터 무너지는 것만 같았다. 녀석을 몰아내야 했다. 하지만 누구 하나 먼저 녀석에게 다가서지 못했다. 나는 팔각정에서 멀리 떨어진 벤치에 앉았고, 영배는 바닥에 칵 소리 나게 침을 뱉고는 다시 팔각정 가운데에 서서 노래를 시작했다. 영배의 노래에는 어떤 기운도 느껴지지 않았다.

옷을 모두 벗어두고 방에 딸려 있는 화장실에 들어갔다. 물소리 뒤로 며느리가 방문을 열고 들어가 옷을 챙겨 나가는 소리가 들렸다. 며느리가 준 4만 원이 여전히 주머니에 있을 터였다. 며느리는 꼼꼼한 아이였고 결코 돈을 세탁기에 넣는 일은 없었다. 따뜻한 물속에서, 나는 며느리가 부른 배를 한 손으로 안고서 지독한 땀 냄새에 눈살을 찌푸리며 손끝으로 주머니를 뒤지는 장면을 상상했다. 알몸으로 욕실을 나오자, 갈아입을 옷가지와 주머니 속의 4만 원이 정갈하게 욕실 문 앞에 놓여 있었다. 나는 옷을 주섬주섬 주워 입었다. 주름이 진 허벅다리가 오늘따라 유달리 말랑하게 느껴졌다. 하루가 다르게 부드러운 몸이 되어가고 있었다.

팔각정 한구석에 어제와 같은 뒷모습이 보였다. 온 지 얼마 되지 않아 아직 규칙을 전혀 모르는 태도였다. 가만히 보니 엿가락의 머리는 숱만 줄어든 게 아니라, 아주 많이 세어 있었다. 저렇게 머리카락에 힘이 없어 보이는데도 곱실거리는 모양새는 그대로라니. 공원 옆에서 들려오는 관광객들을 위한 순라 행진의 음악 소리가 쨍쨍하게 들려왔고, 엿가락은 늘 그렇듯이 그저 담배를 피우고 있을 뿐인데도 음악에 맞춰 흐느적흐느적 춤을 추는 것처럼 팔을 움직였다. 공원 안의 노인네들 대부분이 존재 자체가 이상한 이 녀석을 힐끔거리고 있었다. 슬그머니 한쪽 입꼬리가 올라갔다.

당연한 일이었다. 수십 년 전에도 엿가락은 불량해 보였고, 양놈처럼 빛나는 저 갈색 머리카락 덕분에 눈에 쉽게 띄었다. 수많은 경찰이 자신을 노리고 있는 상황에서도 저 불량한 차림새를 한 번도 바꾸려 들지 않은 놈이었다. 모두가 녀석을 수상쩍게 보고 있다는 걸 알게 되자, 나는 등 뒤에 탱크 군단이라도 얻은 기분이 들었다. 당연한 일이었다. 저놈이 저 자리에 앉아 있다는 것만으로 한순간에 정의가 사라질 리가 없었다.

녀석은 담뱃불을 끄면서 등 뒤에 눈이라도 달린 듯이 비뚜름히 고개를 돌려 내 눈을 똑바로 바라보고는, 실쭉하니 웃어 보였다. 나는 시선을 피하지 않았다. 엿가락은 싸움을 걸어올 때면 먼저 웃었다. 귀신처럼 웃는 남자에 대한 소문은 오래도록 우리 쪽을 맴돌았고, 수많은 청년이 저 소름 돋는 미소에 희생되었다. 나는 수많은 싸움에서 단 한 번도 저 눈을 피한 적이 없었다. 저 눈과 맞서 싸워왔다. 오래전의 기억들이, 정의를 지키기 위해 싸웠던 낡은 감각들이 손끝에서 다시 꿈틀거렸다.

담배를 다 피우고 나서, 녀석은 주변을 휘둘러보고는 팔각정 밑으로 내려와 화단 쪽으로 다가섰다. 늘 볕 쬐던 자리를 잃어버린 고양이처럼 좌불안석이던 영배는 녀석이 자리를 뜨기가 무섭게 늘 아리랑을 노래하던 자리로 뛰어 올라갔다. 나 역시 영배의 뒤를 따라 팔각정 한 기둥에 등을 대고 앉았다. 엿가락은 여전히 춤을 추는 듯이, 양쪽 발끝을 희한하게 교차시키며 화단으로 다가가서, 화단 가운데 있는 벤치에 앉는가 싶더니, 벤치 옆에 웅크리고 앉았다. 화단 쪽 벤치에는 그늘이 없었다. 그 벤치에 앉아 있는 노인들은 지독히도 말이 없었고, 엉거주춤한 자세로 팔각정 쪽을 흘깃거리며 자기 옷자락만 때가 타도록 만지작거리다 해가 지면 집으로 돌아가곤 했다. 차라리 이상한 행동을 하는 노인들이 나았다. 말이 없는 노인들이 앉는 자리는 결국 화단 근처의 구석자리였다. 오랫동안 싸워왔던 나 같은 사람들은 그 노인들의 파리 쫓는 송아지처럼 끔뻑끔뻑한 눈동자만 봐도 어떤 종자인지 파악할 수 있었다. 여럿이 모여서 목소리가 커졌을 때는 우리와 곧잘 맞섰으나 혼자 떨어지면 아무것도 못 하는 멍청한 놈들. 이번에도 엿가락은 자신이 찾을 곳을 정확하게 파악했다. 돌이켜보면 녀석은 항상 저런 식이었다. 무언가를 열심히 하지도 않고 혼자서는 아무것도 할 힘이 없는 저 멍청한 놈들 옆에 붙어 앉아서 이러니저러니 그놈들의 성질머리를 돋우는 것엔 천부적 재능이 있는 녀석이었다.

나는 멀찍이 앉아서 아무것도 하지 않고 화단 쪽을 지켜보았다.

엿가락이 입을 연 지 얼마 지나지 않아 그 소심한 얼굴들에 웃음기가 비치기 시작했다. 그러더니 끝내는 왁자하게 웃음소리가 터졌다. 여기저기 앉아서 담소를 나누던 노인들이 모두 화단 쪽을 바라보았다. 그들은 웃음소리라고는 들릴 일이 없었던 자리에 앉아서 무릎을 손바닥으로 치면서까지 웃고 있었다. 엿가락은 옆에 웅크리고 앉아 무어라 중얼거리며 싱글거리고 있었다. 웃음소리는 파도처럼 팔각정을 덮쳐왔고, 물을 맞은 사람들처럼 우리는 모두 조용해졌다. 안 될 일이었다. 그걸 잘 알고 있는 영배는 팔각정 안에 있는 사람들에게 큰 소리로 노래를 부르기 시작했다. 영배의 노랫소리에 조금씩 불안감이 섞이기 시작했다. 팔각정은 하나였지만 화단은 공원 곳곳에 놓여 있었다. 자칫하다가는 저 멍청한 놈들이 목소리만 커져서는 이 댓돌 위까지 올라오려고 할 수도 있었다. 한 놈씩 다가와서 말을 걸어오는 것과 여러 놈이 우르르 댓돌 위로 올라오는 건 정말이지 다른 일이었다.

너무 신경 쓰지 말라고, 불가능한 흰소리를 영배에게 던져놓고 나는 낡은 가방 안에서 책을 꺼냈다. 아무것도 할 수 없다고 해도 책만은 계속 읽겠다고 결심한 것이 10년도 넘었다. 언제나 책은 읽는 것보다 읽을 만한 것을 고르는 것이 난제였다. 읽을 만하지 않은 책, 읽어서는 안 될 책, 읽는 것이 죽기보다 괴로운 책이 세상에는 너무 많았다. 종이 아까운 줄 모르는 젊은 놈들이 그만큼 많다는 뜻이리라. 책이란 적어도 바른 뜻을 펼치는 데에 사용되어야 했다. 책갈피를 집어 들고 읽은 곳을 빠르게 눈으로 훑어 내리다가 저자가 강한 어조를 사용한 부분에서 눈이 머물렀다.

공산주의자·사회주의자들이 이 땅에 엄존하고 있고, 그들이 남한 사회를 변혁시켜 한반도를 저들의 깃발 아래 통일하려고 하는 한 反共은 결코 포기할 수 없다. 그것은 自由民主主義를 지키고자 하는 自由鬪士들의 고귀한 깃발이다. 反共은 역사 무대에서 매도되고 매장되어야 할 惡이 아니라 한반도의 미래를 담보하는 善이다.

까지 읽었을 때, 눈앞에 그늘이 지나갔다. 하늘에 구름이라도 끼고 있나 싶어 고개를 들자, 코앞으로 막 지나쳐 간 게 그사이 친밀해진 엿가락과 화단 근처에 앉아 있던 녀석들이라는 것을 알게 되었다. 놀랍게도 저 얼치기들은 탑골공원에 자리를 잡은 지 몇 년 만에 느긋한 걸음으로 산책이라는 걸 하고 있었다. 그들은 웃고 떠들면서 팔각정을 한 바퀴 돌았다. 그러고 나서 가만히 서서 석탑을 보면서 손가락질을 하고 무언가 주절거리다가 탑돌이라도 하는 것처럼 다시 팔각정을 돌기 시작했다. 나는 다른 화단들을 훑어보았다. 다른 화단에 웅크리고 있는 녀석들도 팔각정을 맴도는 저놈들을 주목하고 있었다. 멍청이들이 떼로 몰려서 옮기는 걸음. 나는 지금껏 수없이 저 걸음들을 목도해왔고, 제일 앞에서 엉덩이를 쭉 빼고 어깨춤을 추고 있는 엿가락이 깃발만 치켜들면 한 장면이 완연해진다. 엿가락의 괴상한 몸짓에 얼치기 녀석들과 함께 탑을 구경하던 백인 여자들이 웃음을 터뜨렸다.

"헬로!"

엿가락은 왼쪽으로 고개를 기울이며 눈을 찡긋했다. 허리춤에 살이 두툼한 오렌지 색 머리의 백인 여자가 싱글거리며 엿가락에

게 무어라 영어로 말을 했다. 녀석은 고개를 연신 끄덕거리며 듣
고 있었다. 예전에도 그랬지만 지금도 녀석의 얼굴은 여전했다.
쌍꺼풀이 짙게 자리한 눈동자는 엷은 재색을 띠었고 낯빛은 사내
답지 못하게 허여멀겠다. 녀석은 늘 반쯤 잠이 든 것 같은 나른한
표정으로 전장을 싸돌아다녔고 공순이들은 그게 멋지다고 수군
댔다. 60년대에는 저 길게 기른 머리 위에 손으로 염색한 것 같
은 천 쪼가리를 두르고서 혀를 굴리며 러브 앤드 피스니 어쩌니
하면,

"쏘리, 아이 돈 노우 잉글리시. 러브 앤드 피스!"

그래, 저렇게 손으로 브이 자를 그리면서 횡하니 사라지면 경찰
들도 저놈이 양놈인지 조선놈인지 구분을 못 하고 그냥 보내주곤
했었다. 백인 여자들은 깔깔대며 러브 앤드 피스라고 녀석의 말
을 맞받았다. 코리안 히피 어쩌고 하는 소리가 들렸다. 녀석은 팔
뚝에 있는 대마초 문신을 가리키며 더 우스꽝스럽게 엉덩이를 흔
들며 걸음을 옮겼다. 그래도 나이를 먹으면 좀 나아질 줄 알았건
만, 저 나이를 먹도록 여전히 뭘 지켜야 하고 뭘 놓아야 하는지도
구분을 못 하는 녀석이었다.

익숙한 풍경을 앞에 두고 영배가 차갑게 굳은 얼굴로 입을 달
싹이기 시작했다. 녀석들은 팔각정을 한 바퀴 돌아서 우리 쪽으
로 다가오고 있었다. 나는 영배를 향해 고개를 저었다. 영배는 미
간을 찌푸리며 입을 닫았다. 저 표정의 영배가 노래를 시작한다
면 자칫 뉴스에 실릴 사달이 날 수도 있을 터였다. 우리가 세상에
존재했다는 사실 자체도 밝혀져서는 안 되었다. 설령 연금이 제

때 나오지 않아도, 아무도 우리를 알아주지 않아도, 나와 영배는 죽을 때까지 이 비밀을 간직할 것이다. 녀석들이 우리 옆을 천천히 지나쳐갔다. 까불거리면서 엿가락이 힐끗, 이쪽을 바라보았다.

정의의 시절들에 고문을 당했던 사람들이 텔레비전과 신문에 등장해서 자신이 당한 일들을 이야기할 때마다 우리는 먹먹하게 모여 앉아 술을 부었다. 저항할 수 없는 약한 사람에게 끔찍한 짓을 했다고 젊은 놈들이 떠들어 댔다. 우리의 시절을 견뎌오지 않았던 어린놈들은 당연하게도 우리의 시절을 이해할 수 없을 것이었다. 약한 사람들을 괴롭히는 건 당연히 나쁜 짓이지만, 그들은 약한 사람들이 아니라 악당이었다. 순진한 처녀를 희롱하고 있는 치한에게는 주먹을 날리는 것이 정의이듯이, 사람들을 굶주리게 하고 살해하는 빨갱이 악당의 소굴은 소탕하는 것이 정의였다. 더구나 세상은 결코 만화처럼 가볍게 굴러가지 않았다. 우리는 정의로웠지만, 우리의 정의를 위해 입을 다물어야만 했다. 고문 사실이 밝혀질 때마다 세상은 들썩거렸다. 혹시라도 우리의 존재가 밝혀졌을 때 자신이 무슨 말을 하는지도 모른 채 말들을 쏟아낼 수많은 사람을 떠올리면 등줄기에 소름이 돋았다. 정의롭기 위해서는 조심해야 했다. 나는 맹세코 평생을 걸고 정의를 위해 노력해왔다.

문득, 마녀가 떠올랐다. 마녀를 위해 손을 뻗었던 그 순간도 나는 노력하고 있었다. 마녀의 그 검고 커다란 눈동자도 장갑차 앞에서는 무력했고, 아무렇지도 않게 그녀를 향해 돌진하는 장갑차 앞에 선 마녀의 하얀 다리가 파르르 떨리는 것이 보였다. 장갑차를 도무지 피할 수 없다는 게 확실해지자 마녀의 긴 속눈썹이 가만히 감겼다. 나는 손을 뻗었다. 날카로운 바람이 장갑차의 바퀴를 짓뭉갰고, 마녀는 고개를 들어 내 쪽을 바라보았다. 아, 눈을 마주치면 안 되었던 거였는데. 그새 마녀의 목소리가 머릿속으로 기어들어 오기 시작했다.

칼바람, 이름이 뭐야?

철구.

난, 연주.

공중에서 엿가락의 긴 팔이 날아들어서, 마녀의 몸을 낚아챘다. 연주, 아니 마녀는 내 머릿속으로 미소를 보내고는 통신을 끊어냈다. 나는 그녀의 이름을 상부에 보고하지 않았다. 나는 정의를 실천하기 위해 노력했으며 그녀는 그 순간 저항이 불가능한 가녀린 여성이었다. 단지 그것뿐이라고, 나는 끊임없이 자신에게 되뇌었다. 나는 여전히 내 조국을 마음 깊이 사랑하고 있었다.

마음을 진정시키고자 장기판 옆으로 갔지만, 장기에 훈수를 두기도 전에 영배는 푸르르 화가 났다. 어깨에 기타를 멘 계집아이 하나가 목이 훤히 드러나게 짧은 머리를 하고 담배를 뻑뻑 피우면서 이쪽을 힐끔거리고 있었다. 공원 뒤쪽으로는 낙원 빌딩이 있었다. 낙원 빌딩에서 기타니 뭐니 깽깽이들을 팔기 시작하면서 영화관에 비역질하는 놈들이 모였고, 이제는 이 근처에서 저렇게 뻑뻑 담배를 피워대는 계집애 보는 것은 일도 아닌 일이 되어버렸다. 낙원아파트가 처음 생길 때는 결코 이렇지 않았는데. 아까의 흥분이 가라앉지 않은 영배는 곧 담배를 피우는 계집아이를 익숙한 이미지에 연결 지었다.

"마녀 같은 년."

나는 고개를 저었다. 마녀는 어떤 싸움판에서건 허벅지가 드러나는 새빨간 드레스를 입고 나타났다. 도로 한가운데에서 가늘고 긴 굽이 달린 빨간 구두를 신고, 마녀의 빨갛고 긴 손톱 사이에 끼워진 궐련, 궐련 끄트머리에 묻어 있던 빨간 루주. 언젠가 그녀는 "한국노총은 법의 심판을 받아야 한다"라고 쓰여 있는 천 쪼가리 아래, 약간 움츠러든 표정으로 소주병을 사이에 둔 채 모여 앉아 있던 석면 공장 근로자들 사이로 그 빨간 구두를 또각거리며 걸어들어 갔다. 모든 사람이 지켜보고 있는 가운데 아주 느리게 한 쪽씩 다리를 들어서 발뒤꿈치부터 천천히, 구두를 벗었다. 누구의 숨소리조차 제대로 들리지 않을 정도로 조용한 좌중을 쭉 둘러보더니, 구두를 오른손에 모아든 그녀는 철퍼덕, 양반 다리를 하고 도로 한가운데 주저앉아 버렸다. 그리고 소주잔 하나를 집어 들고는 술잔을 내밀었다. 아직 진압 명령을 받지 못한 채 멀찍이 서 있던 나와 영배, 그리고 재성은 웃음을 터뜨리며 땅을 두드리는 마녀를 그저 지켜보았다. 석면 공장 작업복을 입은 젓가락이 사람들 사이에서 쑥 얼굴을 내밀고 마치 새처럼, 가지에서 가지로 뛰어내리듯이 마녀 옆에 앉았다. 얼굴이 불콰하게 달아오를 정도로 술을 마신 마녀는 거칠게 엿가락의 팔을 잡아끌어 그에게 입을 맞췄다. 근로자들 사이에서 휘파람 소리가 들렸고, 입술을 뗀 마녀는 요란스럽게 웃으면서 사람들에게 눈을 찡긋해 보였다. 어느새 그녀는 사람들의 중심에 앉아 있었고, 나는 파란 작업복 사이에 앉은 그녀가 파란 나뭇잎 사이에 피어난 열대지역의 꽃 같다고 생각했다.

굽 높은 구두에서 빠져나온 엄지발가락이 마녀의 웃음소리를 따라 까딱거렸다. 불그스름한 발뒤꿈치 위로 불거져 나온 복사뼈, 파란 실핏줄이 도드라진 종아리를 지나서 하얀 허벅지를 보았다. 마녀의 루주가 엿가락의 입술로 번져 있었다. 이 싸움이 끝나고 저 둘은 늘 그랬듯 무사히 이 싸움판을 빠져나가고, 엿가락이 자신의 입술에 있는 루주를 저 잡스럽게도 하얀 허벅지에 다시 문지르는 장면을 떠올리다가 나는 욕설을 내뱉었다.

"저 간첩 년이 사람들을 홀려서 이 지경이 되었구만."

아직 싸움 경험이 많지 않았던 영배는 긴장하고 있던 듯 빠르게 말을 받았었다.

"아주 시뻘건 빨갱이 년입니다."

재성이 영배의 어깨를 두드렸다.

"그렇게 긴장할 거 없어, 인마."

대전에서 체불임금을 내놓으라고 공장 문을 닫아버렸던 실밥 따는 계집애들이 저 마녀에게 언니, 언니 하며 팔짱 끼는 모습을 보고, 나는 집에 와서 아들놈을 불러 앉혔다. 공순이들은 필연적으로 함부로 몸을 굴려 임신을 하고 사창가에 빠지는 아이들이니 무슨 일이 있어도 공순이들은 만나면 안 된다고 말했다. 졸음 섞인 눈으로 네, 아버지, 네, 아버지, 하는 아들의 목소리를 열 번 이상 듣고서야 안심하고 잠이 들었다. 다행히 방직 공장에서 일하던 아내는 그날 새벽이 되어서야 집에 들어왔다. 아내는 경탄할

만큼 조신한 몸짓으로 옷을 갈아입고 내 옆자리에 몸을 눕혔다. 재성의 부인은 아내와 함께 일했지만 언제나 아내와는 조금 달랐다. 오히려 마녀와 엇비슷할 만큼 속 시원하게 잇몸을 드러내면서 웃던 얼굴을 떠올리자, 아내가 웃으면 옆에서 같이 낄낄대고 웃어대곤 하던 재성의 가무잡잡한 얼굴이 떠올랐다. 나는 서둘러 고개를 흔들어 그 얼굴을 지워냈다.

아무튼, 저 계집애를 마녀와 비교하는 건 도무지 어불성설이었다. 저렇게 평범한 계집아이도 담배를 물고 뻔뻔하게 거리를 돌아다닌다는 게 한스럽다면 한스럽기는 했지만.

"무슨 말이야. 마녀라면 이런 거쯤은 막아내고도 남을 텐데."

나는 손톱을 튕겨 담배꽁초를 날려버릴 생각으로 가볍게 오른손 엄지와 검지를 마주 댔다. 그리고 바로 엉덩방아를 찧었다. 무언가가 바짓가랑이를 잡고 아래로 잡아당겼다. 담배를 피우던 계집아이가 바닥에서 일어나지 못하고 허우적대는 내 꼴을 보고 키득거렸다. 엉덩이께를 더듬자, 차가운 손가락이 만져졌다. 나는 이를 악물고 문 안쪽을 노려보았다. 역시나, 화단 근처에 웅크리고 앉은 엿가락은 송곳니로 담배를 꼬나물고는 키득키득거리며 땅바닥에 손을 쑤셔 박고 있었다.

나는 손 위에서 바람을 굴리면서 담벼락에 닿지 않도록 있는 힘껏 몸을 뒤틀었다. 자칫해서 담벼락에 닿았다가 담이 무너지기라도 하면 매우 곤란해질 터였다. 첫 번째 바람은 3분의 2 정도 가다가 중간에 흩어졌다. 젊을 때에는 날아가던 바람도 한가운데에서 자유롭게 휘게 할 수 있었는데, 이제는 직선거리로도 바람을 보내는 게 쉽지 않다는 것을 새삼 깨달았다.

두 번째 바람이 엿가락의 팔에 맞았다. 엿가락은 여유로운 표정으로 팔을 흔들다가 급하게 눈살을 찌푸렸다. 이렇게까지 녀석을 펀치에 몰아본 것은 처음이라, 순간 가슴이 떨렸다. 녀석은 팔을 흐물흐물하게 만들려고 잠깐 시도했지만, 바람이 닿는 지점을 착각했고, 오히려 팔이 바람에 끊어질 것 같다고 판단하자 다시 몸을 원상태로 만들었다. 녀석의 상황 판단 자체는 아직 녹슬지 않았지만, 그럼에도 충격이었다. 직선으로 바람을 보냈는데도 그 엿가락이 팔을 직격으로 맞았다. 85년 여름, 구로에서 맞붙었던 때, 엿가락만을 노리고 그의 온몸을 칭칭 휘감는 바람을 보냈던 기억이 났다. 악을 쓰는 미싱사 소녀들 사이에 주저앉아, 녀석은 멀찍이 서 있는 이쪽 청년들의 머리채를 휘어잡았다. 미싱사 소녀들은 녀석을 의식하고 있었다. 녀석이 바람에 휘말려 온몸이 뜯겨 나가면 분명 전열이 흐트러질 것이었다. 바람이 밧줄처럼 몸을 휘감으려고 한다는 걸 느끼자 엿가락은 몸 전체를 엿가락처럼 녹여서 납작하게 만들더니 칼바람의 오라를 빠져나갔다. 엿가락의 흐물흐물한 몸을 보면서, 우리의 싸움을 주의 깊게 지켜본 누군가가 있다면 내게도 엿가락에게도 박수를 보내줬을 것으로 생각했다. 하지만 오늘 녀석의 팔뚝에서는 핏방울이 비쳤다. 엿가락도 비슷한 생각을 했으리라, 예전 같았으면 팔을 끊었을 수도 있을 것을 핏방울만 비친 거라고. 그렇게 생각하니 엿가락의 눈을 바라보기가 수치스러웠다. 엿가락의 손아귀 힘이 약간 느슨해졌다. 나는 그 틈을 노려 차가운 손가락에서 바짓가랑이를 빼냈다.

나는 발을 헛디뎌서 넘어진 것처럼 엉덩이를 툭툭 털며 일어나려 했다. 바닥에서 두 개의 손목이 치솟아 올랐다. 두 개의 손은 노련했다. 한쪽 손바닥이 내 무릎을 밀어내고 다른 손은 그 손이 보이지 않게 빠른 속도로 엉덩이를 끌어당겼다. 나는 아주 자연스럽게 일어나려다 도로 자리에 앉았고, 발을 동동거려 담벼락에 붙어 앉았다. 어디까지나 남들이 보기에는. 나는 있는 힘껏 엉덩이를 담장에 내리 찍었다.

　"거, 이 씨. 많이 더워? 땅바닥에 앉고그래."

　"그늘이 시원하구만."

　손등으로 땀을 훔치면서 나는 일부러 너털웃음을 지어 보였지만 몇몇 노인들은 날 턱짓하며 고개를 갸웃거렸다. 고통의 표정은 완전히 숨길 수가 없었다. 꼬리뼈가 깨진 것처럼 아팠다. 이전 같으면 담벼락을 무너뜨리지 않고서도 내 내장까지 전부 파열시킬 수 있었을 텐데, 정말이지, 녀석도 많이 늙어 있었다.

　영배의 목소리가 높고 거칠게 울려 퍼졌다. 영배는 엿가락의 파장에 맞춰서 노랫가락에 불쾌감을 실어 보내고 있었다. 엿가락의 얼굴이 일그러졌다. 불쾌감의 파동은 점점 강해졌고, 강한 파동을 견디다 못해 파동 자체가 일그러져 불쾌감이 주변으로 튀기도 했다. 뜬금없이 장기를 두던 노인 하나가 장기판을 거세게 내리쳤다. 엿가락의 주변에는 거대한 분노의 바다가 일렁이는 것처럼 보였다. 바짓가랑이가 뜯어지는 소리가 들렸다. 영배의 대실패였다. 영배의 노래는 엿가락의 기분은 상하게 했지만, 엿가락을 무기력하게 만드는 데에는 아무 소용이 없었다. 오히려 엿가락의 공격성은 몇 배로 뛴 것처럼 느껴졌다. 이 상태라면 오히려 엿가락의 이성이 끊어져서 더 끔찍한 사태가 벌어질 수도 있었다. 엿가락은 있는 힘껏 내 엉덩이를 꼬집어대기 시작했다. 나는 입 밖으로 비어져 나오는 신음을 꾹꾹 참았다. 개자식 같으니라고. 나도 굴하지 않고 녀석에게 바람을 날렸다.

빌어먹을 녀석, 손가락에 쇠뭉치라도 달았는지 엉덩이에는 감각이 없어져갔고, 녀석이 엉덩이를 쥐어짤수록 손가락에서는 힘이 빠졌다. 하지만 녀석 역시도 힘이 빠져가고 있었다. 이제 바람은 녀석에게 피 한 방울 내지 못했고, 그저 손바닥으로 슬슬 치는 정도에서 더 나아가지 못하는 주먹질이었다. 그 주먹질에도 녀석의 러닝셔츠는 비라도 맞은 듯 땀으로 젖어 있었다. 녀석의 손아귀 힘이 느슨해졌다. 하지만 이미 나는 엉덩이가 너무 아파 일어날 수도 없는 상황이었다. 담벼락 아래로 축 늘어진 녀석의 손은 여린 나뭇가지 묶음을 닮아 있었다.

나는 천천히 손을 들어서 바람을 하나 보냈고, 바람은 정문을 지나 녀석을 향해 가다가, 문득, 시원한 바람이 종로 한복판에 휙 불자 흔적도 없이 사라졌다. 녀석의 손이 담벼락 아래에서 천천히 빠져나갔다. 예의 화단 옆 얼치기 놈들이 녀석에게 와서 음료수를 건네고 있었다. 누가 봐도 명백하게 기진맥진한 엿가락은 늘 하듯이 어깨를 기울여 유쾌하게 음료수를 받으려다 음료수를 약간 흘렸다. 나는 고개를 돌려 낙원상가 쪽을 바라보았다. 담배를 꼬나물었던 계집애는 어디로 갔는지 흔적도 보이지 않았다.

집에 오자마자 나는 씻지도 않고 텔레비전 앞에 아무렇게나 드러누웠다. 며느리는 대자로 뻗은 내 꼴을 내려다보더니 조용하고 빠르게 거실 구석에 놓인 에어컨을 작동시켰다. 삑, 삑. 가벼운 기계음과 함께 상쾌한 바람이 쏟아져 내려오기 시작했다. 숨이 확 트였다. 마치 여름이 아닌 것처럼 온몸을 감도는 공기가 너무도 시원해서, 나는 그만 며느리에게 호통을 쳐버렸다.

"이거 당장 꺼. 사람이 말이야, 여름에는 더운 걸 알고 살아야지. 조금 덥다고 에어컨 틀고 조금 춥다고 보일러 틀고, 그래서 어디 사람 산다고 할 수 있겠어?"

며느리는 대답 없이 조용히 에어컨을 껐고, 며느리의 손길처럼 차분하게 에어컨이 잦아들었다. 나는 나직하게 욕설을 내뱉었다.

마녀를 체포한 것은 내가 아니었다. 앓아누워 이틀 동안 설사를 하고 기운이 쭉 빠져서 사흘째 오후가 되어서야 겨우 출근할 수 있었던 그날은, 사람들의 입에서 나오는 공기조차 떠들썩했다. 누군가 내게 마녀가 잡혀 왔다고 귀뜸해 주었다. 한창 연쇄 파업이 일어나던 방직 공장 중 하나에서 잡혔다고 했다. 하얀 줄로 줄줄이 몸이 묶여서 들어오는 여자들 가운데 눈과 귀마저 가려진 채 들어오는 부서질 것처럼 가느다란 마녀가 눈에 들어왔다. 그 바로 뒤에 묶여서 낡은 치마가 반쯤 찢겨나간 채 겁먹은 눈을 휘둥그렇게 뜨고 사방을 두리번거리는 재성의 부인이 보였다. 등 뒤에서 무언가 후다닥 달려가는 소리가 들렸다. 다음 날 팀에서 재성이 누락되었다는 통지가 내려왔다.

앓아눕기 바로 전날, 재성과 나는 꼬막을 앞에 두고 막걸리를 토할 때까지 들이켰다. 집까지 어떻게 왔는지 잘 기억나지 않지만, 언제나 나보다 튼튼했던 재성이 다리가 개개 풀려서도 어떻게든 나를 부축해 집 마루에 던져놓고 나서 허청허청 밤길을 되짚어갔다는 이야기를 아내에게 전해 들었다. 기억해보려고 노력했지만 재성의 마지막 얼굴이 도통 기억나지 않았다. 날 부축하고 집까지 걸어왔다는 그 강인한 어깨의 온기도 기억나지 않았다. 재성의 집 주소는 빤히 알고 있었지만, 재성이 팀에서 빠진 이상 이제 찾아갈 수 없는 곳이었다. 나는 재성과 가장 친밀했기에 당분간은 더욱 몸을 사려야 할 판이었다.

재성의 부인은 고문실까지는 끌려가지 않았다고 했다. 고문실을 가로지르다가 전면이 전부 거울 유리로 되어 있는 방 앞에서 걸음이 멈추었다. 마녀의 나신은 물기 하나 없이 바싹 마른 풀잎처럼 보였고, 그 사이 오른쪽 발목은 피고름이 배어 나와 까맣게 썩어 있었다. 마녀의 새하얀 허벅지 사이를 의식하자마자 나는 불안하게 바닥으로 눈을 떨궜다. 머릿속으로 직접 전해지는 마녀의 목소리는 이제 더는 공격이 아니었고, 구해달라는 힘없는 요청은 여기저기로 맥락 없이 떠다녔다. 멍하니 허공을 바라보던 눈이 갑자기 이쪽을 향해서, 나는 흠칫 물러섰지만, 자세히 보니 눈에는 초점이 잡혀 있지 않았다. 지나가던 누군가가 어깨를 툭 치며 웃었다.

"거울 유리잖아."

발이 아파요.

마녀의 목소리가 다시 머릿속으로 들어왔을 때, 마녀는 내 의식을 감지해냈다.

칼바람? 철구?

사람들이 동시에 내 쪽을 돌아보았다. 정신을 반쯤 놓친 듯한 마녀는 내게만 목소리를 전하고 있지 않았다.

철구, 어디에 있어? 나, 연주야. 어디야?

마녀에게 당하지 않기 위해 재성과 영배와 나는 늘 생각을 흘려보내는 명상을 하곤 했기에, 늘 연습했듯이 마녀에 대한 생각을 가능한 한 붙잡지 않으려고 노력하면서, 나는 잰걸음으로 자리를 떴다. 연습은 성공적이었다. 사건은 여러 번 싸움터에서 맞닥뜨렸던 마녀가 나와 영배가 대화하는 와중에 우리의 의식을 엿듣고 나서 내 이름을 알게 된 사건으로 보고되었다. 생각도 암호명으로 해야 했을 것 아니냐고, 우리는 한바탕 혼이 났다.

집에 있던 파업 홍보 전단을 발견한 건 그러고 나서도 한 달이나 지난 후였다. 전단을 앞에 두고 소리를 높이는 내게, 아내는 곧 돌입할 옥쇄 파업을 앞두고 혼자 앓아누운 나를 간호하기 위해 파업에 참여하지 않았다고 얘기해 주었다. 나는 생애 처음으로 아내를 때렸고, 바닥에 엎드러진 아내를 내려다보다 내가 벽에다 주먹을 꽂자, 아내는 어린아이처럼 소리를 높여 울음을 터뜨렸다. 아내의 울음소리를 들으며 묵묵히 앉아 있던 나는 벗어놓은 잠바 주머니에서 담배를 꺼내 들었다. 방문을 열고 마루에 앉자, 방문 앞까지 왔다가 총총히 문밖으로 다시 나간, 틀림없는 아들의 발자국을 눈송이가 천천히 다시 지워내고 있었다. 함박눈이었다.

불을 끄고 자리에 누웠지만, 아내도 잠들지 않은 것을 알고 있었다. 새벽 3시가 넘어서야 아들이 건넌방으로 들어가는 소리가 들렸다. 결국, 한숨도 잠들지 못하고 새벽 5시쯤, 나는 장롱 아래 칸에 들어 있던, 재성의 부인이 아내에게 만들어준 보자기를 꺼내 마당에서 불태웠다. 아내는 나오지 않았다. 재성의 부인은 수선스럽기는 해도 매사 명랑하고 잘 웃던 여자였다. 보자기를 아내에게 만들어주던 날, 나와 재성 앞에서 머리에 보자기를 쓰고 빙그르르 돌고는 박장대소하던 그녀가 떠올랐다.

출근하자마자 집무실 한쪽 구석에 있는 책꽂이에서 처음으로 책을 꺼냈다. 『韓國學生建國運動史』라는 책을 꺼냈다. 끄트머리가 史인 걸 보니 역사책인 듯했다. 무엇부터 읽어야 할지는 모르겠지만, 역사책을 읽으면 간첩들이 지금껏 뭐라고 사람들을 꼬드겼는지 알 수 있지 않을까 생각했다. 세 번째 장을 넘겼을 때 출동명령이 떨어졌고, 영배와 함께 서둘러 싸움터로 달려나가면서, 아내는 착한 여자이니 집에 좀 여유가 있다면 간첩들의 헛소리에 귀 기울이지는 않을 텐데, 라고 생각했다. 조심스럽게 요청을 하자 월급은 소폭 인상되었으나, 여유가 있다고 말할 만큼은 아니었다. 능력자는 눈에 띄어선 안 되기 때문이라는 상관의 말을 수긍했다.

세상을 제대로 굴러가게 하기 위해서는 언제나 힘이 필요했다. 힘은 가만히 있는 사람들에게 주어지는 것도 아니었고 떼를 쓰는 사람들에게 주어져서도 안 되었다. 당연히 잘못될 까봐 아무것도 하지 않는 사람들보다는 무엇이라도 하는 사람들이 더 용기 있는 사람들이었다. 옳고 그른 것은 변하지 않고 올곧게 존재하고 있었다.

날이 선선해지기 시작하자, 노인들은 종종 다가올 선거 이야기를 했다. 선거 이야기가 나오면 나는 말을 아꼈다. 내가 굳이 말을 꺼내지 않아도 대부분의 사람은 가리켜야 할 방향으로 손가락을 뻗었다. 가끔 끼어드는 다른 손가락들이 있었지만, 그들은 빠르게 공원의 중심에서 퇴출당했다. 퇴출당한 놈들은 공원 입구에 몰려 앉아서 정치판은 다 똑같다며 어린애 같은 소리를 해 댔다. 그 와중에 어떤 사람들은 몇 번쯤 엿가락에게도 선거 이야기를 건넸고, 엿가락은 역겹게 손가락으로 키스를 날린다든가 코 내지는 귀를 후비는 방식으로 그 이야기를 웃어넘겼다. 엿가락은 손가락을 어느 쪽으로도 펴지 않는 것처럼 보였다.

"글쎄, 누가 되든 비슷하지 않나?"

같은 소리를 하며 귀를 후비는 꼬락서니를 몇 번 보다가 보면, 아무리 열의를 가지고 말을 걸었던 사람이라도 금세 몸에 힘이 쭉 빠지게 마련이었다. 엿가락은 멀리 서 있는 나를 흘끗 건너다 보며 웃음기 섞어 입을 열었다.

"선거가 뭐 그렇게까지 중요하겠어."

등골이 선뜩했다. 세상이 통째로 멈추는 끔찍한 테러들, 엿가락 역시 그것을 결코 잊을 리가 없었다. 철도가 마비되었던 그날의 기억은 아직도 선명했다. 그날 누군가는 인생을 결정할 중요한 어느 순간을 앞두고 있었을지도 모를 일이었고, 누군가는 생사의 갈림길에 서 있었을 수도 있었다. 엿가락 녀석에게 선거보다 중요할 만한 것은 하나뿐이었다. 철구는 차마 그 단어를 떠올리지 못해 몸을 떨었다. 장기의 어느 한 부분이 작동하는 것을 멈추면 모든 몸의 기능에 이상이 생기듯이 바로 이 세상도 마찬가지였다. 그렇기에 모두가 최대한 열심히, 열심히, 폐를 끼치지 않는 삶을 살기 위해 노력하고 있었다. 엿가락 같은 정신 나간 놈들이 아니라면. 그리고 정신 나간 놈들은 아무리 온 힘을 다해 날려버려도 몇 번이고 나타났다. 철구는 인간들이 꿈틀거리며 가득 메우고 소리를 지르던 수많은 거리에서 인간이란 종은 지독하게 이기적인 동물이라고 뼈저리게 배웠다.

"하기야, 전쟁 일어나거나 빨갱이들 쏟아져 나오지만 않으면 되지."

익숙한 화제가 튀어나오자 노인들이 저마다 하나씩 말을 거들기 시작했다. 전쟁 때 빨갱이들이 얼마나 잔혹했는지, 무엇을 털어갔는지, 짝사랑하던 동네 처녀가 어떻게 빨갱이 놈들에게 몸을 버렸는지에 대한 이야기들이 튀어나오는 동안 엿가락은 그저 빙글빙글 웃으며 이야기들을 듣고만 있었고, 노인들은 흥이 나서 말을 덧붙이느라 엿가락을 설득하려던 애초의 목표 따위는 까맣게 잊어버렸다.

며칠 지나지 않아, 영배와 나는 여러 사람들과 함께 한 방 안에 나란히 앉아 느린 속도로 마우스를 클릭하고 있었다. 트위터 전사 학교 선생님은 대학생 정도 나이밖에 안 되어 보이는 앳된 총각이었다. 사실, 선생님의 손이 너무 빨라서 그렇지, 다른 노인들에 비하면 내가 컴퓨터를 다루는 속도가 그렇게 느린 것만도 아니었다. 내 왼쪽에 앉아 있는 머리가 벗겨진 노인은 덥지도 않은 날씨에 연신 땀을 닦아내고 있었다.

"이름은 본명으로 하지 않으시는 게 좋아요. 계정을 여러 개 가질 수도 있으니까요. 인터넷 밖에서 어르신들은 한 명이고, 표도 하나밖에 행사 못 하고, 한 번에 한 사람밖에 못 만나지만, 인터넷에서는 그렇지 않답니다. 어르신 한 분이 열 명처럼 보일 수도 있어요."

열 명이라니. 놀랍게도 분신술 정도야 아무나 쓸 수 있는 시대였다. 설명을 들으면 들을수록 놀라웠다. 리트윗이라는 개념은 마녀의 정신성 공격에 비할 바가 없이 압도적이었다. 그 자리에 있지 않아도, 단지 컴퓨터를 사용하는 것만으로도 누구나 정신성 공격을 감행할 수 있다는 것이 아닌가. 그에 비해 내 능력이란 정말 아무것도 아니었다. 그래도 나는 '이름'이라고 흐리게 글자가 박혀 있는 공란에 '칼바람'이라고 써넣었다. 아이디는 영어로 써야 한다고 말하면서, 선생님은 내 등 뒤에서 발을 멈췄다.

"멋진 이름이네요, 칼바람!"

아이디를 선택하세요 라는 굵은 글자 아래에 선생님은 knifewind라고 글씨를 쳐 넣었다. 빨간색 X 표시와 함께 '이미 사용 중인 아이디입니다!' 라는 글자가 떴다. 내가 불안하게 눈동자를 굴리는 걸 눈치챘는지, 선생님이 웃었다.

"어르신, 걱정 마세요. 아이디는 얼마든지 바꿀 수 있답니다."

선생님은 knife와 wind 사이에 _를 집어넣었다. 마음이 놓이는 초록색 글씨가 '사용 가능한 아이디입니다.' 라고 안전을 알렸다. 나는 검지를 하나씩 펴고 천천히 k, n, i, f, e, 자판 왼쪽에 있는 Shift라는 자판을 누르면서, _, w, i, n, d를 다시 쳤다. 칼바람, 이름이 뭐야? 별거 아니지만, 칠십 년이 넘게 살아온 끝에 드디어 진짜 이름을 찾은 셈이었다. 프로필 사진에는 인터넷 검색을 통해 찾은, 눈 쌓인 덕유산 사진을 넣었다.

영배의 아이디를 물어 제일 처음으로 영배를 팔로잉했다. 영배의 이름은 노래꾼이었다.

지금부터는 하고 싶은 대로 자유롭게 글을 보내고 사람들과 대화할 수 있다고 덧붙이면서, 선생님은 모두에게 기본적으로 팔로잉하면 좋을 몇 사람들을 골라주었다. 화면에 글들이 다닥다닥 올라오기 시작했다.

　　－경제성장이 사람들을 더 도덕적으로 만든다. 성장하는 사회에선 사람들이 너그러워지고, 평화적, 민주적으로 변하며 행복해진다. 성장은 자유에서 나온다.

　　－한국의 르네상스 시대를 열자!

　　－게으른 국민들에게 일을 시키는 게 대통령이 할 일이다.

트위터 공부를 같이 한 사람들이 날 팔로잉해 왔고, 나는 얼른 그들의 아이디 옆에 붙어 있는 십자모양 버튼을 눌러댔다. 빠른 속도로 팔로잉과 팔로어가 늘어갔다. 버튼을 누를 때마다 사람들이 내가 보여주는 글들을 볼 수 있다니, 인간을 텔레비전으로 만드는 초능력이었다. 선생님은 그날 모두에게 "트위터 전사 학교 수료장"을 건네주었고, 아마도 높은 사람으로 추정되는 배 나온 노인 하나가 고개를 끄덕이며 수료장을 받아가는 노인들을 격려했다. 엄밀히 말하자면 그것은 능력자 확인증이나 다름없었고, 이 세상에 능력자가 이렇게도 많아질 수 있었다는 사실에, 나는 가벼운 현기증을 느꼈다. 더욱이 다음 날 아침쯤 해서는 단 한 번도 만나본 적 없는 사람들이 다섯 명이나 나를 팔로잉하기 시작했고, 그중 한 명에게는 메시지까지 와 있었다.

　－안녕하세요선팔했습니다 앞으로 잘부탁드립니다~

　점 하나를 찍어서 트윗하기 버튼을 눌러도, 이 글을 볼 수 있는 사람은 수도 없이 많다. 내가 누군가의 글들을 마주하고 있는 것처럼, 내게도 정신계 능력이 생겼다. 나는 들뜬 마음에 읽던 책을 꺼내서 다시 읽기 위해 접어놓은 페이지의 문구를 자판에 쳐 넣기 시작했다. 심지어 이 글귀에는 줄까지 쳐 놓았었다. 언제나 싸움터에서 확인했던 바로 그것을, 이 글쓴이는 아름다울 정도로 단순하고 간결한 문장으로 정리해 두었다.

　－포퓰리스트의 이야기는 언제나 엄청난 희열과 함께 시작되어 급격한 인플레이션과 실업률 증가, 임금하락으로 끝난다. 그 가장 큰 피해자는 포퓰리스트들이 구제하겠다고 약속했던 빈곤층이다.

트윗하기 버튼을 누른지 두 시간도 채 지나지 않아 열다섯 명이 이 글을 리트윗했다. 그중 열 명은 어제 함께 트위터 전사 학교를 졸업한 사람들이었다. 리트윗은 리트윗을 물고 끝없이 퍼지기 시작했고, 세 시간이 지나자 열다섯 명이 나를 더 팔로잉했다. 오늘은 새로 등록한 트위터 전사 학교 학생들이 와 있었기에 나는 소리 지르고 싶은 걸 꾹꾹 참아야 했다. 영배가 옆구리를 찔렀다.

"아까 그 글 형이 쓴 거야? 멋지던데?"

책을 읽기로 결심한 것은 97년부터였다. 싸움터에 나갈 일이 줄어들면서 집무실에 앉아서 날마다 크게 상처 입은 사자처럼 숨소리조차 안 들리게 눈을 감고 생각에 잠기는 일이 늘어날 무렵, 어떠한 징조도 없이 아내가 죽었다. 버스 사고였다. 아내가 대체 왜 원주에서 돌아오는 버스를 타고 있었는지 도통 알 길이 없었다. 경찰도 내게 불에 그슬리고 심하게 일그러진 아내의 시체를 보여주기를 망설였다. 까맣게 타서 도무지 알아볼 수 없는 아내의 시체를 앞에 두고 떠오른 건, 난데없이 그 추운 겨울밤, 내게 맞고 바닥에서 울음을 터뜨리던 아내의 얼굴이었다. 아무도 내게 출동하라고 말하지 않던 장례식장 구석에서 나는 계속 못 읽고 있던 『韓國學生建國運動史』를 다시 꺼냈다. 아직은 괜찮았다. 글 속에서 여전히 내가 지켜야 할 것들이 살아 있었다.

누군가가 내 글에 "시대착오적이기가 이를 데가 없다"라고 덧붙여서 내 글을 인용한 것이 날아들어 왔다. 몇 분 지나지 않아 수많은 사람의 비아냥과 욕설이 눈앞에 현란하게 펼쳐졌다. 아까 올렸던 글의 리트윗 숫자는 끊기지도 않고 올라갔다. 포퓰리즘과 복지의 차이가 뭔지는 아느냐, 겪어보지도 않고 피해라고 말하는 뻔뻔스러움은 어디서 나온 거냐, 온갖 말들 속에서 나는 허둥대며 옆에 앉은 영배를 돌아보았다. 영배는 분노하며 제일 처음 비아냥거린 놈에게 글을 보내겠다고 했고, 나 역시 처음 글을 보낸 이에게 무언가 말을 해야겠다는 생각을 했다. 손이 떨려서 자판을 두드리는 속도는 훨씬 느려졌다.

  ─자네가 아무리 나이가 많아도 아마 나보다 스무 살 이상 적을 것인데 얼굴 한 번 본 적 없는 사람에게 그게 무슨 망발인가.

이만큼의 글을 쳐 넣는 사이에도 끝없이 욕설이 날아왔고, 그 사이 영배가 보낸 글귀가 날아갔다.

  ─넌얼마나시대전신이냐미친놈아.

영배의 글은 인용되어서 수많은 ㅋ을 달고 건너다니기 시작했다. ㅋ이 무언지 아무도 설명해주지 않았지만, 누구라도 그것이 비웃는 행태라는 것을 짐작할 수 있었다.

  ─나이 먹은 게 벼슬이지, 아주. 저렇게 악을 써도 결국에는 역사가 심판할 텐데.

더위를 느낄 만큼 얼굴이 달아올랐다. 땀을 뻘뻘 흘리면서 돌아오는 욕설들에 하나하나 대답을 해 나갔다. 누가 욕설을 했고, 누가 뭐라고 말을 거들었는지 점점 헷갈리기 시작했다.

"이제 아주 잘하시네요."

트위터 선생님의 밝은 목소리가 들리는가 싶더니, 어깨에 선생님의 손이 와 닿았다. 트위터 선생님이 난감한 표정으로 그렇게 하나하나 일일이 대응할 필요가 없다고, 우리 목적은 더 많은 글을 인터넷상에 뿌리는 것이지 일일이 싸워서 웃음거리가 될 필요가 없다고 말하는 동안 나는 트위터 선생님의 팔자로 내려앉은 눈썹을 보면서 늘 저 얼굴로 날 바라보는 며느리를 떠올렸다. 며느리는 시아비가 어디에 가서 저 웃음거리가 될 것이라는 걸 미리 알고 있었기에 그런 표정을 지은 것일까 하고, 말도 안 되는 생각이 떠올랐다. 트위터 선생님의 조근조근한 이야기가 끝난 후, 눈치를 보던 영배가 내게 담배를 한 대 건넸다. 모욕감은 담배 연기처럼은 쉽게 날아가지 않았다. 아무 말도 하지 않고 담배 한 대를 다 피운 후 돌아와 컴퓨터 앞에 앉았다. 트위터 선생님이 시킨 대로 가만히 리트윗 버튼만 누르다가 아까 날 빈정거렸던 그 사람의 계정에 슬쩍 들어가 보았다.

　—케이블 TV에서 영화 「신시티」를 해 준다. 낸시의 첫 등장 장면은 언제 봐도 압도적인 틸트 업.

'틸트 업'을 검색하자 카메라가 아래에서 위로 움직이는 것을 뜻한다는 검색 결과가 나왔다. 이 능력자들은 조금 전에 내게 "늙었으면 죽으라"는 말까지 듣게 해놓고서 얼마 지나지 않아 영화 속 화면의 구성에 대해 논할 수 있는 이들이었다. 전신에 힘이 빠지는 기분이었다.

공원 안이 아주 작고 작은 세계라는 것쯤은 그전에도 모르지 않았다. 손병희 선생은 우주의 중심도 아무것도 아닌 그저 작은 동상일 뿐이었다. 공원 밖에는 나를 정신 나간 노인네라고 놀리는 수많은 젊은이의 세계가 있었다. 어쩌면 정말로 빨갱이들의 세상이 올지도 모를 일이었다. 엿가락은 팔각정 한가운데 대자로 뻗어 하품하고 있었고, 아무도 그를 제지하지 않고 있었다. 나는 한걸음에 엿가락 옆까지 다가서서 엿가락의 옆구리에 발길질했다.

"이 빨갱이 새끼가, 여기가 어디라고 뻗어 있어."

빨갱이라는 말에 주변 노인들이 흠칫 놀라 팔각정 가운데를 돌아보았다. 확연한 적대의 공기가 갑작스럽게 팔각정을 감싸고 돌았다.

"이 씨, 왜 이러누. 거 투이타가 너무 어려웠어?"

엿가락은 빙글빙글 웃으며 발로 차인 자리에서 그대로 몸을 돌려 우스꽝스럽게 앉아 보였고, 곧바로 몇몇 노인들이 실소를 흘리는 모습이 보였다. 엿가락은 사람들의 웃음이 어떤 효과가 있는지 잘 알고 있었지만, 나는 엿가락이 공격당할 수밖에 없는 단어들의 조합을 알고 있었다.

"간첩 새끼가."

약간 웃음을 짓던 노인들이 다른 노인들보다 먼저 얼굴을 굳혔다. 빨갱이와 간첩, 그 두 단어면 충분했다. 엿가락과 어울려 다니던 노인 한둘이 내게 무어라 말꼬리를 걸어왔다.

"아니, 을재가 뭘 어쨌다고 빨갱이라고 하는 거여."

"되도 않게 오자마자 간첩이라고 말할 거면 증거를 대, 증거를."

나는 엿가락을 향해 손가락을 뻗었다.

"네 입으로 말해봐. 네가 빨갱이가 아니야?"

팔각정 안에 난데없는 침묵이 흘렀다. 일본인 관광객 몇 사람이 무어라고 조잘거리며 팔각정 옆을 스쳐 지나가다 팔각정 쪽을 힐끔거렸다. 갑자기 모두가 엿가락의 입술만 바라보기 시작했다. 엷은 입술 아래로 불거져 나온 턱의 가느다란 세로줄, 녀석은 눈썹마저도 양놈같이 엷은 갈색이었다. 영배가 불안해하는 눈빛으로 내 팔을 붙들었다. 나는 영배가 무얼 불안해하는지 뻔히 알고 있었다. 오히려 녀석과 나는 비밀을 지켜야 한다는 점에서는 동종이라고도 할 수 있었다. 하지만 바람 좀 다룰 줄 안다고 저 빨갱이 새끼와 동종이라니.

"빨갱이 놈들 중에도 대장이지. 저놈이 예전부터 지들 필요한 거 있으면 대로변에 드러누워서 남들이 손해 입는 건 신경도 안 쓰고 행패를 부리는 그런 놈들 부리고 다니던 놈이었다고."

엷은 입술이 열리더니 나직하게 깔린 목소리가 새어 나왔다.

"네가 뭘 알아."

말을 꺼낸 엿가락의 얼굴에 평소와 다르게 기분 나쁜 웃음기가 싹 걷혀 있었고, 몇 달 동안 형님 형님 하며 쫓아다니던 천방지축 막내의 얼굴이 한순간에 바뀐 걸 보고 화단 쪽 노인들이 서로 눈치를 살피기 시작했다.

"네놈이 빨갱이라는 거."

"그 사람들이 왜 대로변에 드러눕는지, 왜 소리를 지르는지는 모르잖아."

"지들 잘 살겠다고, 왜 그걸 모르겠냐."

"……칼바람."

"내 이름은 이철구다, 이 엿가락 새끼야."

"열심히 살아도 잘살 수 없는, 결코 살기 좋은 시절이라는 걸 본 적 없는 사람들의 절망이라는 걸 알아?"

주변의 노인들이 어깨를 움츠리고 약간 멀어지는 것이 느껴졌다. 이건 어느새 싸움 한 판이 되어 있었고, 나도 녀석도 이 싸움에서 물러났다가는 이후 탑골공원에서 이야기를 들을 사람들을 모으는 데에 적지 않게 낭패를 볼 터였다. 말도 힘과 다르지 않았다. 필요하지 않을 때는 말을 아끼고 필요할 때는 적절하게 내질러야만 싸움에서 이길 수 있었다. 지금은 내질러야 하는 순간이었다. 나는 언성을 높이기 시작했다. 약간 겁을 먹고 있던 영배가 결심한 듯 언성을 높였다. 공원 입구 쪽에 앉아 있던 노인들까지 우르르 몰려와서 우리 주변을 에워쌌다.

"빨갱이 새끼가, 평생 돌무식쟁이들 선동질이나 하고 산 주제에, 찔리지도 않나?"

"돌무식쟁이라니, 돈이 없어서 배우지도 못한 사람들 등에 칼 꽂고 산 게 아주 자랑스러우신가 보지?"

나는 내심 쾌재를 불렀다. 이 말로, 녀석은 자신이 빨갱이라는 걸 인정한 것이나 다름없었다.

"아무리 못 배워도 법도를 모르는 새끼들은 혼이 나야지. 북조선 인민공화국 법도는 그게 아닌가 본데, 대한민국의 올바른 법도는 이런 거거든."

"그 법도로 아무 죄도 없는 사람들 등골을 쑤셔 파는데, 누가 그 법도를 지켜야 하나."

영배가 몇 번 말을 거드는 것 말고는 아무도 끼어들지 않았다. 웬만한 노인들은 빨갱이 같은 말들은 나오기만 기다렸다는 듯이 달려들어 훈계를 늘어놓곤 했었는데, 그러던 노인네들이 엿가락에게는 함부로 말을 꺼내지도 못하고 있었다. 낭패였다. 이곳에만 살아있는 것들이 분명히 있기에, 결단코 여기에서까지 밀릴 수는 없었다. 이 순간을 위해 은퇴 후 20년 이상 책을 읽어온 것이 틀림없었다.

"열심히 사는 사람들은 자기 땀 흘려서 일한 걸로 살아. 게으른 새끼들이, 끝까지 빈둥거리면서 나라에다 뭐 내놓으란 소리만 하지. 국가가 나를 위해 무엇을 해줄지를 찾지 말고, 내가 국가를 위해 무엇을 해줄지를 찾으라고, 그렇게 얘기를 해도 너희같이 이기적인 놈들은 똥구멍으로도 들어 처먹지를 않지."

"저 웃대가리들 빼고 누가 열심히 살지 않았길래, 살기 좋았던 기억이라는 게 없지?"

영배가 끼어들어 휴대폰을 내밀었다.

"이게 살기 좋아진 게 아니야? 이 빌딩들이, 이 아스팔트가, 이제는 아무도 굶어 죽지 않는 게, 이게 살기 좋아진 게 아니야?"

"그게 다 누구 덕분인데."

"너희 같은 간첩 새끼들 선동에 안 휩쓸리게 노력해 온 사람들 덕분이지."

간첩이라는 말과 빨갱이라는 말이 몇 번씩 등장했는데도 노인들은 선뜻 입을 떼려 하지 않았다. 엿가락이 우리가 모르는 사이에 정신계 기술이라도 훈련한 게 아닌가 하는 의혹이 들기 시작했다.

"누가 그 빌딩을 짓고, 누가 그 휴대폰을 만들었냐."

"그걸 열심히 만들고 있는 사람들이 일을 안 하겠다고 우기는 놈들은 아니겠지."

엿가락은 입가를 뒤틀어 올렸지만, 평소처럼 실실대고 웃지는 않았다.

"열심히? 그런데 너희는 왜 지금 다 탑골공원 구석에 쭈그리고 앉아 있냐?"

영배의 얼굴이 벌겋게 달아올랐다. 말로 하는 싸움에서는 여유 없어 보이는 쪽이 언제나 지게 되어 있었다. 나는 배와 목에 힘을 주고, 느릿하고 차분하게 말을 이어나갔다.

"그러는, 너는?"

엿가락은 입을 꾹 다문 채, 내 눈을 똑바로 응시했다. 서로 해서는 안 될 말을 주고받았다는 것을 나도 그도 깨달았다. 모여 있던 노인들도 흩어지기 시작했다. 눈을 언제 피해야 할지 알 수 없어, 나는 묵묵히 계속 엿가락의 눈빛을 받아냈다. 우리는 한참 동안 그렇게 서로 바라다보고 있었다.

더는 설 자리가 없다고 느끼기 시작했던 건 그날 이후였다. 공장들이 지겨울 정도로 문을 닫더니, 이제는 탄광들까지 문을 닫기 시작했던 그날. 탄광에서 석탄을 캐야 할 광부들이 뜬금없이 철로 위에 주저앉아서 고래고래 고함을 지르기 시작했다. 9월이었다. 아직은 날이 추워지지는 않았지만, 곧 석탄이 없이는 숨을 거두어야 할지도 모를 노인들이 서울의 낡은 집들에 살고 있었고, 해야 할 일이 무엇인지는 알고 있었지만, 그럼에도 나는 매우 지쳐 있었다. 바로 며칠 전에 현대 중공업 한쪽 공장 벽을 날려버리기 위해서 모든 정신력을 다 끌어 모아야만 했다.

그에 비해 얼마 전에 팀에 새로 들어 온 젊은 이인조는 쉽게도 공장 안으로 진입해 들어갔다. 그들은 하늘을 날 수 있었고, 무지막지한 완력을 자랑했다. 이 형제들이 내 앞에서 보란 듯이 서로 힘자랑을 할 때면 괜히 어깨가 무거워졌다. 저렇게 강하고 용감한 청년들이 있다는 건 안도할 만한 일이었다. 조국에 도움이 되지 않는 늙은이의 쓸데없는 질투다. 둥실둥실, 오늘도 힘차게 하늘 위를 날아가는 청년들을 보고 나는 헛웃음을 터뜨렸다. 나는 56세였고, 내 몸은 이제 예전 같지 않았다.

철도에 드러누워 있는 광부들 사이에 익숙한 얼굴이 보였다. 엿가락이었다. 이렇게 지방까지 밀려 내려와서는, 철도 한가운데에 뻔뻔하게 드러누워 있다니. 나도 모르게 녀석이 "밀려 내려왔다"고 생각했다는 사실을 깨닫고는 눈살을 찌푸렸다. 이곳도 중요한 곳이며 지금 같은 상황에는 어디서든 승기를 잡아야 한다는 교육을 몇 번씩이나 받고 왔는데도, 여전히 그런 생각을 한 자신이 한

심스러웠다. 그러고 보니 몇 년 사이 엿가락의 눈썹에 섞인 흰 털들이 유난히 눈에 거슬렸다. 아마 엿가락도 비슷한 생각을 하고 있을지 모를 일이었다.

철도와 도로를 막는 건 저놈들 입장에서는 가장 효과적인 방법의 하나겠지만, 가장 비열한 방법이기도 했다. 일하지 않는 것도 모자라, 다른 사람들을 일하지 못하게 하고, 사람들을 불편하게 하며, 심지어 위험에 빠뜨리는 끔찍한 행동이었다. 이곳은 분명 중요한 곳이었다. 그리고 여기로 배속되어 온 엿가락은 지금껏 내가 알고 있다시피, 만만치 않은 놈이었다.

철도는 운행을 중단한 상태였고 탄광에는 며칠째 사람이 들어가지 않았지만, 광부들을 들어내기 위해 철도 앞으로 온 경찰들은 광부들보다는 훨씬 많은 숫자였다. 어쨌든 세상에는 열심히 일하는 사람이 아직 훨씬 더 많다는 증빙이었다. 철로를 망가뜨리지 않도록 조심하면서 바람을 날려 보냈다. 바람이 가볍게 휘돌면서 U자 형태로 철로 위에 있는 광부들을 내리찍었다. 빌어먹을 엿가락은 바닥에 있는 철로를 움켜쥐더니 광부들 위로 꺾어 얹어서 바람을 막아냈다. 나는 나지막하게 휘파람을 불었다. 개자식, 같이 싸운 지 수십 년이 되었지만, 여전히 응용력은 끝내줬다. 최선의 방어는 늘 그렇듯 공격이었다. 엿가락은 들어낸 철로 쪽으로 손을 쑤셔 넣었고, 곧 경찰들을 한 바퀴 빙 둘러친 엿가락의 팔이 바닥에서 쑥 솟구쳐 올라왔다. 경찰들이 계집아이처럼 비명을 질렀다. 엿가락은 경찰들을 천천히 옥죄어 들어가기 시작했다. 나는 엿가락의 팔을 향해 날카롭게 바람을 날렸고, 엿가락은 기다렸다는 듯이 땅 밑으로 빠져나갔다. 나는 싱긋 웃어 보였다. 엿가락이 어느 순간에 빠져나갈 거라는 걸 예상한 내 바람은, 엿가락의 팔이 땅으로 들어가는 것과 완전히 일치하는 순간에 어떤 경찰에게도 상처를 입히지 않고 공중으로 솟구쳐 올라갔다. 나는 어깨를 으쓱하며 엿가락 쪽을 돌아보았다. 엿가락 놈, 날 보지는 않았지만 분명 웃고 있었다.

팽팽한 긴장이 양쪽 진영 모두를 휘감았다. 긴장감이 고조될수록 양쪽의 사기가 모두 급격하게 오르고 있었다. 이렇게 여기저기에서 동시다발적으로 파업이 일어나고 있는데도 경찰 측의 사기가 오를 수 있다니, 나는 약간 어깨가 으쓱해졌다. 나는 아직 전장에서 의미가 있는 장수였고, 어쩌면 내가 다시 이곳에 돌아오지 못한다고 해도 엿가락은 내 적수였던 걸 조금은 자랑스러워할지도 모른다고, 잠깐 생각했다. 우리의 공격 속도는 점점 빨라졌다. 경찰과 파업 대오는 일기토를 하는 적장들을 둘러싼 사병부대처럼 묵묵히 이 화려한 전투를 지켜보고 있었다. 단검 같은 칼날들을 빠르게 피한 엿가락이 훅 팔을 뻗어 내 목을 코앞까지 당겼고, 녀석의 엷은 갈색 눈동자가 아주 가까이 다가왔다. 일 초가 천 년같이 길게 느껴지던 한순간, 나는 엿가락을 향해 입을 열었다.

"연주는……."

엿가락의 동공이 팽창하였다. 눈가에 자글자글 흐트러진 주름들이 더 명확하게 보였다. 엿가락은 느리고 슬픈 목소리로,

"그녀는……."

그 순간 엿가락의 머리를 향해 묵직한 시멘트 통이 날아들었다. 엿가락은 급하게 몸을 휘게 해서 시멘트 통을 피했지만, 번개 같은 속도로 하늘을 나는 형제는 다시 시멘트 통을 집어 들어 엿가락에게 집어 던졌다. 엿가락은 반대쪽으로 몸을 구부리려고 했지만, 시멘트 통은 빠르게 엿가락의 관자놀이 옆쪽을 긁어냈다. 살점이 뜯겨 나가면서 핏방울이 튀었다. 엿가락은 비명을 지르며 고개를 떨궜다.

다시 날아드는 시멘트 통을 막은 건 처음 보는 녀석이었다. 녀석은 온몸이 커다란 화염으로 뒤덮여 있었다. 팔을 뻗자 커다란 불덩어리가 녀석의 손바닥 위에서 소용돌이쳤고 그 불덩어리는 이인조가 아닌 전경들을 향해 날아들었다. 엿가락에게 던져질 예정이었던 시멘트 통은 그 불덩어리 쪽으로 던져졌다. 전경 몇 사람이 시멘트 통에 깔려서 아우성을 쳤지만, 공중에 떠서 불덩어리를 바라보는 이인조는 그다지 신경 쓰지 않는 듯했다. 오히려 불덩어리를 막아낸 것에 기분 좋게 웃음을 터뜨리며 파업 대오 쪽으로 빠르게 날아갔다. 형제는 무지막지한 힘으로 대오 양쪽에서 철로를 뜯어내 가운데로 몰고 들어와서는, 누워 있는 사람들을 철로로 칭칭 동여매기 시작했다.

엿가락은 땅으로 손을 쑤셔 넣기 시작했지만, 엿가락보다 불덩이가 조금 더 빨랐다. 불덩이가 철로에 닿자 철로가 녹기 시작했고, 이인조는 화급하게 손을 뗐다. 몇몇 노조원들이 뜨겁게 달아오른 철로에 데어 몸부림을 쳤다. 대오를 사이에 두고 엿가락과 나는 다시 눈이 마주쳤다. 이제 다시는 엿가락을 보지 못할 거라는 생각이 들었다. 잠깐 눈이 마주친 것 외에 우리는 인사 한 번 주고받지 않은 채 몸을 돌려서 반대편으로 걸어가기 시작했다. 경찰 중 한 명은 시멘트 통에 맞아 즉사한 것처럼 보였고, 철 녹은 물에 데어 고통스러워하던 노조원의 표정이 계속 눈앞에 맴돌았다. 나는 그 자리에 멈춰서 웅크리고 앉았다. 창자가 끊어지는 것처럼 아팠다. 고통은 오래도록, 오래도록 지속하였다. 엿가락을 다시 만나서 우리가 이런 말들을 주고받게 될 것이라고는 단 한 번 상상해보지도 않은 일이었다.

선거는 우리 쪽의 승리였다.

투표 결과에 '확정'이 뜨자, 나는 아들 부부를 거실에 놓아두고 슬그머니 컴퓨터가 있는 방으로 들어가서 인터넷 창을 열었다. 이제는 꽤 능숙하게 로그인을 할 수도 있었고, 멘션을 보낼 수도 있었다. 나는 그때 내게 시비를 걸었던 계정의 글을 내 멘션창에서 찾아내서는 화살표를 눌러 그에게 답을 보냈다.

—축하하오. 당신이 말 한대로 역사가 심판하였소.

내 글을 그대로 인용하여 그 사람은 역시 다른 사람들을 향해 말을 옮겼다.

—절망의 의미도 모르는 인간들.

그럴 거라고는 예상했지만, 또다시 수많은 난잡한 욕설들이 파란 불로 깜빡이며 내게 쏟아져 왔다. 어쨌든 결론적으로 그놈은 패배한 셈이었고, 나는 욕설이 쏟아지는 와중에도 전보다 훨씬 기분 좋게 화면을 응시할 수 있었다. 전과는 다르게 그 계정은 내가 아무 말도 하지 않았는데도 계속 내 글을 가져가서 비꼬아댔다. 그놈의 발악을 지켜보다가, 나는 그의 아이디를 눌러서 그가 쓴 다른 글들을 읽어 내려가기 시작했다.

그는 영화뿐 아니라 책을 읽는 데에도 관심이 많은 모양이었다. 소설책이나 시집에서 인용한 글귀들이 상당히 있었고, 그중에는 인생이 무엇인지에 대해서 제법 무게를 잡고 써놓은 글귀들도 있었다. 비꼬는 건 그의 천성인 모양으로, 나와 같은 트위터 전사 학교 출신 노인들을 찾아내 시비를 거는 게 일과 중의 취미인 듯했다. 그러다 나는 눈에 띄는 글을 하나 발견했다.

─신혼 초에는 밤에 남편이 내일 또 만나자면서 자기 집에 가면 좋겠는데, 안 가니까 당황스럽고, 거기에 적응하는 게 참 쉽지 않았다.

놀랍게도 이놈이 뻔히 남편까지 있는 낫살 먹은 여자라는 게 아닌가. 생애 살면서 이렇게 말을 험하게 하고 공격적인 여자는 단 한 번 보지를 못했다. 기가 막혀서 계속해서 글을 내렸다. 남편에게도 상당히 사랑받으며 사는 모양이었지만, 홀로 된 시아버지와의 갈등이 적지 않은 모양이었다.

−권위 있는 척은 다 해야 하는 그 나이 먹은 노인의 아집.

−남편은 시아버지가 예전부터 성격이 그랬다고 이해하라고만 한다. 하기야, 그 나이 먹을 동안 기껏해야 그렇게 살아온 사람이 어디 바뀌겠는가.

−결혼 전엔 퇴근 후 집에 가면 친정엄마가 차려준 밥상에 여유로웠는데, 지금은 임신 중에도 새벽에 제대로 시아버지 밥상 차려야 하고. 새로 한 반찬이 없으면 눈에 띄게 일그러지는 표정.

−차라리 출근이라도 하고 싶은데, 임신한 여자가 그러는 거 아니라며. 자신은 돈 한 푼 벌어오지 못하면서 회사를 휴직하게 한 것도 결국 시아버지였다.

−오늘은 내 화장대에서 돈을 뒤져가기까지. 따로 용돈 드렸다. 하지만 갖다 바쳐도 고마운 줄 모르겠지.

−외롭다.

외롭다는 글에는 남편과 함께 신혼여행에서 찍은 사진이 첨부되어 있었다. 손이 떨렸다. 아들과 며느리가 신혼여행에서 찍어왔다고 언젠가 한 번 보여줬던 그 사진, 그 속에서 며느리가 또록또록한 미소로 환하게 이쪽을 바라보고 있었다. 그 사이에 며느리의 계정에 새 트윗 1개, 라는 글자가 떴다. 며느리는 내가 그에게 단 답글 중 "그 정도 절망도 못 이겨낼 거면 차라리 죽는 게 낫지."라는 글을 인용했다.

−신고했다.

며느리의 글을 시작으로 몇 명이 달려들어서 내 계정을 신고했고, 결국 삼십 분이 채 지나지 않아 계정이 정지되었다. 계정이 정지되기 전에 마지막으로 본 멘션은 며느리의 멘션이었다.

　―빨갱이들이 보고 싶으면 컴퓨터 그만하고 탑골공원이나 가 있지그래? 내일 그 앞에서 집회 있다던데.

　새로 계정을 만들어 며느리와 싸우는 일도 가당치가 않아, 나는 컴퓨터를 끄고 거실로 나갔다. 며느리와 아들은 양 떼처럼 옹송그리고 붙어 앉아 텔레비전을 보고 있었다. 나는 간신히 말을 삼키고 흔들의자에 앉았다. 휴대폰을 만지작거리던 며느리가 고개를 돌려 내 쪽을 향했다.
　"아버님, 내일은 공원에 안 나가시면 안 될까요?"
　나는 묵묵히 며느리 얼굴을 마주 보았다.
　"뉴스에서 내일 공원 앞에서 집회한다는데, 위험하지 않으실까 싶어서……."
　조금 전까지만 해도 공원이나 가 있으라는 말을 아무렇지 않게 내던졌던 그런 아이는 암소처럼 순한 눈동자를 하고 내 걱정을 하고 있었다. 뒷목으로 숨이 턱 막히는 알싸한 감각이 스쳐 지났고, 머리가 핑글 돌았다. 뿌예진 시야를 헤집어서 손에 잡히는 대로 며느리의 얼굴로 무언가 천 같은 것을 세게 집어 던졌고 며느리의 비명에 이어 아들의 고함이 재빠르게 따라붙었다. 며느리의 발아래 방금 집어 던진 더러운 양말이 나뒹굴었다. 이게 무슨 짓이냐, 아버지 제정신이시냐, 평소에도 이 친구한테 함부로 대하신다는 얘기, 화장대에서 돈 훔쳐가신다는 얘기 내가 못 듣고 있는 줄 아느냐, 지금까지 입 다물어드렸더니 우리가 만만하시냐, 는 말들이 빠르게 귓전을 스쳐 지나는데도, 나는 계속 머리가 어지러워서 자리에서 일어날 수가 없었다. 며느리는 착하기 그지없는 표정으로 아들의 팔을 잡고 연신 고개를 젓고 있었다. 아들이 내가 던진 양말을 내 발치로 다시 던졌다.

"나는 아버지를 아버지라고 인정하는 걸 그날 밤에 포기했어요. 알아요? 아버지는 우리를 위해서 하는 일이라고는 쥐뿔도 없는 주제에, 물건 부서지는 소리, 어머니가 바닥에 쓰러지는 소리, 들어가서 아버지에게 덤비고 싶었지만 내가 그렇게 할 수 없었던 대신에, 난 아버지를,"

"여보, 그만해요."

뿌옇던 시야가 천천히 밝아졌다. 내 발치로 돌아온 뒤집어진 양말에 낀 내 허연 살 비듬이 눈에 들어왔고, 나는 그 양말을 다시 뒤집어서 발을 밀어 넣었다. 그러고는 넘어지지 않도록 천천히 자리에서 일어나 현관에 가지런히 며느리가 정리해 둔 신발을 신었다. 그사이 며느리는 아들을 끌고 안방으로 들어가다 현관문 쪽을 돌아보았다.

"아버님, 이 밤에 어딜 가세요!"

등 뒤로 현관문이 약간 세게 쇳소리를 내며 닫혔다.

"아예 영영 들어오지 마시라 그래!"

현관문 너머로 아들의 목소리도 들렸다.

바람이 차가웠다. 떨어질 때마다 잊지 않고 며느리가 꼬박꼬박

챙겨주는 그 빌어먹을 용돈이 주머니 안에 또 구겨져 있었다. 아니, 빌어먹을 것은 용돈이 아니라 내 쪽이었고, 나는 분명 며느리에게 빌어먹고 있는 셈이었다. 나는 반대쪽 주머니에 손을 넣어, 5000원 한 장을 꺼냈다. 이것도 틀림없이 언젠가 며느리가 줬던 것이겠지만, 며느리가 돈을 건네주던 얼굴과 손짓이 그렇게 또렷하게 기억나지는 않는 돈이었다. 편의점 불빛이 환했다. 하얗고 밝은 조명 아래에 상품들이 나란히 진열되어 있었다. 적어도 오늘 밤에는 집에 들어가고 싶지 않았다. 다행히 무언가 사기만 한다면 이곳의 문은 내일 아침까지도 환하게 열려 있을 터였다. 물만 부으면 되는 1000원짜리 라면은 유난히 처량하여 보였기에 이것 역시 전자레인지에 몇 분 데우면 끝이라고 쓰여 있었지만, 굳이 3000원이라는 가격표가 붙어 있는 소시지 야채볶음을 집어 들었다. 계산대에 앉아 있는 청년은 의자에 앉아 고개를 숙이고 책을 읽고 있었다. 몇 십 초가 지나고 나서야 계산대 앞에 사람이 있다는 걸 눈치채고 그는 엉거주춤한 자세로 일어나 바코드를 찍었다. 청년은 기계적인 손짓과 표정으로 5000원을 가져가고 2000원을 돌려준 후, 다시 앉아서 책으로 눈을 돌렸다.

"저…… 이것 좀 데워줄 수 없겠나?"

청년은 무심한 눈으로 내 얼굴을 치켜보았다.

"저기 뒤에 전자레인지 있는데요."

"내가 나이가 많아서 눈이 어두워서…… 어떻게 하라고 되어 있는 건지 잘 보이지가 않네."

청년은 눈살을 찌푸리며 계산대를 열고 나와 편의점 구석에 있는 전자레인지에 능숙하게 소시지 야채볶음을 약간 뜯어서 넣고 돌리기 시작했다. 노란 불빛 가운데 소시지 야채볶음을 담은 플라스틱 통이 빙글빙글 돌기 시작했다.

"총각, 여기 소주도 있지?"

청년의 눈에 빠르게 경멸이 스쳐 지났고, 나는 그 시선을 어쩔 수 없이 잡아내고야 말았다. 청년이 턱짓으로 소주가 있는 위치를 가리키자, 나는 마치 그 턱짓에 복종하듯 기가 죽은 표정으로 소주병을 꺼냈다. 분명히 내가 돈을 내며 물건을 구매하고 있는데 왜 이렇게 어깨에 힘이 빠지는 건지 알 수가 없었다. 남은 2000원을 내고 소주를 계산하고 동전들을 돌려받는데, 청년이 한마디 덧붙였다.

"여기서 술은 드시면 안 돼요. 드실 거면 바깥에 있는 파라솔에서 드세요."

"아니, 날이 이렇게 추운데……."

"그래도 여기서는 안 돼요. 들어오실 거면 술은 밖에서 다 드시고 들어오세요."

늘 그렇듯이 로마에 가면 로마법을 따라야 하는 법이었다. 심지어 내 삶은 규칙을 지키게 하려고 평생 힘을 써온 삶이 아니었던가. 나는 묵묵히 소주와 데워진 소시지 야채볶음을 들고 바깥 파라솔에 앉았다. 바람이 차가웠다. 이 추위에도 파라솔은 꿋꿋하게 두 개나 펼쳐져 있었다. 한쪽 파라솔에는 기껏해야 대학생 정도로 밖에 보이지 않는 나이 어린 계집아이들이 깔깔대며 수다를 떨고 있었다. 한 아이는 서양인으로 보일 만큼 노랗게 머리를 물들이고 있었고, 하나같이 너구리로 오인될 만치 새까맣게 칠한 눈매를 하고 있었다. 그 파라솔 아래에도 맥주 캔과 과자봉지가 널려 있었다. 들려오는 말들을 가만히 듣자하니 이들은 "오빠"라고 지칭하는 남자 하나를 기다리고 있는 모양이었다. 그 오빠에 관해서 이야기 하는 동안에도 계집애들의 입에선 끊이지 않고 욕설이 터져 나왔다. 나는 소주를 따서 작은 종이컵에 따랐다. 소시지 냄새가 자극적으로 코를 찔렀고, 곧 입안에 들어올 음식에 대한 기대감으로 나는 조금 즐거워졌다. 소주를 한 잔 들이켜고 나무젓가락으로 소시지 하나를 집어 들어 씹기 시작했다. 맥주 캔을 손에 든 계집애들의 목소리가 점점 커졌다.

"그년은 이 오빠한테 600만 원 빌려서 날랐다던데."

"헐. 대체 600만 원이나 되는 돈이 어디서 났대? 집이 잘 사는 것도 아니라면서."

머리를 노랗게 물들인 아이가 주먹을 쥐어 다른 쪽 손바닥에 내리쳤다.

"이거."

두 번째 잔까지 들이키고, 나는 나직하게 계집애들에게 말을 붙였다.

"젊은 처자들이 이 시간까지 술을 마시고 상스러운 소리를 하고 그러면 쓰나. 그렇게 살다가는 시집을 못 가요. 집에서 부모님께서 걱정하시겠어."

얼굴 주변으로 다시 빠르게 경멸들이 스쳐 지났다.

"미친놈 취급받기 싫으면 드시던 술이나 곱게 드시죠."

술에 취한 게 분명한 계집애의 말투는 심지어 나긋나긋하기까지 했다.

"처자는 어른한테 말버릇이 그게 뭔가."

다른 한 명이 삐죽 말을 받았다.

"이 시간에 여기 앉아서 소시지 데워서 소주 마시는 어른은 되기 싫은데, 그런 어른도 어른대접해 줘야 하나?"

계집애들이 키득거리기 시작했다. 미친놈이 시비 걸 때까지 그 오빠는 안 오고 뭐 하는 거냐고 투덜거리는 소리도 들렸다. 아까 며느리에게 모욕당했을 때만큼 오싹했다. 나는 집에 아들이 있고, 내 아들은 돈도 잘 벌고, 내 며느리는 내게 용돈을 주고, 나는 젊었을 적에 말 그대로 영웅이었고, 지금도 나는…… 하고 싶은 말들이 수없이 떠올라서 목이 막혔다. 나는 계집애들에게 한 걸음 다가서서 주먹을 치켜들었다.

순간 실제로 목이 꽉 막혔다. 다리가 허공에 떠올랐다. 이번에는 폭소가 터졌다. 내 뒷목을 잡은 놈을 보기 위해 나는 버둥거리며 고개를 옆으로 휘저었지만, 도무지 녀석의 얼굴을 확인할 방법이 없었다. 언뜻 내 목덜미를 잡지 않은 두꺼운 팔목이 눈에 들어왔다. 노란 머리 계집애가 싱글거리며 떠들어댔다.

"오빠, 오빠 용역하니까 이런 할아버지들은 완전 전문 아니야?"

팔뚝에 어울리지 않게 얄팍한 목소리가 등 뒤에서 들려왔다.

"당연하지. 집 부수는 데나 가게 부수는 데는 가면 다 이런 할배들밖에 없어."

용역이라니. 틀림없이 반세기 전에는 이들도 애국청년이었다. 평생 반공을 위해 싸워온 감찰부장님이 국회에 들어가서 똥물을 투척했던 걸 나는 지금도 또렷하게 기억하고 있었다. 더러운 놈, 누가 자기 적인지 알아보지 못하는 놈은 적보다 더 나빴다. 나는 손을 뻗어 아주 멀리에서 불어오는 찬바람 하나를 붙들었다. 내가 앞으로 손을 내뻗자 계집애들은 숨이 넘어갈 듯이 웃어젖히기 시작했다. 다른 계절과 비할 수가 없을 만큼 겨울바람은 매섭기에, 몇 십 년간 나는 겨울에 싸울 때는 오히려 힘을 조절하는 데에 노력해 왔다. 애국심이라고는 눈곱만치도 없이 600만 원을 계집애에게 쏟아붓기 위해 애국청년의 가면을 뒤집어쓰고 있는 정신 나간 놈. 자신이 대한민청이 닦아놓은 길 위에 있다는 건 생각조차 하지 않고 살아가고 있을 터였다. 온 곳을 기억하지 못하는 그런 힘은 없느니만 못했다. 이놈의 두꺼운 팔뚝을 반드시 끊어놓으리라, 바람은 내처 녀석을 향해 내달려왔다.

몸이 크게 흔들렸고, 녀석은 날 떨어뜨렸다. 그 바람에 달려오던 바람의 방향이 꺾여서 난데없이 쓰레기통을 강타했다. 날카롭게 잘린 쓰레기통에서 빈 깡통들이 쏟아져 나왔고, 내 발 옆에는 며느리가 집어 던진 플라스틱 하나가 나뒹굴고 있었다. 며느리는 쏟아져 나온 깡통들을 손에 잡히는 대로 녀석을 향해 집어 던지기 시작했다.

"이 못된 놈들아, 예의도 모르는 놈들아,"

"아이 씨발년이,"

녀석이 며느리를 향해 다가서는 순간 며느리는 휴대폰을 꺼내

들었다.

"너 아까 우리 아버님한테 어떻게 했는지 다 봤어. 지금 당장 경찰에 신고할 거야, 나쁜 새끼."

나는 인제야 녀석을 자세히 뜯어볼 수 있었다. 집채만 한 어깨, 단단한 근육, 아주 오래전 재성이 그랬던 것처럼 무서울 게 하나도 없는 표정으로 녀석은 바닥에 침을 뱉고 뒤돌아섰다. 계집애들을 데리고 자리를 뜨는 녀석의 뒷목에 며느리가 던진 깡통에서 흘러나온 커피와 담배꽁초가 묻어 있었다. 며느리가 허둥지둥 내게 달려왔다.

"아버님, 아버님, 괜찮으세요? 어디 다친 데는 없으세요? 경찰에 신고할까요?"

녀석과 계집애들이 사라진 어둠 속에서 허리가 굽은 노인 하나가 낡은 수레를 끌고 천천히 이쪽으로 다가와서 며느리가 던졌던 깡통들을 줍기 시작했다. 노인의 얼굴은 검었고, 주름은 당연하다는 듯이 깊었다. 며느리는 계속 무어라고 말을 건넸지만, 며느리의 목소리는 너무 멀게만 들려왔다. 노인이 차분하게 며느리가 던진 몇 개의 캔을 잘 찌부러뜨려서 수레에 싣고 사라지고 난 후 나는 왼쪽 주머니에서 4만 원을 꺼내 가만히 며느리의 손에 쥐여주었다.

"아버님……."

"됐다."

"아니, 아버님……."

"넣어둬라. 됐다."

정신없이 말을 하던 며느리는 돈을 손에 쥐고는 황망한 표정으로 입을 다물었다. 물론 나도 며느리에게 할 말은 별로 없었다. 집 문을 열고 들어가자 아들이 여전히 텔레비전을 보고 있었다. 신발을 벗는 동안 텔레비전에서 나오는 광고의 해설이, 노인은 위대한 스토리텔러라고, 또렷하게 귀에 들어왔다.

아침에는 혹여 며느리와 마주칠까봐 제대로 씻지도 못하고 책 한 권만 허리춤에 꽂은 채 서둘러 집을 나섰다. 바깥은 그다지 밝지 못했다. 곧 머리에 닿을 듯 낮은 하늘을 보니 괜히 씻지 못한 머리 안쪽이 근질거렸다. 별 생각 없이 주머니에 손을 꽂았지만, 어제의 사단을 치르고 나서 손에 돈이 잡힐 리가 만무했다. 비실비실 웃음이 새어나왔다. 결국, 돈은 필요했다. 다행히 통장 안에 30만 원가량은 들어 있을 터였다. 혹여 쓸 데가 있을까 싶어 제대로 찾지도 못하고 절절맸던 30만 원이었다. 많이 찾을 필요도 없었다. 나는 딱 2만 원만 찾기로 마음먹고 지하철도 버스도 타지 못한 채 한참을 걸어가 수수료를 받지 않는 인출기에 카드를 밀어 넣었다. 비밀번호를 아직 잊지 않은 자신이 기특할 지경이었다. 2만 원 버튼을 꾹꾹 힘주어서 눌렀다. 돈이 나오자마자 냉큼 꺼내 들고는 차마 잔액을 볼 수 없어서 고개를 푹 숙인 채 몸을 돌리려는데, 문득 이상한 느낌이 들었다. 얼핏 눈앞을 스쳐 지나간 금액이 매우 어색한 자릿수를 기록하고 있었다. 나는 고개를 들어 기계의 화면을 확인했다. 자릿수는 6개가 아니라 7개였고, 심지어 맨 앞자리는 2였다. 서둘러 입금 내용을 찾아보았다. 국가

정보원이었다. 그렇게도 밀리던 연금이 아주 오랜만에 들어와 있었다.

벌써 경찰들은 지하철역 출구 밑에서 대기하고 있었다. 슬쩍 신발을 흘끔거렸다. 기동성이 좋은 신발. 역시 오늘은 만만치 않을 모양이었다. 종로 3가 역 탑골공원 쪽 출구로 나와서 공원으로 향하는 대신 길 오른쪽에 있는 돈가스 집으로 들어갔다. 하얀 옷을 입은 젊은 처자 하나가 두꺼운 메뉴판을 앞에 놓아주었다. 웬만해선 만 원이 넘는 돈가스들이 정갈한 모양새로 메뉴판 안에 실려 있었다. 나는 1만 3000원이 넘는 등심 돈가스를 주문하고, 의자에 기분 좋게 기대어 허리춤에서 책을 꺼냈다. 책날개를 꽂아둔 자리가 조금 나달나달해져 있었다.

우파의 진실과 한계를 솔직히 말할 것이다. 왜 그들이 20세기 치열한 이념전쟁에서 승리하였는지, 왜 우파 남한이 좌파 북한보다 잘살 수밖에 없는지를 말하고자 한다. 왜 노동자, 농민의 천국을 만들겠다던 공산주의가 노동자, 농민을 비참하게 만들었는지,

"주문하신 등심 돈가스 나왔습니다."

옷도 얼굴도 하얀 처자가 생긋 웃으며 두터운 살덩어리를 내려놓았다. 예쁘게 장식된 샐러드는 거들떠도 보지 않고, 나는 매우 빠른 속도로 돈가스를 먹어 치워 나갔다. 언제나 전장에 나갈 때는 배가 든든해야 하는 법이었다.

배를 두드리며 돈가스 집을 나서자마자 역 출구에서 영배가 올

라오는 것을 발견했다. 머리 위로 하얗게 눈이 떨어지기 시작했다. 영배의 통장에도 밀린 연금이 들어왔다는 것을 눈빛만 보아도 알 수 있었다. 영배는 어처구니없게 내 얼굴을 보자마자, 형, 이라고 어릴 때처럼 웅얼대며 눈물을 보이기 시작했다. 나는 영배의 어깨에 손을 얹었다. 진짜 싸움은 지금부터 시작이었다. 저 멀리에서 게을러터진 노가다 젊은 놈들의 노랫소리가 들려왔다.

행진 대열이 가까이 다가올수록 눈보라가 더 거세졌다. 보지 않아도 느낄 수 있었다. 엿가락은 저 대열 어딘가에서 이쪽을 향해 걸어오고 있을 것이다. 굵은 눈송이 아래에서 노조원들은 모두 맞춘 것처럼 하얀 우비를 뒤집어쓰고 있었고 대열이 가까이 다가올수록 아스팔트는 하얀 바다처럼 출렁거렸다. 나는 엿가락을 발견하지 못했지만, 엿가락이 나를 발견했는지는 알 수 없었다. 투쟁이니 파업이니 전진이니 하는 가사의 노래를 끊임없이 내보내면서 방송차가 한 대 지나갔고, 드디어 바로 코앞까지 파도가 밀려왔다. 누가 뭐라고 해도 노가다꾼의 본업은 흙을 이기고 벽돌을 쌓아서 집과 건물을 만들어 사람들에게 이 비를 피하게 하고 바람을 피하게 하며 잘 곳과 살 곳을 마련해 주는 것이다. 노가다꾼에게 가장 중요한 것은 그것이어야만 했다. 신 나게 아스팔트를 걸어온 녀석들의 손에 소주 팩이 보였고, 뒷목에 무언가 끊어지는 감각이 지나갔다. 타인의 통행을 방해하면서 소주를 빠는 본업을 가진 인간은 세상에 아무도 없었다. 나는 손을 높이 들어 올렸다. 바닥에서부터 회오리바람이 생겨나기 시작했다. 눈과 얼음은 바람에 섞여서 날카로운 덩어리를 만들기 시작했다. 눈이 내리는 날이면 정말 만만치 않은 창을 만들 수 있었다. 비실비실 웃음이 새어 나왔다. 얼굴이 불콰해진 노조원들은 눈으로 만든 거대한 드릴을 아직 발견하지 못한 듯했다.

대열 가운데에서 낯익은 얼굴이 우비의 모자를 제쳤다. 회오리바람은 분명한 표적을 찾았다. 엿가락은 눈을 감고 기분 좋은 표정으로 하늘을 향해 고개를 쳐들고 있었다. 녀석은 내가 여기서 창을 뽑고 있는 것을 눈치채고서도 모르는 척 시선을 잡아끌고 있었다. 그래야 내 맞수지. 자, 이제 고개를 들고 이쪽을 바라보겠지. 나는 손을 위로 쭉, 내뻗어서 앞으로 슬쩍 당겼다. 바람은 기분 좋게 으르렁거렸다. 만들어놓은 거친 물보라는 노조원들의 위로 날아들어서 엿가락의 머리통을 향해 날아들었다. 저대로 서 있었다가는 뾰족한 칼바람이 엿가락의 몸을 통과할 것이나, 엿가락은 저렇게 딴청을 부리다가도 피해야 할 순간에 제대로 몸을 피할 녀석이었다. 바람의 창이 내리꽂혔다. 이제 슬슬 몸을 움직여야 할 순간이지만 엿가락은 그 자리에서 가만히 미소만 짓고 있었다. 아⋯⋯, 설마⋯⋯.

창이 닿기 직전에 엿가락은 몸이 자기 것이 아닌 것처럼 몸을 빼냈고, 결국 물과 바람으로 만든 창은 엿가락의 발등을 찍었다. 그럴 리가, 아무리 늦었다고 해도 이런 커다란 창을 그 엿가락이 맞을 리가 없었다. 발에서 피가 흘렀지만, 엿가락은 비명을 지르는 대신 멍한 눈동자로 계속 허공을 응시하고 있었다. 초점이 없는 흐린 눈동자. 나는 고개를 돌려 주변을 살펴보았다. 하얀 우비 가운데 새빨간 드레스. 영배가 한 걸음 앞으로 나섰다. 마녀였다.

빨간 드레스가 바람에 날리자, 무릎 아래부터 완전히 잘려나간 한쪽 다리가 드러났다. 곪아 들어가고 있던 마녀의 발목이 머릿속을 스쳐 지났다. 그 와중에도 남은 한쪽 발에는 빨갛고 높은 힐이 어처구니없게 신겨져 있었다. 약간 굽은 허리, 빈틈이 보이지 않을 만큼 얼굴을 빼곡하게 메우고 있는 주름. 하얗게 센 데다가 가운데부터 빠지기 시작한 머리카락. 분명히 나보다 열 살 이상 어렸던 걸로 기억하는데, 그녀는 내일 죽는다고 해도 이상하지 않을 것처럼 보였다. 그녀는 입가에 허옇게 침을 흘리며 엿가락의 몸을 조종하다가 목발을 휘두르며 쑤욱, 몸을 일으켰다. 저런 꽃은 눈보라 속에서 피는 게 아니야. 엿가락이 앞으로 몸을 훅 튕기고선 그제야 발을 붙잡고 소리를 질렀다.

"안 돼, 연주야!"

노조원들 앞으로 기다렸다는 듯이 경찰들이 늘어서기 시작했다. 입가에 허연 거품을 물고 앞으로 걸어 나가던 마녀는 한쪽 굽을 삐끗하며 바닥에 고꾸라졌다. 사람들을 헤치며 달려간 엿가락이 엎어진 그녀를 품에 안았다. 마녀는 두 손을 앞으로 뻗고 혀를 내민 뒤 히죽히죽 웃어댔다. 옆에 서 있던 영배가 중얼거렸다.

"형님, 저 여자 진짜로 마녀가 되어 뻤네."

엿가락이 마녀의 귓전에 무어라 속삭이자 마녀는 짐승처럼 이를 드러내고 엿가락을 향해 으르렁거렸다. 마녀가 날카롭게 고함을 지르는 걸 본 노조원들은 술에 취한 와중에도 슬금슬금 마녀를 피해 걸어 나갔다. 한쪽 굽이 부러진 하이힐 때문에 비틀거리는 마녀가 양손은 앞으로 든 채, 노조원들이 외치는 구호의 리듬과 아무 상관 없이 높은 소리로 비명에 가까운 구호를 외치면서, 경찰들을 향해 걸어 나갔다.

"단결, 투쟁, 투쟁, 투쟁, 단결, 단결, 투쟁, 하나, 하나가! 여기 하나! 우리 다!"

나는 영배를 향해 대답했다.

"저게 마녀냐. 미친년이지."

진압을 위해 일렬로 서 있던 경찰 중 한 명이 갑자기 몸을 뒤틀더니 들고 있던 방패로 옆에 있는 전경을 가격하기 시작했다. 맞은 전경 역시 자신을 친 전경에게 군홧발로 발길질을 했다. 그 옆에 있는 전경 역시 방패를 집어 던지고 주먹질을 시작했고, 삽시간에 전체 대열로 난투극이 번져갔다. 한 판 싸움을 해보겠다고 결연하게 방송차 위에서 "평화 시위 보장하라" "우리 파업 정당하다" 따위의 구호를 외치던 사회자는 그만 어안이 벙벙해지고 말았다. 아무런 충돌도 아직 일어나지 않았지만, 전경들은 피를 흘리고 있었고, 몇 명은 머리통이 터져서 바닥에 쓰러져 있기까지 했다. 바닥에 쓰러져 있든 피를 철철 흘리든 상관하지 않고 명한 눈을 한 청년들은 동료를 넘어 나간 듯 짓밟아댔다. 처음엔 부하들을 말려보려던 상관들은 어느덧 그 사이에 끼어들어 함께 주먹질하다가 앞니가 날아가고 있었다.

멍하니 서 있던 노조원들은 그러다 죽겠어요, 그만하세요, 몇 마디 말을 거들기 시작했지만 차마 그 사이로 끼어들 엄두조차 내지 못했다. 머리가 하얗게 센, 그러나 하얀 머리털에 어울리지 않게 골리앗을 연상시키는 떡 벌어진 어깨와 커다란 키로 대열

맨 앞에서 한 남자가 양팔을 벌리고 노조원들에게 피해가 가지 않도록 막고 있었다. 당황한 노조원들을 가로막는 등 근육이 울끈불끈 움직였다. 남자가 커다란 목소리로 외쳤다.

"다들 움직이지 마십시오!"

귀에 익은 목소리에 반응한 건 나뿐만이 아니었다. 영배와 엿가락 모두 남자 쪽을 돌아보았다.

"조직부장님, 이건 무슨……."

"가만히 있어. 이건, 마녀야. 여기 마녀가 있어."

"마녀요?"

"우리 편이야."

재성의 매서운 눈매가 사방을 훑더니, 이윽고 빨간 드레스를 발견했고, 이어서 까불거리는 날라리 엿가락을 발견했고, 이어서 바람을 모아오려고 준비를 하는 칼바람을 발견했다. 옷 솔기들이 뜯어지기 직전까지 몸을 불리고 있던 재성의 근육들에서 서서히 바람이 빠지기 시작했다. 내 귀가 잘못된 것이 아니라면 방금 재성은 틀림없이 우리 편이라고 말했다. 재성과 함께 전선에 서 있던 어느 봄날이 몇 세기 전처럼 느껴졌다. 이곳은 노가다꾼들의 집회였다. 저 단단한 근육들로 벽돌을 져 나르는 모습은 그림으로 그린 것처럼 어울려서 나는 재성을 부를 수가 없었다. 경찰들의 난투극이 점점 격렬해졌고, 머리에서 피를 줄줄 흘리는 경찰한 명이 내 발치로 날아와서 엎드러졌다. 멀찍이서 재성을 멍하니 바라보던 영배는 피투성이가 된 전경을 붙들었지만, 그는 어떤 고통도 호소하지 않은 채 다시 난투극의 현장으로 터덜터덜 걸어 들어갔다. 몰아치는 눈보라 속에 외다리로 서서 기분 좋게 웃고 있는 마녀는 시들어가는 동백처럼 보였다. 빨간 드레스는 꽃의 빛깔이었지만 피의 빛깔이기도 했다. 영배는 크게 눈을 홉 뜨고 마녀를 향해 목청을 돋웠다. 얼마 지나지 않아 마녀는 몸부림을 치기 시작했다. 엿가락이 허겁지겁 마녀를 끌어안았다. 마녀는 게거품을 물고서도 언젠가 새처럼 날아드는 엿가락에게 입 맞추던 그때처럼 헤실헤실 미소 지었다.

"을재다."

"그만해, 연주야. 돌아와."

영배는 목청을 가다듬더니 맑은 소리를 높게 뽑아냈다. 최근 들었던 소리 중에 가장 청아하고 불순물이 섞인 게 없는 그 소리는 다른 어떤 사람에게도 영향을 주지 않고 오직 마녀의 귓가만 노리고 있었다. 목소리가 한 음씩 올라갈 때마다 마녀의 몸에 가볍게 경련이 일었다. 마녀의 몸이 떨릴 때마다 점점 격렬해지는 경찰들의 주먹질을 보아하니, 영배의 전략은 아무래도 실패하고 있는 것처럼 보였다. 한쪽 팔로 마녀를 그러안은 채, 엿가락은 영배를 향해 팔을 뻗었다. 나는 재빠르게 엿가락의 팔을 끊어낼 듯, 날카로운 바람을 보냈다. 재빠르게 팔이 휘어져 바람을 빠져나갔고, 영배는 다시 중심을 잡았다. 그 사이 마녀는 전경들의 의식과 혼재된 채 눈물을 흘리기 시작했다. 영배의 목소리가 마녀의 모든 혈관을 타고 저릿하게 흘러내렸다. 마녀가 울부짖을 때마다 전경들도 마녀와 함께 지옥처럼 울부짖었다.

"을재야, 죽고 싶어."

그 와중에도 눈송이는 멈추지 않고, 깃털처럼 보드랍게 온 세상을 향해 끊임없이 떨어져 내렸다. 바닥에 고이기 시작하는 전경들의 뜨거운 핏방울 속으로 떨어져서 녹아내렸고, 노래를 부르는 영배의 입 속으로 쏟아져 내렸고, 둥그렇게 잘려나간 마녀의 무릎뼈를 감쌌다. 함박눈을 뒤집어쓴 마녀는 영배의 목소리에 온몸을 뒤흔들면서 전경들을 향해 정신을 모으려고 하는 듯 보였다. 내가 마녀를 공격할 무기를 찾는 동안, 엿가락은 마녀의 어깨를 뒤흔들었다.

"연주야, 이렇게까지 할 필요 없잖아. 그만해. 왜 이러는 거야."

엿가락은 다시 영배를 향해 손을 뻗었다.

"노래꾼, 너도 그만해!"

또다시 모아놓은 바람은 엿가락의 팔을 향해 날아갔다. 날아드는 하얀 눈의 창을 두꺼운 팔로 막아낸 것은, 다시 근육을 불릴 대로 불리는 바람에 옷이 모조리 찢어져, 하얀 눈밭 위에 상체를 완전히 탈의한 채 서서 눈물을 뚝뚝 흘리고 있는 재성이었다. 재성의 단단한 팔뚝 앞에서 내 창은 힘을 잃고 산산이 부서졌다. 노조원들이 수군거리며 재성의 주변으로 다가오려던 순간, 재성은 울음을 참지 못하고 소리를 지르기 시작했다.

"얼른 가, 계속 가라고!"

끝내 전경 하나가 마녀처럼 다리 한쪽이 끊어졌다. 그 역시 고통을 호소하지 않은 채 멍한 눈으로 다시 격전장으로 기어들어가려고 했다. 시위대 중 한 명이 들어가지 말라고 전경을 붙잡았지만, 전경은 매몰차게 그를 뿌리쳤다.

"이 상황을 두고 어떻게 계속 갑니까."

"저러다 다 죽겠어요!"

재성이 이를 악물고 고함쳤다.

"너희가 말릴 수나 있어? 지금 상황이 안 보이냐?"

타워크레인 깃발 아래에 엄마 손을 붙잡고 온 어린아이가 아까부터 시끄럽게 울고 있었다. 온갖 소리가 토사물처럼 귓속으로 섞여 들어왔다. 방송차는 전경들 앞으로 가까이 다가섰고, 마녀가 두 손을 모세처럼 높이 들어 올리자, 싸우는 와중에도 마녀의 조종에 따라 전경들은 양쪽으로 길을 터주었다. 두려움에 떨면서 노조원들의 하얀 파도는 다시 길을 나서기 시작했다. 사회자가 구호를 선창했지만 따라 외치는 사람은 많지 않았다. 주춤거리며 어떻게든 다시 행진이 시작되고 있었다. 번뜩 정신이 났다. 막아야 할 것은 다른 게 아니라 바로 저것이 아니었던가.

힘을 써서 노조원들을 막아선 안 되었다. 천재지변이 저들을 막았다고 생각하면 오히려 다른 문제가 발생할 수도 있었다. 경찰들이 정신을 차리고 저들을 쫓아가야 했다. 나는 영배를 막는 데에 여념이 없는 엿가락의 손을 피해 탑골공원 입구 쪽으로 걸어갔다. 영배의 노래는 점점 강도를 더해갔다. 나는 낫을 그리며 바람을 돌리기 시작했다. 바람은 부드럽게 손 안으로 휘감겨 들어왔다. 손바닥 두 개 크기만 한, 하지만 날카롭기 이를 데 없는 낫이 마녀의 복부를 향해 직선으로 날아들었다. 영배의 노래가 낮은 하늘을 올려쳤고, 마녀는 뻗었던 팔을 내려서 갑작스럽게 머리를 감싸 안았다. 영배의 노래를 막으려던 엿가락의 손은 조금 늦었다. 전경들이 싸움을 멈췄다. 잠깐의 침묵 후에 여기저기서 비명이 터져 나왔다. 바람은 거침없이 마녀의 품으로 날아들고 있었다. 마녀는 보이지 않는 낫 쪽으로 고개를 돌렸다. 한 번 날려 보낸 바람은 결코 되돌릴 수 없었다.

아니, 바람을 건너서 내 쪽으로 고개를 돌렸다.

이번에도 눈을 피하지 못했다.

안녕, 오랜만이네, 철구.

영배의 노랫소리가 내 머릿속에도 끈적하게 퍼져 나갔다.

안녕, 연주.

그녀의 웃음소리가 마치 소녀처럼 뇌 속으로 기어들어 왔다.

그때 참 반가웠어.

언제.

고문실에서.

영배의 목소리가 머릿속 어딘가를 치열하게 파고들었고, 나는 필사적으로 영배 쪽을 돌아보려고 했지만 무리였다. 엿가락이 내 쪽을 돌아보는 게 느껴졌다. 마녀는 이대로 영배의 목소리를 통해 내 의식까지 함께 무너뜨릴 요량이었다.

그만, 잠깐만, 나도 할 말이 있어,

마녀의 의식이 겹쳐지면서 시야가 통일되기 시작했다. 날 끌어안고 있는 엿가락의 얼굴이 보였다. 턱밑으로 늘어진 엿가락의 주름살. 놀랍게도 엿가락은 더는 푸른 새 같지 않았고, 내 생각이 마녀에게 전이된 건지 마녀의 생각이 나에게 전이된 건지 알 수 없었지만, 마녀도 같은 생각을 하고 있었다. 이제는 이런 싸움을 하고 싶지 않다고 내가, 아니 마녀가 생각했다. 엿가락이 마녀를 처음 만났던 순간 어떻게 눈이 부시게 찬란했는지, 마녀의 사라진 한쪽 다리가 엿가락의 손길에 어떻게 떨렸는지, 나는, 아니 마녀는 온몸으로 기억을 복기했다.

엿가락은 입을 무어라고 벙긋거렸다. 정신 차려, 그만해, 어떤 말이든 이제는 중요하지 않다고 마녀가 생각했다. 나는 마녀와 함께 이 상황에서 그저 날아가 버리고 싶다고 생각했다. 몸이 가루가 되어서 눈바람에 함께 날려갈 수 있다면. 이 생각은 마녀의 생각일지 나의 생각일지 알 수 없었다. 엿가락이 손을 뻗어 내, 아니 마녀의 젖가슴을 쓰다듬었다. 그리고 귓전에 무어라고 속삭였다. 엿가락의 목소리에 귀를 기울이려고 집중하는 순간, 이 목소리를 결코 들려줄 수 없다는 듯이 마녀의 의식은 무자비하게 내 의식을 끊어냈다. 마지막으로 마녀의 목소리가 머리로 깊이 전달되었다.

나란 년은, 정말,

갑자기 의식이 분리되어서 혼란스러웠지만, 마녀가 헐떡이고 있는 것은 멀리서도 알 수 있었고, 그녀는 엿가락의 품 안에서 낮게 숨을 내뱉고는 결국 더 견디지 못했다.

마녀의 눈에 초점이 사라졌다. 축 늘어진 마녀의 시신은 다리 한쪽이 없는 데다가 주름지고 추해 보였지만, 저 빨간 드레스, 마녀의 시신을 향해 내가 보낸 바람이 아직도 날아들고 있었다. 한 번 보낸 바람은 되돌릴 수 없었다. 엿가락은 품속의 마녀에게 시선을 고정하고는 팔을 길게 늘였다. 땅도 벽도 거치지 않은 채 길게 늘어난, 부드러운 팔 위로 낫 모양의 바람이 꽂혔다. 엿가락의 팔뚝에 살짝 핏방울이 맺히는가 싶더니. 피가 솟구치기 시작했다. 엿가락의 팔은 엿가락처럼 길게 늘어나면서, 결코 끊어지지는 않았다. 바람이 흩어질 때까지 팔을 늘리고서는 엿가락은 피투성이가 된 팔을 다시 원래 길이로 줄였다. 노조원들은 눈밭을 한참이나 더 걸어간 상태였고, 전경들의 싸움은 마녀의 죽음과 함께 깨끗하게 종료되었다. 엿가락은 마녀의 뺨에 붙은 젖은 머리카락을 가만히 떼어냈다.

마녀를 양손으로 안은 채 그는 자리에서 일어나, 천천히 이쪽을 향해 걸어왔다. 사박사박 눈이 밟히는 소리가 묵직하게 들렸다.

다시 한 번 창자가 끊어지는 듯한 고통이 밀려왔다. 더구나 민망하게 눈시울이 달아오르기 시작했다. 오랜만에 느껴보는, 어처구니없게도 그리운 고통이었다. 경찰들을 데려갈 구급차가 왔고, 또 어떤 경찰들은 혼비백산 떨어진 명령에 따라 시위대를 쫓아가기 시작했다. 앞서나간 시위대의 깃발들이 뒤늦게 쫓아오는 경찰을 피해 달려가는 소리가 들려왔다.

"진짜 끝이군."

온몸에 눈을 뒤덮고, 엿가락은 마치 눈을 처음 본 어린아이 같은 표정으로 웃었다.

"아닐지도 몰라."

재성의 근육이 어느새 제자리로 돌아와 있었고, 영배는 힘이 빠져 자리에 주저앉았다. 영배가 노래만으로 사람을 죽인 건 처음일 터였다. 남은 한쪽 다리가 덜렁거리며, 하이힐 한쪽이 바닥에

톡 떨어지자 마녀의 하얀 맨발이 덩그러니 드러났다.

"다음에는 같은 편으로 만날지도 모르잖아."

엿가락의 팔에서 조금 힘이 빠지자 마녀의 목이 힘없이 덜렁거렸고, 마녀의 목에서 고개를 돌리려다 재성과 눈이 마주치고 말았다. 재성은 아직도 하염없이 울고만 서 있었고, 나는 견딜 수가 없이 춥다고 생각했다. 세상이 온통 새하얗게 빛나서, 그만 팔각정 한가운데 눈이 떨어지지 않은 그 작은 마루 위로 올라앉고 싶어졌다. 조금만 더 여기에 서 있다가는 곧 눈 떨어지는 소리까지 다 들을 수 있을 것만 같았다.

문자의 세계로 여행을 떠난 영웅들
소설 속의 슈퍼히어로

글 잠본이

1. 태초에 영웅이 있었나니

비범한 능력을 지닌 주인공이 사람들을 지키기 위해 악의 무리나 자연재해와 싸우는 영웅담은 시대를 초월하여 대중의 사랑을 받아왔다. 그리스 신화의 헤라클레스나 벨레로폰, 영국 전설의 베오울프나 로빈 후드, 한국 고전의 홍길동이나 박 씨 부인 등등 문화권마다 각각의 독특한 영웅담이 존재했고, 그 주인공들은 현실에서는 이룰 수 없는 과업을 이루는가 하면 서민들의 문제를 속시원하게 해결해 주기도 하고 혹은 세계와 대적하다 비극적인 최후를 맞는 등 매우 다양한 행보를 보여주었다.

이러한 고전적 영웅담이 일련의 산업화, 도시화 과정을 거치며세계에서 가장 현대적인 국가로 발돋움하고 있었던 20세기 초의미국에서 보다 친근하고 강렬한 형태로 발전하여 나타난 것이 바로 슈퍼히어로(superhero)라고 불리는 초인 영웅들의 활약을 다루는 픽션이다.

요즘은 슈퍼히어로라고 하면 주로 만화나 영화의 소재로 여기는 경우가 많지만 사실 슈퍼히어로의 탄생과 발전에는 소설이라는 활자매체도 깊이 관여하고 있다. 그렇다면 슈퍼히어로라는 개념의 발전에 소설이 미친 영향은 무엇인가? 그리고 소설은 어떤 독특한 방식으로 슈퍼히어로를 다루어 왔는가? 아래에서 개략적으로 살펴보도록 하자.

2. 펄프의 시대

만화계에서 슈퍼히어로의 개념이 본격적으로 정립되기 이전에 그와 가장 비슷한 인물형을 적극적으로 보급한 펄프 매거진(Pulp Magazine)의 공로를 잊어서는 안 된다. 펄프 매거진은 20세기 초반 미국에서 유행했던 싸구려 소설 잡지를 일컫는 말인데, 1896년에 처음 출판된 이래 1950년대까지 유행했다. 잡지가 값싼 갱지(wood pulp paper)로 만들어졌기 때문에 펄프라는 이름이 붙었고, 이러한 잡지에 실린 소설 또는 잡지 자체를 펄프 픽션(Pulp Fiction)이라 불렀다. 10센트의 저렴한 가격에 흥미진진한 읽을거리를 제공해 주는 펄프 매거진은 서부극, 공포물, SF, 판타지, 미스터리, 로맨스 등등 거의 모든 대중소설의 영역을 흡수하여 당대의 청년층을 사로잡았고 미국 장르문학이 융성하는 토대를 마련했다.

이들 잡지는 고정 독자를 확보하기 위해 특정 캐릭터의 모험담을 연속하여 대량 생산하는 방식을 즐겨 썼는데, 이러한 캐릭터들 중에서 자연스럽게 현대 슈퍼히어로의 원형이라 할 만한 인물들이 나타나게 되었다. 낯선 행성에 건너가서 원주민들의 전쟁에 개입하는 존 카터(John Carter; 에드거 라이스 버로스, 1912~), 유인원들 사이에서 자라나 밀림을 호령하는 동물들의 영웅 타잔(Tarzan; 에드거 라이스 버로스, 1912~), 겁 많은 한량과 호쾌한 범죄자의 두 얼굴을 넘나들며 독재로부터 민중을 구원하는 쾌걸 조로(Zorro; 존스턴 맥컬리, 1919~), 검은 코트를 입고 옷깃으로 얼굴을 가린 채 어둠 속에서 악을 처단하는 더 섀도우(The Shadow; 월터 B. 깁슨 외, 1930~), 뛰어난 체력과 과학기술로 세계를 누비며 악과 싸우는 구릿빛 피부의 천재과학자 닥 새비지(Doc Savage; 레스터 덴트 외, 1933~) 등등 수많은 영웅들이 펄프 매거진의 전성기에 데뷔했고, 이후 소설뿐만 아니라 라디오, TV, 영화, 만화에 진출하여 미국 대중문화의 아이콘으로 자리잡았다.

이들은 보통 사람을 까마득하게 능가하는 경지에 도달했거나 신기하고 비범한 기술을 갖추긴 했지만 여전히 지구인의 범주를 벗어나지 못했고 아직 초월적인 존재는 아니었다. 그러나 그들이 보여준 여러 가지 특징이나 모험담의 기본 패턴 등은 이후 슈퍼히어로 코믹스의 탄생에 결정적인 토대를 제공하였다.

3. 크로스미디어 어드벤처

펄프 히어로들의 직계자손인 코믹스 히어로들은 선배들과는 달리 시각매체라는 만화의 특성상 보다 화려하게 눈길을 잡아끄는 무언가가 필요했다. 그 때문에 코믹스 히어로들은 한눈에 알아볼 수 있는 특이한 의상이나 가면을 착용하게 되었고 그들의 능력도 보다 시각적인 연출에 적합하도록 구체적이고 물리적인 양상을 띠게 되었다. 신문 연재만화를 통해 정글을 달리는 보랏빛 유령 팬텀(Phantom; 리 포크, 1936~)이 등장하고 만화잡지를 통해 외계에서 온 경이의 초능력자 슈퍼맨(Superman; 제리 시겔 & 조 슈스터, 1938~)이 등장하면서 코믹스 히어로는 미국인들의 마음을 사로잡는 새 시대의 우상으로 떠올랐다. 그리고 수많은 아류작과 후계작들이 우후죽순처럼 나타남으로써 코믹스 히어로의 황금시대가 열렸다.

하지만 그렇다고 해서 소설과 슈퍼히어로가 완전히 헤어진 것은 아니었다. 만화잡지들 자체가 펄프 매거진의 변형으로써 시작되었고 당시만 해도 아직 만화라는 표현양식이 실험단계를 벗어나지 못했기 때문에 초기의 만화잡지는 만화뿐만 아니라 활자로 이루어진 단편소설도 함께 게재했다. 이런 소설들은 내용상 만화와 상관없는 경우도 있었지만 만화 부분과 연동되는 방식으로 동일 캐릭터를 활용하는 경우도 존재했다. (이를테면 1939년에 발매된 Superman #1에는 각본을 맡은 제리 시겔의 2쪽짜리 슈퍼맨 단편소설이 실려 있는데, 법을 무시하고 정의를 관철하기 위해 신출귀몰하는 '의적' 슈퍼맨을 잡으려고 쫓아다니다가 망신당하는 경찰의 시각에서 이야기를 진행하고 있어서 색다른 재미를 준다. 약자를 돕기 위해 깡패 짓도 서슴지 않는 로빈 후드 스타일의 초기 슈퍼맨을 작가들이 어떤 식으로 구상했는지 알 수 있는 귀중한 자료이기도 하다.) 이런 식의 편집은 만화잡지들이 자리를 잡아가면서 점차 사라지게 되었지만, 당시의 독자들에게 시각예술과 활자예술로 동시에 슈퍼히어로의 활약을 즐기는 특이한 체험을 선사했다는 의의가 있다.

만화잡지에 부록으로 실리는 텍스트 스토리의 시대는 저물었으나, 1942년에 조지 로더의 장편소설 『슈퍼맨의 모험(The Adventures of Superman)』이 발표되면서 코믹스 히어로를 활용한 장편소설 창작의 길이 열렸다. 그때까지만 해도 원작자 제리 시겔이 슈퍼맨의 모든 스토리를 주관하던 시기이기 때문에 이 소설은 시겔 이외의 다른 사람이 최초로 펴낸 슈퍼맨 스토리이며 현재까지 계승되는 몇 가지 설정을 확립한 기념비적인 작품이기도 하다.

이후 코믹스 히어로를 소재로 한 소설작품은 아래와 같은 3가지 형태로 발표되었는데, 집필에는 주로 원작에 참가한 스토리 작가들이나 팬들 사이에서 지명도가 있는 전문 SF 작가가 기용되는 경우가 많다.

① 해당 캐릭터의 원작 스토리 중에서 중요한 부분을 소설로 각색한 경우: 기초가 되는 원작 에피소드가 애독자뿐만 아니라 일반 대중에게도 충분히 호소력을 발휘할 수 있는 메가톤급 이벤트(이를테면 중요인물이 사망 혹은 실종되었거나 주요 무대가 파괴되는 사태가 벌어졌거나)일 경우에 활용하기 좋다. 로저 스턴의 『슈퍼맨의 죽음과 부활(The Death and Life of Superman)』(1993), 데니스 오닐의 『배트맨 : 나이트폴(Batman: Knightfall)』(1994), 엘리엇 S. 매긴의 『킹덤 컴(Kingdom Come)』(1998), 그레그 루카의 『배트맨 : 노

맨스 랜드(Batman: No Man's Land)』(2000) 등이 유명하다.

② 해당 캐릭터의 설정만 따와서 독립된 오리지널 스토리를 쓴 경우:
비교적 자유도가 높고 원작을 모르는 독자도 편하게 읽을 수 있
기 때문에 가장 자주 채택되는 방식이다. 마블 코믹스는 1970년
대에는 포켓 북스와, 1990년대에는 바이런 프라이스 멀티미디어
와 라이선스 계약을 맺고 자사 캐릭터들이 등장하는 오리지널 소
설 시리즈를 집중적으로 펴냈다. 보통은 원작과 같은 설정에 살
짝 다른 스토리를 보여주는 정도로 끝나지만, 작가의 창조성이
발휘될 경우 의외의 결과물이 나오기도 한다. 이를테면 엘리엇
S. 매긴의『슈퍼맨 : 기적의 월요일(Superman: Miracle Monday)』
(1981)처럼 주인공의 윤리적 딜레마를 다루는 경우도 있고, 톰 디
헤이븐의『슈퍼맨이다!(It's Superman!)』(2005)처럼 원작이 현실
세계에서 처음 발표되었던 시기를 배경으로 해당 캐릭터가 활약
하는 가상역사 시대극을 만들어버리는 경우도 있다. 마이클 잰
프리드먼의『스타트렉 : 다음세대 & 엑스맨 - 행성 X(Star Trek:
The Next Generation and the X-Men: Planet X)』(1998)처럼 다른
장르의 대표작과 크로스오버를 실현한 희귀한 사례도 있다. 작가
가 원작 만화에도 참가한 인물일 경우에는 소설에서 먼저 소개된
설정이나 인물이 나중에 원작으로 역수입되기도 한다.

③ 해당 캐릭터의 영상화 작품(실사 및 애니메이션)을 기반으로 한 소설
판(novelization): 독립적인 작품이라기보다는 영화 홍보를 위한 부

대상품(tie-in)에 가깝다. 영화 제작과 병행하여 대본 초안을 기초로 집필되기 때문에 촬영 과정에서 삭제 혹은 변경된 장면이 들어가는 경우도 있고, 영화에서는 대충 넘어가는 등장인물들의 심리묘사나 자세한 설정 등이 설명되는 경우도 있다. (당연히 그와 반대로 촬영 과정에서 새로 추가된 부분이 소설에는 들어가지 못한 경우도 있다.) 경우에 따라서는 성인대상의 일반 소설과 내용을 축약하거나 표현을 순화하거나 알기 쉽게 풀어쓴 청소년용 소설(junior novel)이 따로 나오기도 한다. 팀 버튼의 배트맨 2부작을 베이스로 한 크레이그 쇼 가드너의 소설판이 이 분야에서는 선구적 존재라고 할 수 있다. 샘 레이미판 스파이더맨 3부작을 비롯한 여러 마블 영화의 소설판을 쓴 피터 데이비드처럼 이런 방식의 작업을 즐겨 하는 전문작가도 여럿 활동하고 있다.

4. 새로운 영역으로

시간이 지나면서 슈퍼히어로 코믹스나 관련 매체에 대한 친숙도가 높아지고 수동적으로 작품을 받아들이던 독자들이 점차 능동적으로 변하면서 창작이나 편집에도 관심을 보이는 현상이 나타났다. 그리고 소설의 세계에서도 기존에 브랜드로 존재하는 캐릭터가 아닌 작가 본인이 새롭게 창작한 캐릭터를 기용한 슈퍼히어로 소설의 붐이 일어난다. 그 기폭제가 된 것은 1986년부터 발표된 『와일드카드(Wild Cards)』 시리즈였다. 정체불명의 바이러스가 뉴욕을 휩쓴 뒤 겨우 살아남은 이들이 초인이나 괴물로 변하는 세계관을 공유하여 여러 작가들이 이어 쓰는 릴레이 소설 프로젝트로,『왕좌의 게임』시리즈로 유명한 판타지 작가 조지 R. R. 마틴이 편집자를 맡았다.

그 이후 90년대부터 현재까지 작가 본인의 오리지널 캐릭터를 이용하여 히어로물의 클리셰를 패러디하거나 새로운 모험담을 개척하거나 나름대로 히어로의 존재의의를 고민하는 작품들이 쏟아져 나왔지만, 안타깝게도 슈퍼히어로 장르 자체에 관심이 덜한 국내에는 별로 소개된 것이 없다. 예외적으로 국내에 소개된 몇 가지 오리지널 슈퍼히어로 소설을 살펴보도록 하자.

찰스 유의 동명 단편집(2006)에 수록된 단편 「3등급 슈퍼 영웅 (Third Class Superhero)」은 슈퍼히어로가 자격시험과 면접을 통해 선발되는 일종의 전문직으로 존재하는 세계에서 별로 남보다 나을 것도 못할 것도 없는 평범한 히어로 지망생이 이런저런 방법으로 앞길을 모색하며 성공을 꿈꾸지만 결국 현실의 벽에 부딪혀 좌절하고 나락에 빠지는 과정을 간결하게 보여준다. 주인공의 능력은 공기 중의 습기를 응결시켜 액체로 만드는 것뿐인데 솔직히 이런 어중간한 능력 갖고는 훨씬 엄청난 스펙을 갖춘 경쟁자들이 흘러넘치는 히어로 시장에서 주목받기는커녕 자격을 유지하는 것조차 힘든 상황이다. 생계를 잇기 위해 별 보람도 없는 따분한 사무직에 종사하며 친구라고는 윗집의 버림받은 독거노인밖에 없고 가끔 잘나가는 친구들이 동정심에서 던져주는 일감도 별로 잘 해내지 못한다. 작가는 초능력과 히어로 비즈니스가 일상화된 세계에서 주변과 타협하지 않고 슈퍼히어로로 살아남기가 얼마나 어려운지 보여줌으로써 우리들이 자본주의 사회를 살아가면서 한 번쯤은 겪을 수밖에 없는 성장의 고통과 현실의 막막함을 생생하게 일깨워주는 것이다.

　단편집 『이제 지구는 누가 지키지?(Who Can Save Us Now? : Brand-New Superheroes and Their Amazing (Short) Stories)』(잭 맥널리 외, 2008)의 경우는 슈퍼히어로라는 소재를 보다 폭넓은 시선을 통해서 다양하게 변주한다. 뜻하지 않은 사고로 괴상망측한 능력을 갖게 된 사람들의 엉뚱한 대소동을 코믹하게 그리기도 하고, 특이하긴 하지만 사는 데에는 별 도움이 안 되는 능력을 숨기느라 고생하는 이들이 같은 처지의 동료들을 찾아 연대하는 과정을 훈훈하게 보여주는가 하면, 극한상황에 처한 약자들이 내게 이런 힘이 있으면 얼마나 좋을까 하고 간절히 바라는 안타까운 모습을 묘사하기도 하고, 현실과 정반대로 대부분의 인류가 초능력을 가진 사회에서 차별받는 무능력자가 오히려 타인을 위해 영웅적인 선택을 하는 과정을 보여주기도 하며, 히어로의 그늘에 가려져 주목을 못 받던 조연들이 히어로의 숨겨진 비리를 들춰내고 불만을 토로하기도 하는 등, 실로 다채로운 인생의 파노라마를 형형색색의 문체와 캐릭터를 통해 전개한다. 수록된 작품들의 장르도 SF, 호러, 코미디, 휴먼드라마 등등 다양하고, 때로는 '초인'을 다루기는 하되 슈퍼히어로와는 별 관계없는 이야기를 들려주기도 할 정도로 커버하는 범위가 넓다. 하지만 남들과 다르다는 사실 때문에 소외당한 사람들의 아픔과 고뇌, 그리고 그에 따른 저마다의 행동을 집중적으로 조명함으로써 보편적인 인간의 속성과 세계와의 관계를 그린다는 점은 공통적이다.

마지막으로 소개할 작품은 다소 특이한 케이스다. 슈퍼히어로 만화를 소재로 하면서도 히어로 자체가 아니라 그 히어로를 만들어낸 '창작자들'의 이야기를 들려주기 때문이다. 마이클 셰이본의 장편소설 『캐벌리어와 클레이의 놀라운 모험(The Amazing Adventures of Kavalier & Clay)』(2000)이 바로 그 작품이다. 1939년부터 1954년까지의 미국을 배경으로 이종사촌지간인 두 유대계 소년이 당시 융성하기 시작한 코믹북 시장에 뛰어들어 앞날을 개척해나가는 성장소설 겸 역사소설로, 정신없이 변모해가는 미국 만화 속 슈퍼히어로의 위상과 주인공들의 파란만장한 인생이 교차편집으로 제시된다. 슈퍼맨의 창작자들인 제리 시겔과 조 슈스터를 모티브로 한 것이라 짐작되는 두 주인공, 샘 클레이와 조 캐벌리어는 탈출 묘기의 전문가인 정통파 히어로 '이스케이피스트(The Escapist)'를 창조하여 큰 성공을 거두지만, 점차 변해가는 업계의 동향을 따라잡는데 어려움을 느끼고 각자의 개인적인 문제에도 직면하여 힘겨운 삶을 이어가게 된다. 장애로 인한 열등감과 성정체성을 숨기는 데 따른 스트레스, 그리고 B급 오락물을 벗어나 순문학으로 출세하고 싶다는 야망 때문에 갈등하는 클레이는 본래의 자신을 버리고 자기가 바라는 모습으로 바뀌고 싶다는 '변신'의 욕망을 대표하고, 나치를 피하여 유럽을 빠져나온 난민 출신이며 그때 미처 데려오지 못한 가족에 대한 죄책감을 늘 품고 사는 캐벌리어는 힘겨운 상황을 벗어나 더 나은 상태로 옮겨가고 싶다는 '탈출'의 욕망을 대표하는데, 이 두 사람이 힘을 합쳐야만 제대로 활약할 수 있는 상상의 히어로 이스케이피스트에 '변신'과 '탈출'의 속성이 모두 집약되어 있다는 점이 흥미롭다. 이 작품은 미국 슈퍼히어로 만화의 황금시대에 숨겨진 내막을 다룸으로써 만화 팬들의 주목을 받았지만 단순한 업계의 캐리커처에 머물지 않고 어떻게 인생을 살아갈 것인가라는 고민 앞에서 갈팡질팡하면서도 꾸준히 앞으로 나아가는 인간의 모습을 그림으로써 일반 독자들에게도 충분한 호소력을 갖고 있다. 결국 이 작품은 그 가치를 인정받아 출간 직후 뉴욕타임스 베스트셀러 순위에 올랐고 2001년에는 퓰리처상을 수상했다. 탄생 초기에만 해도 어린이들의 유치한 오락물로만 여겨지던 슈퍼히어로 코믹스가 당당하게 시민권을 인정받기까지 참으로 먼 길을 걸어온 것이다.

5. 내일의 영웅들에게

앞에서 살펴본 바와 같이 슈퍼히어로 소설은 펄프 매거진을 통해 그 원형을 확립하였으나 이후 코믹북의 약진으로 인해 만화라는 새로운 시각예술에 그 주도권을 내주고 한동안 만화잡지의 부록이나 인기 시리즈의 스핀오프 같은 보조적인 위치에 머물러 있었다. 그러나 슈퍼히어로 자체가 오랜 역사를 쌓아가며 미국인들 생활의 일부로 자리잡아가면서 만화와는 독립적으로 오리지널 슈퍼히어로를 다루는 소설들이 나타났다. 이러한 소설 속의 슈퍼히어로들은 만화나 영화, 게임 등에서 보여준 것과는 또 다른 방식으로 활약하면서 독자들의 상상력을 자극하였고, 때로는 슈퍼히어로의 의의나 효용에 대해 날카로운 문제제기를 시도함으로

써 거꾸로 다른 매체에 영향을 주기도 했다. 슈퍼히어로 소설의 진화가 과연 앞으로도 계속될지, 계속된다면 어떠한 방향으로 나아갈지 지켜보는 것도 흥미로운 일일 것이다.

| 참고링크 (as of 2015–01–31) |

- http://fritzfreiheit.com/wiki/A_Brief_Overview_of_Superhero_Fiction_(2014)
  A Brief Overview of Superhero Fiction (2014)

- https://en.wikipedia.org/wiki/Superhero_fiction#Novels.2C_prose.2C_
  poetry
  Superhero fiction - From Wikipedia, the free encyclopedia

- http://www.superheromultiverse.com/superheroes-prose
  SuperHeroMultiverse.com - Superheroes in Prose

- http://www.adherents.com/lit/comics/comics_novels.html
  Adherents.com - Superhero Novels

- http://www.powells.com/subjects/fiction-and-poetry/science-fiction-and-
  fantasy/superheroes/
  Powell's City of Books - Superheroes

- http://www.pulpanddagger.com/maskedbookwyrm/novels.html
  Reviews of Novels Based on Comic Book Characters
  http://www.sff.net/people/krad/marvel.htm
  Marvel Comics in prose : an unofficial guide

- http://superheronovels.com/
  Superhero Novels : News, reviews, and commentary about superhero
  fiction

- http://www.herosandwich.net/category/superhero-prose-fiction/
  Hero Sandwich - Superhero Prose Fiction

- http://escapepod.org/2010/12/13/superhero-fiction-the-next-big-thing/
  Superhero fiction: the next big thing?

- http://www.theguardian.com/books/booksblog/2014/may/06/superheroes-
  literary-novel-comic-book-serious-fiction
  Superheroes conquer the literary novel

슈퍼히어로 팬들이 쓰는 슈퍼히어로 이야기!

글 **이규원**(슈퍼히어로 만화 번역가)

슈퍼히어로의 고향이라고 할 수 있는 미국 슈퍼히어로 만화의 역사를 살펴보면 그 시작부터 지금에 이르기까지 수십 년에 이르는 긴긴 세월 중요한 순간 위기의 순간 마다 팬의 활약이 넘쳐났다.

그들은 슈퍼히어로물의 소비자로 머물기를 결코 원치 않았으며, 슈퍼히어로 주인공들과 그 주인공들이 모여서 만든 전설적인 슈퍼히어로 팀들에 대한 넘치는 사랑을 쏟아 부으며 그들의 일대기를 기록하고 정리했다. 오늘날 DC와 마블 코믹스 등에 나오는 슈퍼히어로 캐릭터의 수가 자그마치 수 천 명에 이른다고들 하는데, 그 수많은 인물들이 수 십 년간 잘 알려진 만화에서부터 그저 한 번 반짝 하고 사라진 만화에 이르기까지 거쳐 온 발자취들을 단지 인터넷 검색만으로 쉽게 찾아볼 수 있는 것은 바로 팬들 때문이다. 슈퍼히어로의 이야기를 기록하고 정리하고, 이야기의 얼개가 어긋난 부위를 찾아내고 맞출 방안을 제시한 사람들이 바로 그들이다. 아마 슈퍼히어로들에 대한 정보를 여느 사람들이 그러하듯 별 볼 일 없는 것으로 치부하고 지나치기기만 했다면 오늘날 슈퍼히어로물은 이 정도로 발전하지 못했을 것이다.

팬들의 흔적은 히어로들의 역사를 기록하고 정리하는 데서 그치지 않는다. 슈퍼히어로 만화들이 시대의 흐름을 타지 못하고 침몰의 위기에 놓였을 때 그들은 기꺼이 만화계에 뛰어들어서 난파된 슈퍼히어로들을 구해내었고, 번뜩이는 아이디어로 기회를 모색했으며, 유망한 작가들을 발굴하고, 잊혀져 제대로 대접받지 못하는 거장들에게 명예를 돌려주는 위대한 업적도 이루었다. 이 글에서는 미국 슈퍼히어로 만화에서 팬들이 남겨온 위대한 족적들을 살펴보려고 한다. 그를 통해 슈퍼히어로 팬들이 모여서 꾸민 슈퍼히어로 단편집이 한국 슈퍼히어로물의 미래에 작지만 큰 비전을 제시할 수 있을 것이라는 희망도 품어보려 한다.

이야기는 지금으로부터 거의 90년쯤 전으로 거슬러 올라간다.

1) SF 잡지 《어메이징 스토리스》.

1930년대 미국 시카고에 잭과 얼과 오토라고 하는 삼 형제가 살고 있었다. 이들 가족은 1920년대에 시카고에 정착한 이민자

가족이었다. 첫째인 잭은 1902년생, 둘째인 얼은 1904년생, 막내인 오토는 1911년생이었다. 가족은 1910년에 미국으로 이주했으니, 삼 형제 중 막내는 이주 후에 태어난 아이였다. 삼 형제는 영화와 라디오, 펄프 잡지 등을 아주 좋아했는데, 특히 시간과 장소에 구애받지 않고 손쉽게 구해서 읽을 수 있는 펄프 잡지를 좋아했다. 여러 펄프 잡지들 중에서도 그들의 마음을 움직인 것은《어메이징 스토리스(Amazing Stories)》라고 하는 SF 소설 잡지였다. 이 잡지는 오늘날 SF 소설 역사에서 선구자적인 위상을 갖고 있는 잡지로, 미국 SF의 아버지라고 불리는 휴고 건즈백이 그 창간자였다. 그 유명한 '휴고상'의 명칭이 이 사람의 이름을 딴 것이다.

《어메이징 스토리스》가 창간된 해가 1926년. 당시 잭이 25살, 얼이 23살, 오토가 16살이었다. 삼 형제는《어메이징 스토리스》에 푹 빠져 SF 팬이 되었다. 하지만 삼 형제도 제각각 특기가 달랐으니 첫째 잭은 그림을 잘 그렸고, 둘째와 막내는 글을 쓰고 이야기를 만드는 데 흥미를 느꼈다.

한편 시카고에서 동쪽으로 1271km 떨어진 곳에 위치한 미국 최대의 도시 뉴욕. 이곳에서도 시카고의 삼 형제처럼 SF에 푹 빠진 10대 20대 소년들이 있었다. 당시에《어메이징 스토리스》에는 독자 편지라는 코너가 생겼다. 잡지 제일 끝 부분에 구인 광고 등 여러 광고들이 들어가고 그 중간에 독자들이 편집자에게 보낸 편지들이 실린 것이다. 인터넷과 스마트폰이 없는 시절에 팬들이 다른 팬들이 무슨 생각을 하는지, 내가 재미있게 본 작품을 먼 곳에 사는 다른 팬은 어떻게 봤는지 알 수 있는 통로는 직접 대면하여 대화하는 것 외에는 이 독자 편지 코너가 거의 유일한 수단이었다. 말하자면 그 시대의 자유 게시판.

2) SF 팬클럽 '사이언시어즈'와 최초의 팬진 《타임 트래블러》.

1929년. 뉴욕 브롱스에 살던 15살의 SF팬 줄리어스 슈왈츠는 이 독자 편지란을 통해서 '사이언시어스(Scienceers)'라는 이름의 SF 팬클럽이 결성되었다는 사실을 알게 된다. 그는 곧바로 이 팬클럽 설립자에게 가입하고 싶다는 편지를 보냈다. 그러나 나이가 너무 어리기 때문에 받아줄 수 없다는 답장이 돌아왔고, 줄리는 1년이나 벼른 끝에 이듬해인 1930년에 사이언시어스에 가입한다. 회원 중에는 30살이나 되는 나이 많은 형도 한 명 있었지만, 대부분이 그보다 한 두 살 많거나 같은 또래인 십대 소년들이었다. 특히 줄리는 같은 브롱스에 사는 동갑내기 SF팬 모트 와이징어와 절친이 되었다.

그러던 어느 날 사이언시어스 회원들은 자신들의 손으로 직접 SF 잡지를 만들어보자는 계획을 세웠고, 1932년 1월 《타임 트래블러(Time Traveller)》라는 이름의 6쪽짜리 팬진을 내었다. 역사가에 따라 약간의 견해차이가 있긴 하지만, 어떤 역사가는 이것을 최초의 SF 팬진으로 꼽는다. 줄리와 모트는 《타임 트래블러》를 만드는 데 누구보다 적극적이었다. 그들은 이 팬진에 넣을 재미있는 기사거리를 찾아서 당시의 수많은 펄프 잡지사들의 문을 두드렸고, 거기서 앞으로 어떤 소설들이 나올 것인지, 어떤 작가가 편집자들의 주목을 받고 있는지 등등 SF 소설과 관련되어 궁금한 여러 가지 내용들을 취재했다. 그 내용을 바탕으로 만든 《타임 트래블러》는 심지어 시카고에 있는 잭과 얼과 오토 삼 형제에게도 읽혀졌다.

3) 소설가 데뷔로 팬들의 영웅이 된 SF팬 오토 빈더.

여기저기에서 조금씩 번져나가는 팬들의 활동은 시카고의 삼 형제의 열정에도 불을 질렀다. 특히 얼과 오토는 어떻게든 《어메이징 스토리스》에 자신들의 소설을 한 번 실어보는 것이 소원이었는데, 결국 그들의 소원은 《타임 트래블러》가 창간된 해와 같은 해인 1932년 10월에 이루어졌다. 형제가 쓴 「최초의 화성인」이라는 제목의 소설이 《어메이징 스토리스》에 실렸던 것이다. 시카고 SF 팬들 사이에서 얼과 오토는 하루아침에 영웅이 되었다. 《타임 트래블러》를 만드는 팬들 역시 형제의 쾌거를 같이 기뻐해 주었다. 그리고 형제는 《타임 트래블러》에도 글을 기고하는 한편 여러 SF 팬 모임들에도 더 많이 참석하게 되었다. 그러던 어느 날 얼과 오토 형제는 어느 한 팬 모임에서 클리블랜드에서 시카고로 놀러 온 두 사람을 만났다. '제리 시겔'과 '조 슈스터' 훗날 『슈퍼맨』을 창작하여 미국 슈퍼히어로 만화의 역사를 일으켜 세운 장본인들이었다.

뉴욕의 줄리와 모트는 《타임 트래블러》를 더욱 알차게 꾸며나갔다. 에드먼드 해밀턴, 오티스 아델베르트 클라인 등 이름 있는 작가들을 비롯해 시카고의 얼과 오토가 그들의 이름 각각의 이니셜 E와 O를 합쳐 'E 그리고 O'라는 뜻으로 만든 '이엔도(Eando) 빈더'라는 이름의 작가들이 같이 매 호 번갈아가면서 릴레이 소설을 쓰기도 했다. 에드먼드 해밀턴은 1904년생으로 15살에 대학에 입학한 천재였는데, 그의 대표작 중 하나가 바로 『캡틴 퓨처』. 오늘날 30-40대 팬들에게는 은근히 낯익은 이름일 수도 있는데, 예전 국내 TV에서도 방영되었던 만화영화 「우주 전함 코메트호」의 원작이 바로 그의 소설이다. 오티스 클라인은 당대에 에드거 라이스 버로스와 경쟁했던 SF 작가로, 버로스가 화성을 무대로 하는 이야기를 썼다면 오티스는 금성을 배경으로 한 이야기를 썼고, 1933년부터 1936년까지는 『야만인 코난』의 원작자 로버트 E 하워드의 전담 에이전트로 활동한 인물이다.

아쉽게도 시카고 형제들의 팬 활동은 계속되지 못했다. 글만 써서 먹고 살기는 빠듯한 형편. 결국 둘째인 얼은 제철소에 취직하여 글에서 손을 뗀다. 형과 같이 활동하다가 혼자 된 오토는 오티스 클라인 밑에서 일자리를 구했다. 그 와중에서도 오토는 SF 소설에 대한 열정을 한 순간도 접지 않고 꾸준히 글을 썼다.

그리하여 몇 년 뒤인 1939년. 오토 빈더는 인간을 닮은 로봇인 아담 링크가 자신을 만든 과학자를 죽였다는 누명을 쓰고 재판을

받는다는 내용의 『아이 로봇(I, Robot)』이라는 SF 소설 시리즈를
내놓았고, 이것의 그의 대표작이 되었다. 또한 빈더는 아이로봇을
내놓은 바로 그 해에 만화계에 뛰어들었고, 비로소 자신의 재능
이 슈퍼히어로 만화의 스토리를 쓰는 데에 있다는 사실을 발견하
게 된다.

4) 팬 활동을 통해 시작한 사업.

1930년대 초에 뉴욕의 줄리어스 슈왈츠와 모트 와이징어는 팬
진 발간 활동을 하러 돌아다니면서 한 가지 깨달음을 얻는다. 뉴
욕에는 수많은 출판사가 있고, 그 출판사에는 매일 같이 수많은
소설가들의 소설이 우편으로 보내졌다. 그 방식에 문제가 있었다.
한 소설가가 어떤 이야기를 힘들게 써서 우편으로 보냈다가 거절
을 당하면 그게 다시 우편을 통해서 소설가의 집으로 돌아가고,
소설가는 그걸 받아서는 다시 다른 출판사 주소를 써서 보내고,
또 거절당하면 또 다른 곳에 보내고를 끊임없이 반복하는 것이었
다. 줄리와 모트가 가만히 보니 각 출판사마다 잡지의 성향도 다
르고, 편집자마다 선호하는 이야기도 달랐다. 그런데 작가들은 그
런 정보를 전혀 모르는 채 무턱대고 출판사에 순서대로 자기 원
고를 보내는 과정을 반복하고 있었다. 두 사람은 자신들은 어떤
작가가 어떤 이야기를 잘 쓰는지 잘 알고 있으며, 또한 어떤 편집
자가 어떤 이야기를 원하는지도 잘 알고 있기 때문에 서로 쉽고
빠르게 연결시켜 줄 수 있을 것이라는 생각이 들었다. 작가들의
번거로운 수고를 덜어주는 대신 약간의 수수료만 받는 것.

1934년 두 사람은 곧바로 이 아이디어를 실행에 옮겨 '솔라 세일즈 서비스(Solar Sales Service)'라는 소설가 전문 에이전시를 차렸다. 이 회사의 첫 번째 고객은 에드먼드 해밀턴이었고, 두 번째 고객이 바로 시카고 삼 형제의 막내 동생인 오토 빈더였다. 이후 레이 브래드버리, H. P. 러브크래프트 등 쟁쟁한 작가들이 이 회사의 고객이 되었다.

5) 팬의 눈높이를 우선적으로 생각한 팬 출신의 편집자 모트 와이징어.

모트 와이징어는 줄리어스 슈왈츠와 에이전시 일을 하다가 얼마 안 돼 스탠다드 매거진이라는 곳에서 다른 일자리를 찾는다. 이 회사는 원래 여러 종류의 펄프 잡지를 만드는 회사였는데, 새로운 잡지 하나를 런칭하면서 와이징어에게 편집장 자리를 주고 싶어 했다. 그의 에이전시에 소속된 에드먼드 해밀턴 등 걸출한 SF 작가들의 소설을 자신들의 새 잡지에 넣고 싶다는 이유도 있었다. 와이징어가 이 잡지의 편집장이 되면서 와이징어와 연락하고 지내던 오토 빈더 역시 자신의 소설이 정기적으로 실릴 공간을 확보한 셈이 되었다.

그리고 이 무렵 펄프 잡지로 가득 차 있던 미국의 신문 가판대에는 새로운 바람이 불어오는데, 1938년 「슈퍼맨」, 1939년 「배트맨」을 필두로 슈퍼히어로 만화가 펄프 잡지의 자리를 밀치고 대세로 떠오른 것이다.

1941년 모트 와이징어는 스탠다드 매거진을 그만두고 내셔널 피리어디컬사에 들어간다. 내셔널은 오늘날 DC 코믹스의 전신. 와이징어는 그곳에서 슈퍼맨과 배트맨의 편집자가 되었다. 내셔널이 와이징에게 원한 것은 바로 슈퍼맨과 배트맨이 일으킨 히어로 붐에 발맞출 수 있는 새로운 히어로 발굴. 그리하여 와이징어가 창작한 DC의 간판급 슈퍼히어로가 바로 그린 애로와 아쿠아맨이었다.

SF 팬에서 시작해 어느덧 슈퍼히어로 황금시대의 최전선에 선 편집자가 된 모트 와이징어. 그러나 당시 잘 나가던 작가들과 편집자들이 으레 그러했듯 그 역시도 스물여섯 한창의 나이에 2차 대전에 참전하기 위해 군에 입대한다. 전쟁이 끝난 뒤 1946년에 복귀한 와이징어의 최대 고민거리는 슈퍼맨을 명실상부 흔들림 없는 최고의 히어로로 자리매김 시키는 것이었다. 그를 위해서는 슈퍼맨의 세계관 확장이 필수적이었고, 이 시기에 슈퍼맨 세계관에 슈퍼걸, 슈퍼 개 크립토, 팬텀 존, 병 속의 도시 칸도르, 리전 오브 슈퍼히어로스, 여러 색깔과 기능을 가진 크립토나이트 등 오늘날 우리가 알고 있는 슈퍼맨 세계의 주요 설정들이 추가되었다. 슈퍼맨의 능력을 조금이라도 과학적인 방식으로 설명을 하기 위해서 지구의 태양빛이 크립톤의 붉은 태양과 다른 노란 태양이기 때문이라는 설정도 들어갔다. 와이징어의 구상에 따라서 이 모든 설정들을 담은 슈퍼맨 스토리를 완성해낸 작가는 바로 오토 빈더였다.

십대 때 SF 팬으로 시작한 와이징어는 십대 소년들이 얼마나 훌륭한 상상력을 갖고 있는지 너무나 잘 알고 있었다. 그래서 그는 살고 있는 동네의 소년들과 친하게 지내면서 많은 대화를 나누었다고 한다. 거기서 그는 생각도 못했던 답을 하나 얻는다. 슈퍼맨을 좋아하는 아이들이 슈퍼맨의 친구와 여자친구에 대해서 몹시도 궁금해 하더라는 것이다. 그래서 그는 '슈퍼맨의 여자친구 로이스 레인'과 '슈퍼맨의 친구 지미 올슨'이라는 만화책을 새로 출판하기로 결정했다. 하지만 회사 내에서의 반대가 꽤나 거셌다고 한다. 지미 올슨이나 로이스 레인은 슈퍼맨의 조연들이고 슈퍼히어로도 아닌데, 어떻게 그런 인물들을 내세워 새 만화잡지를 창간할 수 있느냐고. 그러나 결과는 소년 팬들의 눈높이에서 판단한 모트 와이징어의 승리였다.

리전 오브 슈퍼히어로스의 경우에도 비슷한 이야기가 있다. 초창기에 리전 오브 슈퍼히어로스의 스토리 작가로 기용된 사람은 시카고 SF 팬들의 영웅이었던 오토 빈더였다. 빈더는 이미 40-50년대를 거치면서 슈퍼맨 세계관에 있어서 최고의 스토리 작가로 인정받고 있었다. 나중에 1963년 이후에 이 리전 오브 슈퍼히어로스의 스토리를 이어받은 사람은 에드먼드 해밀턴이다. 와이징어와 슈왈츠의 고객이었으며 '캡틴 퓨처'의 원작자인 바로 그 작가. 그러던 어느 날 리전 오브 슈퍼히어로스에 관한 괜찮은 이야기가 하나 들어와서 구매 결정을 했는데, 알고 보니 그 이야기를 쓴 짐 슈터라는 이름의 작가가 14살 꼬마였다는 것이다. 당시 리전 정

규 작가였던 해밀턴과는 거의 50년 가까운 나이 차이를 지닌 소
년. 와이징어는 짐 슈터를 리전 오브 슈퍼히어로스의 스토리 작
가로 고용했다. 그의 판단은 이번에도 제대로 들어맞았다. 리전
오브 슈퍼히어로스는 십대 소년 소녀들의 공동체였고, 그 소년
소녀들만의 룰과 판타지를 가장 잘 알 수 있는 사람은 다름 아닌
십대 작가. 만약 와이징어에게 십대 시절의 SF 팬 활동을 해본
경험이 없었다면 이런 대담한 판단을 내리기가 힘이 들었을 것
이다.

6) 만화 공장에 들어간 잭, 포셋을 점령한 오토의 상상력.

시카고 삼 형제 중의 맏이인 잭 빈더는 슈퍼맨을 앞세운 만화
의 황금시대가 찾아오면서 동생 오토와 마찬가지로 뉴욕행을 택
했다. 뉴욕에서 잭이 얻은 일자리는 어느 만화 공장. 황금시대에
너나 할 것 없이 만화 산업에 뛰어들다보니 컨텐츠는 모자랐고,
그러다보니 공장형으로 만화 공장을 운영해서 만화를 파는 사업
이 인기였다.

만화 공장 사업이라는 것은 뉴욕에 공간을 하나 빌린 다음 만
화가들을 고용해서 아주 적은 임금을 주면서 만화를 그리게 해
팔아먹는 사업이었다. 이 글에서는 SF 팬덤에 뿌리를 둔 만화 창
작자들과 편집자들의 이야기를 하고 있긴 하지만, 역사상 최고로
손꼽힌 수많은 작가들은 대공황의 어려운 경제 위기 속에서 그저
먹고 살기 위한 목적으로 이런 만화 공장에 뛰어들어 만화와 인

연을 맺은 사람들도 부지기수였다. 당시 잭 빈더와 함께 일했던 작가들 중에는 칼 버고스, 카르민 인판티노, 조 큐버트, 조지 터스카 등 훗날 거장으로 불리는 작가들이 즐비했다. 당시에 우유 배달부가 1주일에 35달러 정도 벌었는데, 이 만화가들의 임금은 1주일에 20달러가 전부였다고 한다.

그 사이 잭 빈더는 만화 공장 안에서도 나름의 경력을 쌓아서 포셋과 타임리 등 여러 출판사들과 직접 거래를 트고 1942년에 자신만의 만화 공장을 차렸는데, 그 밑에만 50명의 만화가가 일을 했다고 한다. 그리고 이 스튜디오에서 만든 만화 중에는 오토 빈더가 스토리를 쓴 『불렛맨』도 있었다.

불렛맨은 1940년부터 만화 산업계에 뛰어든 포셋 출판사의 초기작이었다. 오토 빈더는 뛰어난 재주로 불과 1년만에 포셋의 주요 주인공들의 스토리를 모두 도맡아 쓰게 되었다. 그 결과 그는 1941년부터 1953년까지 거의 13년간 포셋에서 총 986편에 이르는 어마어마한 양의 스토리를 썼고, 특히 캡틴 마블의 메인 작가로서 메리 마블, 엉클 더들리, 미스터 토키 토니, 블랙 아담, 닥터 시바나 등 캡틴 마블의 주요 주인공들이 모두 그의 손에서 태어나게 된다.

7) DC에 들어간 줄리어스 슈왈츠.
한편 모트가 떠난 후 혼자서 회사에 남아있던 줄리어스 슈왈츠.

하지만 그는 여전히 팬진 구독과 SF 팬모임 참석에 열심이었다. 심지어는 왕년의 SF 팬들과 함께 1939년에 제1회 '세계 SF 박람회'를 개최하는 데에도 노력을 기울였다. 그는 자신과 같은 팬 출신들 중에 진정한 보석들이 숨어 있다는 사실을 잘 알고 있었다.

1944년 줄리 슈왈츠는 솔라 세일즈 서비스를 그만두고 '올 아메리칸 코믹스'에 편집자로 들어간다. 올 아메리칸은 만화책이라는 미디어의 탄생과 관련이 있는 회사다. 최초의 만화책은 당시에 인기 있었던 신문 연재만화를 책 형태로 묶은 것이었는데, 그것을 만든 사람의 이름은 '맥스 게인스'였다. 슈퍼히어로의 붐을 일으킨 슈퍼맨 만화 역시도 원래는 신문 연재만화 형태로 제작된 것이었는데, 이것을 만화책 형태로 이어 붙여서 내셔널의 해리 도넨펠드에게 넘긴 사람도 맥스 게인스였다. 올 아메리칸은 처음에는 내셔널의 자매회사 개념으로 설립되었으나 나중에 DC 산하로 들어가게 되는데, 이 회사를 통해서 그린랜턴, 플래시, 원더우먼 등이 태어났다.

8) 만화 팬들의 탄생.

모트 와이징어, 줄리 슈왈츠, 오토 빈더 등 기존의 이름 있는 SF 팬들 상당수가 슈퍼히어로 만화 쪽에 몸을 담은 것은 그들만의 특수한 케이스가 아니었다. 1940년대 당시의 SF 팬들에게도 비슷한 변화가 일어나고 있었다. 오늘날 만화 팬들에겐 일상이나 마찬가지가 되어버린 만화책 수집. 그것을 처음 시작한 사람들이 바로 40년대의 SF팬들이었다. 처음에 만화책이라는 미디어가 각광을 받기 시작했을 당시만 해도 그 주된 독자는 십대 초반의 어린 소년들. 그들에게 만화책은 재미있는 미디어이긴 했지만 한번보고 버리는 즐길 거리에 지나지 않았다. 그런데 예전부터 펄프잡지에 관심을 갖고 그것들을 수집하던 팬들에게는 이 만화책이새로운 수집거리로 다가왔다. SF 팬진들 속에는 어느덧 만화 소식도 비중 있게 다루어지고 있었고, 예전 SF 팬들이 '오직 SF 만을 다룬다!'라고 선언하며 팬진을 만들었던 것처럼 '오직 만화만을 위한 팬진!'임을 표방하는 만화 팬진들도 등장했다. SF 팬덤이형성되던 것과 비슷한 방식으로 만화 팬덤이 형성되기 시작한 것이다. 다만 한 가지 차이가 있었다.

과거 어메이징 스토리의 경우엔 독자 편지란이 서로의 소식을알 수 있는 통로가 되어 주었다. 하지만 여전히 만화는 가벼운 읽을거리로 치부되었고, 편집자들 역시도 만화책의 독자들이 펄프잡지의 팬들만큼 많은 이야기들을 할 것이라고 기대하지 않았다. 줄리나 모트도 당시엔 그들이 예전 경험했던 독자 편지가 얼마나위대한 통로였는지 미처 알지 못했다. 그런 가운데서도 만화의열풍이 워낙에 뜨거웠던지라 전국 각지에서는 팬들의 모임이 계속해서 생겨났다. 이들에게 필요한 것은 딱 한 가지 서로 의사소통을 할 수 있는 그들만의 전국적인 채널이었다.

9) 팬들을 사랑하라, 그리하면 더 많은 사랑을 받을지니! 빌 게인즈와 EC 코믹스의 팬덤.

SF팬들이 만화 편집자와 만화 스토리 작가의 자리를 꿰차고 승승장구하던 시절이 40년대라면, 50년대를 넘는 그 이후의 시대는 전문가가 된 SF팬들이 만화 팬덤 형성을 위하여 부단히 노력한 시대였다. 하지만 만화 팬덤을 조직적으로 관리해야겠다는 아이디어를 떠올린 사람은 SF팬 출신이 아니라 사업가였다.

만화책을 만든 맥스 게인스는 올 아메리칸 코믹스 이후에 에듀케이셔널 코믹스 줄여서 EC 코믹스를 창설하고 성경 이야기 등을 만화로 만들어 팔았다. 사업은 상당히 성공적이었다. 하지만 맥스 게인스는 1947년 그만 불의의 보트 사고로 사망한다. 졸지에 회사는 아무것도 모르던 아들 빌 게인스에게 맡겨졌다. 빌은 아버지의 사업에는 큰 관심이 없었다. 그는 그저 화학선생님이 되고 싶었는데, 어영부영하는 사이 회사는 2년 만에 큰 위기에 봉착해버린다. 마음을 다잡은 빌은 회사를 살리기 위해서 아버지와 오랜 세월 만화사업을 같이 했던 동료들에게 조언을 구하며 돌파구를 찾기 시작한다. 때마침 2차 세계 대전 이후 슈퍼히어로물의 인기가 급감하고 있던 터라 슈퍼히어로물로는 승부를 걸기 어려운 상황. 이제 에듀케이션이 아닌 엔터테인먼트 코믹스라는 이름의 EC가 된 이 회사에서는 『테일스 프롬 더 크립트』, 『볼트 오브 호러』, 『헌트 오브 피어』, 『위어드 판타지』, 『위어드 사이언스』 등 여러 공포 만화들과 함께 《매드》라는 이름의 만화잡지를 만들었다.

내놓기만 하면 팔리던 시대. 퀄러티보다 속도가 우선이든 그 시절. 빌 게인즈는 만화의 퀄러티를 최고의 가치로 쳤고, 퀄러티를 위해서 《매드》 같은 경우는 한 달에 한 번이 아닌 45일에 한 번 꼴로 출판이 되었다. 작가들에 대한 대우 역시 후했다. 빌의 신조는 최고의 작품을 만들 수 있는 분위기를 만들어 주는 것이 사장의 할 일이라는 것이었다. 일종의 장인 정신이랄까 만화를 정말 잘 만들겠다는 의지는 놀랍게도 팬들에게도 전해졌다.

빌은 자신의 열정에 부응하는 너무나도 멋진 만화팬을 만난다. 그 팬의 이름은 래리 스타크라고 하는데, 이 팬이 어느 정도로 열성적이었느냐 하면 EC에서 새로운 이슈의 만화가 출판되면 그것을 읽은 뒤 이야기의 구조와 내용에 관한 지적에서부터 시작해서 여러 다른 SF 단편들과 비교하는 비평까지 곁들인 장문의 감상문을 적어서 EC 발행인 빌 게인스 앞으로 편지를 보냈다. EC에서 출판되는 모든 만화에 대해서 전부! 게인스는 이 대단한 팬의 편지를 하나하나 소중히 모았다. 회사를 살리기 위해서 마음을 열고 귀를 열었던 빌 게인스에게 이런 팬의 존재는 어마어마한 힘이 되었고, 그래서 빌은 래리 스타크를 'EC 제1의 팬'이라고 부르며 그에게 EC의 모든 출판물을 공짜로 받아볼 수 있는 권리를 주었는데, 훗날 만화 탄압 시대에 접어들면서 EC에서 출판되던 모든 공포만화가 폐간되고 《매드》 하나만 달랑 남았을 때에도 자그마치 1980년대 초까지 래리가 어디로 이사가든 상관없이 쫓아다니며 만화 우편물이 전달되어 왔다고 한다.

그러니 EC와 팬들의 관계라는 것은 좋지 않을 수가 없었다. EC는 팬들이야말로 자신들의 만화 퀄러티를 유지시켜주는 원동력이라고 보았고, 팬들이 언제라도 편안하게 드나들 수 있도록 회사의 문을 개방했다. 팬들은 무슨 동네 다방이라도 되는 양 지나가던 길에 EC 사무실에 들러서 인사하고 잡담하기 일쑤였고, 사장인 빌 게인스도 곧잘 그런 팬들과 어울리며 대화를 나누었다. 그래서 EC는 아예 '팬 어딕트(Fan-Addicts) 클럽'이라는 것을 시작한다. 25센트만 내면 누구나 회원이 될 수 있고, 회원들에게는 멤버십 카드, 티셔츠, 재킷 등 깜짝 선물을 보내주는 한편, 가입한 회원들의 명부와 주소록을 작성하여 회원들에게 돌렸다. 심지어 EC의 작가들의 신상도 자세하게 적어서 보내었다. 오늘날은 책 뒤에 보면 작가 프로필이 있는 것이 예사이지만, 당시로써는 상당히 드문 일이었다. 만화책에는 잭 커비와 조 사이먼, 밥 케인 등 고집있게 자신들의 이름을 박아넣는 몇몇 작가들을 빼고는 출판사에서 일부러 작가 이름을 넣어주는 경우도 별로 없었다. 요즘 같은 때라면 오히려 신상 공개라는 것이 부정적으로 생각될지도 모르지만, 당시 만화팬들과 작가들은 이렇게 서로 연락처를 나눔으로서 하나의 커뮤니티를 형성하는 재미를 만끽하고 있었다. 그러나 그 재미는 오래가지 못했다.

EC의 공포만화들은 스토리가 탄탄하고 그림이 좋은 것으로도 유명했지만, 표현 수위가 굉장히 높기로도 유명했다. 이것이 1955년 만화의 유해성 문제가 불거지고, 미국 전역에서 학부모들이 들고 일어나 만화책을 소각하기 시작하고, 국회의원들이 만화 출판사 사장들을 불러서 청문회를 하고, 만화 출판사들이 모여서 자체적인 검열단체까지 결성하는 난리를 겪으면서 전부 폐간되었다. 그 당시 검열 중에는 별의 별 해괴한 검열도 많았으니 뱀파이어나 늑대인간이나 좀비 같은 것이 만화에 등장하는 것을 금지한다는 것부터 시작해서 기괴하다는 뜻의 '위어드'라는 단어도 써서는 안 된다는 어이없는 규정까지 있었으니, '위어드'라는 제목을 달고 있는 EC의 만화 잡지들을 정면으로 겨냥한 것이기도 했다. 이 사건과 함께 너무나도 분위기가 좋았던 거의 최초의 만화 팬덤이 될 뻔한 EC의 팬들은 제대로 크게 성장해볼 기회를 얻지 못하고 그대로 흩어지고 말았다. 만화책에 대한 마녀사냥은 만화책만이 아니라 팬들의 공동체까지 파괴했던 것이다.

10) 영웅들의 귀환! 팬들의 추억에 응답한 팬 출신의 편집자!

하지만 EC 팬들이 그렇게 반짝하고 사라지던 그 무렵, 또 다른 만화팬들이 세상에 모습을 드러내기 시작했으니, 그들은 SF팬도 호러만화의 팬도 아닌 슈퍼히어로 만화 그 자체에 흥미를 느끼는 팬들이었다. 그들에게 결집의 계기를 마련해 준 사람은 SF팬 출신이자 만화의 황금기와 암흑기를 버텨낸 베테랑 편집자 줄리어스 슈왈츠였다.

1956년 줄리어스 슈왈츠는 《쇼케이스 4호》를 통해서 골든에이지의 슈퍼히어로인 플래시를 새롭게 부활시켰다. 새로운 버전이

든 어쨌든 '플래시'라는 이름이 다시 만화에 등장하기 시작하면서 가장 기뻐한 사람들은 1940년대의 오리지널 플래시를 기억하고 있는 사람들이었다. 한 차례 해프닝으로 끝날 수도 있었던 플래시의 재등장은 슈퍼히어로 만화와 함께 십대 시절을 보냈던 20대 30대 팬들의 식었던 열정에 다시 불을 지폈다. 그들 입장에서는 플래시 하나만 놓고도 옛날 플래시가 어떤 모습이었는지, 새로운 플래시는 옛날 플래시와 비교해서 어디가 어떻게 바뀌었는지, 플래시와 잘 어울리던 다른 슈퍼히어로는 누구였는지 등 할 이야기가 부지기수였다. 그 팬들이 기억하던 옛 만화책의 이름은 바로 《올스타 코믹스》. 지난날 줄리어스 슈왈츠가 편집했던 만화로, 저스티스 리그의 전신이자 최초의 슈퍼히어로 팀인 저스티스 소사이어티가 등장했던 만화 잡지였다.

그리고 어느날 줄리어스 슈왈츠 앞으로 편지 한 통이 날아온다. 발신인은 '제리 베일스'였는데, 그의 편지의 내용은 기왕에 플래시를 되살렸으니 이 기회에 저스티스 소사이어티 전체를 되살려 달라는 요청이었다. 그런 편지는 한두 통이 아니었다. 또 다른 팬은 아예 저스티스 소사이어티의 신 버전으로 '저스티스 리전 오브 더 월드'라는 팀의 아이디어를 담은 편지를 보냈다.

팬들의 요구가 쏟아지자 결국은 새로운 플래시가 탄생한 3년 뒤인 1959년, 줄리어스 슈왈츠는 그린랜턴을 새 버전으로 재탄생시키면서 팬들을 요구에 응답했다. 그리고 그 이듬해인 1960년 2월

『브레이브 앤 볼드 28호』에서 새로운 슈퍼히어로팀인 '저스티스 리그 오브 아메리카'가 탄생한다.

11) 오직 JSA만을 사랑했던 청년 제리 베일스!

슈왈츠에게 JSA의 귀환을 요구했던 제리 베일스는 오늘날 '만화 팬덤의 아버지'로 불리는 인물이다. 소년 시절 그가 JSA를 좋아했던 이유는 JSA 히어로들이 성인들만으로 구성되어 있었기 때문이었다. 이 히어로팀에는 어른 히어로의 보호와 가이드가 필요한 다른 소년 사이드킥이 존재하지 않았고, 오직 어른 히어로들이 서로 의장 자리를 돌려가면서 자율적으로 운영을 했다. 흔히 만화 역사에서 소년 사이드킥의 등장이 소년 독자들을 더욱 열광시켰다고 알려져 있지만, 제리 베일스의 경우는 오히려 그 반대였다. 그는 JSA의 성숙한 모습에 매료되었고 그 만화를 읽으면서 자라갔다. 하지만 곧 만화의 대 침체기가 찾아왔고, 슈퍼히어로들은 역사의 뒤안으로 사라졌다. JSA가 연재되던 《올스타 코믹스》는 《올스타 웨스턴》으로 제목이 바뀌어버렸다. 그와 함께 만화에 대한 제리의 관심도 식어버렸다.

그 이후에 제리의 관심을 사로잡은 것은 수학이었다. 제리는 대학에서 수학을 전공하고 박사학위를 따서 대학 교수가 되었다. 안정적인 생활을 하는 성인이 된 후 제리는 어린 시절의 추억의 조각들을 하나 둘 모으고 싶은 마음이 생겼는데, 특히 옛날 좋아했던 JSA가 등장한 만화책들에 손이 갔다. 하지만 요즘과 달리 옛 만화들을 구할 수 있는 통로가 마땅하질 못했다. 기껏해야 아는 사람들에게 알음알음으로 수소문하는 것이 전부였는데, 그래가지고는 컬렉션을 언제 완성할지 알 수가 없었다. 그래서 제리는 당시《올스타 코믹스》를 만들었던 DC의 편집자와 작가들에게 연락을 했다. 그 때에 제리와 연결이 닿은 사람이 과거 DC의 메인 작가였던 가드너 폭스였고, 폭스는 제리의 열정에 감동해 자신이 소장 중이던《올스타 코믹스》들을 팔기로 했다.

그런 와중에《쇼케이스》라는 만화잡지를 통해서 플래시가 다시 모습을 드러내는 사건이 일어났고, 이 일을 계기로 JSA에 대한 제리의 열정은 십대 때처럼 활활 불타오르기 시작한 것이다. 그리고 그의 바람대로 2년이 지난 후 그린랜턴이 귀환했고, 곧이어 저스티스 리그가 탄생한다.

12) 만화 팬덤 탄생을 유도한 줄리 슈왈츠.

그런데 1961년 봄《브레이브 앤 볼드》35호에서 예전에 보지 못한 특이한 변화가 한 가지 일어난다. 독자 편지 란에 편지를 보내온 독자들의 주소가 조금도 잘리지 않고 그대로 수록이 된 것이다.

지나간 만화들은 돈 주고 사려해도 구할 곳이 없었던 그 시절, JSA에 푹 빠진 로이 토마스라고 하는 영어 교사를 지망하는 한 대학생이 예전의 올스타 코믹스 완독을 시도하려 한다. 그런데 만화를 구할 곳이 없자 1960년 11월에 로이는 제리 베일스가 그러했듯 DC 편집부에 도움을 요청한다. 혹시 옛날 만화들을 구할 수 있느냐는 것이었다. 슈왈츠는 로이를 옛 저스티스 소사이어티 작가였던 가드너 폭스에게 연결시켜 주었고, 가드너 폭스는 자신이 갖고 있던 옛날 만화들을 디트로이트에 사는 만화 팬인 제리 베일스에게 팔았다는 대답을 전해주었다. 로이 토마스는 제리 베일스의 주소를 얻어 그와 연락을 취했고, 곧바로 친한 친구가 되었다.

이런 일들이 벌어지고 있었으니 편집자 슈왈츠 입장에서는 팬들이 서로 연락을 주고받을 수 있도록 도와주고 싶은 마음이 굴뚝같았다. 하지만 슈왈츠의 바람은 당시 DC의 정책에 정면으로 반하는 것이었다. 지금 관점에선 황당한 평계로 들리지만, 당시 DC는 옛날 만화들을 팬들과 거래하는 것이 자칫 질병을 옮기는 통로가 될 수도 있다고 하면서 공식적인 루트로는 옛날 만화를 팔거나 사지 않는 입장이었다. 때문에 지난날 회사 차원에서 적극적으로 팬들을 독려하고 팬들의 주소록을 만든 EC 등의 전례가 있음에도 불구하고 독자 편지란에 편지를 보낸 사람의 주소는 일부러 수록을 하지 않았다. 더구나 주소를 공개하게 되면 DC 만화를 읽는 어린 독자들에게 혹시라도 이상한 편지가 전달될 수도 있다는 우려도 있었다.

슈왈츠의 입장은 달랐다. 팬들끼리 서로 정보를 주고받고 싶은 열망의 크기가 그런 우려를 뛰어넘고도 남을 만큼 크다는 것이 그의 판단이었다. 만화가 유해한 매체로 몰려 사냥을 당한지가 엊그제였지만 당장 만화를 너무나 좋아하는 열성팬인 제리나 로이를 보더라도 둘 다 번듯하게 공부 열심히 해서 한 명은 대학 교수님이 되었고, 한 명은 영어 선생님이 되었으니 무슨 걱정이냐는 반발심도 있었다. 더군다나 줄리 자신도 같은 경로를 통해서 팬이 되었고, DC의 편집자가 되어 만화를 만드는 일을 하고 있었으니 팬들에게 커뮤니케이션의 통로를 마련해주는 것은 팬들에게 해를 끼치기는커녕 판매량을 상승 및 미래 DC가 계획하고 있는 여러 프로젝트의 청사진을 마련하는 데에도 엄청난 도움이 될 것이라는 게 그의 주장이었다.

그 생각은 100퍼센트 맞아떨어졌다. 팬들은 슈왈츠가 내어준 주소를 통해서 팬들의 주소록을 만들었고, 그것을 통해서 서로 접촉하여 커뮤니티를 만들었다. 소년 시절의 추억에 푹 빠진 수학과 교수님과 영어 선생님이 만나 추진한 덕질 연합. 하지만 이들 두 사람은 과거의 SF팬들과는 뿌리가 달랐기 때문에 팬진이나 박람회 같은 것에 대해서 알지 못했다. 그래서 줄리 슈왈츠는 베일스에게 팬들이 만드는 팬진이라는 것이 있음을 알려준다. 아마 제리와 로이를 통해서 자신과 모트 와이징어의 예전 모습을 본 게 아닌가 싶다. 슈왈츠가 보여준 팬진에서 영감을 얻은 제리는 곧바로 팬진 제작을 실행에 옮겨 1달 뒤에 《얼터 에고(Alter Ego)》라고 하는 전설적인 팬진을 탄생시켰다.

줄리 슈왈츠는 이들 팬들을 위해서 50년대 EC가 그 팬들을 키웠던 방식을 응용한 새 전략을 구사했다. 인상적인 편지를 써 보내주는 독자에게 DC 만화의 오리지널 아트웍을 선물로 보내준 것이었다. 엄밀히 따지자면 이 오리지널 아트웍은 그 그림을 그린 작가에게 소유권이 있는 것인데, 당시에는 오리지널 아트웍이라는 것은 단지 최종 결과물을 만들어 내기 위해서 중간 단계에서 쓰였다가 나중에 버려지는 소모품 정도로만 여겨졌다. 작가도 그것에 대한 소유권을 주장할 줄 몰랐고, 회사 입장에서도 어차피 버려야 하는 것들 정도로 생각했으니, 기왕 버릴 것 예쁘게 포장해서 독자들에게 선물로 주는 게 준다면 1석 2조였던 것이다.

이러한 슈왈츠의 독자 편지란의 아이디어는 DC만 변화시킨 것이 아니라 마블에도 큰 영향을 미쳤다. 그리하여 마블에서도 1962년이 되어서야 비로소 독자 편지란이라는 것이 등장하게 된다.

13) 마블 코믹스의 팬덤을 연 스탠 리.

저스티스 리그의 등장은 마블 코믹스에게 하나의 자극이 되었고, 1961년 《판타스틱 포》 1호가 탄생했다. DC의 반듯하고 완벽한 슈퍼히어로들과 달리 늘 잘못된 결정을 하기 일쑤에, 악당들이랑 안 싸우면 자기들끼리 티격태격하는 마블의 히어로들은 60년대 젊은이들의 관심을 사로잡았다. 예전부터 히어로 만화를 읽어온 팬들이 아닌 마블을 통해서 슈퍼히어로 만화를 접한 새로운 팬층이 탄생한 것이다.

마블의 돌격대장이었던 스탠 리에게 팬덤이라는 것은 만화라는 상품을 판매할 수 있는 꾸준하고 안정적인 시장을 의미했다. 그리하여 그는 '마블 마니아'라는 이름으로 마블의 팬들을 적극적으로 만들어 나갔다. 스탠의 방식은 EC나 DC의 방식을 바탕으로 한 단계 더 발전된 모습을 취했다. 스탠 리는 독자 편지에서 독자들이 자신에게 '친애하는 편집장님'이라는 표현을 쓰는 것을 거부하고 그 대신 '스탠에게'라는 표현을 쓰도록 유도함으로써 팬들에게 친근하게 다가가려 했다. 더구나 마블의 모든 이야기가 스탠 리의 손을 거쳤고, 그랬기 때문에 어느 만화의 독자 편지란 이건 독자들은 항상 스탠 리와 대화를 나누는 격이 되었다. 그 결과 스탠 리는 마블 코믹스의 마스코트와도 같은 존재가 될 수 있었다.

원래 스탠 리는 만화를 만드는 데에 꿈을 둔 사람이 아니었다. 본명인 스탠리 마틴 위버 대신 간략하게 스탠 리라는 이름을 쓰게 된 까닭도 만화를 그냥 거쳐가는 과정으로 생각했기 때문에 이름을 일부만 떼서 쓴 것이라고 늘 입버릇처럼 말하고 다녔다. 하지만 만화에 있어서 그의 경력은 여느 팬들 못지않았다. 17살에 마블의 전신인 타임리에 들어와서 조 사이먼의 조수로 일을 시작했고 마블의 편집자가 되어 어렵고 어렵던 1950년대에 로맨스, 괴수물, 서부물, SF물 등 온갖 장르의 만화를 다 만든 베테랑이었다. 그는 밝은 말투로 독자들과 농담을 주고받았고, 동료 작가들에게도 별명을 지어주며 독자들이 친근하게 느낄 수 있도록 배려했다.

특히 그는 수시로 마블의 앞으로의 계획이라든가, 작업 방식이라든가, 만화를 만들고 있는 마블의 작가들과 사무실의 일상과 분위기를 전하곤 했다. 말하자면 마블의 독자 편지란은 말하자면 오늘날로 치면 스탠 리만의 SNS 채널과 같은 곳이었다. 독자들의 편지는 스탠 리의 일상과 마블의 일상에 대한 일종의 댓글이었고, 스탠 리가 남기는 재미있고 짧은 응답들은 그에 대한 답글과도 같았다. 독자들은 마블 사무실을 찾지 않고서도 마블에서 일어나는 온갖 에피소드들을 알 수 있었는데, 이것은 독자들로 하여금 단지 만화만을 좋아하는 팬이 아니라 만화를 만드는 사람들, 그리고 누구보다 스탠 리를 좋아하게 만들었다. 팬들은 스스로 마블의 일부라고 생각했고, 스탠이 항상 자신들의 목소리에 귀를 기울이고 있다고 믿었고, 또한 스탠이 팬들의 주문에 따라 이야기를 전개해 나갈 것이라고 또한 믿었다.

14) 만화 박람회의 시작! – 디트로이트와 뉴욕의 만화 박람회.

줄리 슈왈츠와 스탠 리의 노력으로 인해서 만화 팬덤이 형성이 되기 시작하자 이제 팬들은 다같이 한 자리에 모여 서로의 취미를 나누고 싶은 꿈을 꾸었다. 1939년에 SF 팬들이 개최했던 SF 박람회와 같은 형태의 박람회를 개최해 보고 싶었던 것이다. 가능성은 충분했다. 팬들 사이에 연락망도 어느 정도 확보되어 있는 것이 사실이었거니와, 또한 꾸준히 SF 팬으로 활동해오면서 만화 팬 활동을 해온 사람들도 상당수 있었다. 그들 중에는 이미 SF 박람회에 여러 번 참석한 사람들도 많았다.

예를 들면 1960년 월드콘에서는 SF 팬진 중 하나에 만화 관련 칼럼이 실렸고, 또 캡틴 마블과 메리 마블 복장으로 코스튬 플레이를 한 사람도 있었으며, 아예 만화 전문 팬진을 만들기로 한 사람도 있었다. 그러니까 이미 60년대 슈퍼히어로 만화의 실버에이지가 시작되면서 SF 박람회가 만화팬들이 모이는 장의 역할을 대신하기 시작했던 것이다. 그러는 사이 만화팬들 스스로 독립하고자는 움직임이 이는데, 그 중심인물은 역시나 제리 베일스였다.

베일스는 19명의 만화 팬들과 함께 '만화 예술 과학 학회'라는 단체를 만들고, 매년 만화업계 종사자들과 팬들의 투표를 받아 여러 항목별로 상을 수상하기로 했다. 이 상이 바로 '앨리 상'이다. 앨리 상을 만든 이후 학회에서는 무기명 투표용지를 여러 팬들과 업계 종사자들에게 돌렸는데, 그렇게 해서 회수된 투표 용지가 한 250여 장 정도 되었다고 한다. 하지만 그 한 장 한 장에 들어 있는 투표 항목은 자그마치 28항목. 베일스 혼자서 그 모든 집계를 하기에는 너무 벅찼기 때문에 학회의 팬들을 자신의 집으로 초대해서 같이 집계를 하기로 했다. 그리고 이 모임이 미국 만화 역사상 최초의 만화 박람회가 되어버렸다. 모인 회원의 수는

10여 명 정도. 이 자리에 회원들은 투표 집계만 한 것이 아니라 서로 갖고 있던 만화책을 들고 와서 교환을 하고, 선물로 받았던 오리지널 아트웍들을 전시하고, 로켓맨 옷을 입고 나타나 코스튬 플레이를 한 사람도 있었다. 다만 이 초대형태가 공개적인 초대가 아닌 개인적이고 선별적인 초대였기 때문에 공식적인 만화 박람회는 아니었다.

어찌됐든 이 소규모의 팬 잔치를 경험했던 사람들은 그 맛을 쉽게 잊지 못했다. 그래서 1964년 4월에 한 호텔에서 '디트로이트 트리플 팬 페어'라는 행사가 개최되었다. 행사 주최자는 고작 15살과 17살의 소년이었고, 초대된 손님 중에는 SF 전문가도 만화 전문가도 없었다. 하지만 이 자리에 모인 팬들은 만화를 비롯해서 판타지, 영화 등에 대해서 많은 이야기를 나눌 수 있었다.

같은 해 7월 이번에는 뉴욕에서 50명의 팬이 모인 '뉴욕 코믹콘'이 개최된다. 역시 대중문화의 중심지인 뉴욕답게 이 자리에 모인 50명은 단순한 팬들이 아니라 상당수가 뉴욕 최고의 만화 전문가들과 만화 거래자들이었다. 마블 코믹스를 대표해서는 스파이더맨을 그린 만화가 스티브 딧코가 직접 참여를 했고, 줄리어스 슈왈츠는 비록 참석은 못했지만 팬들에게 선물로 나누어줄 오리지널 아트웍들을 협찬했다고 한다. 뉴욕이라는 입지 덕분에 이듬해인 65년에 열린 2회 뉴욕 코믹콘에는 200명 가까운 팬들이 모였다. 이 행사를 주관한 팬들 중에는 훗날 DC 최고의 크로

스오버라고 불리는 '무한 지구의 위기'를 탄생시키는 마브 울프 만과 '스웜프 씽'과 '엑스맨'의 작가로 명성을 떨치는 렌 윈도 있었다. DC에서는 모트 와이징어, 가드너 폭스, 오토 빈더, 심지어 배트맨을 창작한 만화가 빌 핑거도 참석했다. 1968년이 되었을 때 박람회는 참석자 700명 규모로 성장했다.

15) 최고의 팬에서 최고의 만화 편집자가 된 로이 토머스.

1965년 스탠 리는 만화 광팬인 로이 토머스를 스토리 작가이자 자신의 부편집자로 기용한다. 과거 줄리 슈왈츠나 모트 와이징어, 오토 빈더 등이 그러했듯이 로이의 행보 역시 같은 팬들의 주목을 받을 수밖에 없었다. 로이가 얼마나 열성적인 팬인지는 이미 정평이 나 있었으니 말이다.

스탠 리가 로이를 발탁한 이유는 여러 가지였는데, 우선은 마블에도 좀 더 젊은 사람의 에너지와 아이디어가 필요하다는 생각, 또 하나는 팬들 중의 한 사람을 뽑아서 프로가 될 수 있는 기회를 줘 보자는 생각, 그리고 마지막으로 로이가 영어 선생님 출신인 만큼 편집자로서의 기본기가 탄탄하다는 것을 신뢰한 까닭이었다.

그 결과 로이 토머스는 1969년에는 스탠 리를 제치고 당당히 앨리상 최고의 스토리 작가상을 수상하는 영광을 차지했으며, 1972년에는 스탠 리의 자리를 물려받아 마블의 대표 편집자가 되었다. 물론 팬으로 사는 삶과 프로로 사는 삶 사이에 차이는 있었다. 로이를 기용하면서 스탠 리는 마블에서 계획하고 있는 여러 가지 이야기들을 절대로 함부로 팬진에 공개해서는 안 된다고 못을 박았다고 한다. 얼마나 이야기가 하고 싶었을까.

어찌됐든 60년대 실버에이지도 10년간 빛을 발하고 다시 어둠의 시기 70년대가 찾아오는데, 이 시기 로이 토머스는 로버트 E 하워드의 『야만인 코난』 시리즈를 통해서 마블 코믹스를 위기에서 탈출시키는 역할을 했다.

16) 세계 최대의 만화 박람회로 성장한 샌디에이고 코믹콘!

제리 베일즈의 활동 무대였던 디트로이트에는 쉘 도프라고 하는 상업 예술가가 살고 있었다. 디트로이트에 산 덕분에 제리 베일스도 만나고 그를 통해 다른 만화팬들과 두터운 교분도 쌓고, 최초의 만화 박람회에도 참석하는 기회를 얻었던 그는 업이 업인지라 생계를 위해 뉴욕으로 거주지를 옮겼고, 뉴욕에서 한 2년 살다가 이번에는 서부에 있는 샌디에이고로 이사를 가는 처지가 되었다. 비록 낯선 곳이었지만 그는 그곳에서도 만화팬으로서의 열정이 조금도 식지 않고 혼자 힘으로 만화 박람회 개최를 추진했다. 규모가 크든 작든 그에게 별 상관이 없었다. 오직 만화 박람회를 열고 다른 팬들과 어울리는 것이 좋을 뿐이었다.

하지만 기왕에 하는 김에 샌디에이고 인근에 살고 있는 만화계의 유명인들을 초대해 나름 그럴싸한 행사를 열고 싶었다. 그래서 그는 지난날 모트 와이징어와 줄리 슈왈츠 등과 함께 SF 팬클럽 사이언시어즈를 만들고 팬진인 《타임 트래블러스》를 출판했던 포레스트 애커맨에게 연락을 했다. 놀랍게도 포레스트 애커맨은 그의 초대에 단번에 응했을 뿐만 아니라 자기 사비를 털어서 개최비용을 대겠다고 했다. 나중에 알려지길 도프가 단순히 참석해 달라고 부탁을 한 것이 아니라 샌디에이고에서 열리는 최초의 코믹콘에 최초의 특별 손님으로 참여할 기회를 누려보지 않겠냐며 애커맨의 팬심을 자극한 때문이라 한다. 여하튼 그렇게 해서 쉘 도프는 1970년 3월에 코믹콘을 여는 데 성공했고, 여기에 145명의 팬이 참석을 해 초라하지 않게 끝낼 수 있었다.

더군다나 당시 캘리포니아에는 만화의 왕 잭 커비가 뉴욕에서 이사 와서 살고 있었으니, 그해 8월 개최된 2회 코믹콘에는 잭 커비를 비롯해 유명 SF 작가인 레이 브래드버리까지 초청이 되었다. 이 2회에 참석한 인원이 300명이었다. 그 다음해인 71년 8월은 3일간 800명. 그 다음 해인 1000명. 또 그 다음해엔 2500명. 박람회는 꾸준히 계속되어서 80년대에 들어섰을 때는 해마다 거의 5000명씩 모여드는 행사가 되었고, 90년대는 1만 명 단위를 넘어서서 2000년대에 5만 명을 돌파했고, 현재는 해마다 거의 13만 명이 운집하는 초대형 행사로 자리잡았다.

쉘 도프와 코믹콘의 만화팬들이 했던 가장 큰 업적 중의 하나는 슈퍼맨 원작자들에게 원작자로서의 권리를 되돌려준 일이었다. 코믹콘이 시작된 지 얼마 되지 않은 1975년 슈퍼맨의 원작자인 제리 시겔이 이 행사에 참여를 했었는데, 알고 보니 그는 고작 130달러를 받고 슈퍼맨 원고를 넘긴 것이 전부였다는 것이다. 쉘도프의 노력으로 팬들 사이에는 DC의 부당한 처사를 규탄하는 여론이 들끓었고, 결국 DC를 상대로 한 소송에서 제리 시겔이 승리하여, 해마다 일정액의 금액을 보상으로 받을 수 있게 된다. 커뮤니티를 형성하고 여론을 형성함으로써 만화계의 잘못된 관행을 바로잡는 팬으로서의 역할을 제대로 해낸 것이다.

17) 팬들이 시작하여 팬들이 만들어나가는 문화.

그 옛날 나이는 어렸지만 전문가들 못지않은 열정과 패기로 무장했던 팬들은 어느새 만화라는 미디어의 정복자가 되었고, 70년대를 넘어서 더러는 노년에 접어들고, 더러는 중년을 넘어서면서 저마다 유명한 거래자, 이름 높은 스토리 작가, 저명한 예술가, 수많은 비평을 써내는 비평가와 언론인 등으로 쑥쑥 성장해 나갔다. 덕분에 70년대 이후의 팬덤은 완전히 전문가적인 분위기로 바뀌었다. 예전 만화들의 리스트를 하나 하나 만들고, 줄거리를 기록하고, 등장인물과 작가들의 목록도 따로 만들고, 거래되는 옛날 만화들 하나하나 가격을 매기는 등 기본적인 정보를 쌓아가는 작업들이 이 시대에 이루어졌다. 그 과정에서 슈퍼히어로 만화들은 어마어마한 양의 만화들을 쏟아내면서 리스트가 없으면 도저히 파악하기 어려울 정도의 거대한 세계관을 형성했고, 만화팬들은 하나 하나 나오는 만화 이슈들의 이야기를 분석하면서 그것이 전체 세계관 안에서 일관성이 있는지, 일관성이 떨어져서 버려야 할 이야기는 무엇인지 정리해 나가기 시작했다. 대표적인 예가 80년대 최대의 크로스 오버 '무한 지구의 위기'였고, 줄거리를 쓴 마브 울프만은 어느 누구 못지않은 열성적인 팬이었던 것으로도 유명하다.

복잡한 세계관과 그들만의 용어를 사용하면서 만화에 대한 전문가적 지식을 자랑하는 팬들의 세계는 기존 팬들에겐 파면 팔수록 더욱 재미있는 우물이 되어주었지만, 여기에 한 가지 문제가 생겼다. 지나치게 높은 수준의 지식이 요구됨으로 인해서 신규 팬들의 진입 장벽이 높아져 버렸다는 것이다. 때문에 만화 회사들은 그 진입 장벽을 낮추기 위해 부단히 노력했다. 특히 2000년 이후는 슈퍼히어로 만화가 블록버스터 영화들을 통해 세계적으로 인지도를 높여감에 따라 리부팅의 필요성이 지속적으로 대두되었다. 편집자 입장에서는 올드팬들의 반발을 감수할 수밖에 없었다. 예를 들어서 마블이 스파이더맨을 리부팅하자 올드팬들은 수십 년간 읽어온 스파이더맨 스토리가 전부 쓰레기가 되어버렸다면서 심한 경우는 책을 찢고 불태우는 등 비난의 목소리를 높였다. 하지만 편집자로서는 올드팬도 중요하지만 예전 EC의 빌 게인즈와 마블의 스탠 리가 그러했듯이 지속적으로 새로운 팬들을 찾아나서는 일도 몹시 중요했다.

사실 최근에는 만화 팬덤에 큰 변화가 일고 있다. 특히 소년들의 전유물로 여겨지던 만화 시장에 여성독자의 비율이 거의 절반 가까이로 급상승했으며, 과거에는 조연에 그치던 흑인 주인공들이 세계관 전체에서 그 비중을 높여가면서 흑인 팬들의 수도 급증하였다. 모일 공간과 통신 수단이 충분한, 그리고 거대한 코믹콘 행사들까지 구비된 이 시대에 편집자들은 끊임없이 올드팬들의 기대에 부응하면서 동시에 새로운 팬층을 찾아내기 위해서 몸부림치고 있다. 그리고 그렇게 만화와 만남을 가진 팬들이 자라서 또다시 슈퍼히어로 만화를 만들어가는 새로운 동력이 되었다.

18) 팬들이 만드는 슈퍼히어로.

흔히 어떤 콘텐츠에 대해서 호감을 느끼는 사람을 가리켜 '팬'이라는 말이 사용되는데, 팬덤의 긴 역사를 되돌아보면 팬이라는 것은 단순히 무언가를 소비하고 호감을 느끼는 수준을 뛰어넘는 무엇인가를 가지고 있다. 팬은 자신이 좋아하는 그 매체의 생산에 적극적으로 참여하기를 원하는 사람들이다. 팬은 아무것도 아닌 것 같아 보이는 그 무엇에 수많은 돈과 시간과 열정을 쏟아 붓는다. 그들이 하는 대화를 들어보면 실제 생활에 별로 도움이 되는 것은 없다. 헐크가 슈퍼맨을 때려눕힐 수 있겠느냐부터 시작해서 배트맨의 심리 분석은 물론, 누가 어떤 그림을 더 잘 그리는지, 보통 사람들의 눈에는 몹시도 기이하게만 들리는 화제들이다. 세상에서 중요하게 여기는 정치 경제 및 여타 학문과 기술 분야 등을 이토록 깊이 팠다면, 아마 그들은 '전문가'라고 불렀을 것이다. 하지만 세상에서 결코 중요하게 여겨지지 않는 분야들을 중요하게 생각할 줄 알고 그것들에 관심을 쏟을 줄 알고, 연구하고 그 원리를 찾아내려 하기 때문에 그들은 '팬'이라는 이름을 가졌다. 그래서 50년대 EC의 팬들은 광적인 사람이라는 뜻의 '퍼내틱(fantics)'을 변형한 '팬-어딕트(Fan-Addicts)'라는 이름을 가졌었고, 60년대 마블의 팬들은 '마니아'라는 이름을 가졌다. 약간은 미친 듯 보여야 팬이 되는 것이다.

어찌됐든 오늘날 전 세계를 주름잡는 슈퍼히어로물들도 지금껏 보았듯이 몇몇 팬들의 소박한 열정에서 출발하였다. 그런 의미에서 슈퍼히어로 팬인 작가들이 모여서 쓴 이 단편집은 슈퍼히어로에 대한 상상력과 더불어 팬심 그 자체를 원동력으로 하고 있기에 그만큼 의미가 있지 않을까 생각이 된다. 한국 슈퍼히어로물이 발전을 하려면 이런 시도들이 더욱 응원을 얻고 또 더 많은 시도들이 일어나는 과정을 거치는 것이 좋으리라 본다.

만화 팬덤의 산 증인이었던 줄리어스 슈왈츠는 이런 말을 남겼다.

"당신이 사랑하는 그것에 대해서 사람들에게 이야기하라. 그 사랑을 공유할 사람들을 모으고 그것을 발전시켜 나가라. 그리하면 당신도 이 세상도 당신이 사랑하는 그것을 더 풍성히 누리게 될 것이다."

기획의 말

글 **김보영**(소설가)

"많은 영화인들이 보통 한국 호러영화의 문제점에 대해 '장르에 별 애
정이 없는 감독이 연출을 맡아서'라고 입을 모은다."
—《씨네 21》「고어 영화: 피의 미학」 (필립 루이에 지음)에 관한 기사 중
: 글 주성철 (2014-03-25)

몇 가지 계기가 있었다. 계기 하나는 '피망'을 주제로 한 '호연
피망'이라는 작은 동인 단편집을 만든 것이었다. 우스운 주제였
지만 피망을 좋아하는 사람들만 모은 그 단편집은 꽤 귀여운 형
태로 뽑혀 나왔다. 그 즈음에 "다음에는 슈퍼히어로 단편집을 만
들자"는 이야기가 나왔다. 오래전부터 모이기만 하면 슈퍼히어로
이야기에 밤을 새는 작가들이 있었으니까.
애정을 담은 작품집을 만들고 싶었다. 장르소설을 써 오면서 종

종 느꼈던 것이다. 우리가 애정을 갖고 만든 것들을 알아본다는 것을. 애정 없이 만든 것도 알아본다는 것을. 팬들이 작가가 그 장르에 애정이 있는지 없는지, 그 미묘한 차이를 알아본다는 것을.

그러다 판을 키울 생각이 들었다. 개인적으로 단편집에 많이 참여해 보았지만 늘 아쉬움이 남았다. 단편집 기획은 늘 갑작스럽게 떨어지고, 기획의 주제는 내 당면한 관심사가 아닌 경우가 많았다. 그래도 귀한 지면이라 애써 쓰곤 하지만, 늘 내가 정말로 쓰고 싶은 것은 뒤로 밀리고 기회가 닿은 것이 앞선다는 생각을 지울 수가 없었다. 그러지 않을 방법은 기존에 쓴 작품 중에서 추려서 모으는 것인데, 그때에는 또 주제며 소재가 중구난방이라 하나의 책으로서 통일성이 떨어지는 경우가 많았다.

이 기획에서 중심으로 삼은 것은 이름 있는 작가, 혹은 '출간 기회가 있기에 쓰는' 작가가 아니라 '처음부터 히어로 팬인' 작가를 모으는 것이었다. 섭외문구는 의뢰서가 아니라 "당신은 히어로를 좋아하십니까?"하는 질문이었다.

기획 기간을 1년으로 두는 것도 염두에 두었다. 직업작가들은 대개 이미 몇 개의 의뢰를 진행하고 있고, 연 단위의 장기프로젝트도 따로 진행하고 있다는 것을 익히 알기 때문이다. 이 기획으로 그들의 삶을 방해하고 싶지 않았다.

이수현 작가와 김수륜 작가는 기획 전반을 함께 해 주었다. 김이환 작가의 '초인은 지금'과 이서영 작가의 '노병들'은 전부터 눈여겨본 작품이었다. dcdc 작가는 트위터에서 "슈퍼히어로 단편을 쓰고 싶다"고 언급한 것을 기억해 두고 있었다. 듀나 작가는 원더우먼 TV시리즈 에피소드 전체를 리뷰한 분이다. 잠본이 님과 이규원 님은 히어로의 열렬한 팬으로, 이분들 모르게 한국에서 히어로 단편집이 나오는 것은 예의가 아니라는 생각으로 섭외했다. 좌백 작가와 진산 작가는 "강한 소설을 쓰는 분들이 와 주셨으면!" 하는 소망을 담아 섭외되었다. 그래서 '무협판 배트맨'이라는, 어느 다른 곳에서 접할 수 없는 작품을 싣게 된 것도 큰 기쁨이다.

이 중에는 장편으로 발전한 단편도 있다. 김이환 작가의 「초인은 지금」은 이미 장편원고로 완성되어 있고, 김수륜 작가의 「소녀는 영웅을 선호한다」도 장편 계약이 진행 중이다.

그 외에도 이 책에는 한글로만 볼 수 있는 귀한 영웅들이 모여 있다. 즐겁게 보아주셨으면 좋겠다.

기획을 진행하는 동안, 참여하는 작가분들과 종종 '영웅이란 무엇인가'에 대한 고민을 나누었다. 그렇지 않은 작가분들도 트위터나 페이스북을 통해 구상을 진행하는 것을 지켜보았다. 원고를 하나하나 받아보면서 '영웅이란 무엇인가'에 대한 생각이 누구 하나 같지 않다는 것을 발견하는 것은 또한 놀랍고 즐거운 경험이었다. 하다못해 "당연히 그게 영웅이잖아, 누가 생각해도……." 라고 생각하는 부분까지 다 다르다는 것도 흥미로웠다.

기획을 하는 내내 즐거웠다. 귀한 원고를 주신 모든 작가들께 감사드리며, 조금은 도발적일 수 있는 기획을 수락해 주시고 좋은 책으로 묶어주신 황금가지에 깊은 감사를 드린다.

엮은이 | 김보영

1975년생. 주로 SF를 쓴다. 2004년 첫 단편 「촉각의 경험」으로 제 1회 과학기술 창작문예 중
편부문 수상, 2014년 첫 장편 『7인의 집행관』으로 제 1회 SF어워드 장편부문 수상. 작품집으
로 『멀리 가는 이야기』, 『진화신화』, 장편으로 『7인의 집행관』이 있다.

이웃집 슈퍼히어로

1판 1쇄 펴냄 2015년 3월 27일
1판 2쇄 펴냄 2015년 6월 19일

지은이 | 진산, dcdc, 좌백, 김수륜, 김이환, 이수현, 듀나, 김보영, 이서영
엮은이 | 김보영
발행인 | 김세희
편집인 | 김준혁
펴낸곳 | 황금가지

출판등록 | 2009. 10. 8 (제2009-000273호)
주소 | 135-887 서울 강남구 신사동 506 강남출판문화센터 5층
전화 | 영업부 515-2000 **편집부** 3446-8774 **팩시밀리** 515-2007
홈페이지 | www.goldenbough.co.kr

도서 파본 등의 이유로 반송이 필요할 경우에는 구매처에서 교환하시고
출판사 교환이 필요할 경우에는 아래 주소로 반송 사유를 적어 도서와 함께 보내주세요.
135-887 서울 강남구 신사동 506 강남출판문화센터 6층 민음인 마케팅부

한국어판 © ㈜민음인, 2015. Printed in Seoul, Korea
ISBN 978-89-6017-550-1 03810

㈜민음인은 민음사 출판 그룹의 자회사입니다.
황금가지는 ㈜민음인의 픽션 전문 출간 브랜드입니다.

축복인가, 저주인가.
전 인구의 단 1퍼센트, '브릴리언트'를
둘러싼 새로운 전쟁!

마커스 세이키 장편소설 | 정대단 옮김 | 616쪽 | 15,800원

"당신은 미래를 막을 수 없어.
당신이 할 수 있는 일은 편을 고르는 것뿐이야."

할리우드가 사랑한 작가, 마커스 세이키가 펼치는 신감각 SF 스릴러

1980년을 기점으로, 특수한 능력이 있는 새로운 인류 '브릴리언트'가 세상에 모습을 드러내기 시작한다. 30여 년 후, 브릴리언트들이 각계에서 두각을 보이는 한편으로 사회는 혼란으로 치닫는다. 정부 산하 특수 조직인 DAR의 최정예 요원 닉 쿠퍼 역시 사람들의 패턴을 읽는 능력을 지닌 브릴리언트였지만, 자신처럼 능력을 가진 테러리스트를 소탕하는 임무를 수행한다. 치명적인 바이러스를 살포할지도 모를 프로그래머를 추적하던 그는 곧 거대한 음모와 맞닥뜨리고 스스로 위험 속으로 뛰어들어야만 하는 선택의 기로에 서는데……. 강렬한 액션과 극적 긴장감으로 가득한 엔터테인먼트 소설, 레전더리 픽처스 영화화!